Best Time

白马时光

陈年烈狗

不问三九
著

Dog
Amulet

花山文艺出版社
河北·石家庄

图书在版编目（CIP）数据

陈年烈狗 / 不问三九著. — 石家庄 ：花山文艺出版社，2021.8（2022.4重印）
ISBN 978-7-5511-5889-3

Ⅰ. ①陈… Ⅱ. ①不… Ⅲ. ①长篇小说－中国－当代 Ⅳ. ①I247.5

中国版本图书馆CIP数据核字(2021)第114819号

书　　名：**陈年烈狗**
Chennian Lie Gou
著　　者：不问三九

出 品 人：李国靖
特约监制：何亚娟　夏　童
责任编辑：温学蕾
美术编辑：胡彤亮
责任校对：李　伟
特约策划：张　丝
特约编辑：张　丝
装帧设计：吴思龙@4666啊
营销编辑：于文燕　萧　关
封面绘图：梦游兔
版式设计：赵梦菲　彭　娟
封面题字：仓　鼠
出版发行：花山文艺出版社（邮政编码：050061）
（河北省石家庄市友谊北大街330号）
销售热线：0311-88643221
传　　真：0311-88643234
印　　刷：三河市兴博印务有限公司
经　　销：新华书店
开　　本：880 mm×1230 mm　1/32
印　　张：11.5
字　　数：297千字
版　　次：2021年8月第1版
2022年4月第4次印刷
书　　号：ISBN 978-7-5511-5889-3
定　　价：49.80元

陶淮南×迟骋

目　录

C o n t e n t s

目 录

DOG AMULET

— 不问三九 —

作品

“以后我是你的狗。”

“你不是呀……你是迟苦。”

“你别哭了，我给你当狗。”

“那你能一直陪着我吗？”

“能。”

“那我也能一直陪你，我也给你当小狗，我们互相当小狗。”

第一章

捡个小孩儿带回家

太冷了。

陶淮南侧躺着缩在车后座上，身上盖着他哥的大衣，外面声音嘈杂，他听见他哥在和别人说话。

面包车门窗不严、四处漏风，陶淮南扯了扯大衣，把脸又缩进去一半。他哥的衣服上有烟味儿，还有纸灰味儿。

这两天他们烧了很多很多纸，哥哥身上一直都有这股呛人的味道，陶淮南自己也有。

车门被拉开，陶淮南睁大着眼，虽然他什么都看不见。

睁眼是为了表达自己已经醒了。

——他是个瞎子。

“醒了？”是哥哥的声音。

陶淮南踏实了，爬起来坐着，胳膊伸直了把身上的衣服往前递。

他哥说：“盖着吧。”

陶淮南还是伸着胳膊：“哥穿。”

陶晓东身上只有毛衣，一身寒气，没坐在他旁边，只接过他手里的衣服随手套上，问：“饿不饿？”

陶淮南说："不饿。"

陶晓东身上寒气不那么重了才坐过来，摸了摸他的头。陶淮南听见他哥说："醒了就下去吧，等会儿再给爸妈磕个头。"

陶淮南点头，说："好。"

这两天陶淮南被他哥牵着手，不知道磕了多少次头。他什么都看不见，只知道周围时时刻刻都有很多人，这些人总在叹息。

陶淮南耳朵灵，别人在不远处说他命苦，说哥儿俩以后必定不容易，说小瞎子得拖累哥哥一辈子，陶淮南都听见了。他紧握着哥哥的手，哥哥的手心总是热的。

他们是前天回到这儿的，回来葬父母的骨灰。从半年前开始，陶淮南就没有爸妈了，只剩下哥哥。

哥哥比他大很多，很疼他。

老家习俗多，白事流程长又烦琐，他们要在老家住一周。陶淮南没来过这儿，他不是在这儿出生的，也没在这边生活过。这里对他来说太陌生了，这边的人他都不认识。

这儿太冷了，陶淮南戴着毛线织帽，脸前的位置是带按扣的，扣上后就能连头带脸都罩住，只剩下眼睛。可尽管这样，陶淮南还是冻得鼻梁疼，两眼中间的那点儿小骨头被风一吹就跟针扎似的疼。

寒冬腊月，人在外头说话都带着股寒风里的僵硬，好像嘴唇和舌头都不那么灵活了。

陶淮南说话瓮声瓮气，时不时咳嗽两声，第一天来这儿他就感冒了，吃了几次药，一直也没好。陶晓东要忙的事儿多，不是时时都能顾上他。

陶淮南就是在这时候遇见那个小孩儿的，在他爸妈的灵棚前，在一个冷得彻骨的冬天。

那时他站在外面捧着杯子喝牛奶，帽子上的按扣揭开，脸前的那截布片在下巴处垂着，杯口牛奶冒出的热气扑了他满脸。

身后是依然嘈杂的灵棚，一杯烫手的牛奶让陶淮南终于不那么冷了，手心暖乎乎的，他都有点儿不舍得喝。

手里的杯子突然被人抢走的时候，陶淮南吓了一跳，惊得整个人往后一缩。他什么都看不见，在一个处处都陌生的地方，这种突然发生的变故总是令他很害怕。

牛奶泼了一些到他的帽子和前襟上，陶淮南慌张短促地喊了一声“哥”。

那是个光着身子的男孩儿，比陶淮南矮点儿，瘦得好像只有一把骨头，肋骨一根一根凸着，身上青紫遍布，脸上涨着不健康的红。

他两手捧着陶淮南的杯子，大口大口地咽着牛奶，手上皮肤皴裂，还很脏。

老家的叔叔喝了一声，因为这一声突如其来的吼，陶淮南又是一哆嗦。

陶晓东走过去抱他，陶淮南立刻紧紧贴上来。

老家叔叔说，那是迟家的小子，见天儿这么光着，他爸喝酒喝傻了，喝多了就打他。

“迟家？”陶晓东问，“迟志德？”

“对，你还记得？”

陶晓东跟迟家那个酒鬼没差几岁，小时候打过架，他还砸过迟家的玻璃。迟家辈辈都是酒鬼，喝多了打老婆、打孩子，迟志德从小就被他爸打聋了一只耳朵。陶晓东向来不待见他们家的人，路过都绕着走。

“他儿子都这么大了？”陶晓东看着那小孩儿，从头到脚都光着，身上连块布片都没。身上那些伤和疤一看就是被打出来的。陶晓东看不下去，放下陶淮南，脱了身上的大衣，裹住那孩子。

男孩儿前后摇晃着，整个人以夸张失控的幅度剧烈地发着抖，牙齿磕得咔咔响。

大衣带着体温罩着他，男孩儿手里抓着陶淮南的留有温度的大杯子，抬头看了眼陶晓东。

陶晓东也看着他，这孩子长得随他爸，不好看，也不讨人喜欢。陶晓东尽管无意多管别人家的事儿，可是这么冷的天光着身子、光着脚在外面跑，很可能就冻死了。

陶晓东看了眼男孩儿腿间冻得发紫缩起来的那一小点儿，在外头这么冻几小时，人都得冻废了。他想让那男孩儿去屋里暖和暖和，然而还不等他张嘴，那小孩儿转头就跑了。

大衣和水杯都扔在地上，沾了地上的脏雪和泥。老家叔叔吆喝着骂了声，把东西捡起来："懒得沾他们家的破事儿，他爸就是个疯子，疯起来谁都打。"

陶晓东问："他妈呢？"

"让他打跑了，谁跟疯子过得了，早走了！"

陶晓东穿回大衣，也没管上面沾的泥，蹲下去抱陶淮南。陶淮南手上还带着刚才牛奶的温度，滚烫的小手心贴在陶晓东脖子上。

陶晓东问他："吓一跳吧？"

陶淮南点点头，声音不大："吓我一跳。"

陶晓东于是隔着帽子用力捋了捋他的脑袋，哄了句："摸摸毛，吓不着。"

那时候的陶淮南被他哥护得跟个小娃娃似的。小瞎子太脆弱了，陶晓东天天将他绑在身上，护在眼前。

这个岁数的男孩儿按说正是在街上乱跑闹腾的年纪，淘起来能把爸妈气得扯过来抽一顿都不解气，陶晓东自己就是这么过来的。

然而也不全是那样，这儿有一个没了爸妈自己又没法儿活的小瞎子，那儿又有一个有爸妈还不如没有的“小脏狗”。

说到底人不同命，命好的各有各的好，惨的也都能各自惨出花来。

陶淮南喝了他哥重新给热的一大杯牛奶，小孩儿养得精，每天一大杯牛奶缺不了，喝得小孩儿奶白奶白，浑身上下都是那股奶烘烘的膻味儿。

陶淮南喝了牛奶后，被他哥放在炕上，铺着他自己的小毯子，睡了长长的一下午。梦里梦外都是外面灵棚时不时响起的唱丧声，阴阳先生突然吼的一嗓子总让他连睡着也肩膀一缩。

因为这一觉，他到了晚上睡不着了。

哪怕眼睛看不见，白天黑夜对他来说也还是有区别的，眼前那点儿微弱的光线能让他的世界分个昼夜。

陶晓东晚上不睡，棉袄外面裹着一层老家叔叔沉沉的黄绿色军大衣，领子立起来护着耳朵和脸，蹲坐在火盆边给爹妈守灵，时不时在火盆里点火烧沓纸钱。

他进来看了陶淮南一次，陶淮南听见他进来，伸手去摸他，小声说：“哥，我去陪你。”

他哥用手背碰了碰他的手，哄他：“外面太冷了。”

“我穿上棉袄。”

“穿上也冷，在屋里睡吧。”陶晓东坐下陪了他几分钟，过会儿又出去了。

陶淮南很久都没能睡着，他下午睡多了。农村的玻璃窗不严实，晚上有风。身下的火炕烧得烫人，露在被子外面的脸和手又很冷，鼻尖都是凉的。

陶淮南时不时抬手焐焐鼻尖，手心里都是炕席上的柴火味儿。

老太太的哭号声由远及近传进耳朵时，陶淮南往被子里缩了缩。

衰老却尖厉的叫喊声让陶淮南感到更冷了，近了还能听见男人的怒吼和叫骂。脚步声伴着人声混乱地掺在一起，越来越近了。

男人骂着“小兔崽子”，吼着“我今天非打死你不可”。

老太太大声哭喊着求他别追了，时不时夹着一句“快点儿跑”。

陶淮南安静地躺在那里听，眼睛在黑暗里徒劳地瞪着。他想找他哥了，他哥不在身边，他心里总是不踏实。

院里搭了灵棚，这些天院门是不关的，一直大敞四开。

院门被磕出“砰”的一声时，陶晓东正盘腿坐在火盆前抽烟。他抬眼看过去，还是白天迟家那小孩儿。

光屁股的小孩儿往墙根处躲，他爸一边追着他撵，一边被老太太扯着胳膊往后拖。老太太拖也拖不住，反倒一直被扯得跟着踉跄地跑。

“别打了！再打真要打死了！志德啊！”老太太哭着喊，边喊边徒劳地捶着男人的后背。

男人一身酒气，骂骂咧咧地朝男孩儿的方向走去。

陶晓东一根烟没抽完，他依然坐在那儿。

“志德啊！那是你儿子啊！”老太太嗓子早喊哑了，声音一拔高，更是带了股歇斯底里的绝望。

一老一少一酒鬼，在搭着灵棚的院子里像是在演一场哀戚的闹剧。

陶晓东冷眼看了半天，也是难为他们不觉得装着骨灰的两口棺材瘆人。陶晓东又点火往火盆里烧了沓纸钱。

这是陶晓东从小生活的地方，这个院子和这两间房就是他从小的家。他在这里踢天弄井、上房揭瓦，再被他爸吼着吓唬着拍两下屁股，手拍下来都是收着劲儿的。

那时候迟家上一任酒鬼还是迟志德他爸，喝多了打儿子，每次迟志德挨揍挨得狠了也四处乱跑。那会儿如果陶晓东他爸碰见了肯定是要拦着的，说有能耐出去使，打孩子耍酒疯算什么能耐。迟志德每次看见陶晓东他爸都往他身后躲，哭着喊“陶叔”。

此刻迟志德在这儿打儿子，那小孩儿看起来比迟志德小时候还惨很多。“陶叔”没了，骨灰在棺材里存着。当初哭着喊救命的孩子现在变成了下一任酒鬼，瞪着一双猩红的眼，没有一丁点儿人样。

这一切又滑稽又可悲，眼前的闹剧也透着股隔了一辈跨着时间的宿命感。

一根烟抽完，陶晓东把烟头扔在火盆里，站了起来，随手拿起旁边拢火堆的长棍子。

小孩儿跑起来没个数，腿脚冻得也不好使了，想绕过陶晓东却没能绕过去，一脑袋磕在了陶晓东身上。

迟志德在后面骂着过来的时候，陶晓东猛地一棍子抽在他脖子上，直接把酒鬼抽得躺在地上回不过神。

“滚。”陶晓东冷眼看着缩在地上捂着脖子呻吟的酒鬼，把棍子朝院门的方向一指，“别在我爸妈这儿撒泼。”

陶晓东一共抽了酒鬼三棍子。

酒鬼没理智，让人抽了必然不会消停，他有意跟陶晓东掰扯几下，但不等他站直，陶晓东一棍子下去，他又倒了。

老太太又哭着喊着拦陶晓东，喊他“陶家小子”，让他别打了。

后来酒鬼和老太太都走了，走的时候，迟志德还捡了块砖朝院子里扔过来，砖头扔在地上摔成两半。走了挺远他又捡了块砖回来砸在院门上，“当”的一声，在夜里听来突兀又惊心。

陶晓东不等他再砸这一下已经进屋了，开了灯去看他弟。

陶淮南自己摸索着穿上了小毛衣，正蹲在地上摸鞋。听见人进来，高高地仰起脸：“哥？”

陶晓东把他抱起来，拍拍他的后背说：“没事儿。”

“谁啊？”陶淮南眨了眨空洞的眼，两只手从两边摸着他哥的脸，手心潮乎乎的、热热的，“打着你了吗？”

“没有。”陶晓东脸上冰凉，身上的大衣也冰凉，他把陶淮南放回炕上，撸了两把他的脑袋，“害怕了？”

“我怕别人打着你。”陶淮南小声说。

“打不着，那人打不过你哥。”陶晓东哄他。

陶淮南身上的毛衣穿反了，陶晓东又给他脱了。隔壁院子的老家叔叔听到动静穿好衣服走了进来，问怎么回事儿。

陶晓东从水壶里倒了点儿热水浸湿毛巾，给陶淮南擦脚。小孩儿刚才光脚下地踩得脏，脚底也冰凉，陶晓东给他擦着脚，说：“没事儿，迟志德跑这儿耍酒疯。”

“大半夜作这儿来了？”老家叔叔骂了一声，说，“惊着小南了吧？要不把小南带我那屋睡？跟他婶儿住。”

陶晓东说不用，陶淮南也摇头。

“在这儿吧。”陶晓东给他擦完脚，拍拍脚心让他回去躺着，“反正我在外头。”

陶淮南老老实实回被子里躺好，自己把背盖严实了。

老家叔叔坐了会儿，见没什么事儿就回去了。陶晓东回头在屋里四处看了看，没看见迟家那小孩儿。

“哥不关灯了，给你留点儿亮。”陶晓东说。

陶淮南点点头说：“行。”

陶晓东把陶淮南白天泼了牛奶的那身衣服找了出来，拿着去了外头。

小孩儿缩成一团蹲在火盆边，火盆早灭了，他两只手捧着火盆外圈，哆嗦得像个雪地里被人打了一枪后濒死的小动物。

陶晓东把衣服放在他旁边，说："穿上吧。"

男孩儿抬头看他，牙齿磕出来的"咔"声一下一下频率很快地响着。他伸手的动作僵硬，瘦得皮包骨似的胳膊，看着甚至有些瘆人。

陶晓东看了他几眼，还是走过去把他捞了起来，顺道也把地上的衣服捡了起来。小孩儿挣了一下，陶晓东皱眉说"别动"，小孩儿可能也没什么力气挣了，被陶晓东一只胳膊夹着腰，胳膊腿都垂着，半死不活的。

陶淮南躺着没动，听见他哥又开门进来了。

陶淮南听见他哥把什么放在了炕的另一头，随后他听见了磕牙的声音，那是一种夸张的、失控的声音。

那时候陶淮南还以为他哥抱回了一条快冻死的狗。

"躺会儿缓缓。"哥说。

"你爸小时候就像你这样，长大了又像他爸。"陶晓东看着整个人趴在炕上去感受温度的脏孩子，"一辈辈传下来，造孽呢。"

听见这话，陶淮南又觉得不是狗了，听着应该是白天抢他牛奶的那个小孩儿。

小孩儿也不说话，侧着脸贴在炕上抽搐着，牙齿打战成这样估计也说不成话。

家里就一套被褥，还是老家叔叔给拿的，现在陶淮南在盖着，陶晓东脱下身上的军大衣，扔在脏孩儿身上，给他盖着。

"今晚你就睡这儿吧。"陶晓东扔下一句。

那小孩儿也不吭声，没个话，回应他的只有磕牙的"咔嗒"声。

陶晓东出去守夜后，磕牙的声音"咔嗒"了能有一小时。陶淮南一直睁着眼躺在炕的另一头听他"咔嗒"，频率越来越慢，后来没声了，睡着了。

陶淮南这才悄无声息地翻了个身，他胆子太小了，和一个完全陌生而且白天还抢了他牛奶的小孩儿共处一室，动都不敢动。

翻完身后，两个人背对着，陶淮南往上扯了扯贴着身盖着的小毛毯，把脸藏进去半截儿。

到底还是皮实，那小孩儿光着屁股冻了一天，竟然也没冻出个好歹来。陶晓东把陶淮南的那套脏衣服给他穿了，也没听他给句话，一个“谢”字也没说。陶晓东喂陶淮南吃粥的时候，给他也盛了一碗，用的是装菜的二大碗，他抬头看了看陶晓东，伸手接了，去到一边直接用碗吸溜着喝。

陶晓东吹了吹勺里的粥，随口一问：“你爸总打你？”

那小孩儿从碗里抬起头，朝这边看了看，耷拉着眼皮没吭声。

他不说话，陶晓东也懒得再问。

陶淮南倒是总惦记着那边还有个人，看不见的眼睛时不时往那边瞥。陶晓东则会用指节敲敲他侧脸让他转回来。

迟家祖传的不招人喜欢，寻常这么大的孩子摊上这么个家、这么个爸，村里大人再怎么心冷也会管管。但这孩子见人从来没句话，谁问他什么也不说，不招人疼，再加上对他那个酒鬼爹都烦得很，怕沾上麻烦，所以大人们管几次就没人再管了，顶多在他这样光着从家里跑出来的时候让他进屋暖和暖和，给点儿东西吃。

他就像村里的一条脏狗，吃百家剩饭，穿百家旧衣，躲完了还是得回家，赶上他爸喝酒了还是得挨揍他。

陶晓东也没想过要管，他管不着。这世上除了自己家的事儿都是别人家的事儿，别人家的事儿多了去了，管不过来，也没那么多闲工夫管。他只跟那男孩儿说：“这几天你就来这儿待着吧，你爸在家你就别回去。”

陶淮南的眼睛又往那边瞟了瞟，空洞的视线里带着小孩子胆怯的好奇。

陶晓东让他在这儿待着，那小孩儿就真的待了好几天。晚上天黑了回家，早上天亮了就来，来了也没个声，往角落里一缩，没个存在感，别人也注意不到他。吃饭的时候陶晓东通常会拿个碗拨点儿饭菜给他，他就端着碗去一边吃。

陶淮南那套衣服他一直穿着，胸前那片奶渍也一直带着，袖子和前襟都脏得有点儿发黑了，一直也没见他换下去。

除去刚开始未知的害怕，陶淮南后来也适应了周围经常多出这么个无声的存在。那小孩儿总是离他远远的，靠着墙。偶尔在外面陶晓东顾不上的时候，陶淮南就去跟那小孩儿一块儿蹲着，虽然同样没什么安全感，也总好过一个人在未知的地方茫然地站着。

一个真瞎子，一个假哑巴，沉默着搭个伴儿。

陶淮南每天早上一大杯牛奶，上午得尿好几次。这天爸妈骨灰下葬，陶淮南一大早被抱着去了坟地，棺材落土，陶淮南被哥哥牵着一共磕了九个头。清晨太冷了，后面烦冗的流程陶晓东没再让他跟，把他送了回来。

陶淮南穿着小毛衣坐在炕上等，坐得不太老实，屁股挪动了好几次，左等右等没等着他哥回来。

“哑巴”小孩儿在他对面靠墙站着，看着他。

陶淮南皱着眉头，时不时侧侧头，听声音。外头大铁门响了一次，陶淮南仔细听，没听见人进来，朝着面前开口问：“是我哥吗？”

他声音挺软的，又小，奶声奶气的。

对面的小孩儿眼睛往窗户上一瞄，头一回开了口，可声音没陶淮南那么软乎，说：“不是。”

陶淮南张了张嘴，“啊”了声。他低头坐着不动，抿着嘴唇，手指一直在炕席上轻轻地挠。

外头没一点儿动静，又过了会儿，陶淮南再次开口：“你帮我找个瓶儿……”

他眨着空洞的眼睛，这次听起来快哭了：“我想尿尿。”

眼瞎就是这么废物，八岁的男孩子了，身边要是没个人自己连尿都尿不了。

对面的男孩儿也眨了眨眼，随后抬起那双总是往下耷拉着的眼皮四处看了看，拨开挂着的半截门帘去了外屋。

再回来的时候男孩儿手上拿了个饭盆，比二大碗大一圈，陶晓东有时候用这个饭盆盛饭给他。铝盆被扔在木炕沿上，他甩着长了一截的袖子又往前推了一把，然后转头回到之前站着的墙根。

陶淮南往前摸，摸到冰凉的圆盆儿，他没用这东西接过，可也没犹豫，实在是憋不住了。

半天之后，他提好裤子轻轻地把饭盆往前推了推，声音更小了：“你帮我倒了……”

水泥地没那么平，男孩儿拖着没那么合脚的棉鞋，鞋底擦着地面的声音就更明显。陶淮南听见他过来，又听见他开门出去，随后门再响，铝盆“当”的一声落在外屋的锅台边。棉鞋底和水泥地的摩擦声一步一步再回来的时候，尿舒服了的陶淮南朝着墙根的方向不好意思地笑了笑。

大人没在家，俩小孩儿偷着干了坏事儿，拿吃饭的盆尿尿。

尿完知道害臊了，陶淮南用手抠着炕席，也没抬头，悄悄地哼了一句：“咱们别说吧？”

陶晓东中午才回来，落葬以后得安排村里帮忙的这些老邻居吃饭。回来时给他俩也都带了饭，进屋先问陶淮南：“憋尿了吧？”

陶淮南没吭声，往墙根那儿看了一眼，啥也看不见。

陶晓东照例给那小孩儿拨了饭菜，铝盆端过去的时候那小孩儿看着他手里的盆，无声地看了半天，没接。

他脸也不抬、头也不抬，陶晓东也没心思管他，把铝盆往他旁边的柜子上一放，说："自己吃。"

小孩儿双手往后一背，后背倚着墙一晃一晃，没吃。

陶晓东抱着陶淮南去外屋的脏水桶前尿了一次，回来喂他把饭吃了。

墙根处无声无息，听不见吃饭的动静。陶淮南饭吃到一半，说饱了不吃了。陶晓东给他擦了嘴，让他睡会儿。

说完端着碗要出去，陶淮南叫住他，喊了声"哥"。

陶晓东回头看他："怎么了？"

陶淮南拍了拍自己旁边："我没吃饱，我一会儿饿了吃。"

"凉了还吃？"

陶淮南吭吭哧哧地说："反正就放着吧……等会儿还吃。"

陶晓东不可能让他吃，但也顺着他，没急着端出去倒了，随手往边上一放，出去洗了把脸。

这么多天陶晓东没好好睡过觉，晚上得在外面守着，缺觉缺得狠了。骨灰终于落土为安，陶晓东也松了劲儿，回来躺下很快就睡着了。

听见哥哥打着浅浅的呼噜，陶淮南知道他很累了。

他朝墙根处招招手，小声道："你来。"

没听见动静，陶淮南眨了眨那双大眼睛，对着那个方向问："你在吗？"

过了一会儿才听见棉鞋底擦地的声音，那声音停在自己跟前，陶淮南坐着的上半身稍稍往前倾，说悄悄话一样："你吃我的饭。"

他把人饭盆尿了，让人没了饭吃。陶淮南补偿一样地推了推自己的饭碗："没凉呢。"

男孩儿看看坐在炕上的小瞎子，又看看碗，到底也就是个七八岁的小孩子，还是拿着陶淮南的勺把饭吃了。

这件事儿让陶淮南觉得和那个小孩儿待在一个屋里再也不别扭了。

陶晓东发现两个小孩儿偶尔还说几句话，离得不远不近的，说点儿小孩子之间的话。

窗户外头垂下来长长的冰挂，被阳光晒得有点儿化了，挂不住砸了下来，一截掉在地上，一截砸在窗台上，崩起来敲上窗户。

敲玻璃的声音突兀响起的瞬间，没防备的陶淮南被吓了一跳。他害怕的时候总是下意识微微张着嘴，瞪圆着眼睛。

陶晓东在外间跟人说老房子的事儿，撩起布帘看了一眼，正要进去抱他，就听见陶淮南小声问："啥呀？"

那小孩儿听见他问，看看他，靠着墙说："冰。"

陶淮南没见过这东西，即便小时候没瞎时看过，也忘了。他以为有人拿冰砸玻璃了，一直坐得有些紧张。

过了一会儿，陶淮南又小声问："啥冰？"

小孩儿手垫着后背倚着墙，半天也没说出句话来，可能也不知道怎么跟瞎子说那是什么冰，倚墙站了半天后，一扭头掀帘子跑了。

陶淮南脸朝着外间的方向，带着点儿茫然。

陶晓东就见那小孩儿从里头出来跑了，过了没几分钟又从外面开门跑进来了，手上还提溜着长长一根冰挂。

老家叔叔喝了一声，喊他："干啥你？你别扎着小南！"

小孩儿也没搭理他，跑进去往炕上一扔，胳膊一缩用袖口擦了擦手。

陶淮南眨了眨眼，问了声："啥？"

那小孩儿没什么表情地说："你自己摸。"

陶淮南于是伸手，小心地在他旁边的炕上试探着摸，摸着了有些惊讶，手指尖先是立刻缩回来，而后又摸上去。

冰冰凉，滑滑的。

陶淮南笑起来："冰啊？"

"冰溜子。"那小孩儿不冷不热地答了他一句，说话时还吸了下鼻涕。

小孩子说土话也显得没那么土，带点儿口音就像多带了点儿天真。陶淮南学他，土里土气拐着调地跟了一句："冰溜子。"

说完自己先笑，又重复了一次。

他见过的东西很少，丁点儿玩意儿都觉得新鲜。摸来摸去摸得一手湿凉，温炕当然放不住冰，没多大一会儿就化得哪儿都是水。

陶淮南往边上挪了挪，不沾湿自己。

他把长长的冰条拿在手上，尖的那头在自己手指尖上轻轻碰了碰，这会儿已经不尖了，只是有点儿滑滑的触感。

陶淮南自己玩了一会儿，冰手了就放回炕上，不冰了再拿起来。

这么个小玩具把陶淮南玩得乐呵呵的，主动去跟小孩儿聊天，问他："你爸为什么打你？"

小孩儿把头扭到一边，说："不知道。"

陶淮南又问："你咋不跑呢？"

没人想搭理他，陶淮南听不着回应也不当回事儿，玩自己的。过了一会儿又想起来这个，张嘴又问一句："那你咋不跑哇？"

可能是他太烦人了，人家不想跟他在一块儿待着了，小孩儿没出声，转身跑了。

这次跑完没再回来了，陶淮南手上那条冰玩得化没了，那小孩儿也没回来。

哥儿俩第二天上午就要走了，老房子陶晓东没卖，让老家叔叔住着。晚上陶晓东收拾东西的时候，陶淮南披着自己的小毯子在旁边坐着剥瓜子。

瓜子剥了不吃，就是剥着玩，瓜子仁儿攒了一小堆。陶淮南时不时回头往窗户那边侧侧耳朵，没听见什么再继续摸着剥瓜子。

陶晓东看他一眼，问："等迟家那小孩儿？"

陶淮南问："他咋跑了呢？"

陶晓东笑了："你说话气人，人家不爱听还不跑？"

陶淮南"啊"了一声。

小瞎子很少和人聊天，他的世界很小。因为看不见所以生活范围很窄，他甚至八岁了连学都还没上，他没法儿独立上学。

这个年纪的小孩儿好像都有很多小朋友，但他没有。人对未知和与自己不同的东西总是感到恐惧，小孩子尤其是，他们对要摸着走路的陶淮南本能地感到害怕。

陶淮南的小世界里现在除了哥哥和哥哥的几个朋友以外，就只剩下一条大狗。陶淮南跟它倒是常聊，但也只能自己说，所以他的聊天经验太少了。

陶淮南抿着嘴把瓜子仁儿往哥哥那边一推，心里想：我也没觉得我气人了。

因为随口问的那两句话，聊天没聊明白，陶淮南到走也没再见过那男孩儿一面。

走前他问他哥："咱们走了，门锁不锁？"

陶晓东说："给二叔用，锁不锁就是他的事儿了。"

陶淮南又问："那他还能来吗？他爸要是再打他的话。"

这话陶晓东没答，他收拾完最后一点儿东西，一手抱起陶淮南，另一只手提着行李袋，出门上了车。

好歹在一块儿待了好几天，临走时，陶淮南却没捞着机会说个再见。

乡道上覆着一层坚冰，路滑开不快。外头好像又下雪了，陶淮南能听见风砸在车窗上时掺着极微小的杂音。

他们这次回来的时候车上拉着两坛骨灰，走的时候却什么都没了。

汽车行驶在乡道上，颠簸得厉害，陶淮南两只手抓着身前的安全带，脑袋朝着车窗的方向，却不知道外面是什么样的。

应该是白色的，这边雪很厚。

车封闭不严，陶淮南有点儿冷了。他往椅背上又贴了贴，哥哥在旁边看了他一眼，让他困了就自己睡。

小孩子坐车都容易犯困，陶淮南打了个哈欠，点点头。

他们离村子越来越远了，爸妈和哥哥曾经在那里生活过很多年，现在爸妈又回了那里。

陶淮南闭着眼睛，睡睡醒醒，在左摇右晃的颠簸中睡得越来越沉。

这一觉睡得又沉又久，被关门声震醒时，陶淮南还不太清醒，但他能感觉到车已经停了。

"哥？"

他哥没在车上。

周围一时的静默还不至于让陶淮南很慌，他闭上眼睛再次靠回椅背，支着耳朵听车外的声音，安静地等哥哥回来。

他等的时间并不久，很快哥哥就回来了。

车门被拉开，一路跟着响起来的还有曾经听过一回的尖锐哭号。

她说话带着方言，语速又快，陶淮南只知道她在哭，并不知道她在说什么。陶淮南缩在座位上像一只惊慌的鹌鹑。

哥哥回了驾驶座，陶淮南伸手过去摸了摸，他听见后面老人哭着求："救救他吧！陶家小子，你救救他！"

这次陶淮南听懂了。

他还听见哥哥回头说："你别抱着了，把他放到地上，让他平躺。"

老人抱不动一个那么大的男孩子，陶淮南听到什么磕下去的闷响，随后老人又哭着喊："他还抽呢！这么多血啊！"

她一直在哭，哭声时高时低，夹杂着绝望的骂声。

车上开始散出淡淡的血味儿，陶淮南一动不动，眨着那双无神的眼，空洞地目视前方。

再后来哥哥把车停在县医院门口，拉开后车门抱起了什么。他锁了车让陶淮南在车上等。

陶淮南点点头，听见哥哥的脚步声迅速拉远，旁边还混着老人杂乱的脚步声和惊慌的哭音。

车上再次恢复了安静，但那股弥散在周围的血腥气却一直散不掉。

陶淮南僵坐着微微发着抖，他还是害怕的。

那老人的哭声他听过一回，她是迟家小孩儿的奶奶。

要不是陶淮南在车上睡的那一觉，以及早上他哥装东西时候落下的小毯子，他们那天不可能再掉头返回去。

那条小毯子陶淮南睡觉时必须得贴身盖着，从他出生一直到现在都没换过，已经很旧了。换掉的话陶淮南会睡不着，即使他看不见。

陶晓东回去取毯子时，正好撞见老太太横抱着那小孩儿边哭边从陶家老房子里跑出来，小孩儿头上都是血，闭着眼光着身子在抽搐。

老人看见陶晓东，一把抓住他的胳膊，孩子从她手上滑下来，两条光溜溜的腿瘫软着垂了下来。

迟家小孩儿生生让他爸给打抽了。

矮瘦的小孩子双眼一闭失去了意识，瘫在地上手脚痉挛着时不时抽动一下。

孩子奶奶追在后面尖叫着扑过来，脱了自己身上的棉袄盖在孩子身上，抱起孩子跑出去喊人。

陶晓东恰好在这个时间回来，这一切可能都是命。

医院急诊室外，陶淮南被哥哥带进来坐在椅子上等。对面的老人一直在哭，她好像有些神志不清了，嘴里絮絮地念叨着迟家一辈辈的那些事儿，说迟家祖坟不好，老祖宗怨他们了，迟家祖祖辈辈才活成现在这样，活着还不如死了。

她不停地跟陶晓东说话，陶晓东不怎么回应她，她的嘴却一直不停。

陶晓东中途抱着陶淮南出去取了趟钱，往医院交了一万。老太太兜里没有钱，双手合十着朝陶晓东拜。

陶晓东抱着陶淮南和她说："大夫说得住几天院，脑震荡，头上伤口也得缝针，钱应该够了。"

他说这话的意思是想走了，还有很多事儿等着他回去做，这次出来，他的事儿都是朋友在帮他盯着。

老人听出他的意思，眼泪立刻就再次涌出来，她抓着陶晓东的胳膊，紧紧抓着，却没说出什么话。她的眼睛有些不好了，眼球外面一层灰蒙蒙的膜，看起来浑浊又僵硬。

在陶晓东的印象里，她一直在哭。他小的时候，她还年轻，那时候就常常在哭。

"再这么下去早晚得把他打死。"陶晓东朝病房的方向看了一眼，"能管就管管吧。"

这话说得没用，他自己也知道。她管不了，一个被生活折磨了大半辈子的老人，实在是太弱小了。

老人抓着他的胳膊就像抓着最后一根稻草，死死攥着，苍老的指尖都泛了白。她眼睛里一直往外流着浑浊的泪，手用力到发抖，陶晓东抱着陶淮南的那只胳膊都被她带着在抖。

她的指节硌着陶淮南的腿，她甚至怕一只手留不住陶晓东，因而用另外一只手抓住了陶淮南的小腿。

陶淮南被她抓住的时候颤了一下，那双手冰凉枯槁，陶淮南吓了一跳。

老人的嘴唇开始颤抖，脸上每一寸褶皱的皮肤都跟着颤了起来。

她死死地抓着眼前的兄弟俩，一双眼睛早已被眼泪泡得半瞎，她眼神流连在哥儿俩身上。

陶家是好人家，祖祖辈辈都心善。

老人的膝盖落地时，发出一声闷响。

“陶家小子……你领他走吧，给口饭吃就行……”

“你弟弟眼睛不好，你就当给你弟弟养了只小猫小狗，当个小牲口使唤着做个伴儿……”

“能活着就好了，好活赖活都是命……”

小孩儿第二天才醒，醒时第一眼看见的是在他脚底盘腿坐着的陶淮南。

头猛地一抽疼，他抬起手按着脑袋，摸到了一块儿纱布。

陶淮南听见声音，轻声问：“你醒了？”

小孩儿没说话，看看病房，看看陶淮南，看看吊着液的架子。

他不说话，陶淮南也不再问了，盘腿坐在床脚，手里捏着个沙口袋，捏得沙沙响。病房里两个小孩儿各自沉默着，跟前几天他们在一块儿时的多数时间一样。

陶晓东拎着粥回来的时候，陶淮南侧了侧头听声。

陶晓东问：“醒了？”

陶淮南说：“好像醒了。”

陶晓东把粥放在旁边柜子上，问："疼不疼？"

床上的小孩儿盯着他，还是不说话。

陶晓东也没再问，和他说："哪儿疼了告诉我，我给你叫大夫。"

小孩儿吃了半碗粥，吃完全吐了。

医院的清洁工拿着拖把过来拖地，拖完后，走前面无表情地扔下一句："吃不下就别吃了。"

陶晓东问他还吃不吃，他木愣愣地没反应，过了半天才开口憋出一声："不吃了。"

陶晓东、陶淮南都看他，陶晓东说："饿了跟我说。"

他从醒了开始就是这副沉默着的呆滞样子，没问过他为什么在这儿，也没问过为什么是他们在这儿。

到他输完那瓶液又做了些检查，再到下午他穿上显然是新买的衣服被他们带着离开医院，也没问过一句他们要去哪儿。

车上的血被简单擦过了，但是还有股没散去的腥气，他平躺在后座上，侧着头看向前面的兄弟俩。

外面下着雪，天是灰的。

车开了好几小时，下车时天都黑透了。

下车后他又吐了一回，陶晓东伸手在他后背上拍了几下。

他被送进另一家医院，住在一间双人病房里，陶晓东请了个护工照顾他。护工列了个单子，上面是住院需要的必需品，陶晓东出去了一趟，都安排好了后抱着陶淮南走了。

隔壁床也是个小孩儿，爸爸睡在旁边的陪护床上，妈妈跟孩子一起挤着睡在病床上。

护工给他接了遍尿，之后睡在他旁边的陪护床上，打着不算轻的呼噜。他伴着这个呼噜声睡着了。

他在医院住了一周，中间陶晓东来看过他两次。

病房窗户底下有两片暖气，热腾腾的暖气烘得人头昏脑涨。他鼻子早就冻坏了，不管冷热总是流鼻涕。护工有时拿着卫生纸过来给他擦，擦了几天之后鼻子底下红了一片，一碰就疼。

护工再过来捏他鼻子的时候，他推了一把，打开了护工的手。那之后护工就不再管他了。

陶晓东牵着陶淮南过来接他的时候，他鼻子下面挂着一溜鼻涕。陶晓东让他换衣服，同时扯了张纸扔给他，让他擦擦鼻子。

他沉默着接了过来，在鼻子下面抹了一把。陶淮南感冒还没好，也跟着吸了吸鼻子，陶晓东于是也扯了张纸递了过去。

陶淮南头上戴着顶毛线帽，脖子上系着一条手织的围脖，手上还拿着个帽子，伸手递过来给迟家小孩儿。

“戴着吧，你的头不能吹风。”陶晓东说。

小孩儿接过来戴上，什么都没问，跟着他们出了医院上了车。

这次坐的是辆轿车，不是上次的面包车了。陶淮南和他一起坐在后座上，过了一会儿掏掏兜，往他手里塞了两个棒棒糖。

“你帮我撕开一个，另一个给你。”

小孩儿低头撕开一个给了他，另外一个没吃。

“想家吗？”陶晓东突然在前面开了口。

小孩儿抬头看他，说：“不想。”

“不想挺好。”陶晓东趁着红灯回头看了他一眼，“以后就跟着我俩了。”

他没再吭声，过了一会儿脑袋转向窗外，看着外面的车流和行人。

他话太少了，不问他什么，他基本不会吭声，总是耷拉着眼皮往下看。陶淮南兜里总有小零食，时不时往他手里塞一个，他什么也不吃，也不说话，往那儿一坐动都不动。

中途陶晓东下车取了趟东西，让他俩等着。

哥哥下车之后，陶淮南先是转了会儿嘴里的棒棒糖，过了一会儿拿了出来在指尖捏着，往迟家小孩儿旁边挪了挪，说话时，带着股棒棒糖的荔枝味儿。

“你别害怕，我哥可好了。”

迟家小孩儿往旁边躲了躲，他没跟谁贴得这么近过。

陶淮南又吃了一会儿糖，再次朝他贴了贴，小声说：“以后你在我家没人打你了。”

他嘴里都是糖味儿，一说话气息喷在人脸上，还带着股他身上一直就有的奶膻味儿。

小孩儿转头看着他，他脸上那双水汪汪泛着空洞的大眼睛格外显眼。

他们住的是楼房，一套两室两厅的屋子。

陶晓东给他拿了双小孩儿穿的拖鞋，换了鞋之后，他贴墙站着。

“没罚你站。”陶晓东跟他说，“外套脱了去洗个手。”

他往四处扫了一眼，陶晓东朝卫生间的方向抬了抬下巴。

“不用拘谨，以后你就住在这儿。”陶晓东过来帮他开了卫生间的灯，“左边是热水，右边是凉水，用热水的时候别拧到头，当心烫着。”

陶淮南跟在后面也过来洗手，洗手池前挤着两个小孩儿和一个大人。大人给他俩调好水温，陶淮南摸到香皂攥手里抹了抹，抹完塞进小孩儿手里。

“按辈分排你得叫我一声陶叔。”陶晓东站在他俩身后，从镜子里看着他们俩，跟迟家小孩儿说，“我跟你爸是一辈儿的。”

小孩儿抬眼看镜子，跟陶晓东对上视线，陶晓东继续说：“但是你跟我弟差不多大，你就跟着他管我叫哥。”

迟家小孩儿没吭声，陶晓东垂眼看他：“叫。”

他倒也没倔，开口叫了声："哥。"

"嗯。"陶晓东应了一声，接着说，"我弟看不见，今后你多照应他，你俩一起生活、一起玩，别打架。"

陶淮南洗完手，自己摸到毛巾擦手。擦完往旁边递了递，让迟家小孩儿也擦。

他手上香皂刚放下，还在继续冲着水，冲干净了从陶淮南手里接过毛巾，囫囵在手上擦了擦。

出了洗手间后，陶晓东想起什么，随口问了句："你叫什么名儿？"

他答了一声："迟苦。"

陶晓东像是没听清："迟什么？"

"苦。"小孩儿垂着薄薄的单眼皮，又重复了一遍，"迟苦。"

第二章

一起上盲校

这名字是奶奶起的，他出生了一直没落户口，四岁时村里强制落户，奶奶想了半天，叹了长长的一口气说：“就迟苦吧，生来就吃苦。”

奶奶还说贱名好养活，贱命承不起高名。

贱名确实好养活，这些年迟苦被他爸这么打、这么糟践，到现在也还活着。

陶晓东皱了下眉：“谁给你起的？”

“我奶奶。”迟苦说。

陶晓东想说点儿什么，到底还是没张嘴。小孩子或许并不明白名字的含义，可能也没觉得自己的名字怎么了。陶晓东走过他身边的时候，顺手在他头上弹了个脑瓜崩儿，说：“挺艺术。”

陶晓东去厨房给他们俩做饭，俩小的坐在沙发上，陶淮南先是安静了会儿，半天之后还是没忍住，说了句：“你名儿真不好听。”

迟苦看了看他，没回话。

陶淮南可能忘了自己当时聊天把人聊跑的事儿了，又开始自顾自地跟人叨叨：“听着我都觉得嘴里苦。苦有什么好的，叫迟甜多好哇。”

这孩子叨叨起来还没个完：“你听着不苦吗？”

陶晓东回头往外看了一眼，看见迟苦面无表情往那儿一坐，也不知道心里在想什么。

当时小孩儿奶奶抓着他胳膊求着他把孩子带走的时候，陶晓东本意并没想真的带走他。带走了就是承了一条命，陶晓东没父母，还养着个弟弟，他真没多余的精力再拉扯个孩子。

老人哭着求了半天，说给口饭吃就行。

陶晓东再心硬也犹豫了，何况陶家人向来心软。

他不吭声老人就一直求，哀戚的哭求谁听了都难过。

怀里抱着的陶淮南一只手搂着哥哥的脖子，抿了抿嘴唇，脸往哥哥耳边贴了贴，低低地叫了声“哥”。

陶淮南自己摸着吃了碗饭，用他自己的大勺子，他经常在碗里舀半天到嘴里却只有几粒米。他应该已经习惯了，也不见着急生气，一只手扶着碗，一勺一勺平静地往嘴边送。

陶晓东时不时给他夹菜放碗里，陶淮南吃得费劲儿也没见他有想喂的意思。

在老家的那些天，吃饭都是他喂的，那会儿哥儿俩在这边喂饭，迟苦捧着个大碗在墙根儿吃。

“我们什么时候去接‘十爷爷’，哥？”陶淮南问。

“让田婶带老家去了。”陶晓东抽了张纸给他擦了擦下巴上沾的饭粒。

“我想它呢。”陶淮南又往嘴里送饭，嘴张得大大的去咬勺子，这次是满满大半勺。

“知道。”陶晓东看了一眼只吃米饭的迟苦，夹了菜放到他碗里，接着跟陶淮南说，“一回来田毅哥就给你送过来。”

迟苦其实吃不下了，他还恶心，头也还晕，受了伤的脑袋并没有完全恢复好。他一声不吭地吃完了一碗饭，之后就坐在那儿看陶淮南吃。

陶晓东问他：“饱了？”

迟苦点头的动作看着有些僵硬。

陶淮南说：“我也饱了。”

“你赶紧吃你的，”陶晓东说他，“你才吃进去几口。”

陶淮南挺无辜地说：“吃不进去我也没办法呢，哥喂我吧？”

陶晓东摸了摸他的头，笑了下，却还是说：“自己吃。”

陶淮南一顿饭吃了半小时，吃完又吃了个橘子。他剥开橘子后往旁边递了一半，迟苦没接，于是他收回去自己全吃了。

晚上陶晓东给他俩都洗了澡，俩小孩儿都坐在浴池里。

陶淮南往那儿一坐，又白又嫩一小堆儿，身上还有点儿软乎乎的肉；另外一个缩在一边不敢动，薄薄一层皮下都是嶙峋的骨头，身上大大小小的伤口和疤让人看着下意识皱眉。

陶淮南伸手摸到旁边架子上的沐浴露，儿童用的，有股甜甜的奶味儿，自己拿着浴花抹了一身。陶晓东先没管他，去柜子里找了条搓澡巾。

迟苦不太敢动，热水蜇得他浑身疼。他看着陶淮南自己团了个泡沫花在身上搓来搓去，水里渐渐变得有很多沫。

陶晓东拿了条毛巾，在水里泡过之后搭在迟苦肩上，盖住他露在外头的单薄的小肩膀。

“先泡着吧，等会儿我得给你好好搓搓。”陶晓东往他身上浇了点儿水，笑了下说，“你看你脏的。”

迟苦坐在热水里，浑身又烫又痒，可也没动。

多数时间他就像个哑巴，和这个环境有着格格不入的违和感。

陶晓东给他搓了两遍，绕过了他身上那些看着就挺疼的伤处，小孩儿确实脏，搓下来很多泥。陶晓东给他搓着搓着，就想到自己小时候了，说：“我小时候也跟你一样，一冬天都不洗澡，夏天到了就去河里泡着。”

陶淮南在旁边接话："爸妈不让下河。"

"我不听话，"陶晓东笑了声，"我不像你这么乖，爸妈不让干的事儿多了，我天天都要挨打。"

"爸也说你不听话。"陶淮南想起爸妈了，垂着头说，"爸说你淘。"

"嗯，我淘。"陶晓东又笑笑，抓着迟苦一条胳膊往自己这边拽了拽，给他搓胳肢窝。迟苦不怕痒，只是不习惯搓澡，也不习惯离人这么近，缩着胳膊要躲。

"别乱动。"陶晓东说他。

洗了一个多小时，俩小孩儿手指都泡皱了。陶淮南擦干了身子之后拿皱巴巴的手指在脸上和嘴唇上摸，不一样的触感让他觉得有意思，每次都要玩半天。

迟苦身上裹着条大浴巾，被陶晓东扛了出来，往沙发上一放。陶淮南问他："你手皱了吗？"

迟苦不理他。

陶晓东拿了管药膏过来，往迟苦身上的伤处抹，男生手劲儿大，推推揉揉的其实很疼。迟苦疼习惯了，这点儿疼对他来说不算个事儿。

"以后早晚得刷牙洗脸，晚上还得洗个澡。"陶晓东给他涂完药后，扔给他一套睡衣，"在这儿不能还跟泥猴儿似的，在哪儿得有在哪儿的规矩。"

迟苦点头，又有鼻涕流出来，陶晓东抽了张纸给他。

晚上陶晓东和陶淮南睡，迟苦自己睡一屋。城市里晚上竟然那么亮，关了灯窗户外面还能透过亮来，路灯的黄光从玻璃外照进来，什么都能看清。

陶淮南话多，跟他哥不知道在说什么，陶晓东拍了他两下让他赶紧闭眼睛睡觉。

陶淮南问："迟苦睡着了吗？"

"睡了，小孩儿全睡了，你是小区里这个时间还没睡的最后一个小孩儿。"

陶淮南笑嘻嘻地说："净骗人。"

陶晓东不理他，陶淮南过了一会儿摸索着去找他哥的耳朵，找着了用手指捏着耳垂玩。他身上盖着他那条小毯子，快睡着了又想起来问："明天田毅哥能把'十爷爷'送回来吗？"

陶晓东说："明天回不来。"

"后天呢？"

"不知道。"

"大后天呢？"

"别说话了，睡觉。"

于是陶淮南闭了眼睛，小孩子困意来得快，没几秒就睡着了，小肚子起起伏伏，睡得还挺香。

迟苦就这么在城里住了下来，在陶家兄弟俩的家里。

他还是很少说话，不言不语的，也没个表情。

陶淮南刚开始总找话跟他说，但他总不理人，后来就不说了。

十爷爷是陶淮南的狗，一条很老很老的金毛犬。那一窝一共生了十个小崽儿，它是老十，小时候叫石头。

原本是田毅奶奶养着的，田奶奶过世后一直在田毅那儿，陶淮南去他家的时候跟它玩了很久，田毅索性送过来给陶淮南养，跟他做伴儿。

它太老了，陶淮南叫它十爷爷。

陶晓东不是每天都在家，他有时很晚才会回来。他不在家的时候家里会来个阿姨，给他们做饭、洗衣服，也会下楼遛遛狗。

遛狗的时候，陶淮南偶尔跟着，迟苦从来不去。

保姆阿姨不喜欢迟苦，眼神里就带着不喜欢，不正眼瞧他。他本来也不是个招人喜欢的小孩儿，打从出生起也没什么人喜欢过他。迟家孩子就这样，从面相上就刻薄招人烦。

有时陶晓东晚上也不回来，他不回来的话，阿姨就会睡在客厅的沙发上。哥哥在家的时候陶淮南跟哥哥睡，哥哥不在家了陶淮南就搂着自己的小毯子过来找迟苦睡。

迟苦一翻身给他腾个地方，两个人各守一边，迟苦贴着墙，陶淮南把着边。

陶淮南睡觉不老实，有一天半夜一个翻身就翻到地上去了。

俩小孩儿都醒了，陶淮南从梦里惊醒，很慌地四处摸，四周都是冰凉又硬邦邦的，眼睛看不见，一时间吓得快哭了。

迟苦趴过来，伸手去够他。

陶淮南浅浅地叫了一声，不知道是什么，吓得往后一缩。

迟苦从床上跳下来，看起来也有点儿慌，蹲在他旁边，说："我。"

陶淮南摸他胳膊，手心在地板上贴得冰凉。迟苦又说："掉地上了，你起来。"

陶淮南把着他胳膊站起来，另外一只手平举着到处摸，迟苦先坐在床上，扯了扯胳膊，陶淮南摸到了床，也小心地坐下了。

"我咋掉了呢？"陶淮南瘪着嘴问，满脸都是惊慌后的不高兴，声音里还带着点儿颤。

"不知道。"迟苦也吓了一跳，正睡着呢，就听见挺响的一声，那一瞬间他以为是迟志德推门回来了。

客厅里阿姨睡得沉，俩孩子这么折腾她也没听见。

陶淮南在床边坐了半天，闷着头不说话也不睡觉，迟苦也跟着坐。

后来迟苦把陶淮南往里推，让他去里面睡。陶淮南朝里面爬了爬，扯过自己的小毯子盖好躺下了。他摸了摸墙，又伸手轻轻碰了下旁边的迟苦。

两个小孩儿谁也不跟谁说话，搭着胳膊又各自睡了。

从那晚开始，每次陶晓东不回来的时候，他俩在一张床上睡，都是陶淮南睡里头，迟苦睡外头。

迟苦睡觉很老实，可能是被他爸打出来的，晚上睡不实，外头过辆车他都会醒。陶淮南就不一样了，睡着了就像一只踏实的小猪，翻翻滚滚能折腾一宿，有时睡前还好好枕在枕头上，早上醒了头就冲着床尾了。

都是家里给惯出来的毛病，腿总搭着人睡，肉乎乎的小腿一抬就往旁边人身上搭。迟苦偶尔半夜被他搭醒，刚开始会往下推推，后来也不推了，反正不知道什么时候还得再抬上来。

一米五的双人床，迟苦也就占三十厘米，剩下一米二都是陶淮南在翻腾，横着睡、竖着睡、斜着睡。

陶晓东天亮了才回来，连夜赶了个图，过两天还得出门。

跟朋友一起做的工作室，现在才刚起步，事儿太多了，交际也多，关系都得一个个去经营。按理说他今天也不该回来，上午他还有事儿，如果是从前，他就在店里对付着睡会儿了。但是现在弟弟在他这儿，两天没回来了心里总惦记着，于是回来看看，不然总不踏实。

阿姨在沙发上睡得沉，他开门回来也没醒。

陶淮南没睡在他的床上，陶晓东站在门口一看，陶淮南正打着斜仰躺着，头顶着墙，身上的被子只盖了半截，一条小腿露出来压在迟苦肚子上。迟苦被他压得喘气都有点儿费劲儿，吸气得长长地吸半天。

陶晓东走过去，轻轻把陶淮南的腿拿了下去，想把他抱起来摆正。

衣服的摩擦声让迟苦警醒地睁开了眼，看见是他在抱陶淮南，有些呆愣地看着陶晓东。

“他挤你，你就挤回去，”陶晓东轻声跟他说，“你俩一人睡一半儿。”

迟苦眨了下眼睛，陶晓东抱着陶淮南要把他放回枕头上，陶淮南有点儿醒了，睁开眼睛伸手要摸，摸到哥哥的胳膊和手腕，低呼一声，两只胳膊一圈就环住了哥哥的脖子。

睡得半醒不醒的，抬着上身去够，把脸往哥哥脖颈里一埋，喷着热乎乎的气问：“哥回来了？”

陶晓东“嗯”了声，拍了拍他的后背，说：“睡吧。”

陶淮南哼哼着不松手，哥哥两天没回来了，他心里想得很。陶晓东要起身他就圈着胳膊吊着起，最后陶晓东失笑着把他抱了起来，陶淮南两条腿往他腰上一盘，把他哥搂得紧紧的。

陶晓东一只手兜着他，另一只手往上扯了一把迟苦滑到胸前的被子。

陶淮南挂在他哥身上被抱走，迟苦看着他俩走了，闭上眼睛又睡了。

迟苦在这个家里很长一段时间都保持着这个状态，不说话，谁都不亲近。除了最初陶晓东让他叫的那声“哥”，他没再叫过，根本不喊人。

保姆曾经偷偷跟陶晓东说过，说这孩子养不熟，赶紧送走，以后长大了也不是个事儿，心硬。

陶晓东摆了摆手，没说什么。

那会儿陶晓东二十五，正处在男人最争强好胜有拼劲儿的岁数，浑身都是年轻人的愣气，什么都不服。这时候的他刚在文身这片领域里冒出个头，想法很多，追求的也多，所有心思一半给事业，一半给弟弟。

迟苦跟他不亲，说不说话，能不能养熟的，陶晓东没心思想这么多。本来养他也没图什么，顺其自然吧。而且心思真往深了挖，陶晓东也没对他有太多感情上的期待。他要是现在就跟普通孩子似的黏人撒娇，陶晓东可能还烦。

这个家里哥哥是大人，大人想事儿的角度和小孩儿不一样。

陶晓东觉得迟苦这样天天冷着个脸不说不笑的没什么，小孩子就不这么想了。陶淮南失望极了，迟苦总是不理人，陶淮南从最初时常跟他分享小零食、说几句话，到后来一句话也不跟他说了。

小孩子的感情没得到反馈，心里的期待会加倍朝反方向滑过去。小孩子情绪总是多变的，喜欢和讨厌都来得很容易。

冬去春来，外面路旁的老杨树开始发绿苞，陶淮南今年该上学了。

陶晓东最近在给他办入学的事儿，他的好办，迟苦的不太好办。迟苦的户口还落在老家，陶晓东得想办法托关系把他的户口迁出来。

俩小孩儿一起去盲校，在这个事儿上，陶晓东确实有私心。当初他把迟苦带回来的其中一个原因就是这个。

陶淮南自己没法儿独立上学，陶晓东不能永远不撒手把他一辈子圈在家里，他得上学。当时迟苦奶奶那句“你弟眼睛不好”确实戳着陶晓东的心了。

陶淮南需要一个从小跟着他照应他的人，陶晓东就是这么打算的。

他也没把这点儿心思瞒着迟苦。陶淮南睡午觉的时候，陶晓东把迟苦叫了过来，他俩坐在沙发上，陶晓东跟他说：“哥跟你说说话。”

迟苦点点头，坐在他旁边，隔着一人远，坐得直溜溜的，眼皮垂着不看人。

他过来也有几个月了，脸上在老家冻出来的那两团高原红没了，身上那些小伤口也都没了，只剩下些旧疤。但还是挺黑，跟陶淮南这种瓷白的奶孩子到底不一样。

“让你跟小南一块儿上盲校按理说不应该。盲校里都是眼睛不好的孩子，你不是。”

迟苦没抬头，没什么反应地听着。

“小南眼睛不好，你帮哥照应一年。”陶晓东看着他，说，“等他自己能独立生活了，也适应学校了，哥就给你转出来，该去哪儿上学去哪儿上学，不会一直把你扔那儿，不会耽误你。”

迟苦比陶淮南还大半年，再过生日就九岁了。陶晓东再怎么说不会耽误他，等把他转出来也十岁了。陶晓东自己都有点儿过不去，觉得自己在坑这个孩子。

这事儿不讲究，可他也实在没辙，撒手让陶淮南自己一周去住五天盲校，陶晓东不可能放心。

迟苦也不知道听明白没有，还是只点了点头。后脑处被他爸打出来的那块伤已经长好了，留了条疤，头发短不能全遮住，还能看到一点儿。

陶晓东抬手在他头上摸了摸，按着晃了晃。

陶淮南没特别抗拒上学，他就是舍不得哥哥和十爷爷。

金毛安静地陪着他，陶淮南搂着它的脖子，手在它背上一下下地抚摩着。金毛慢慢甩了甩尾巴，尾巴毛扫在陶淮南的脚丫上。

陶淮南缩了缩脚趾，说：“我上学走了你咋办呢？”

金毛趴下去，伏在小孩子旁边，头挨着他的小腿。

“我上学了阿姨就不来了，那你可咋办呀？”陶淮南沉默了会儿，好半天之后才又说，“田毅哥会把你接走吗？”

金毛小幅度地抬起头，轻轻咬了咬陶淮南睡裤的边。

一人一狗在沙发上彼此陪伴着，时间好像都慢了下来，傍晚的光晕照进来，那画面虽然温馨可也孤独。

陶淮南在家里跟金毛说话，也不会跟迟苦说话，因为迟苦不吭声、不理他。他们好久不说话了，不是小伙伴，也不是好朋友。

陶淮南甚至有点儿讨厌他了。

迟苦就跟每一个他见过的小朋友一样。

没有人愿意主动跟小瞎子说话，别人都怕他。

哥哥不在家的晚上，陶淮南搂着自己的小毯子过来，迟苦往外让了让。陶淮南从床尾摸着爬上来，翻身冲着墙。

再有几天他们俩就要一块儿上学了，陶淮南嘴上虽然从来没说过，但心里其实还是害怕的。他要去一个全新的环境里，那里会有很多陌生人，很多天他都见不到哥哥。

迟苦也翻身背对着他，陶淮南听见了。

陶淮南脸朝枕头上压了压，圆圆一双大眼睛闭上了，上眼皮哆哆嗦嗦着颤。他把手从毯子里拿出来，手背在眼睛边轻轻擦了擦。

睡前冒起了很多不好的小情绪，翻身乱滚地睡了一宿，醒了就全忘了。

陶淮南醒时一条腿搭在迟苦身上，脑袋离枕头老远，睡得没个样。他抬手揉了揉眼睛，觉得有点儿痒。

迟苦也醒了，手放在那条腿上往下推了一把，陶淮南的腿压着他大腿根了，疼得慌。

陶淮南还没醒透，被他这么一推，又想起来迟苦从来不搭理他，嘟着嘴把腿远远拿开了，劲儿使大了一下磕着墙了，脚丫磕出挺响的一声，顿时眼眶都疼红了。

迟苦听见声音后，侧过头看他，就见陶淮南绷着脸嘴巴噘得老高，整个人趴着倒退着往床脚挪，到了床边一出溜就滑下去了，转过头浑身都别扭着走了。

迟苦坐起来，探着脑袋看，看到陶淮南光着脚去沙发边找十爷爷，蹲在那儿凑着头不知道嘟嘟囔囔在说些什么。

阿姨在厨房做饭，有炒蛋的味儿飘出来，陶淮南朝那边转了下头，坐在沙发上揉自己的脚丫。

陶晓东回来的时候，陶淮南还没吃完饭，碗边掉了很多饭粒，阿姨正要喂他。

门一响，陶淮南放下勺子，惊喜道："哥回来啦？"

勺子在碗里，他这么一松手又撅起来半勺饭，撒得哪儿都是。陶晓东答应了一声，跟阿姨说："不要喂他，让他自己吃。"

阿姨笑着在围裙上擦了擦手："有时候看着着急。"

陶晓东说："没事儿。"

迟苦吃过了饭坐在自己睡觉的床边，没出来。陶晓东洗完手站在门口看了他一眼，然后过来坐在陶淮南旁边。

陶淮南听见他站在迟苦门口了，噘了噘嘴。

陶晓东一坐下陶淮南就把一条腿搭过来，把脚丫伸给哥哥看。

磕的那一下这会儿早没痕迹了，陶晓东不知道他要干吗，拍了他一下："好好吃饭。"

"疼呢。"陶淮南晃了晃脚腕，把脚踝露出来给哥哥看。

陶晓东闻言低头仔细看了看，手在他脚腕上揉了揉："崴脚了？"

陶淮南那点儿情绪可算找着人说了，跟哥哥告状："迟苦推我了。"

"是吗？"陶晓东随口回了他一句，看起来也并不过心，推了推他的碗示意他接着吃。

"是。"陶淮南又重复了一遍，"他推我了。"

陶晓东问他："他推你把你磕着了？你俩吵架了？那要不我去推他让他也磕一下？"

"哎！"陶淮南扔了勺一把抓住他哥的胳膊，赶紧说，"哥干啥呀……"

"不是说推你了吗？"陶晓东胳膊往后抽了抽，作势要起身。

陶淮南紧紧抓着他，小声说："我自己磕的呀，不是他推我磕到的……"

陶晓东这才笑了，抬手弹了陶淮南一个脑瓜崩儿："那你告什么状？”

陶淮南本来不是个爱告状、事儿多的小孩儿，也就是那点儿小孩子的情绪压多了，最亲近的哥哥回来了，忍不住想让人哄哄，撒个娇，不是真的想让他哥怎么着迟苦。

所以哥哥一说要去找迟苦他就慌了，他和迟苦再怎么不好，陶淮南也不可能瞎编他坏话，那也太坏了。

陶淮南被弄得不好意思，又有些心虚，本来从昨晚到现在的情绪一直都不好，这会儿低头慢慢舀着饭吃，还有点儿委屈。

迟苦一直在房间里没出来，陶晓东洗了个澡，洗完澡出来去他的床上靠了会儿。过了一会儿陶淮南自己过来了，身后跟着十爷爷。

陶淮南摸索着顺着哥哥小腿往上爬，爬上床后窝在哥哥旁边不动了。十爷爷在床边地上慢慢趴下，尾巴扫到了迟苦的小腿，迟苦又往旁边挪了挪。

“你俩上学别打架。”陶晓东跟他俩说。

陶淮南把脸闷在他身上，那股心虚委屈的劲儿还没过，也不想说话。

迟苦一如既往的沉默，要不是听过他说话，别人八成都得以为他有语言障碍。陶晓东用膝盖碰了碰他后背，迟苦回头看他。

陶晓东笑着问他：“能帮哥照看着小烦人精吧？他是烦人了点儿，摊到咱们家了，那咋整，没辙。”

陶淮南瞪大了眼睛，脸朝着哥哥的方向，意外极了。

迟苦看看陶晓东，看看陶淮南，不带表情地朝陶晓东点了点头。

陶晓东身上穿着在家穿的大短裤，膝盖就倚在迟苦的后背上。他眼睛里有笑意，在他之前，迟苦几乎没在大人的脸上看过这种表情，所有人面对他的时候除了厌恶就是可怜。陶晓东现在的姿势带着点儿随意的亲近，迟苦绷着后背一动不动。

到了真上学那天，陶淮南还是哭了。

俩小孩儿都背着书包，每个人的书包里都有一部小手机，陶晓东让他们有事儿就打电话。

学校管理得还挺严，不让带零食，不让带玩具。这么小的孩子要独立住校，健全的孩子家长都撒不开手，何况这些又全都是视障儿童。挺多家庭申请走读，每天晚上来接孩子放学，学校都拒绝了。

盲童要比正常孩子更独立，视力的障碍不能成为他们生活的阻力，得趁小让他们习惯视障，习惯在长久的黑暗中像正常人一样活着。

家长都在门口的监控室里没走，孩子们并不知道。陶淮南跟哥哥分开之后就在无声地流眼泪，不时用手背去揉眼睛。

哭的也不只是他自己，他们这个教室里一共二十个小学生，一多半都哭了。

都是从来没离开过家的小孩子，要五天看不到爸妈，有些小孩儿哭得好像天都塌了。

陶淮南坐在小板凳上不敢动，这地方太陌生了，磕磕碰碰会让他很慌。

他开始小声地叫迟苦。

教室里哭声震天动地，吵得什么都听不清，陶淮南两只手放在自己的膝盖上，坐得老老实实，一边流眼泪一边叫迟苦。

迟苦就坐在他后面，除了哭声听不见别的。他在这个环境里是那个格格不入的“异类”，陶晓东托关系递申请，费了挺大劲儿才让他能进来暂时寄读。

陶淮南不知道迟苦是不想理他还是不在，心慌慌的，他胆子向来小得很。

教室里有几个大人，都在徒劳地哄着那些哭得厉害的小朋友。斜后方有一个小女孩儿从大哭变成尖叫，极具穿透性的童音尖锐地刺进耳朵，陶淮南猛地一颤，缩着肩膀大喊了声“迟苦”。

迟苦听见了，站起来绕到他旁边去。陶淮南感觉到身边有人了，伸手过去想要摸摸：“迟苦？”

没表情的小孩儿没懂他的意思，犹豫着伸出了手，陶淮南摸到他的手，一把抓住。

“你是不是迟苦哇？”陶淮南哭得声音大了些，捏着他的手问，“你咋不说话呀？”

迟苦被捏着手，站在一旁显得有些不知所措。

陶淮南抽噎着一边问他为什么不说话，一边用另一只手抹眼泪，握着的手完全不敢松。迟苦看着他，说：“别哭了。”

陶淮南一听见他的声音，心里终于有底了，本来只是浅浅地抽搭，这会儿反倒哭起来了，边哭边说：“我好害怕呀，我想哥……我想回家了。”

迟苦蹲了下来，也说不出什么别的，就又重复了一次：“你别哭了。”

他声音里也没啥感情，说话又土，带着口音，“别”字压着四声调，显得凶巴巴的。

陶淮南抓着他的手，又是两行眼泪，大声回道：“那我害怕呀……”

本来他俩都谁也不和谁说话的，陶淮南讨厌着他呢，可这会儿他是陶淮南唯一熟悉的人，虽然嫌他不说话，可又不敢放开他。

好难受的滋味，陶淮南哭得一双大眼睛通红。

陶淮南虽然不是哭得最厉害的，但他也是比较难哄的那几个之一。有老师过来轻声细语地跟他说话，陶淮南太害怕陌生人了，只要有人过来，他就扯着迟苦的胳膊想让他挡挡，他自己不停往后缩。

一个躲一个挡，老师说什么陶淮南根本听不进去，害怕得缩起来，一副完全无法沟通的状态。

一屋子小瞎子，生生哭了一天。

到了下午有两个实在哭得厉害的，学校通知家长过来给接走了，怕真哭坏了。

陶晓东在监控室看了一整天，他压根儿没走，看着这群小瞎子上午在教室哭，中午在宿舍哭，下午回教室接着哭。

陶淮南还不错，上午哭的时间长，下午只哭了一小会儿。可他就是不松开迟苦，老师怎么说都没用，后来只好把他俩的桌椅并在一块儿了。

刚来还什么都没学会的小朋友们有很多甚至还没法儿独立行走，大部分小朋友摸着墙边的扶杆排着队走，剩下几个实在不行的就只能由老师牵着。

不会吃饭的也要有人喂，刷牙洗脸干什么都得有人帮着。

陶淮南在这里面算独立性很强的，这些他都能自己完成，他的不独立仅仅是因为胆子小。老师不敢过来多跟他说话，他一听见旁边有陌生人说话就紧张。他就像个小鸭子，紧紧跟在迟苦后面。

陶晓东在监控室站到天黑，直到小朋友们都被带到宿舍准备睡了才走。

这个弟弟在出生之前陶晓东完全不知情，他爸妈曾经说过对不起他，这个弟弟会拖累他，是个很大的负担。

陶晓东倒没这么想过，命里就该他有个弟弟。陶晓东疼他，想把好东西都给他。

可牵挂、揪心也都是真的。

他终究和正常孩子不一样，时时刻刻都牵心。

陶淮南并不知道哥哥在监控室看了他一天，他坐在宿舍的小床上，想家想哥哥。

低年级的宿舍都会配个奶奶，帮他们换衣服、洗漱、铺被子，回了宿舍就都归奶奶管。陶淮南换完睡衣盘腿坐在自己床上，他和迟苦床头对着床头，中间隔着两道床头栏杆。

奶奶不允许两个小孩儿一起睡，怕他们夜里掉下来。

对面的另外两个小朋友需要哄，奶奶一直在哄着他们睡。陶淮南小声开口叫“迟苦”。

迟苦被他抓了一天，睡觉了才放开。片刻之后迟苦把手从栏杆里伸了过来。

陶淮南听见了声，一把攥住了迟苦的手指头。

都在家圈养惯了，突然离开了家，开始集体生活，会有很长一段时间的适应期。眼睛是人跟外界交流和反馈的第一窗口，这个联系一旦被切断，其他的都会变得更加艰难起来。

晚上睡前要哄，早上醒了又全哭了。

醒来没在家，听不到爸爸妈妈的声音，这是多么绝望的事呢。

陶淮南要比他们坚强很多，他第二天早上只是浅浅地抹了抹眼泪，之后竟然就没再哭过了。毕竟跟别的小朋友比起来，他本来也要经常跟哥哥分开几天，哥哥最长一次出门半个多月，他那段时间在田毅哥家跟田婶和十爷爷待一块儿。

所以比起别人，他当然也想哥哥，可也没那么天塌地陷的绝望。

何况还有迟苦呢。

昨天抓了迟苦一天，晚上睡觉也是抓着睡的，不知道睡着后什么时候才各自将手缩回去的。

陶淮南醒得早，醒了想起现在是在学校，低着头无声地哭了一会儿，然后从自己床上跳下来，光着脚去摸迟苦的床。摸到了再安安静静地爬上去，在床边坐着。

迟苦醒了，他一向睡不实。睁眼看见陶淮南背对着他抹眼泪，迟苦往里挪了挪。

陶淮南听见他动了，侧了侧头听声音，想说点儿什么，张张嘴又闭上了。

他俩的关系现在有点儿微妙，对小孩子来说这种微妙不知道应该怎么缓解。他们本来关系就不好，话都不说一句。可是昨天他们一直在一块儿，迟苦也一直带着他，他现在已经不讨厌迟苦了。

可他也不想主动开口说话，这种情绪放在大人身上叫尴尬，放在小孩子身上就是别别扭扭。明明不是好朋友还总抓着人家不放，可不好意思了呢。

奶奶轻手轻脚地从外面进来，手上拿着四套衣服。见他俩醒了也没闹，笑着低声夸："哟，这么乖啊。"

陶淮南听见声音，抿了抿唇，屁股往后蹭着挪，挨到迟苦了才算完。

奶奶伸手摸摸他的头，带着笑意轻声说："胆小得跟小猫儿似的。"

学校要教的东西很多，怎么独立洗漱、怎么独立穿衣服，都得慢慢教。小萝卜头们被各屋的奶奶一串四个这样牵出来，后一个的手抓着前一个的衣服，开着小火车去水房。

迟苦不用教，小瞎子们还没组织好，迟苦洗脸刷牙都已经完成了。陶淮南暂时松开了他，按照奶奶的话去摸索。

放开也只是暂时的，从水房一出来，一串四个再开着小火车回房间，陶淮南抓着迟苦的衣服，抓得紧紧地。

他们就这样在学校住了下来。

盲校和普通学校说没区别那肯定不可能，但也没那么大区别。他们最先上的是盲文课，这是他们接触文化的第一步。在这基础上也有跟正常小学差不多的其他课程，语数外音体美劳都有。

陶淮南除了胆子小以外适应得还算不错，班里其他小朋友哭得也越来越少了。老师们最初两天都是轻柔着哄，从第三天开始就没那么好脾气了，开始给小朋友们定规矩，渐渐变得严厉起来。

陶淮南和迟苦并着的桌椅也被分开了，不过他们就一前一后坐着，陶淮南一回头就能摸到迟苦的桌子。

从周一到周五，这五天对小朋友们来说实在太长了。

周四的晚上，陶淮南躺在床上，手里攥着捆成一条的枕巾，默默想着哥哥。

枕巾是奶奶给绑的，看陶淮南每晚都要伸着胳膊隔栏杆去攥迟苦的手太费劲儿了，就给他找了条枕巾，从栏杆中间穿过去，让他俩各自牵着一头。

陶淮南每晚睡前都会把枕巾的一头握在手里，听不到声音了就动一动，迟苦如果没睡的话也会动一动。

明天就能回家了，哥哥下午来接。

陶淮南又有点儿想哭了，他牵着枕巾轻轻抽了两下。

迟苦动了动，陶淮南小声叫他："迟苦。"

话音里已经带了哭腔，迟苦在那边说："你可别哭。"

他说话听起来总凶巴巴的，陶淮南撇了撇嘴说："我想哥了。"

迟苦不搭理他，陶淮南都习惯了，不理拉倒。陶淮南放开枕巾，翻了个身。

迟苦在那边闭上了眼，困得不行了。枕巾一角被压在脑袋底下，陶淮南一动他能感觉到。

陶淮南翻身闭了会儿眼睛，片刻之后还是转了回来，又把枕巾牵了起来虚虚地攥着。

周五一放学陶晓东就来接了，一年级的小朋友们互相牵着排成小火车出来，陶淮南明知道自己看不见，还是脸朝着大门的方向，心里急得不行。

到了陶淮南出来的时候，陶晓东直接掐着他的腰单手夹着抡了一圈。陶淮南又想哭又想笑，手搭在哥哥胳膊上，指腹稀罕地摩挲着。

陶晓东把他放在脖子上，陶淮南骑着哥哥的脖子，两手捧着哥哥的脑袋，揪着哥哥的耳朵。陶晓东一只手抓着他的脚，另外一只手搭在迟苦肩膀上。

陶淮南撒了欢儿一样地叫哥哥。

陶晓东侧过头在他小胳膊上轻咬了一下，又捏了捏迟苦的脖子，问他小烦人精气人没有。

“我可没有。”陶淮南小声在上头说。

迟苦在底下摇了摇头。

小孩子是最奇奇怪怪的生物，他们敏感细腻，心思虽说好猜，可有时候大人也真摸不透。

这俩小的自打从学校回来就又谁也不理谁，迟苦总是离人远远的，陶淮南跟他说话，他在远处待着不吭声，陶淮南之后也不说了。

这俩一回了家就像还没上学那会儿一样，中间这五天在学校挨一块儿的时间好像都不存在。陶淮南只跟十爷爷玩，偶尔听见迟苦的声音就侧侧头，见他没有停下来的意思，就又转回去。

陶晓东哭笑不得，大人倒也不用刻意去掺和小孩儿的事，他们有他们的解决方式。陶晓东周末特意空出时间陪弟弟，田毅叫他们过去吃饭，陶晓东拉着他俩一块儿去了。

田毅哥是哥哥的好朋友，还在读书。

陶淮南挺喜欢田毅哥的声音，他说话总是笑呵呵的，爱笑的人招小孩儿喜欢。

田毅抱着陶淮南飞了两圈，然后说他沉了。

“这都瘦多了。”陶晓东看着陶淮南说，“上个学折腾瘦了不少。”

“没事儿，过段时间就好了，刚上学都上火。”田毅边说边捏着陶淮南胳膊上的肉玩。

一天一大杯牛奶现在都减量了，老师不让喝那么多。学校的牛奶有点儿稀，味儿淡，不好喝。

陶淮南早饭吃不下太多，也不爱吃鸡蛋。他习惯了喝牛奶，现在牛奶不喝那么多了，到了上午总觉得饿。

跟哥哥絮絮叨叨地说了半天，田婶赶紧给弄了两杯牛奶过来，笑着说：“快点儿给我们小南续上。”

陶晓东头往后仰着喊了声迟苦，让他过来喝牛奶。

迟苦过来仰头一口闷了，自己去厨房把杯子冲了冲。田婶在厨房，说不用他洗杯子，要给他水果吃，他摇摇头又转身去外面站着。

“这小孩儿咋回事儿？”田毅压低了声音问陶晓东，“一直这样？”

陶晓东“嗯”了声说：“不爱说话。”

“这也太不爱说了。”田毅看着都觉得不太正常。

陶晓东没再说别的，迟苦一直那样，他们都习惯了。田毅毕竟没见过那小孩儿几次，看见的几次又都是这样的，他心里稍微有点儿打鼓。

“他可别是随根儿。”田毅想想迟苦他那个家就觉得脑仁儿疼，当初陶晓东把他领回来，田毅头一回见就跟陶晓东说不太行，这小孩儿眼神不亲近人。

“不至于。”陶晓东说。

田毅跟陶晓东多少年的兄弟了，什么事儿都会从他的角度考虑，低声跟他说：“你别回头养出个狼崽子。”

陶晓东说：“不能。”

当着陶淮南的面，田毅也没法儿说太多，大人的心思就别让小孩儿听了，小孩子就该干干净净、天真烂漫着。

陶晓东朝外面的迟苦看了一眼，说："就是防备心重，也没怎么跟人正常相处过，慢慢来吧。"

田毅也朝外面看了看，没再继续说。

陶淮南听着他们说了半天迟苦，不知道心里想什么呢，一双大眼睛也不动，听得还挺认真。

陶晓东故意说："他俩不亲，也不在一块儿玩。"

田毅说："看出来了。"

陶晓东使个眼色，田毅秒懂，两个明眼的大人有意逗小盲孩儿，田毅说："到时候看看吧，小南要是不喜欢咱们就再给他送走。"

陶淮南后背挺直了下，眨了眨眼睛。

"咋了呀……"陶淮南抠了抠沙发布上的花边，"迟苦没咋呀……"

俩没个样儿的大人对视着乐，田毅又说："他也不说话，你俩也不好，换一个得了。"

陶淮南抿抿嘴唇，不太乐意："没不好呢。"

听了半天，听到最后说要给送走，陶淮南从田毅腿上翻下来，嘴巴张张闭闭不知道想要说什么，在那儿站了半天，最后憋出了一句："我俩可好了呢。"

第三章

小烦人精

陶淮南说完一句就要走，转身差点儿磕在茶几上。田毅一把又拦腰搂回来抱着，捏捏胳膊捏捏肚子，当个大娃娃稀罕。

不管是哥哥的朋友，还是身边的长辈们，没谁不喜欢陶淮南。他太乖了，到了谁家也不吵不闹，给个小东西放手里就能安安静静地摆弄，从来不给大人添麻烦。

又白又软还奶烘烘的，就是大人心里最待见的那种漂亮小孩儿。

命运也真挺不公平的，这么好的孩子，长着那么双又黑又亮的大圆眼睛，滴溜溜地来回转，可偏偏是个盲人。

他们在里面说了什么，在外面站着的迟苦没听到，也不知道哭精陶淮南还跟俩哥哥说他俩可好了。这俩小孩儿整个周末一句话都没说过，互相不搭理。

本来应该周日晚上就送回去，但是陶淮南不愿意，陶晓东一个不忍心就给学校打了电话说明早再送。

班主任对他们俩不算太操心，这俩都不怎么闹人，所以挺痛快地就同意了。

晚上睡觉的时候，陶淮南紧紧搂着哥哥的一只胳膊，脸贴在哥哥的胳膊上，不愿意放开。金毛就窝在陶淮南床边，时而把脑袋搭上来嗅嗅。陶晓东被搂着胳膊，另一只手在他弟身上轻轻拍。

养个孩子确实牵扯精力，可很多时候看着那么个小不点儿在他身边哼哼唧唧着慢慢长大，心里就又软又踏实，好像他在外头怎么拼怎么挣都有了意义。

迟苦从他的房间出来，又去了趟厕所，这么一会儿时间去了三趟了。陶晓东听见他又出来了，往外面看了一眼。

迟苦从洗手间出来，正好撞上陶晓东走到房间门口。

"怎么了？"陶晓东问。

迟苦先是没说话，陶晓东又问他："肚子疼？"

"没有。"迟苦这才开了口，停顿了半天才不太自在地又补了一句，"枕头脏了。"

"脏就脏呗。"陶晓东失笑，"脏了你折腾什么？"

陶晓东边说边去他的房间，随手开了灯，迟苦跟在他身后又不说话了。陶晓东看见有个枕头摘了枕套只剩下芯儿，顿时有点儿哭笑不得："你别告诉我你是自己洗了。"

迟苦不吭声，陶晓东一时之间都不知道说点儿什么好，过了一会儿问他："怎么脏的？"

迟苦将头撇向一边，不跟陶晓东对视，答说："鼻子出血了。"

"那你不说！"陶晓东把手放在他头上，让他的头仰起一点儿，鼻子下面已经没血了，"怎么弄的？"

"不知道。"

迟苦鼻子被他爸打坏了，伤过鼻梁。陶晓东又多问了几句，觉得情况还好。小孩子鼻子出血不算什么大事儿，他自己小时候就经常流鼻血，因为毛细血管比较脆弱。迟苦这种就只能是慢慢养，平时少磕碰，年纪还小，慢慢就好了。刚来的时候，他经常挂着鼻涕，现在也没了。

“你一小孩儿，用你洗什么？”陶晓东在他脑门上弹了一下，虽然早习惯了迟苦跟谁都不亲近，但看他这样也还是觉得这小孩儿太绷着了。

一时之间俩人有点儿没话说，陶晓东是个挺开朗的人，跟谁都能聊得上来，但那也是对成年人来说的。像迟苦这样的拧巴小孩儿，陶晓东也是真没辙。

最后陶晓东摸了摸他的头，说：“睡吧。”然后关灯出了房间。

一夜过完，该面对的还是得面对，再不想去学校也该去了。

好在一回生二回熟，这次陶淮南再来的时候就没像第一次那么离不开哥哥了，也没掉眼泪，只是在哥哥走之前不停重复着：“周五可一定要来接我呀。”

陶晓东在他下巴上兜了一把，说：“忘不了。”

陶淮南又说：“还有十爷爷。”

“记着呢，我天天上班都带着它。”陶晓东兜着他的下巴捏他脸，捏得脸都变了形，“没送走，你就放心吧。”

陶晓东一直把他送到座位上，刚开始上学才能这么送，再过几周就只能送到大门口了。哥哥走了之后，陶淮南就不吭声了，过了一会儿回头摸了摸后面桌子右上角的标记，那是代表迟苦的编号数字。

摸完又往后伸了伸手，摸到了迟苦桌上的铅笔盒。

迟苦看着他抿着嘴巴在桌子上摸来摸去。

陶淮南还想再伸伸手，被老师叫了声名字，让他坐好。

突然被喊了名字，陶淮南吓了一跳，眨眨眼愣了一下，转了回去。转回去好半天都还端着肩膀坐得板板正正，看着很紧张，直到盲文课上完，陶淮南也没敢再回过头。

两天没说过话了，这个话头很难开。再加上早上被老师喊了下名字，陶淮南一整个上午都坐在座位上没动过。他下课的时候会回头摸摸，直到有一次摸到了迟苦的胳膊，这才收回了手坐踏实了，不再总想着转头。

上午的课都上完，该排着队去吃饭了。到了这会儿再怎么难开头陶淮南也绷不住了，他小声回头叫“迟苦”。

迟苦其实已经站在他旁边等着了。

陶淮南没听见回应，又叫了一声，眼睛睁得圆圆的，有点儿慌了。

已经叫了两声，要是叫第三声还没听见回答，陶淮南肯定得哭，他太害怕留下自己一个人了，他要怎么走啊？

“迟……”陶淮南颤着声刚开口，迟苦伸手过来抓着他手腕往一边扯了扯。

陶淮南用另一只手去摸他，摸到他袖口上的数字，这才安心，长长地舒了口气。

迟苦拉着他去门口排队，陶淮南笑着说：“我以为你没等我就走了呢。”

迟苦带着他排好队，陶淮南在他身后抓着衣服，上下荡了荡，往前贴着，小声问：“你没走哇？”

得了便宜还卖乖，迟苦头都懒得回。

人抓在手里了，谁还管他说不说话，陶淮南跟没事人一样随着小火车去排队吃饭，老老实实的。

小瞎子们都在学着自己走路，仅仅是一周的时间，比起上周刚来的时候都进步多了。餐厅不是只有一年级的小孩儿，人很多，一年级的这些小萝卜头被带着坐在一边，一桌一桌的几乎都在捧着碗自己摸索着吃，只有少数几个还不能独立吃饭的需要喂。

陶淮南吃得很慢，迟苦早吃完了，坐在旁边发呆。陶淮南早上在家吃完饭才来的，一大杯牛奶喝下去其实中午也没很饿，就是憋得慌，上午自己没敢乱动，也没敢去厕所。

勉强吃了半碗饭，陶淮南挨着迟苦的耳朵说：“迟苦，咱们走吧？我肚子憋……”

正常要等同屋的几个都吃完饭了，再一起被奶奶牵回去，另外两个还有半碗饭没吃呢。

迟苦一转头下了椅子，陶淮南抓着他也下来了。奶奶问他们是不是吃完了，陶淮南还是不太敢说话，攥着迟苦的衣服躲在他后面。一个不说话，一个不敢说话，这哥儿俩也真是难为奶奶了。

都不说话就得在这儿等着都吃完，那还得好半天。

后来迟苦先说：“要去厕所。”

奶奶有时候忘了他能看见，还拿他当视障儿童看待，问：“那奶奶带你去？”

迟苦摇摇头，奶奶想起他看得见，让他俩走了。

陶淮南被迟苦拉着回去的路上，不知道脑瓜里琢磨什么了，晃了晃迟苦的手，嘴角挂着笑说：“你咋这么好哇？”

迟苦压根儿不听他这个，这种示好对他来说没有用。

陶淮南一转头就忘了周末在家谁也不理谁的状态了，哥哥不在，迟苦就是最好的，第一好。

这俩小孩儿也真的很有意思，这种分不开的小伙伴模式只能停留在学校里，周末一出校门转头就不这样了。

只要一回家，迟苦也不再干什么都等着陶淮南了，陶淮南也不会有事没事就喊迟苦了。互不搭理的状态要一直持续到周一，在学校过了一上午再次恢复正常。

陶晓东每次在电话里听老师说的都是小哥儿俩好得跟一个人似的，然而他一次都没见过，他听到的跟他看见的也不一样啊。

转眼到了夏天，陶淮南和迟苦上学两个多月了。

盲文认识了不少，诗也会背了好几首。陶淮南已经是个有模有样的小学生了，迟苦更不用说，老师跟陶晓东说了好几次，他太聪明了。

陶晓东不像最开始那么担心，他现在就只是觉得好玩，小孩儿这种生物真是太逗了。

周五下午陶晓东没什么事儿，早早就去了学校，在监控室看着教室，等小孩儿放学。陶淮南在教室坐热了叫迟苦，说热，迟苦叠了张大卷子扔给他，让他自己扇风。监控里只能看见动作，听不到说话声。

当时陶淮南慢慢扇着，说的是“迟苦，晚上咱们一起吃冰”。

结果到了晚上，一人捧着一碗冰，坐都不往一起坐。陶淮南在餐桌边坐着，脚底下垫着十爷爷的后背，迟苦在阳台开着窗户吃。

一前一后这俩小孩儿态度变得也太多了，陶晓东被这对“塑料”朋友给逗得直乐。

陶淮南咬着勺问他：“笑啥呀？”

陶晓东说：“笑你好玩。”

陶淮南不知道他哥到底笑啥，都笑半天了还在旁边哧哧地乐，终于不乐意了，小手拍了拍桌子耍赖说：“再笑我要闹脾气了！”

陶晓东笑得更厉害，笑完揉了揉他小手：“不笑了，快吃吧，一会儿化没了。”

陶淮南伸着脚丫在十爷爷身上踩踩，软软的毛探进他的脚趾缝里，毛茸茸的。陶淮南张开脚趾又缩起来，来来回回玩了半天。因为眼睛看不见，所以来自触觉上的一些小动作陶淮南会很喜欢，除了声音以外，触感是他和外界交流的很重要的方式了。

他对声音和触觉都很敏感，毕竟要把别人对眼睛的依赖都分给听觉和触觉。

又过了一段时间后，陶淮南在学校里光听脚步声就能听出是不是迟苦。

体育课上，体育老师手里拿着根盲杖站在一边，训练小朋友们如何在盲道上熟练地快速行走。

迟苦不需要学这个，每次到了这节课他就站在一旁发呆。这是陶淮南最讨厌的课，这节课上他需要放开迟苦，一个人拿着盲杖哆哆嗦嗦地、迟疑地在盲道上试探着点来点去。

陶淮南不喜欢盲杖，一根小小的棍子不能给他带来任何安全感。

别的课陶淮南都上得很好，只有体育课他不行。比起盲杖，他更依赖人的手，牵着手他就知道旁边有人陪着他，要是换成了盲杖，好像这个没有光明的世界里就只剩下了小小的他自己。

陶淮南手抬得不高，像是不敢让盲杖的底端离开地面，而是让盲杖一直贴着地面前前后后地小幅度划。体育老师握着他的手教了几次，放开之后，陶淮南还是走得不好。其他小朋友都能独立完成，只有陶淮南不能。

他卡在中间，别的小朋友就都走不了了，后来体育老师让他排在最后面，他是队尾最后一个。

陶淮南低落地站在队尾，老师让他自己练习，班级队伍已经离开他好大一截了。

声音渐远，小朋友们的快乐来得简单，他们边走边笑，很开心，只有陶淮南是最不开心的那一个。他后来站在原地不动了，太阳好晒人，班级声音离得太远了，他开始有点儿害怕，离开了盲道，一只手往前伸着，开始找人。

迟苦离他没多远，朝他跑了过去。

陶淮南听见脚步声，马上扔了盲杖，两只手往前一抓，环着迟苦的胳膊，就像每次听见哥哥走近自己时一样，做出了一个像拥抱一样的贴近的动作。

“你去哪儿啦？我都听不见你了。”陶淮南的鼻子下面挂着薄薄的小汗珠，一只手抓着迟苦，另外一只手抬起来用手背蹭了蹭汗。

迟苦被他贴得也热，皱着眉说：“松开我。”

陶淮南不听，回嘴道：“松开害怕。”

迟苦甩甩胳膊，把盲杖捡起来塞他手里：“走。”

陶淮南不想接，迟苦非往他手里塞，于是闷声道：“那咱俩一起走。”

迟苦又不是瞎子，他走什么盲道。陶淮南扯着他不放，迟苦说：“别人都会了。”

“啊……”陶淮南张了张嘴，鼻子底下又挂了层小汗珠，慢慢说，“就我不会。”

说完这句，他就不说话了，抿着唇慢慢松了手。

他知道班里别人都会了，他是班里最笨的那个、最胆小的那个。

陶淮南站在原地，脸蛋晒得通红，大眼睛往下垂着，用盲杖在地面上一下一下无意识地轻轻点着。

体育老师见他俩站在这儿都不动，从那边走了过来，握着陶淮南持盲杖的手，边教边带着他往前走。

陶淮南侧了侧头，没听见迟苦跟上来的声音，回过头慢慢被老师带着去前面了。

因为这件事儿，陶淮南一整个下午都闷闷不乐。

体育课下课是排队回去的，他抓着前面人的衣服，乱糟糟的脚步声都掺在一块儿，他听不出来前面的人是不是迟苦，也不敢碰人家，只能抓着一个衣服边。

到了教室，他不知道该往哪儿走，被人拉着手腕带到了座位上。

这个是迟苦，他听出来了。

迟苦总是不说话，这次陶淮南嘴也闭得严。

陶淮南其实没那么介意被嫌弃，体育老师因为他不会自己走路的事儿说过他好多次了，陶淮南并不在意。虽然有点儿不好意思，可没怎么放在心上。

这次却真的失落了挺久，一下午都没回过头。到了晚上吃饭的时候，他被迟苦牵着去餐厅，又被牵着去操场活动，都始终垂着头。

迟苦也不知道是粗神经还是不想理他，跟平时一样该干什么干什么。

陶淮南一颗敏感的心被刺了一下，又不得不继续跟着迟苦。

我可真没用，陶淮南低着头想。

这么小的孩子也知道拉帮结派，小孩子们过了最初害羞胆小的阶段，慢慢地都熟悉了起来。熟了就开始分堆儿了，谁跟谁玩得好，就每天都在一块儿玩。

陶淮南在这方面很封闭，他不愿意接触别的小朋友，天天只知道抓着迟苦。迟苦就更不用说了。

这就导致陶淮南一旦放开了迟苦的手，在学校里他就再也没有熟悉的小伙伴了。上学这么久了，他甚至连班里谁的名字对应谁的声音都还听不出。

同屋的另外两个男孩儿天天凑在一起玩，其中有一个很凶，最初哭得最厉害的就有他，现在不哭了，却经常把别的小朋友弄哭。

串小火车去水房洗漱的时候，陶淮南抓着迟苦，他后面被别人抓着，力气有点儿大，扯得他小背心都变形了，前面勒着脖子。

奶奶在前面看见了，说了那男孩儿一句，让他跟上，轻点儿扯。

男孩儿做了个鬼脸，“略略略”地吐了吐舌头。

陶淮南刚才被勒得有点儿难受，下意识想叫迟苦，想起迟苦总是冷冰冰、凶巴巴的，还嫌他笨，于是又咽回去了。

迟苦本质上就是一农村出来的野孩子，他能活到这么大全凭运气，没城里精细养出来的小孩儿那么多敏感细腻的心思。

陶淮南内心戏演得都快把自己酝酿哭了，迟苦却浑然不知。

晚上陶淮南在自己床上难受，觉得自己太难了，又没用。迟苦有时候对他好，有时候又很凶，对他凶的时候，陶淮南心里可真难过。

枕巾在手指间轻轻搓着，也不扯着动一动了，就这样细细碎碎地搓，他巴不得迟苦在那头晃一晃枕巾。

然而迟苦在床那头把枕巾往脑袋底下一压，袒着肚子都快睡着了。

陶淮南自己琢磨了好半天，坚持着没去动枕巾，迟苦也就真的一直没动。

陶淮南好不容易睡着了，第二天一睁眼快把昨天那点儿事儿忘没了，自己跳下来往迟苦床上摸。一摸摸了个空，迟苦没在床上。

陶淮南愣了，站在原地蒙了。奶奶去给他们收昨晚洗的衣服了，另外两个小孩儿还在睡。

迟苦洗漱完回来的时候，看见陶淮南站在自己床边眼睛红红的，也愣了一下。

陶淮南瘪着嘴问："你干啥去了呀？"

迟苦说："洗脸。"

天天都是一起洗的，昨天他俩不好了，迟苦今天洗脸都没等排队，自己就先去了。陶淮南眼睛一眨再一睁，一大滴眼泪就要掉下来。

迟苦都看愣了。

"你不跟我好啦？"陶淮南瓮声瓮气的，声调软软的，"那我下次上课好好学……"

迟苦眨眨眼。

"你咋这样……"陶淮南揉了揉鼻子，想哥哥了，"干什么呀……"

迟苦站在旁边，一脸蒙。

他看着陶淮南问："咋了？"

陶淮南去摸他的手，摸到了攥着："咱俩和好吧？"

迟苦还是一脸茫然的麻木表情，过了一会儿问他："没睡醒？"

陶淮南说："醒了。"

迟苦搞不明白他，不知道他在说什么。他问陶淮南："你还睡不睡？"

陶淮南摇摇头，然后就被迟苦带去洗头洗脸了。这天太热了，醒来后，一脑袋汗。

小孩儿的情绪来得快走得也快，转头就忘了个干净，去餐厅吃饭的工夫就嘻嘻哈哈的了。

迟苦现在话比之前多了些，不像从前那样总像个小哑巴了。到这个学期结束，他就已经来陶家半年出头了，变化还算明显。

现在见了陶晓东知道主动叫"哥"了，尽管看起来还是不太自在。

陶晓东偶尔会逗逗他，看他绷着个小脸有时会掐一把。

放暑假最高兴的就是陶淮南，不用上学可太好了吧。学校没有空调，太热了。

又可以一天喝一大杯牛奶了，陶淮南早晨喝牛奶的时候，沾得满嘴都是奶沫子，迟苦抽了张纸扔给他，说："擦嘴。"

"呀！你今天咋理我了？"陶淮南没擦，晃着脚丫，"放假你不都是不理我吗？"

迟苦没吭声，转头自己坐着去了。

陶淮南是个现实小崽儿，有哥哥了不用再去贴人家冷脸了，不理拉倒，蹲下来搂着十爷爷的脖子，摸它的毛玩儿。

陶晓东在自己房间里打电话，说正事儿呢。电话打完出来，看见这俩小的又自己玩自己的，笑了下问："跟我上班去，还是你俩在家等我回来？"

迟苦抬头看了看，陶淮南在另外一边说："跟你去。"

"那换衣服。"陶晓东跟迟苦说，"柜子里有夏远哥给你俩拿的一堆新衣服，自己挑着穿。"

迟苦点点头，去了。

陶淮南对衣服没概念，他一个瞎子，看不见衣服样式，不知道美丑，别人给什么穿什么。迟苦给他拿了套新的，自己还是穿着平时穿的旧衣服。

陶淮南不愿意动，喊他哥："哥帮我穿。"

他哥也不愿意动，说："迟苦帮你穿。"

陶淮南很自然地接了句："他在家不理我呀。"

陶晓东失笑说："那你求求。"

陶淮南原本是坐在床上的，这会儿笑着往床上一栽，躺平了弯着眼睛："求求啦。"

这哥儿俩就是故意逗小木头，逗他笑，逗他玩。

迟苦看着陶淮南那赖人的样儿，拿着衣服过去了。陶淮南也不坐起来，躺那儿还没完没了地"求求啦，求求啦"。

迟苦抓住他乱动的手说："坐起来。"

陶淮南故意不配合，在床上翻来翻去。

迟苦不想理他了，转头要走，手刚要抽走，就被陶淮南两手抱住，嘻嘻笑着说："坐起来了，坐起来了。"

睡衣脱了后，迟苦拿着衣服往他脑袋上套，陶淮南的头发乱糟糟地支着，弄乱了也不知道。

陶晓东收拾完自己，探头往他们屋瞅了一眼，见迟苦一脸不耐烦地给陶淮南换裤子，陶淮南还不消停，嘴巴嘟嘟囔囔地闹人。

这是彻底熟了。

陶淮南只有在亲近的人面前才是这个样儿，在外人面前都可乖了。陶晓东说了他一句，让他老实点儿。

陶淮南“啊”了一声，不闹了。

哥哥是个文身师，有一家工作室。哥哥干活儿的时候不能陪他们，陶淮南就又开始黏着迟苦。

哥哥很辛苦，工作起来没日没夜的，到了很晚都还没工作完。陶淮南不闹人，晚上困了就自己趴在沙发上睡，耳边一直响着哥哥文身机的“嗡嗡”声，偶尔还能听见哥哥和客人的对话，这样很踏实，哥哥就在附近，他的脚还能挨到迟苦，这些让他觉得安心。

迟苦后来也坐着睡着了，脑袋仰向后面歪着，手背无意识地搭在陶淮南的脚腕上。陶淮南一开始睡得不太踏实，每次醒了都要确定迟苦还在不在，就趴着用脚探探，迟苦被他踢得烦了，索性直接把手放在他身上。

陶晓东干完活儿已经十二点多了，两个小孩儿睡得很沉。陶晓东一个人抱不了两个都睡着的小孩儿，只能蹲在旁边轻声叫：“回家啦……”

迟苦先醒过来，他一直觉轻，从小被打出来的，神经习惯性紧张。

他睁开眼，陶晓东正笑得温温和和，胳膊支在膝盖上蹲在沙发前面。迟苦看着他，他的眼神总是平和的，他好像从来不会生气。

“回家了。”陶晓东带着笑小声地重复了一次。

迟苦从沙发上站起来，陶晓东去抱陶淮南。陶淮南哼哼了两声，感受到是哥哥在抱他，把脸贴在哥哥肩膀上，没醒。

迟苦拿着陶淮南的鞋，跟在陶晓东后面。

陶晓东锁了门，工作室在小区里面，居民楼的一楼。这个时间小区里的灯几乎全关了，也没有路灯，陶晓东一只手抱着陶淮南，一只手朝后伸过去：“来。”

迟苦加快速度往前走了两步，挨着他走。

陶晓东直接往下探了探，牵起了他的手腕。

迟苦那条胳膊一颤，他紧抿着嘴唇，感受着手腕上那片格外暖的温度。

“害不害怕？”陶晓东笑着说，“要是害怕，我抱你。”

迟苦低着头说：“不害怕。”

黑没什么好怕的，这世界上只有人最可怕，除了人以外什么都不可怕。

“怕我抱不动啊？”陶晓东笑问，捏了捏他很瘦的胳膊，“就你俩这么大的，我一手抱一个跟玩儿一样。”

迟苦不知道说什么，胳膊上的温度烫得他想缩手，周围那片皮肤像是要起鸡皮疙瘩一样。他几乎没被成年男性这么牵过，这么大的厚实手掌攥着他一截手腕，好像一使劲儿就能把他的胳膊撅折了。

小区很大，车也停得远。

只有月色的夜里，陶晓东就这样抱着一个、牵着一个，慢慢又从容地走着。

“他烦人吧？”陶晓东继续跟迟苦聊天。

迟苦摇摇头，摇完想起陶晓东的视线在前面，看不到，又说：“不烦。”

“骗人，”陶晓东笑着摇头，“我有时候都烦他。”

这话要是陶淮南醒着听见了肯定就不干了，得反抗着问一句：“我咋啦？！”

现在他睡着，陶晓东放肆地说着他的坏话：“黏人，小心眼儿多，能折腾。”

迟苦没吭声，陶晓东和他说：“还好现在有小迟在，不然哥没法儿让他上学。”

尽管比从前话多了一些，可这样你一句我一句地聊天，迟苦还是不会。

陶晓东跟他聊了半天，确切地说，是他自己说了半天。走到车前，陶晓东把陶淮南放进后座，直起身的时候摸了摸旁边迟苦的头，按着晃了晃："谢谢小弟了，让哥省了不少心。"

一声"小弟"让迟苦抬起眼看他，然后伸手扯了扯耳朵。

一个大人，两个小孩儿，一条狗。

这个家里很长一段时间都维持着这样的搭配。

俩小孩儿表面关系时好时坏，但一个是心思不细腻的粗神经，一个是虽然小心思多可总能自己排解的小话痨，这也就导致他俩不会天天都亲亲密密的，可矛盾也都留不长。

每次陶淮南头天生气第二天转头就忘了，又开始没完没了地絮叨着叫迟苦。

迟苦待的时间久了，也不像最初那么拒绝交流，露在外面的情绪也就渐渐多了。情绪多了陶淮南倒觉得不好了，迟苦以前最多就是不理人，现在却经常嫌他麻烦。

他脸上的表情陶淮南看不见，可声音能听见哪，谁还听不出他不耐烦了。

"你又烦我了！"陶淮南在迟苦挺凶地说"等会儿"后，愣了两秒之后，朝着迟苦所在的方向说。

迟苦正用方格本写着汉字，这是陶晓东给他拿回来的教材和本子，让他平时在家的时候也能看看。迟苦写了两张方格纸，这会儿工夫陶淮南叫了他五次。

"干什么？"迟苦走过来站在陶淮南旁边。

陶淮南很无辜："我没想干什么，我就叫叫你。"

"你自己玩。"迟苦转头又走了。

陶淮南踩踩十爷爷的背，十爷爷最近也不陪他玩了，它太老了。它更多的状态是趴在陶淮南旁边，时不时用鼻子顶顶他。

哥哥工作去了，深秋的天气有些冷，陶淮南打了个喷嚏。

他都自己坐一下午了，他想跟迟苦一块儿待着，可是迟苦不理他。

陶淮南摸了摸十爷爷的头，大金毛宠爱地张嘴叼了叼他的手。黏答答又毛茸茸的触感让陶淮南这才笑出来。一个抬手一个咬，一人一狗玩得挺起劲儿。等迟苦过来的时候，陶淮南已经不那么想跟他待在一块儿了，屁股一转变了个方向。

他一会儿这样，一会儿那样，迟苦习惯了。

陶晓东偶尔会带陶淮南去医院看眼睛，每次要去医院陶淮南都很怕。他紧紧拉着迟苦的手，冰凉的器械挨在他眼睛周围，每一次碰触都会让他哆嗦一下。

医生的话总是一样的，陶淮南倒并不会因为他们否定的话而难过，他的眼睛本来就治不好啦。

周一上午请假去看了眼睛，看完陶晓东才把他俩送回学校。

陶淮南的眼睛被保护得很好，也没有继续恶化出其他并发症，医生们都夸他眼睛漂亮。

他的眼睛确实漂亮，跟班里很多小孩儿都不一样。有些小孩儿病久了，眼球会有一点儿萎缩，有的会形成习惯性的上翻，有的会不受控地抖动眼睛。

陶淮南在这方面保持得很好，乍一看根本看不出他是个盲童。

盲童难教育，除了文化方面有传授难度以外，塑造他们得体的礼仪和形象也不容易。小孩子的行为习惯多数都来自平时所见，看到了才会跟着学。盲童看不见，所以经常会做出不得体或不正确的动作和行为，如果不在初期及时强制他们改掉，到了后期形成习惯就更难改。

在这方面陶晓东管他管得很严厉，陶淮南胆小，也听话，让他改他都会用心改。

陶淮南盖着自己的小毯子，准备要睡了。

迟苦上完厕所回来，陶淮南叫他："迟苦。"

迟苦走过来，陶淮南拍了拍自己的床："你在我这里坐一会儿吧。"

宿管奶奶知道他黏人，也没拦着。

迟苦坐在他旁边，陶淮南闭着眼睛准备要睡了，一只手习惯性地攥着他俩床头间的枕巾，另外一只手摸着迟苦的胳膊。

迟苦坐了一会儿，突然弯下身来盯着陶淮南看。

陶淮南不知道，眼珠在眼皮下面左左右右地慢慢转着。

迟苦开了口："睡没睡着？"

陶淮南睁开眼，跟他说话："没有呢。"

他说话的时候眼睛还在无意识地动，迟苦突然伸手盖住他的眼睛。

"干什么呀？"陶淮南以为迟苦跟他玩呢，还笑呵呵的，伸手过来捉他的手。

"眼睛别动。"迟苦按着他的眼睛，陶淮南的睫毛在他手掌下面抖了抖，迟苦又重复了一次，"别动。"

他的语气又有点儿不耐烦了，凶巴巴的。

陶淮南很听话地把眼睛闭得紧紧地，也不笑了，小声问："怎么啦……"

平时偶尔皮一皮，说话回回嘴，那都是跟亲近的人撒娇。陶淮南说到底还是胆子小，迟苦真凶起人来他也怕。这会儿把手搭在迟苦手上，老老实实的不敢动了。

迟苦并不答话，只是手一直按着陶淮南的眼睛，直到他慢慢睡着了。

从这天开始，迟苦时常盯着陶淮南的眼睛看。

陶淮南不知道别人在盯着自己，毕竟视线这东西摸不到、听不着的，他经常是在没防备的时候就被在旁边的迟苦吓一跳。迟苦还吼他，让他别转眼睛。

陶淮南被吼了难免委屈，小声回嘴道："没动……"

迟苦说："眼睛别转来转去的。"

"我没转呢……"陶淮南闭了闭眼睛再睁开，无辜地问，"现在转了吗？"

"转了。"迟苦皱着眉，表情凶，语气也凶，"往前看，别左右动。"

陶淮南都快哭了："我也看不着哇。"

迟苦不知道该怎么说，他俩说不到一块儿去。陶淮南被他吼了，除了委屈还有点儿害怕，怕自己眼睛变得更加坏了，慌慌的。

陶淮南眼睛大，黑眼仁几乎全能露出来，眼珠一动很明显就看得出来。迟苦这一整周在学校经常说他，说到后来陶淮南都有点儿怕他了。

睡觉的时候，他自己摸着爬上床，脸冲墙背对着外面，枕巾也不攥着了。

迟苦探头过来看陶淮南，宿管奶奶让他躺好，要关灯了。他没动，还是撅在那儿看陶淮南。

过了一会儿，他伸手过来，手掌罩在了陶淮南的眼睛上。

陶淮南感受到他的动作，因为有了心理准备，倒是没害怕。怕迟苦又说他，自己主动问："我又转了吗？"

迟苦手上使了点儿劲儿，陶淮南被他按得眼珠有点儿疼了，握着他的手腕，小声说："疼。"

"你不动就不疼。"迟苦能感觉到他的眼珠还在眼皮下面动，眉头又皱起来。

"怎么啦？"宿管奶奶过来问。

都围着自己看会让陶淮南没有安全感，他晃头甩掉迟苦的手，用毯子蒙上自己。

迟苦从自己床上跳下来，来到陶淮南的床边，用拇指和中指按着陶淮南眼珠的位置，和他说："就停在这儿。"

他这么按着，陶淮南眼珠一动就疼。他开始哼哼唧唧地要哭，宿管奶奶忙问："淮南眼睛怎么啦？"

迟苦说："没怎么。"

宿管奶奶也没那么喜欢迟苦，这孩子天天冷言冷语的，大人都喜欢软乎乎的小孩儿。但宿管奶奶对迟苦也说不上讨厌，毕竟他省心，不用怎么照顾，天天照顾着弟弟也怪懂事儿的。

陶淮南的眼泪都快出来了，还在说疼。

迟苦的手还是没拿开："就知道哭，你不动不就得了吗？"

陶淮南什么时候被这么凶过啊，他不敢睁眼，眼泪顺着闭着的眼睛滑了下来。

疼是真的疼，被按着眼珠，每动一下都疼。这样一来，陶淮南倒真的不动了，眼珠就停在迟苦的手下面，保持着不疼的状态。

不动了也哭，挨说了又委屈，要脸。

迟苦看他半天不动了，没什么情绪地说了句："别哭了。"

陶淮南抬手抹了抹眼泪："我不跟你好了。"

说不好这次是真不好了，可不是每次闹着玩的那种。

陶淮南这次长记性了，一直没理迟苦，害怕的时候也不非得找他了，宁可走路摔跟头也不找了。一直都是陶淮南热乎乎地凑上去跟他说话，迟苦的性格就是冷冰冰的，现在陶淮南不上赶着了，他俩时好时坏的关系必然要破裂。

迟苦就这么个性子，要不然也不会到了这边好久都不开口说话。

连陶晓东都看出他俩不好了，这次周末他把人接回来，发现俩人之间的氛围显然跟以往都不一样。陶淮南皱着一张小脸，脸贴在他的肩膀上话都不说了。

“你俩怎么了？”陶晓东问。

陶淮南在他肩膀上把脸换了个方向，不吭声。

迟苦也不说话，背着书包走在前面。陶晓东伸手扯了扯他的书包，迟苦仰头看他，陶晓东又问他：“你俩闹别扭了？”

迟苦摇摇头。

陶淮南没听见声音，还是把脸贴在哥哥身上，他不高兴的时候，嘴巴噘起来就那么一小点儿，像个表情不太快乐的洋娃娃。

陶晓东抖抖肩膀，逗他：“生气了？”

陶淮南也不能算是生气，他没那么介意迟苦说他，说就说，他就是讨厌迟苦语气里经常出现的厌烦。盲人对声音敏感，对别人声音里的情绪也同样敏感。

迟苦烦他，陶淮南一直都知道。次数多了也会有点儿伤心，刺激到他小小的自尊了。

通常陶晓东来接他们的时候，陶淮南都很欢腾，这么蔫巴巴的模样确实不多。

陶晓东的另一只手折回来在他头上拍了拍，说：“好了，别闹小脾气了。”

陶淮南趴在那儿嘟囔着说：“他压我眼睛。”

“不是故意的。”陶晓东随口回了句。

“是故意的。”陶淮南抿了抿嘴，还是接了一句，“因为我眼睛动。”

陶晓东一听这个，往后挺了下肩膀：“我看看？”

陶淮南直起身冲向哥哥，眨了眨眼睛让他看，还小声问：“现在动不动了？”

大眼睛好好地朝着一个方向，陶晓东揉了揉他后背：“没动，没事儿。”

陶淮南见着哥哥了，就有点儿委屈，低声告状：“他用手指压我眼珠，好疼。”

迟苦回头看了一眼，又转了回去。

陶晓东笑了几声，胸腔一下下振着，说：“告状精。”

晚上，电视停在一个少儿频道，动画片哇啦哇啦地播着，陶淮南靠在沙发上，一边摸着十爷爷，一边听声音。

陶晓东洗完水果端过来，见迟苦又自己去阳台了，喊了他一声。

迟苦没过来。

陶晓东拿了个苹果放在陶淮南手里，让他自己啃着吃。陶晓东刚要转身走，看见陶淮南的脸，又停下转了回来。

“仰头。”

陶淮南笑着仰起来：“干什么呀？”

陶晓东托着他的头，轻轻把拇指按在他的眼睛上，陶淮南被迟苦按习惯了，手一搭上来就不动了。

陶晓东问他：“眼睛难受？”

“不难受。”陶淮南低低地回。

哥哥手上还带着刚才洗水果的水，潮乎乎的。陶淮南被他按着不仅不疼，甚至还有点儿舒服。

“动的时候自己知道吗？”

陶淮南想了想说：“不太知道，手按着的时候知道在动，平时不知道。”

陶晓东松开了他，陶淮南的眼珠又动了下，陶晓东问他：“刚才动了知道吗？”

陶淮南说：“这次知道。”

“平时的你也知道，你只是没注意。”陶晓东又按上他的眼睛，和他说，“不要乱动，很丑。”

哥哥很少跟他说重话，陶淮南愣了下，陶晓东又说：“眼睛乱动的时候，像个小傻子。”

这话说得不温柔，陶淮南下意识点了点头。哥哥一旦严肃起来，陶淮南也是害怕的，谁严肃起来他都害怕。

陶晓东说的这两句话，陶淮南之后很多天一想起来，心里都咯噔咯噔的。

他时不时会抬起手，用手指隔着眼皮摸眼珠，想知道自己动了没有。他害怕自己丑，也怕像小傻子。

迟苦也不管他了，他不知道是自己真的没动了，还是迟苦不想管他了。

眼睛看不见会让很多小事儿都变得麻烦，就这么一个眼睛别乱动的小事儿对陶淮南来说都很难。

转眼珠的事儿还没过，陶淮南最近又添了个总摸眼睛的习惯。

老师上课的时候说了陶淮南几次，陶淮南脸皮薄，每次挨说了好半天都缓不过劲儿。

所有这些老师里面，英语老师是最厉害的，脾气也最大。这学期新换的英语老师，还没记住陶淮南的名字。陶淮南再次摸上眼睛的时候，英语老师丢了个粉笔头过去，说了句：“怎么那么没记性？”

陶淮南的脸唰地一下就烫了起来。

粉笔头从陶淮南肩膀上弹到迟苦桌上，又弹到地上，被迟苦一脚踢开了。

陶淮南一直脸热到下课也没缓过来。

这下眼睛也不敢摸了，想知道眼珠转没转也不知道应该怎么办。

盲人的眼球没那么敏感，没法儿靠视线感知，有时候真不是他要动，是真的不自觉。

陶淮南僵着肩膀坐在座位上，乖孩子被批评了总是失落。

他最近挨的批评太多了。

放学的时候，迟苦站在旁边等陶淮南，陶淮南站起来碰到他，伸手摸了摸。迟苦拉着他的手腕，陶淮南想叫“迟苦”，还是闭了嘴。

过了一会儿没忍住，还是叫了声“迟苦”。

下午那颗粉笔头被迟苦踢到过道上，走到那儿的时候，迟苦又踢了一脚。

“我可咋办……”陶淮南很失落地问。

迟苦说：“不咋办。”

陶淮南朝着他的方向，小心地问：“我现在动了吗？”

迟苦看看他：“没有。”

陶淮南低低地“哦”了声。

周五放学前，陶淮南回头趴在迟苦桌子上，跟迟苦说：“你别告诉哥老师说我了吧……”

迟苦说：“嗯。”

陶淮南说：“我怕哥生气。”

“生谁气？”

“我。”陶淮南低着头，说话时下巴搭着桌子，脑袋一动一动的，“我没用，什么都不会。你生我气，我怕哥也生气。”

迟苦看着他，张了张嘴，愣了下说：“我没生气。”

“你生气了。”陶淮南说，“我知道。”

迟苦还没说话，陶淮南又说：“我还知道你一直都不稀罕我呢。”

迟苦面对着陶淮南这一句不知道从哪儿来的酸话，过了几秒突然皱眉说了一句："你别净事儿。"

陶淮南对他的态度已经预计个差不多了，无波无澜地又说了个"哦"，"哦"完见迟苦没理他，又加了个"好"。

陶淮南一身敏感的小心思，他哥偶尔能懂，迟苦跟他可彻底不在一条线上。迟苦能长到这么大纯粹是野蛮生长，陶淮南那些弯弯绕绕在迟苦看来简直就是一团麻烦。

农村孩子没这样的，迟苦是个例外，他除了跑和挨打没别的事儿，可别人家正常的农村孩子也没闲工夫在那儿琢磨人，上房揭瓦、下河溜冰的时间都不够用呢。陶淮南一身小敏感和自尊心都是因为眼瞎在家憋出来的，他的世界太封闭了。

迟苦有时候也是真的烦他。

比如陶淮南告状的时候，再比如像现在这样说些没头没脑的话，让人不知道咋回他的时候。

可烦归烦，再烦那也是他俩自己的事儿。放学一起下楼的时候，陶淮南被三年级的小朋友推了下，胳膊磕在楼梯扶手上，磕得他"啊"了一声，迟苦还是一伸手就把那小孩儿推了个跟头。

熊孩子哪儿都有，正常学校里讨人厌的熊孩子多了去了，盲校里也不是就彻底没有了。而且因为眼睛不好被家里惯得更厉害，所以盲校里的孩子皮起来要比外面更难管。

推陶淮南这个就是三年级里面最皮的一个，欠，平时横惯了，走路谁挡着他了，他就推谁。都是盲童，谁架得住他推，经常有被他推倒摔哭了的。

陶淮南倒是没哭，他只是伸手去摸迟苦，眨巴眨巴眼睛，谨慎得很。

班主任在前面领着他们，自然看见迟苦推人了，遥遥冲迟苦丢了个眼神过来，却没吭声。

三年级那个自己从楼梯上爬起来，嗷地喊了声："谁推我了？！"

迟苦连头都没回，他们班都快下了一层楼了。

班主任跟队尾的助教说："给他送下楼，别摔着。"

"谁推的我？！"那小孩儿还在喊，他不是个全盲的，还有残存视力，这会儿趴在楼梯上朝下指，"你们班谁推我了？！你等着！"

陶淮南攥着迟苦的手紧了紧，迟苦没一点儿反应，在陶淮南朝着最后一个台阶迈腿差点儿摔了的时候提醒了句："数台阶。"

陶淮南握着他的手，这才回过神儿，一节一节数着台阶。

因为这个事儿，在大门口，老师跟陶晓东说了半天的话。

陶晓东一手搭着一个孩子，听老师小声跟他说俩孩子在学校的情况。迟苦除了刚才推人的事儿之外没什么好说的，他家这俩都省心，弟弟胆小，但是有哥哥带着，也就还好。

老师是个挺年轻的姑娘，对学生挺严，但是对家长态度一直挺好的。

陶晓东笑着跟老师说："您费心了。"

"应该的。"老师看了眼迟苦，跟他说，"下次不行了啊。"

迟苦没吭声，陶晓东搓了搓他的脑袋："脾气那么大呢？"

陶淮南在旁边马上接了话："他先推我的……迟苦才推他。"

老师和陶晓东都笑了，陶晓东扯了扯他耳朵，说："那也不行。"

跟老师又客套地聊了几句，陶晓东带着他俩去车上，陶淮南担心迟苦挨说，小心思一拐，跟他哥说："我胳膊可疼了，就是刚才磕的，都磕出响儿了。"

陶晓东往上撸起他的袖子，扫了一眼，还真有点儿红。

倒也不是撒谎，真挺疼。陶淮南细皮嫩肉的，估计晚上就得青。

陶晓东弹了下迟苦的脑袋，和他说："在楼梯上推人太危险了，尤其他们眼睛还看不见，下次别这样了。"

迟苦没说话，陶淮南又说："那别人推我，我就干挺着呀？"

陶晓东突然坏坏地一乐，小声说："等他走到平地了再推，给他推个大跟头，推完赶紧跑。”

陶晓东打了火，陶淮南被他哥都说愣了，迟苦也挺意外。

陶晓东看着他俩呆滞的小眼神，笑了声说：“谁欺负你们，你们就欺负回去，别害怕，有哥呢。”

这话说得不讲理，但陶晓东本身就是这样的人。他十七八岁出来自己在外头闯，高中没毕业摸进文身这一行，大学那几年更是在圈里、在社会上自己钻营。得罪人的事儿他不干，但别人欺负到头上那肯定也不行。

陶淮南本意是怕他哥批评迟苦才说的那几句话，听了他哥说完，一边觉得好像哪里有点儿不对，一边又想笑。

“你这次还让老师看见了，老师还上我这儿来告状。”陶晓东边开车边说，“我小时候要想收拾谁，谁也抓不着我，你哥机灵着呢。”

陶晓东给他俩讲了一堆自己小时候干的坏事儿，说完趁着红灯往后转身，笑着问迟苦：“咱都是同一片地界出来的，学着点儿，别傻愣愣的，老师告状不丢人啊？我还得赔笑脸。”

陶淮南早让他哥逗得笑起来了，笑得小肚子一缩一缩，连迟苦都没忍住，侧过头稍微勾了勾嘴角。

“要笑你就大方点儿，偷着乐什么？”陶晓东转回去，哼了两句歌，跟迟苦说，“越来越有哥样儿了啊，小哥哥。”

两个人在后视镜里对视上，迟苦有点儿不自在，转开了眼神。

“弟弟好当，不管怎么样上面都有当哥的罩着，”陶晓东用舌头打了个响，下巴微抬，在后视镜里逗他，“哥哥不好当吧？”

迟苦耷拉着眼皮，用头顶对着后视镜。

陶淮南在旁边笑得傻了吧唧的，没心没肺地说：“我还以为你要说他呢，吓死我啦。”

“我说他干什么？”陶晓东转着方向盘，没个正形地说，“这是我们村的小子该有的脾气，打还手骂还口。”

陶淮南笑着喊："你以前不是这么告诉我的！"

"你又不是我们村的，你是城里孩子。"陶晓东说，"再说你一小瞎子，你能打着谁，你就能哭。"

说完还问迟苦："是不，小迟？"

迟苦脸上那点儿笑彻底没收住，他用手背抹了抹鼻子，头一次笑得这么开，侧着头不转回来。

陶淮南不干了，被他哥说不是他们村的，一下就能被说哭。他往旁边一栽，耍赖哼唧，脑瓜碰着迟苦了，索性直接倚在他身上。

这也忘了在学校挨说的那点儿事儿了，也忘了迟苦不待见他了。

跟迟苦闹了有段时间的小别扭就这么翻了篇。

陶淮南脆弱的玻璃心可能就缺迟苦这么个神经比炮筒还粗的来治他。

有时候陶淮南小情绪又要上来，不等他说话，迟苦先来一句："嘴收回去。"

陶淮南刚噘起来的嘴就得强行抿回去，要是他还赖赖唧唧地要说话，迟苦就让他"别烦人"。

时间长了，陶淮南的神经也粗了，没那么敏感了，不然他一有心事儿迟苦就说他烦人。

"烦人"简直成了迟苦挂在嘴边常说他的话。

被说多了陶淮南也不服，梗着小脖子不忿地问："我哪儿烦人了？"

迟苦拍拍他的作业本，说："赶紧写。"

"我手指头都扎疼啦。"陶淮南不愿意"写字"，不用力不出印子，使劲儿又手疼。

迟苦说他："就你事儿多。"

又挨说了，又被人嫌弃。陶淮南现在脸皮也厚了，爱说说呗，能咋。

他从椅子上往下一蹦，自己摸着去沙发边吃水果了。哥哥在那儿跟人打电话，他脑袋往哥哥腿上一躺，被哥哥罩住了眼睛。

陶淮南小声问："又动了吗？"

陶晓东听着电话，说："没事儿，不动了。"

转眼珠这个事儿被陶晓东和迟苦一直盯着，前前后后盯了好几个月才把这个毛病给他制住。这几个月里陶淮南除去刚开始有点儿小情绪，后来一直很配合。他被人管习惯了，到了午睡和晚上睡觉的时候还会厚脸皮地叫迟苦过去，把人家的手放在自己眼睛上。

"你按着我，按着我我就能知道动没动。"

迟苦把手往回一抽："困，我睡觉。"

陶淮南就嘻嘻笑着用两只手去抓他，抓住了放在自己眼睛上，哄着商量着："按一会儿吧？"

其实他就是喜欢被捂着眼睛的感觉。他的眼睛平时没什么知觉，这么被按着会有存在感，手掌的温度挨着眼睛周围的皮肤也会让他觉得安心。

以至于到后来他眼睛乱转的毛病彻底好了，再也不乱动了，有时候还想叫迟苦。

迟苦晃晃枕巾，让他老实睡觉，别那么多事儿。

陶淮南顺着枕巾把手伸过去，去抓迟苦的头发。迟苦直接脑袋一抬，把他的手压在底下，陶淮南再往回抽，抽回去了他还伸过去抓迟苦。

他俩不老实，对面那俩皮孩子也不老实。小孩儿在学校混熟了，不好管了。宿管奶奶每天晚上还得组织纪律，一个两个的都越来越不听话。

陶淮南终于把迟苦折腾急了，迟苦把手伸过来，在他脸上掐了一把。

陶淮南小声说："疼，疼！"

迟苦皱着眉："你咋这么烦人？"

"烦人你就掐脸哪？"陶淮南捂着脸，满脸写的都是难以置信。

迟苦一翻身，被子往脑袋顶一蒙。

娇气包。

第四章

送走十爷爷

娇气包都是惯出来的，没人惯着再娇也娇不起来。换到迟苦他们家，多娇的都给你打皮实了，要真娇气就活不了了。

陶淮南天天在迟苦面前哼哼唧唧的这不行那不行，都是惯的。也多亏迟苦不纵容他那些小情绪，换个好脾气的更要被他磨。

烦人是真烦人，可瞪着双无神的大眼睛软声软气地冲人撒娇的时候，也是真让人讨厌不起来。

等到学期完事儿了，陶淮南高高兴兴地被哥哥接回家。

终于放寒假啦。

陶淮南天天早上睁眼摸着去找他哥，找着了就搂着腰腻一会儿，再转头去找迟苦。迟苦有时候故意躲他，他往哪儿摸，迟苦就往另一个方向躲，陶淮南要是听见了就喊他一声，朝着脚步方向一冲，肯定能抓住。毕竟迟苦不敢真躲开，不然陶淮南往哪儿一扑收不住了就得磕。而且陶淮南有外援，十爷爷老了不能陪着陶淮南来来回回地跑，但是它能慢悠悠地咬着陶淮南的裤腿给他指方向。

普通小孩儿蒙着眼睛玩“摸瞎”的游戏，这游戏他们不用蒙眼睛，陶淮南有天然条件，他们天天玩。陶淮南摸着迟苦了，就往人身上一搂，嘻嘻笑着说“抓着啦”。

迟苦不耐烦地推他，也不用劲儿，陶淮南抓住了不松手，软乎乎地叫“迟苦”。

别人家小孩儿有的都是起床气，到了他们家，早上起床这顿撒气就得换成撒娇。既然陶淮南现在已经被迟苦规整得没那么敏感了，陶晓东偶尔也跟他开玩笑。在陶淮南刚睡醒过去搂他的时候，陶晓东用胳膊轻轻推他，笑着说：“起开，黏人精。”

陶淮南就撇撇嘴，转身再去找迟苦。

陶晓东平时周末得去接孩子，尽量不赶周末出门，陶淮南在学校盼了一周了，要是到时候不去接，怕他失落。这终于等到寒假了，陶晓东攒了一堆事儿得出门办，俩小的他本来没想带，把他们留在家让阿姨每天过来也行，让他俩在田毅家也行。

在这方面陶淮南从来不闹，很懂事儿，不让哥哥担心。可等陶晓东收拾完东西准备走了，看着陶淮南乖乖地坐在沙发上听动画片，还是没舍得走出去，太不放心了。

最后还是多收拾了不少东西，俩小的一个也没落，全领着了。这一走得十天，金毛再次托付给了田毅。

车上除了他们哥儿仨，还有个黄哥，黄哥也是哥哥的朋友，跟哥哥一起开店的。

陶淮南刚开始很怕他，他声音凶，后来熟了就不怕了。

这一路上哥哥和黄哥在前头说事儿，把他扔给了迟苦。陶淮南很少出门，上次出去还是跟哥哥回老家那次。陶淮南想起那一次，絮絮叨叨地跟迟苦说话，问：“还能不能找着冰溜子啦？”

迟苦说：“能。”

陶淮南说："那你再给我找一根儿。"

迟苦说："等回去了给你找。"

前头两个哥哥听见他俩说冰溜子，大黄笑了半天，说："哪儿的口音？这也太土了。"

陶晓东坐在副驾上，也跟着笑："我们村的人都这么说话。"

"你能不能教孩子一点儿好的？"

大黄说完陶晓东，回头跟俩孩子说："不跟你哥学。"

陶晓东可无辜了，说："我可没教，他小哥教的。"

迟苦说话土，带口音。来这儿一年比之前好多了，可也还是能听出来。被说土迟苦也不会不好意思，该干什么干什么。

小孩儿坐车都困，没多大一会儿陶淮南就不吭声了，大黄回头看了眼，小声跟陶晓东说："困了。"

陶晓东早知道他得困，毯子都给他拿过来了。陶淮南脑袋支在车窗玻璃上，车一颠就磕一下。迟苦听见声音，往旁边坐，贴着另一边的车门，拽了拽陶淮南的胳膊："过来。"

陶淮南被他拉着要挪过来，迟苦又说："躺我腿上。"

陶淮南脱了鞋老老实实地躺下，枕着迟苦的腿，很快就睡沉了。迟苦毕竟也是个孩子，架不住车上晃晃悠悠地颠，仰着头不多一会儿也睡了。

两个人都睡熟了，大黄又回头看了眼。一个坐着，一个躺着，迟苦的手搭在陶淮南的脑袋边，俩孩子睡得怪亲近的。

"哎，"大黄叫了陶晓东一声，问他，"怎么样啊？"

陶晓东知道他问什么，点点头说："挺好。"

"说过想回家没？"大黄看着后头那土小孩儿说，"看着脾气可不咋样。"

"不想家。"陶晓东也回头看了一眼，"他那家有什么好想的。"

大黄问："他爸来找过吗？"

陶晓东把声音压得极低，说了句："他爸不知道。"

"孩子没了不找？"大黄挑眉，难以置信，"说没就没了？"

陶晓东顿了下，才说："奶奶说孩子让他给打死了，怕警察找他，跑南方躲着去了。"

大黄简直不知道说点儿什么好，过了一会儿才说："也挺好，省得以后麻烦。"

陶晓东"嗯"了声说："是个好孩子。"

"那怎么着？以后就一直养着了？"大黄开了句玩笑，"一个小南都够你呛，这又多一个。"

"养他省心，"陶晓东把空调温度又调高了点儿，笑了下说，"再说小南现在也离不开他。"

出门了不像在家，陶淮南对陌生的地方感到恐惧，他确实离不开迟苦。哥哥不可能时时刻刻牵着他的手，哥哥得办事儿呢，能被陶淮南一直抓在手里的只有迟苦。

迟苦牵他已经牵习惯了，嘴上再说烦，手也一直不会松开。冬天太冷了，他俩这么牵着，手没一会儿就冻得疼了，迟苦就把陶淮南的手揣进兜里，兜里暖和。

陶淮南到了冬天捂得最严实，帽子、围脖什么的都少不了，迟苦嫌围脖扎脸，从来不戴。有时在外面时间长了脸冻得冰凉，陶淮南就用他热乎乎的小手心去焐迟苦的脸——两只胳膊平端着，两只手分别按在迟苦脸的两边。

"你脸可真凉。"他小声说。

脸上最不扛冻的是鼻梁，迟苦鼻梁高，他把鼻子往陶淮南的手里顶顶，用陶淮南的手心暖鼻子。

陶晓东特意留了两天时间陪弟弟，带他俩出去玩。

冰做的大滑梯百米长，陶淮南牵着迟苦的手一起滑下来，又害怕又快乐，挨在迟苦旁边像只欢腾的小胖鸟。

陶晓东把他俩领来就不管了，往休息区一坐，隔着玻璃看迟苦领着陶淮南一趟一趟地坐滑梯。

由于眼睛看不见的关系，普通小朋友常玩的东西陶淮南很少碰。没有迟苦陪着，他自己无论如何都不敢上去。陶淮南一天恨不得叫一百声迟苦。

迟苦被他喊得耳朵疼，说他："你小点儿声。"

"我不是怕你听不着吗？！"陶淮南笑着喊。

"我能听见。"迟苦往旁边扯了扯他，不让对面冲过来的雪橇把他撞着。

陶淮南太快乐了，回身用两条胳膊圈着迟苦，蹦着说："滑梯太好玩了，我还想滑。"

迟苦嫌他黏糊人，皱着眉说："松开我。"

陶淮南松开了他的胳膊，也还是牵着他的手，一遍一遍地喊迟苦。

一天玩下来，俩小孩儿都累了，坐进车里后，都打了蔫儿。

陶晓东把他们拉回酒店，吃了晚饭后，他们俩洗了个澡就睡了。陶晓东难得清静，出了房间，去隔壁找大黄说事儿。

睡前还好好的，然而等陶晓东两小时以后再回来，光听着俩小孩儿睡觉的呼吸声就觉得不对。开了灯往床上一看，迟苦紧闭着眼，两边脸颊涨得通红，嘴唇微张着。陶晓东皱着眉探手一摸，脑门烫得厉害。

陶淮南浑然不知，腿搭在迟苦身上，睡得小肚子一鼓一鼓的。

把大黄叫来房间后，陶晓东抱着迟苦裹着被子打车奔着医院去了。迟苦的头脸都被蒙了个严实，中途他醒了要挣，陶晓东出声，让他别动。

迟苦于是不动了。到了车上，他把脑袋露出来，发现自己正被陶晓东抱着，有点儿不自在地挪挪，想要下来。

陶晓东问他难不难受。

迟苦刚开始是摇头，最后还是停下了，点头说：“难受。”

“哪儿难受？”陶晓东问他。

小孩子说不出来哪儿难受，描述不出来。何况迟苦又是个从小被磨出来的对疼痛不敏感的孩子，更是说不好。

陶晓东隔着被子拍拍他：“没事儿，哥领你上医院看看。”

因为发个烧就被抱着去医院检查，迟苦打从出生起就没有过这待遇。

寒冬腊月光着身子被他那酒鬼爹从家里打出来，那时候的他没有一天不发烧。到了城里贱命也跟着贵了起来，发个烧还得半夜往医院折腾。迟苦想说用不着，张了张嘴没说出来。

半宿折腾下来，最后大夫说是起了疹子，回去养几天就消了，千万别见风。

陶晓东又把他裹得严严实实带回来，回来的时候陶淮南正坐在床上抹眼泪。听见门响，马上开口问：“迟苦咋了呀？”

陶晓东和迟苦都挺意外他醒着，大黄在旁边说：“这也哄不好啊，一听你俩看病去了就炸了。”

陶晓东把迟苦放在床上，陶淮南赶紧伸手去摸：“咋了呀……”

“没事儿，起疹子了。”

陶晓东哄完他弟，跟大黄说：“你还非得跟他说我们看病去了，那能不炸嘛，吓都吓死了。”

“说别的糊弄不过去，别提了，我差点儿没编出十个理由来。”大黄打了个哈欠说，“起疹子没事儿，小时候都起过。”

迟苦从裹着的被子里出来，陶淮南哭得直抽搭，摸过来紧紧挨着迟苦坐，往他脸上摸：“啥是疹子，吓死我啦……”

陶淮南哭唧唧地往上贴，迟苦皱着眉往后躲。

陶晓东伸长胳膊一捞，把陶淮南提溜走了，告诉他："这几天你俩保持点儿距离，疹子传染。"

"啊？"陶淮南一听，有点儿傻眼，问，"疹子到底是啥呀？"

"浑身长小疙瘩。"陶晓东小时候也起过，那时候小孩儿都起，班里谁一起就能起一片，所以也不怎么担心这个。

"疼吗？"陶淮南有点儿担心地往迟苦的方向望望，"刺挠吗？"

"不疼，不刺挠。"陶晓东又被他带着小口音的词逗笑了，往他屁股上拍了两下，让他赶紧睡。

陶淮南躺下了，陶晓东让酒店又送了床被子过来，把刚才折腾去医院的那个抽走了，给迟苦换了条新的盖着。

陶淮南小声叫着迟苦。

迟苦回应他："干啥？"

"你害不害怕？"陶淮南问。

"不害怕。"

陶淮南又说："你别怕，我跟哥就在这边床上。"

迟苦真没那么脆弱，不疼不痒的他都没当回事儿，除了发烧导致浑身有点儿难受以外，他都没感觉。他盖好了被子，眼睛一闭，跟陶淮南说："睡觉。"

"睡吧。"陶淮南这会儿也不哭了，哥哥和迟苦都回来了还哭什么哭。陶晓东抽了张湿巾给他擦擦脸、擦擦手，陶淮南主动抬抬下巴让哥哥擦。

陶晓东把他俩都安排完后，自己去冲了个澡，他也有点儿累了。洗完澡出来，见俩小孩儿各自躺在一边床上，隔着中间过道，脸对着脸。

灯一关，陶晓东听见陶淮南蔫声蔫气地告诉他："哥你小点儿声……"

陶晓东把他往怀里一搂，手捏着他软乎乎的小肚子："快睡你的吧。”

“迟苦得几天能好哇？”陶淮南把手搭在哥哥的胳膊上，小声问。

“四五天？差不多。”陶晓东另一只手往他眼睛上一扣，跟搂个大娃娃似的，“再说话就把你扔外头。”

陶淮南这才睡了，心里还惦记着这事儿。

以至于第二天早上迟苦一睁眼，就看见枕头边趴着个小脑袋。陶淮南睁着他圆溜溜的大眼睛，视线定在一个稍微偏点儿的位置，不声不响地只慢慢喘着气儿。

迟苦一愣，问他：“干啥？”

“你醒啦？”陶淮南马上精神了，伸手想摸他又犹豫着收了回来，问，“疹子消了没有哇？”

迟苦抬起手看了看，消是没消，而且满手、满胳膊都是小红点。

“没有，离远点儿。”迟苦往后让了让。

陶淮南也有点儿害怕，他不知道疹子到底是什么东西，想想浑身都要长小疙瘩，心里就发毛。

陶晓东从洗手间出来，见陶淮南撅着屁股趴在床边有点儿好玩，但也还是说了一句让他别离太近。

陶晓东过来看了一眼迟苦，问他还难不难受，迟苦发烧烧得没精神，只摇了摇头。

陶淮南没听见回话，也跟着问：“还难不难受了？”

迟苦嫌他絮叨，可也没说别的，答他：“没有。”

陶淮南“啊”了声，坐在旁边不说话了。

因为迟苦起了疹子，原定的再玩两天也不能玩了，陶晓东提前带着他俩回去了。起疹子不能见风，陶淮南的围脖就围在了迟苦脸上。起了疹子的脸本来就热乎乎地发胀，围脖一系更扎得厉害，一进到车里迟苦就摘了下去。

陶淮南坐在另外一边，和他聊天。迟苦最不愿意的就是聊天，偏偏陶淮南是个小话痨。好在坐车犯困，陶淮南没多久就睡着了。迟苦一身疹子，不敢让陶淮南躺在他腿上，叫了声“哥”。

陶晓东回头看，迟苦下巴朝陶淮南的方向指了指。

陶晓东说：“没事儿，让他这样睡吧。”

坐着睡觉容易歪头惊醒，犯瞌睡的时候头一点一点的，醒了睁眼看看，再坐好接着睡。这一点在小瞎子身上行不通，他惊醒了也没法儿睁眼看，所以身体歪倒的失重感会让他很慌，经常睡着睡着手一惊往旁边摸，每次醒都要吓一跳。

迟苦听见他在旁边突然拍座椅的声音，睁眼看看。陶淮南一只手摸着车门，一只手抠着座椅边，不敢松手。

迟苦皱眉看了一会儿。

等到陶晓东再次回头看过来的时候，陶淮南不知道什么时候还是枕在了迟苦腿上，迟苦自己拧着身子，脑袋塞在车门和座椅头枕的夹缝里，脸朝着上头沉沉地呼吸。

陶晓东看着那个画面看了半天，一直看着，一时间也说不清心里是个什么滋味儿。

陶淮南小时候打过疫苗，陶晓东其实也没那么担心他。再说就算真染上了也没什么，小孩儿起点儿疹子、生点儿病都难免，不用太当回事儿。他自己本身也不是什么活得多精细的人，陶淮南之所以让他养得这么娇，就是因为眼睛不好。

所以陶淮南回家了还继续缠着迟苦，陶晓东也没拦着，玩去吧。

陶淮南主动给迟苦当起了小仆人，恨不得端茶、送水、喂饭、递水果都包了。家里这么大点儿地方陶淮南还是很熟的，伺候人伺候得很来劲儿，他想让迟苦快点儿好。

迟苦哪受得了这个，这也太折磨人了。疹子没把他咋的，陶淮南要把他磨死了。

晚上陶晓东要晚点儿回来，不确定得忙到几点。阿姨照例睡在沙发上，陶淮南和迟苦各睡一屋。陶淮南要跟迟苦睡，阿姨哄着他不让去。

等到阿姨睡着了，陶淮南搂着自己的小毯子，光着脚悄悄地摸到迟苦屋里。

迟苦听见他摸索着往床上爬，也没撵他，往旁边让了让。

陶淮南爬上来自己躺好，先盖上小毯子，再钻进迟苦的被窝。

"你别害怕……我陪着你呢。"陶淮南凑到迟苦耳朵边上，小声说。

迟苦"嗯"了声，难得没嫌他烦，只说："别离我太近。"

"我不怕，"陶淮南伸手在他身上拍了拍，拍着他的侧腰，像平时他哥哄他一样，说，"你快点儿好吧。"

陶淮南和他身上裹着的小毯子都带着一层热度，挨在身上让人感觉又软又舒服。陶淮南仿佛是照顾迟苦上了瘾，小大人一样地一直拍迟苦，后来倒是把自己先拍睡着了，热烫烫的小手心贴着迟苦，周围都是他身上那股腻乎乎的奶膻味儿。

起疹子的周期太短了，没等陶淮南照顾人的瘾过够，迟苦身上的小红点已经在渐渐消退了。

陶淮南听见这个消息的时候乐坏了，说："太好啦！"

陶晓东刚跟田毅通了个电话，这会儿看着陶淮南乐呵呵的小脸，有点儿不太忍心。

"宝贝儿，田毅哥等会儿会过来。"陶晓东摸着他的头说。

陶淮南点点头，笑着问："送十爷爷回来吗？我想它了呢。"

陶晓东从头到脖子抚摩他，有些话当着孩子的面确实很难开口。很多事儿对大人来说尚且残忍，何况是天真善良的小孩子。

“想爸妈吗？”陶晓东问他。

陶淮南有些愣地眨了眨眼，脸上的笑还没收回去，低下头说：“想。”

“哥也想。”陶晓东看着他，他们哥儿俩长得不算太像，细看起来陶晓东更像父亲，而陶淮南像妈妈多一些。

陶淮南虽然不能从哥哥的话里听出来什么，可语气里传递出来的情绪陶淮南还是本能地感觉到了。

“让十爷爷去陪爸妈好不好？”陶晓东蹲下去，蹲在他面前，看着陶淮南。

陶淮南迅速抬起脸，张着嘴半天没出声。

陶晓东轻声说：“十爷爷年纪很大了。”

“啊……”陶淮南不知道是懂了还是没懂，出了这么一声之后就不再动了。

迟苦从房间里出来，坐在陶淮南旁边。陶淮南有些无助地朝那边望了望。

“它很喜欢你，可是它不能继续陪你了。”陶晓东看着陶淮南无神的大眼睛，有些说不下去了，陶晓东摸了摸他的脸和耳朵，问，“咱们今天送送它？”

陶淮南两只手拄在腿两边的沙发边上，小声问：“往哪儿送呢……”

这话陶晓东答不上来，也不想答了。

陶淮南还是维持着低着头的姿势，慢慢抠着沙发边，他的手指头上起了两处倒刺，擦到沙发布上的时候就有点儿疼。抠着抠着就不抠了，瓮声瓮气地低声说：“可是我也……我也不想送呀。”

十爷爷陪着陶淮南快三年了。

田奶奶去世前眼睛就不好了，那时候十爷爷就经常咬着她的裤脚帮她指方向，还会提前叼走或踢走路上的障碍物。

因此它后来被送到陶淮南这儿，陪着这么小的一个眼瞎的主人，简直是轻车熟路。

在迟苦来之前，陶淮南最离不开的就是十爷爷。哥哥有时太忙了，不是每天都在家，哥哥不在家的时候，就只有十爷爷一直陪着他。

所以此刻要让陶淮南接受这件事真的很难，陶晓东摸了摸他抠在沙发边的小手，坐在地上和他说："爸妈也好，十爷爷也好，他们都在陪着你，没有离开你。"

"我不想要这种陪着。"陶淮南的鼻尖和眼睛都红了，说话时嘴唇瘪起一个弧度，小孩子在用最大的能力去压着眼泪，"我想要真的陪着。"

"哥哥陪着你呢。"陶晓东抓起他的小手放在嘴边亲了亲，"哥哥永远不离开你，迟苦也陪着你。"

陶晓东说话时很温柔，哥哥温柔的嗓音对陶淮南来说是最能让他安心的力量。

陶淮南不知道还能再说点儿什么才能留下十爷爷，他舍不得的呀。他抬起手揉了揉眼睛，下嘴唇哆哆嗦嗦地动了几下，最后被他自己咬住了。

陶晓东是真后悔了，当初不该把老了的金毛接过来。在陶淮南还这么小的时候就让他面对离别。如果当时接了只小崽儿回来的话，等到它离开时陶淮南就已经长大了。

宠物的一生对于人来讲，还是太短了。

老了的金毛已经不能动了，它侧躺在地板上，旁边放着水，可是它已经喝不了了。

门一开，它像是闻到了小主人的味道，肚子起伏得快了些。它睁开眼睛，也张了张嘴。陶淮南被带过去摸它，金毛吃力地在他手心下喘着气，发出艰难的"哈哧哈哧"的声音。

陶淮南去摸它的头，金毛像平常每一次一样，张嘴去轻轻叼他的手，把他肉乎乎的一只小手咬在嘴里，又去咬他的袖子，咬住了之后微弱地甩甩头。

陶淮南的眼泪“吧嗒吧嗒”地落，问它：“你不走行吗？”

金毛已经太累了，它松开了牙齿，头慢慢躺回地上。金色的睫毛一颤一颤的，肚子贴着陶淮南的腿。

陶淮南抱着它，把脸贴在它脖子上，眼泪一直往下掉，洇进金色的长毛里。

“你还会回来吗，十爷爷？”陶淮南搂着它问，“还当我的小狗。”

这是打从迟苦来了之后，陶淮南哭得最厉害的一次。

跟这次比起来，以往他的哭都是小打小闹。

金毛的呼吸渐渐慢了，再到后来就没有了。

陶淮南搂着不松手，开始是低声呜呜地哭。后来陶晓东和田毅过来抱他，想要把他抱起来。陶淮南开始尖叫着哭，被哥哥强行抱走时，哭得嗓子都破了音。

陶淮南从来不这么哭，哪怕是被送到学校很害怕，也只是坐在那儿无声地抹眼泪。像正常小孩子一样控制不住地大哭，这是迟苦第一次见。

陶晓东一直拍着哄着，摸他的头。

听见田毅哥想要把狗送走，陶淮南开始再一次拼命地尖叫。陶晓东示意田毅等会儿，抱着陶淮南持续地低声跟他说话。

小孩子进入了情绪里，大人说什么都听不进去了。

陶淮南大概哭了一小时，在哥哥怀里渐渐平静了下来。下巴枕着哥哥的肩膀，哑着声音问：“别送走吧，让它一直在家里好不好？”

陶晓东先没说话，等陶淮南再次问起的时候摇了摇头，说：“不行，宝贝儿。”

陶淮南把眼睛扣在他肩膀上，眼泪又涌出来。

“它有它要去的地方。”陶晓东亲了亲他，“你不让它走，它会慢慢烂掉，会生虫子。”

陶淮南晃着头不想让哥哥继续说了。

这话对小朋友来说太尖锐了些，田毅碰了碰陶晓东的腿，让他别说了。

陶晓东却继续道：“哥哥也很想让它永远陪你，但是哥哥做不到。你如果还想要小动物，哥可以再给你带回来，但是现在我们要接受这些。”

他一边摸着陶淮南哭得汗湿的头发，一边对他说着话。

等到陶淮南哭得没那么厉害了，陶晓东把他放了下来，让他去跟十爷爷道别。

陶淮南摸着十爷爷已经不再起伏的肚子，眼泪又无声地落下来，从眼睛迅速滑到下巴处挂着。

曾经哥哥把金毛带到他身边的时候，跟他说以后这就是他一个人的宠物，能在没人的时候陪他玩。小孩子心里对自己的东西总是有归属感，会有种独立于其他事物的亲近，因为这是他一个人的。

“我怎么办呀……”陶淮南的嗓子哑得让人听了不忍心，他晃晃手，摇摇金毛，“我没有狗了……”

他难过地叫着“十爷爷”，蹲在那儿又绝望又孤独。

迟苦突然捉住他的手，把他的手从金毛身上放在了自己的膝盖上按着。

陶淮南还要继续去摸已经凉了的十爷爷，迟苦说：“以后我是你的狗。”

陶淮南眨了眨眼睛，低着头说：“你不是呀……你是迟苦。”

迟苦身上、脸上还有没消利索的疹子，小红点挂了满脸，他对陶淮南说：“你别哭了，我给你当狗。”

“那你能一直陪着我吗？”陶淮南哑着嗓音问。

“能。”迟苦说。

陶淮南跟他握着手，下巴上那滴眼泪坠不住了，砸在自己的膝盖上：“那我也能一直陪你，我也给你当小狗，我们互相当小狗。”

童言童语也灼心，陶晓东跟田毅对视一眼，听着小孩子不合时宜的话，也没去打断他们。

最后十爷爷被送回了田毅奶奶的老家，埋在离奶奶墓地不远的一块儿地方。老金毛回到了老主人身边，他们终于能长久地互相陪伴了。

小主人还有自己的人生，他漫长的一生才刚刚起了个头。

回去的路上，陶淮南没再哭，他鼻尖通红，眼皮也都肿着，一直紧紧攥着迟苦的手，是难过时的寄托，是他封闭窄小的世界里新的指望。

现在迟苦是他的小狗。

跟十爷爷一样，是他一个人的。

那晚陶淮南睡在迟苦的旁边，抓着他的手，偷着和他说：“以后我听你的，你也要听我的。”

迟苦今天对他很有耐心，不嫌他烦，可能是白天的陶淮南哭得实在可怜。迟苦闭着眼睛答应了声：“行。”

“因为我们都是小狗。”陶淮南也闭上了眼睛，过了一会儿眼角落下了一滴眼泪，轻声说，“我好想十爷爷呀。”

迟苦按了按他手心。

陶淮南说：“我不会让你像我现在这样难过，我不离开你。”

“睡吧。”糙小孩儿迟苦今天全部的柔软心思都已经用光了，这会儿不太能继续跟陶淮南在一条线上。

陶淮南自己偷着哭了一会儿，然后慢慢睡着了。

从这天开始，他们俩好像达成了什么小孩子之间的默契。

陶淮南长住迟苦屋了，只有偶尔陶晓东想搂搂他的时候，他才会被抱回去被人当个娃娃搂一夜。迟苦对陶淮南也耐心了一些，虽然也会让他别烦人，可语气跟从前比起来还是软和多了。

过年的时候，陶晓东问陶淮南还想不想要小动物了。

陶淮南瞪着大眼睛问："什么小动物呀？"

"小猫？小狗？"陶晓东说，"你想要什么都行。"

陶淮南认真想了半天，过了一会儿摇了摇头说："我不要啦。"

"真的啊？"陶晓东问。

"真的，"陶淮南伸出一根手指头朝迟苦的房间指了指，"我有迟苦啦。"

陶晓东攥着他的小手指头换了个方向："往哪儿指，在这儿呢。"

陶淮南"啊"了声，又重新指了一下，晃晃手指头："我有迟苦啦。"

陶晓东让他弟可爱得心都化了，捏了捏他的脸，揉揉搓搓，搓到他脸变形、嘴噘起来。

迟苦从房间走出来，他穿着一套红衣服。两个小孩儿都穿的红色，衣服是黄嫂给买的，图个过年喜庆。陶淮南穿着它衬得脸色更白，唇红齿白的一个奶孩子。迟苦瘦，也黑，一穿红色显得更黑了，还有点儿土。

陶晓东笑话他，说他又变成了农村小子。

陶淮南虽然看不见，但也跟着乐。

迟苦从来不怕人笑话，哥儿俩都笑话他，他坦然自在地往沙发上一坐，说："我本来就是农村小子。"

"你不是啦，"陶淮南笑着说，"你现在是我的小狗。"

陶晓东弹了他脑袋一下，说他："别整天小狗小狗的，他是你小哥。"

"啊，"陶淮南倒是乖，顺着就叫，"小哥。"

迟苦弹了下他另外一侧的脑袋。

第五章

晋升初中生

从这时候起，迟苦对于陶淮南来说，人前是小哥，人后是小狗。

小时候口无遮拦无知无畏，“小狗”说起来坦坦荡荡，不觉得侮辱人，后来明白了这种说法外人听着不对劲儿，于是“小狗”就变成了两个人私下里的秘密。

他们学校一年级一共读三个学期，第一个学期相当于半个学前班，主要是为了让这些盲童早一点儿适应学校。

等到三个学期都读完，迟苦就该转走了。他一个明眼小孩儿，总不能一直在盲校上学，陶晓东最初就跟他说过只需要陪一年。

陶淮南离不开迟苦，他就算学校适应得再好、再独立，他也离不了人。可也没跟哥哥闹，只在夜里偷着跟迟苦说：“你不要当别人的小狗。”

“睡觉。”迟苦眼睛都不睁，跟他说。

“你就知道睡觉。”陶淮南撇撇嘴，觉得迟苦真是没心没肺，他都快伤心坏了，迟苦还是这样。

迟苦其实也没那么困，他就是单纯地不想回应。小瞎子絮叨起来没完没了，迟苦是真怕回一句让他给起了头。

然而他不回也不代表小瞎子就不絮叨了。

陶淮南隔一会儿嫌热踢开毯子，凉了再裹回来，折腾了好半天。再过一会儿把腿往迟苦身上一搭，搭舒服了，两条腿都挪了上来。

迟苦问他："你还能不能睡觉了？"

"我不是睡不着吗？"陶淮南还沉浸在即将分别的郁闷里，"以后不跟我一块儿上学了谁还跟你玩，谁给你'汪汪'。"

迟苦不带情绪地回："我不用谁给我'汪汪'。"

通常陶淮南"汪汪"的时候都是卖乖，肯定是有事儿。迟苦巴不得他别"汪汪"。

陶淮南自己在那儿伤春悲秋，觉得以后上学没指望了，没有迟苦了。

过了一会儿，他小声问："迟苦，一周上五天学，五天都看不着我，你想不想我呀？"

迟苦回答得毫不犹豫："不想。"

陶淮南被他果断的回答刺着了，扯着毯子一翻身，不和他说话了。

迟苦就是嫌他肉麻，心里想什么嘴上就说什么。

陶淮南被他伤着心了，接下来也不找他抒发心中苦闷了。心里上火还没处说，给陶淮南嘴唇里面憋出个泡。

哥哥已经出门去工作了，迟苦在看书练字，陶淮南自己走到迟苦那儿，跟他说："嘴疼。"

迟苦笔没停，问他："咬舌头了？"

"没咬，长泡了。"陶淮南皱着眉咝咝地吸气。

"我看看。"迟苦说。

陶淮南自己扯着嘴唇给他看，含含糊糊地问："看见了吗？嘴唇里面这儿，可疼啦。"

"看见了。"挺大一片白泡，看着就疼。

迟苦去药箱里找着了之前陶晓东买的口腔溃疡贴，拿了一片给陶淮南贴上。

贴完嘴唇就麻了，没那么疼。

迟苦看着他噘着下嘴唇不敢让牙碰着那片，一副可怜样儿。

陶淮南绷着小脸，一脸愁苦。

“我说要走了？”迟苦接着写字，边写边说，“我说不跟你一块儿上学了？”

陶淮南眨眨眼：“啥意思呀？”

“你问哥。”迟苦耷拉着眼皮说，一副高冷的样子。

陶淮南猜着一点儿，还不敢全信，眼睛慢慢亮起来：“你不出去上学啦？”

迟苦不答话，写字写得认真。

陶淮南按住他的手，在旁边惊喜地问着：“是不是啊？是不是，是不是？！”

从一开始迟苦就没说要转校，陶晓东过来跟他说的时候，迟苦第一时间就说了不用。陶晓东后来又跟他说了两次，迟苦都没改口。真转了到时候小瞎子又要哭，那哭精最磨人。

陶淮南开心坏了，搂着迟苦去跟他贴脸，小声在他耳边像小狗一样软乎乎地“汪汪”。

“起开。”迟苦嫌他黏糊，用胳膊往外推了推。

推也推不开，陶淮南就是块小膏药，最烦人。

这个世界上陶淮南第一离不开哥哥，第二离不开迟苦。

但是哥哥和迟苦还不完全一样，哥哥有自己的事儿，哥哥要工作。迟苦能二十四小时都在，永远都在。

这种二十四小时不分开的相处和陪伴，能让这种离不开变得越来越深刻。小时候狠狠心说不定还分得开，时间越久越绑在一块儿，彻底拆不开了。

小孩儿任性，大人不能也跟着任性。

迟苦又在盲校陪了陶淮南两年，到了四年级开学之前，陶晓东说什么也要把他转出来。迟苦太聪明了，学校也不再留他，说在盲校怕耽误了。

两年前说要给迟苦转校，陶淮南还能接受，到了这一年他却完全不能接受了。他不接受陶晓东也没打算惯着，已经办起了转校手续。

迟苦也找过他，说在盲校也是一样的，陶晓东谁的话也不听。

陶淮南上了几天的火，然后找到他哥，说他也不读盲校了。

陶晓东本来以为他这回又是要说不让迟苦转，怎么也没想到能说出这么个话来。

陶淮南还挺坚决："盲文我都认全啦，我们现在上学也都跟普通小学的课一样的，我不想读盲校了。"

"你可快别闹了小祖宗，"陶晓东都让他给磨笑了，"放过你哥吧。"

"不放，"陶淮南往他身上一跨，搂着脖子求，"求求哥，求求哥。"

陶晓东刚开始还能义正词严地拒绝，到后来也动摇了。

说到底其实他没指望陶淮南学习多好，眼盲就是最大的障碍，真没图他弟成绩多好，健康长大就行，快快乐乐的。

迟苦又说陶淮南他能教，课程没跟上的他给补。

最后陶晓东到底还是心软了，一咬牙把他俩都转了出来。

迟苦直接跳了一级，陶淮南也跟着跳。

普通学校毕竟跟盲校有差别，校园里没有盲道，没有为视障儿童特意设置的基础设施。课本没有盲文版，刚开始的时候陶淮南课上什么都跟不上，支着耳朵努力听，脑子里也是一团乱，这速度对他来说太快了。

迟苦就坐在他旁边，陶淮南倒也不慌。他不会没关系，迟苦会了就行。

迟苦也是真争气，转校来的第一个期中考试，就考了个第三。陶晓东知道他学习好，可也没想到是这种好，他还直接跳了一级呢，整个四年级的课都没上过。

陶淮南就不一样了，他连倒数第一都排不上，排名表里根本就没有他，他答不了试卷。

在普通学校里，这么个答不了卷的小盲童可就太瞩目了。

全校都知道五年级转来了个盲童。

眼睛看不见还能上学啊？怎么上学的？

别的盲童肯定没法儿上正常学校，但是陶淮南不一样，他开挂了。

人家有小哥，有小哥带着，别说上学了，去哪儿都行。

别人围观他，他反正也不知道，只要别在他周围小声说话被他听见就行，陶淮南不像小时候那么胆小了，只要迟苦在旁边，别人怎么讨论他，他都不在意的。

当然也有欠的，想过来招他，或者到他面前说几句烦人话，反正他看不见。

但是迟苦能看见，迟苦太凶了。

头脑简单的欠孩子们不知道瞎子这小哥是从什么家庭出来的，他最不怕的就是打架，谁要惹到他头上那就得打一架。

转校一年之内，迟苦打了三次架，次次都叫了家长。

陶晓东被老师一个电话叫过来，给俩小的收拾烂摊子。

不过他家这俩有天然优势。

谁弱谁有理，陶淮南眼睛看不见，谁能弱过他，几乎不用解释也都猜得到肯定是欠孩子招惹他了。

所以陶晓东一般用不着道歉，都是对方家长给他们道歉，那些家长眼里还带着慈爱同情的眼神，道完歉还会再拍自己家孩子几巴掌。

两个小的都长高了，迟苦个子蹿得猛，这几年长得很快。

陶淮南一天一大杯牛奶也长不过他，以前他比迟苦高点儿，等到小学毕业他站在迟苦旁边的时候，耳朵只能贴到迟苦的肩膀。

可能迟苦的营养都用在长个儿上了，陶淮南的估计都去冲颜值了。

半大不小的阶段最丑，可陶淮南好像就没丑过，小娃娃的时候顶着张圆嘟嘟的小胖脸，后来渐渐露出下巴尖儿。一双眼睛无神却水灵，长长的睫毛一遮，十足的漂亮小少年。

小少年在外面总是绷着小脸谁也不理，高冷得很。

只有家里这俩哥知道，他高什么冷，都是装的。

刚毕业的两个准初中生，按理说该到叛逆的年纪了。

然而他家这个好像根本长不大，没外人在的时候还是当年的嗲精。

迟苦冲个澡的工夫，就听他在房间里没完没了地喊“小哥”。

“你喊什么？”迟苦洗完出来，头上还滴着水。

陶淮南拍了拍自己身边的床，笑嘻嘻地说：“一起睡个午觉。”

“我不困，你睡吧。”迟苦把空调的温度调高了点儿，吹得太凉了。

“一起吧。”陶淮南又拍了拍迟苦的枕头，“我刚才醒了身边没人，吓我一跳。”

迟苦张嘴就是一句：“事儿精。”

陶淮南“嗯嗯”地附和，还跟着说：“我是事儿精。”

迟苦去拿了条毛巾，把头发擦得半干，回来躺在他旁边。陶淮南一翻身往他身上搭了条腿，舒服得直哼哼。

迟苦不困，随手拿了张刚才陶淮南做的盲文卷子摸。

翻纸的声音哗啦哗啦响，陶淮南向来没有起床气，也不会因为睡不好而发脾气，被打扰了也不闹，扯了毯子过来，把毯子的一角搭在自己的耳朵上。

迟苦问他："睡不着？"

陶淮南闭着眼软绵绵地答："能睡着。"

迟苦说："你自己睡，我去外面看会儿书。"

陶淮南连忙伸手按住他的胳膊，嘴上不停地重复着："不不不，不不不不不。"

陶晓东回来的时候，陶淮南正搭着迟苦睡得跟只小猪似的，迟苦什么也没干，靠着床头斜倚着。

"干啥呢这是？"陶晓东问迟苦。

迟苦的下巴朝陶淮南侧了侧："午睡。"

"我问你。"陶晓东把手里拎着的凉奶茶给他，迟苦放在旁边没喝。

"我当靠枕。"迟苦说。

陶晓东哭笑不得："他睡他的，你该干什么干什么啊，我看你怎么一脸生无可恋的。"

"我一走他就醒。"迟苦已经习惯了，陶淮南跟膏药贴一样，从小就这样。

"惯得他臭毛病。"陶晓东在陶淮南露着的小腿上拍了拍，陶淮南在睡梦里哼哼两声，把腿往上挪了挪，压着迟苦的肚子。

压肚子不舒服，迟苦又把他推回腿上。

陶晓东昨晚没回来，这会儿就是回来换身衣服，晚上还得出门。

哥哥这几年很累，总是没黑夜、没白天的。

陶淮南醒的时候哥哥正在睡。

他一醒，迟苦马上坐起来，把他的腿往下一推，说："睡这么长时间，我看你晚上几点睡。"

陶淮南睡舒服了，心情好着呢，回嘴道："晚上睡不着就跟你玩。"

"我不跟你玩。"迟苦把奶茶递给他。

陶淮南摸了摸，冰奶茶已经不冰了，杯身上的小水珠沾了他一手。

"哥哥回来啦？"

迟苦"嗯"了声说："坐起来喝。"

陶淮南坐起来，插上吸管喝了一大口，美得眼睛都弯起来。嘴里边嚼着小珍珠边往迟苦那边递："不甜，你尝。"

"不尝。"迟苦不喜欢这些东西，他不爱吃甜的。他歪歪头，躲开陶淮南伸过来的手。

"尝一口，"陶淮南还往他嘴里送，"真的不甜。"

迟苦被他磨得闹心，勉勉强强喝了一口。

"这么好喝你为什么不喜欢呢？"陶淮南简直理解不了。

迟苦不理他了，自己去看书了。陶淮南去哥哥房间又躺了会儿，哥哥还睡着，陶淮南默默地陪了些时候。

堪比脸大的一杯奶茶，陶淮南自己都能喝光，他喝牛奶也能喝这么多。喝得皮肤又白又嫩，迟苦天天被他比成个黑小子。

睡也睡过了，喝也喝完了，陶淮南被迟苦拖着过来学习。

初中他俩还得读普通中学，这对陶淮南来说肯定吃力。

迟苦从现在开始就已经盯着他提前补课了，陶淮南天天要背多少单词、背多少文学常识都是有定量的，完不成不让睡觉。

不过这方面陶淮南一直很听话，让学习的时候从来不偷懒，迟苦给他讲课的时候，他也都听得很认真。有时候讲数学确实跟不上了，才会打断说需要再想想。

陶晓东睡醒起来就看见俩小的凑着脑袋学习，学得认认真真。

天热，俩孩子都出了点儿汗，脑门上挂着薄薄一层。

陶晓东打着哈欠说："差不多得了，大热天的，歇会儿。"

迟苦不发话，陶淮南不敢动，老老实实把最后几个单词背完，小声说："我背完啦。"

"去吧。"迟苦这才松了口。

陶淮南放下书，去洗手间找他哥。他哥正在洗漱收拾，陶淮南站在他身后摸了摸他的后背。

"你不要太累。"陶淮南垂着手趴在他后背上说。

"不累，"陶晓东嘴里叼着牙刷，另外一只手背过去拍了拍他，"别瞎操心。"

哥哥和黄哥又开了家新店，规模大了一些，店里除了哥哥还有其他几位文身师。陶淮南和迟苦偶尔也会过去，那边有个休息室，他俩经常在里面学习或者睡觉。

哥哥好像赚了些钱，但是他太辛苦了，陶淮南心疼他哥，不愿意他总这样拼。

陶淮南顺着他哥的侧腰往下划拉着摸了两下，问："我怎么感觉你瘦了？"

"我哪年夏天不瘦？"陶晓东边吐着泡沫边说，"天热，懒得吃饭。"

陶淮南还想说几句，但一想，说了也没用，又咽回去了。

记忆里年少时的夏天连燥热里都透着闲适。从冰箱里拿出来的冒着凉气的冰西瓜，以及插着吸管冒着泡的玻璃瓶汽水，还有傍晚热度退去后的微风。

那会儿的陶淮南格外喜欢夏天。

晚上吃完饭，迟苦偶尔带着他出门去小公园里跑跑步，这个时间的风吹在身上又凉快又舒服。陶淮南身体不那么结实，抵抗力差。迟苦带着他在公园里绕着湖跑一圈走一圈，就这么两圈对他来说都很吃力。

跑步时迟苦没法儿拉着他，陶淮南只能自己跑。迟苦跑在他前面，他只需要跟在身后就行。迟苦跟小时候一样结实得很，他可能是小时候跑多了，两圈对他来说跟玩儿一样。

陶淮南跑不下来就开始耍赖，喊两声迟苦，迟苦要是不搭理他，他就站在原地不动了。

迟苦回头，见陶淮南一边慢慢走着，一边用手背擦汗。

“快点儿。”迟苦不让他停下来。

“跑不动了……”陶淮南喘着气说，觉得胸腔都疼，“我不跑了。”

“这才半圈，”迟苦皱着眉说，“别懒。”

陶淮南平时使使劲儿能跑一圈，今天才一半就说累。陶淮南边喘边说：“我今天吃太饱了，真的跑不动啦，喘不过气。”

他向来理由多，迟苦不跟他啰唆，接着跑了起来。

他速度不太快，陶淮南能跟得上。但是今天真的累，没骗人。

陶淮南勉强跟了一段，喉咙和胸口都疼，心里也别着劲儿，有点儿不高兴。从小就是迟苦管着他，但有时候真的管得太严了。陶淮南多数时候都听话，可毕竟还是小孩子呢，有时候累了、疼了，也有点儿小情绪。

路过一处唱歌的老人团，等迟苦发现陶淮南没跟着他的时候都过了半天了。

迟苦一回头发现陶淮南人没了，当时就拧起了眉。

他按原路跑回去，发现陶淮南站在斜坡上背倚着一棵树，呼哧呼哧喘着气，由于跑步脸涨得通红，这会儿绷着下巴，眼见着是有情绪了。

迟苦站在斜坡上，离着陶淮南大概十米远的距离，就站着，一声没吭。

陶淮南知道他在，他听见了。

两个人僵持了好半天，陶淮南抹了抹头上的汗，先开了口：“我真的跑不动了啊。”

迟苦胸口也一下下地起伏着，脸色难看得很。这也就是陶淮南看不见，不然他肯定要害怕，他胆子还是小，怕人生气。

迟苦一直不说话，陶淮南不再靠着树，自己慢慢走了上来。迟苦盯着他上来，陶淮南脚一迈到石头路上，迟苦转身就走。

“你干吗呀……”陶淮南大步跟上他，自己脾气还没消，但感觉到迟苦生气了，就别别扭扭去拉他的手。

迟苦手一扬，没让他拉住。

“你总是这样，你就知道自己走。”陶淮南皱着眉，声音大了些，“你怎么总是想把我丢下？”

他一句话让迟苦停了下来，几乎是瞬间就停了步，陶淮南没收住，在他身上撞了一下。

迟苦回头看他，眼神很凶。

陶淮南反正看不到他的眼神，还接着说：“你有时候也顾顾我好吗？我刚才是真的喘不过气了，我又没有骗你。”

迟苦让他闭嘴。

陶淮南皱着眉马上回嘴：“我不闭。”

他倔起来的时候也难弄得很，迟苦气得够呛，又说不出什么话。他不爱说话，生气的时候尤其不爱说。

两个小少年在路边生气吵架，路过的姐姐还温和地劝了两句，说：“朋友之间有话好好说呀，不要吵。”

迟苦把脸扭到一边，陶淮南朝着姐姐的方向礼貌地说：“谢谢。”

看出他眼睛好像有问题，路人姐姐顿时心又软了八个度。

等小姐姐走了之后，陶淮南已经差不多消气了。

他脾气向来消得快，在哥哥和迟苦身上也从来没那么多面子上的考量，消气了就去找人和解。

他再次伸手去拉迟苦，先碰到手腕，迟苦刚要抬手躲他，就被陶淮南一把抓住。

“好啦，”陶淮南绷着小脸说，“和好吧。”

“起开。”迟苦甩甩手。

“不起。”陶淮南抓得紧，又说一次，“和好吧。”

“你闹脾气给谁看？”迟苦的脸色还是难看，问陶淮南，“你任性能不能看看场合？”

“我哪有闹脾气？”陶淮南不同意他的话，反驳道。

“我一回头你人没了，你觉得这好玩？”

迟苦指了指刚才那棵树的方向，气得手都有些抖，声音里的愤怒让陶淮南听了有点儿害怕。

“稍微一摔就能滚湖里，你是不是觉得这么玩我解气？”说着脾气又上来了，迟苦转身要走。

陶淮南马上跟上，跟他解释着：“我不会摔的，我很小心的。”

“你非往那儿去？”迟苦现在一眼都不想看他，“是不是很好玩？”

他真生气的时候，陶淮南不敢惹，抓着他手说：“我没有玩，我就是累了。”

“胡扯。”迟苦死拧着眉，说，“你累了就地坐下，不会？”

“那也太丑了。”陶淮南小声说。

“真掉湖里你就不用管丑不丑了。”迟苦冷声说。

“我就想找个地方等你回来找我……”陶淮南额头上的汗滑下来，从睫毛里穿过，又滑过脸颊，“别生气啦。”

迟苦脾气大，但是气点比较高。平时小点儿的事儿他不生气，真有什么事儿惹着他了生起气来也不容易好。

陶淮南很听他的话，所以迟苦和他真生气的次数不多。

这次显然真气着了，回去路上都没拉着陶淮南。陶淮南一直紧紧攥着他的衣服下摆。夏天穿的短袖，陶淮南只能扯着衣服。

“你别生气啦。”陶淮南自己也不高兴，可还是怕迟苦更生气，隔一会儿就说一遍。

迟苦不理他。

迟苦每次一生起气来就跟他刚来的时候一样，说什么都不理。他可能性格就是这样，不爱交流。

“我喊你了的，”陶淮南皱着眉头，脸上汗流下来了也顾不上擦，还在解释着，“我停下来的时候告诉你了。”

正好赶上旁边有唱歌的，迟苦没听见他说什么。倒也不怪迟苦生气，迟苦跟他一块儿长大的，五年过去了，陶淮南什么样儿他太了解了。

其实陶淮南停下不走那会儿真就是赌气，耍个赖不想跑了。放平时也不至于惹迟苦生气，问题就是迟苦没听见。

陶淮南一路扯着迟苦的衣服回去，到了家，门一开，迟苦把钥匙往门口鞋柜上一扔，边走边脱衣服，去冲澡了。

陶淮南自己换了鞋，这会儿也一身汗，他脱干净了，拧开洗手间的门，跟着往浴室里挤。

他俩平时也经常一起洗，陶淮南从小干什么都爱跟迟苦一块儿，通常迟苦都让他先洗，这次却没让着他，陶淮南没进来一会儿他就洗完出去了。

陶淮南抿抿嘴，往身上涂着沐浴露，心情很差。

他们俩这次的小矛盾竟然持续了好几天。

后来连陶晓东都看出小哥儿俩不对劲儿了，怎么谁也不跟谁说话？问怎么回事，谁也不吭声。

“哟，这是闹别扭了啊。”陶晓东本来收拾完都要走了，见他俩这状态，转头又回来了，扯了把椅子反跨着问，“跟我说说？”

“不说。”陶淮南晃了晃头，情绪不高。

“看来是你生气了？”陶晓东很久没帮小哥儿俩处理矛盾了，见陶淮南这模样还以为是他这边的事儿。

“我可没有。”陶淮南手里摆弄着魔方，他不会玩，就摸着瞎转。说完一句，想想又跟了一句，“如果是我生气的话早就好了。”

“啊，那是小哥生气了。”陶晓东笑笑，“你又气人了吧？”

“我不知道。”陶淮南也哄了迟苦好几天了，今早起来还哄了呢，让他别生气了，这凶神也哄不好啊，“也不知道是我太能气人了，还是他就是看我哪儿都不好。”

“这委屈劲儿。”陶晓东站起来，又把拖鞋换了回来，走到迟苦房间门口，好学生正在认真学习，面无表情的样子一看就是不高兴。

“小哥理理我们吧，一会儿该委屈哭了。”陶晓东调侃陶淮南，跟迟苦说，“消消气。”

陶晓东的话在迟苦这儿是好使的，迟苦再有气也不会冲哥发。

迟苦绷着脸回了个“嗯”。

“咱家这谁一不理他，他就蒙了。”陶晓东笑着说，“肯定乖了。”

迟苦也没说别的，显然是气还没消，可是又不能不理哥，于是又只说了个“嗯”。

陶晓东冲陶淮南使了个眼色示意他赶紧进来，一扭头看见那对空洞的大眼睛，只能出声告诉他：“来吧小烦人精，哄哄小哥。”

陶晓东没太多时间陪他俩，跟客户约的时间快到了，所以看他俩差不多好了就走了。

陶淮南自己摸进来，站在迟苦旁边，没吭声。

迟苦继续学习，不知道是在做题还是在干别的什么，反正就一直在写字。过了一会儿，陶淮南伸手抽走了他的笔。

迟苦手上一空，也没继续再拿支笔，就空着手翻书看。

“你理理我吧。”陶淮南用那支笔的笔头戳了戳迟苦的胳膊说，“你生气一次时间也太长了。”

迟苦毕竟刚才答应了哥，这会儿也不好再不理他，于是冷着声音说：“下次别在外面乱走。”

“我哪有瞎走，那边我很熟悉的，你经常带我过去坐。”陶淮南一说起来，就觉得迟苦不至于这么生气，便替自己反驳道，“如果是在从来没去过的地方，我不会跟你分开的。”

他一说话迟苦又要起火，可也懒得跟他再说这事儿，陶淮南的嘴巴很厉害，他话多，还会说，迟苦真跟他吵也吵不过他。

“你那么冲我喊，我也很伤心。”陶淮南还委屈上了，又戳了戳迟苦的胳膊，劲儿使得还不小，“你也不管我了，我要是真的松手了，你就真自己回家把我扔马路上啊？”

迟苦现在是不愿意搭理他，陶淮南以为他没那么生气了，说得还挺来劲儿：“你发火的时候最吓人了。”

陶淮南自己在那儿念叨了半天，他最会了，先哄人，紧着好听的说。好听的说完，再说自己的满心委屈，没有比他更真情实感的了。

迟苦后来让他说得没脾气了，问他：“你渴不渴？”

陶淮南说：“有一点儿。”

“渴了就喝水，别磨叽了。”

“我想吃西瓜。”陶淮南把笔往桌上一扔，又去拉迟苦的胳膊，该说的都说完了，再服个软讨好一下，“咱们去吃西瓜吧，你歇歇，别学习了。”

“我不吃，你自己吃吧。”

陶淮南晃了晃他的手说：“我自己切不开，你不是不让我碰刀吗？”

“我不让的多了。”迟苦还是冷着脸，但站了起来。

西瓜都是拿勺挖着吃的，陶淮南这么说就是卖乖。迟苦从冰箱里给他拿了半个西瓜，把勺子塞进他手里，他估摸着在最中间挖了一块儿，往迟苦那边递。

“不吃。”迟苦往旁边躲。

“掉了掉了！”陶淮南赶紧说，“要掉了，掉身上还得洗，快点儿。”

迟苦吃了，陶淮南笑眯眯地问：“甜不甜？”

谁也架不住他哄，迟苦彻底泄了劲儿，瞥他一眼，说：“甜。”

“那咱俩一起吃。”陶淮南又挖了一勺喂过去。

这次估得不准，勺子离迟苦的嘴得差出三十多厘米，迟苦还得自己低头去咬。吃他喂的西瓜真够费劲儿的，迟苦说：“你自己吃吧。”

陶淮南给自己挖了一勺，美坏了，夏天的冰西瓜可太甜啦。

因为跑步把人惹生气了，之后这几天迟苦都没提跑步的事儿，要跑也是自己去，不带着陶淮南了。

陶淮南上他哥那屋不知道小声说了点儿啥，把他哥逗得乐了好半天。

第二天晚上吃过饭之后，陶淮南在门口探着头，小声叫：“小哥？”

迟苦抬头看他：“啊？”

“跑步吗？”陶淮南勾勾手问，“走呗？”

迟苦耷拉着眼皮说：“不去。”

“走吧！”陶淮南把自己一直藏在门外的手伸了出来，手上提着根绳子晃了晃说，“这次不怕我没了！”

说完自己把绳子的一头套在自己的手腕上，因为绳子有点儿长，还多套了一圈。

他就这么掐着荧光色的绳给迟苦看。

迟苦眉毛都挑了起来，挑完又开始皱眉。

小瞎子整了根狗绳。

狗绳往自己手腕上拴，拴上了心情还挺美呢。

“摘下来。”迟苦皱着眉说他。

“多方便啊，正合适咱俩。”陶淮南笑滋滋地说，“这样有点儿距离，还丢不了。”

“这是狗绳，你不知道啊？”迟苦的语气又有点儿凶了。

陶淮南完全不在意地说：“我知道哇，狗绳就狗绳呗，方便就行。”

迟苦没话说，沉默着从他手腕上往下撸绳子，陶淮南边笑边躲，嘴里也没闲着，说：“我本来不就是你的小狗吗？！你忘了？汪汪？你也忘了？”

一根破绳陶淮南稀罕得够呛，特意让他哥给买的。连他哥也没觉得有什么，还当乐事儿呢，竟然还真给买。

最后到底还是被迟苦摘下来扔家里了。

陶淮南还觉得挺可惜，心说迟苦是不是忘了他俩之间“小狗”的事了。

迟苦牵着他去小公园，一路上他都觉得陶淮南脑子有病。这次连陶晓东他都理解不了，不知道这哥儿俩怎么想的。

遛狗的东西拿来遛人？

本来陶淮南打算得好好的，这条绳以后留着常用。天热的时候拉手总出汗，还要经常换手，弄个能调长短的绳正合适。

他是真的没在意，甚至还觉得挺合适，毕竟他俩之间本来就约定过要做彼此的小狗。

可惜没能行，迟苦不同意。

到了初中开学报到那天，他还是被迟苦牵着去的学校。

盲人在陌生的地方走路很小心，每一步都要试探着迈出去。哪怕迟苦带他走得很慢，在校园里依然很惹人注意，他和普通人的区别还是一眼就能看出来的。

陶淮南不知道别人都在看他，又换上了对外那副高冷的小表情，小声和迟苦说着话。

“好多人。”陶淮南能听见周围嘈杂的人声。

迟苦“嗯”了声。

“有人看我吗？”陶淮南问。

“没有。”迟苦没表情地说，带着陶淮南进了教学楼。

“你肯定骗我。”陶淮南轻笑了下说，“我都听见有人说‘瞎子’了。”

陶淮南耳朵比常人好使，有些声音迟苦听不见，陶淮南听得见。

小哥儿俩走进教室。陶晓东提前跟学校打过招呼了，也在之前就跟老师见过面。老师跟黄嫂是朋友，关系还不错。老师远远认出了陶淮南，态度很热情，安排他们坐在第二排，还一直把陶淮南送到座位上。

“有事儿要跟老师说，什么困难都可以。”班主任是位三十多岁的女性，化着淡妆，看着陶淮南的眼神里带着很明显的慈爱。

陶淮南客客气气地说：“谢谢老师。”

等全部学生都到齐了，老师特意单独介绍了下陶淮南。

“我们班里有位同学稍微有些不一样，大家平时多照顾他，别使坏，做个有教养的初中生，不然爱哪儿去哪儿去，别在我班里待。”

老师姓雷，人也挺雷厉风行，说话语速很快，和刚才跟陶淮南说话时的态度很不一样。

班里所有的目光都落在陶淮南的身上，有的人甚至站起来抻着脖子看，眼睛里带着不加遮掩的好奇，老师皱着眉：“都坐下！怎么那么没样儿呢？”

陶淮南的手在桌子下面抓着迟苦的裤子。

迟苦用膝盖撞撞他的腿，告诉他没事儿。

“陶淮南站起来一下。”老师突然叫了名字，陶淮南神经一紧，又听老师说，“既然都那么想看就大大方方地看，看完以后疯跑的时候注意别碰着他，谁给我惹事儿我就找你家长，现在班不好带，你们也都不好管，我管不了让你爸妈领回家管。”

迟苦皱了下眉。

陶淮南扶着桌子边站了起来，抿了抿嘴唇说：“大家好，我是陶淮南。我眼睛看不见，以后如果我走路撞到你们了，我在这儿先说声对不起。”

身后有几个声音说“没关系”，是女孩子的声音。

最后面的位置也传来两个男声说：“没事儿！”

“坐下吧。”老师说。

“看不见怎么上课啊？”另外一个方向又传来了一个男声。

“你管呢？”老师一个眼神过去，严厉地说，“管好你自己就行了。”

头一天上学，就是让大家认认班，熟悉一下环境，以及发发书什么的。

老师组织开了个班会，让大家都轮流到前面做自我介绍，互相认识认识。

迟苦到前面去一共就说了两句话，说完就回来了。

“我是迟苦。”

“陶淮南是我弟。”

“吃苦？”不知道哪儿传来笑声，几处低低的“扑哧”，迟苦面色不改，往那儿一坐，头都不回一下。

“我发现咱们班有几个男同学嘴挺碎啊？”老师在前面扫视了一圈，说，“以后要不当个主持人是不是都白瞎你这嘴了？”

底下又开始小声笑，陶淮南还是不习惯这种环境，又去抓迟苦的裤子。

他伸手过来，迟苦下意识握了下他的手，陶淮南低声说：“我好不自在。”

“没事儿。”迟苦放开他的手，安慰说，“等会儿就回家了。”

陶淮南轻轻地“嗯”了声，然后又悄悄地叹了口气。

尽管在普通学校当个“异类”如此困难且不自在，陶淮南也不愿意跟迟苦分开独自上盲校。毕竟现在再难受旁边还有迟苦呢，两个人总好过一个人。

每到一个新环境，陶淮南的适应时间都要好几个月。

要凭声音记住每一个老师和同学的名字，要记住大门和教学楼的距离，记住班级的位置。让自己融入一个新的集体，这对陶淮南来说很难。

但是身边总有迟苦，就好像也没那么难啦。

“刚才说话的是谁呀？”陶淮南凑近迟苦，小声问着。

“李雪。”迟苦也小声告诉他。

“李雪？”陶淮南脑子里画了个大问号，“李雪不是上次你说长辫子那个吗？给我送奶茶的。”

迟苦想了会儿，说：“那是程雪。”

“哦哦哦。”陶淮南点点头说，“程雪是班长。”

“郑雪是班长。”迟苦说。

陶淮南张了张嘴：“啊！”

迟苦笑点再高，也不禁被他一脸迷茫逗笑了，感觉陶淮南现在就像漫画里头顶黑线团的小人，大眼睛还绕着圈。

“你咋笑了？”迟苦笑的时候少，搞得陶淮南还怪意外的，问他，“你笑啥？”

“没笑啥。”迟苦收了笑，帮陶淮南把盲文课本拿了出来。他的盲文课本是和普通课本对应的，区别不大。

陶淮南过了一会儿才绕过弯，明白过来了，用脑袋撞了撞迟苦的肩膀说：“你笑话我！”

“我可没有。”迟苦往旁边躲了躲，不让他撞。

“骗人。”陶淮南撇撇嘴。

陶淮南从小和迟苦在一块儿惯了，是很亲近的关系。平时在家跟哥哥和迟苦都亲，摸一下、撞一下太正常了。

他看不到别人的动作，日常行为没有参照，不明白在班级和在外面的时候，太亲近的动作会显得不合适，毕竟不是小朋友了。初中生就跟小学生不一样，有些动作会让陶淮南看起来更不正常。

视障、听障、语障人群都存在类似的问题。

残疾使他们的心灵更纯净天真，也因此他们的心理年龄要比正常人小一些。这也就导致他们时常跟普通人有区别，直白点儿说就是有时看起来会像脑子不好，有点儿傻气。

在这方面，陶淮南好很多，因为哥哥和迟苦管他管得严，哪里不合适都会及时严厉纠正。

晚上回家的路上，迟苦跟他说："以后在学校跟我说话的时候不能做其他动作。"

"什么其他动作？"陶淮南不太懂。

"你今天用头撞我就不行。"迟苦说。

陶淮南大概明白了，小心地问："别人不这样，对吧？"

"嗯。"

"几级不能做？"陶淮南问。

迟苦想了想，告诉他："三级吧。"

陶淮南松了口气，笑着说："那还好，还好。"

"几级不能做"是他们家私定的标准，为了让陶淮南能更准确地衡量行为不能做的程度。

一级就是完全不能做，一次都不行，比如衣着不整，比如上次在湖边自己下了斜坡；二级相对严肃，像他小时候，哥哥和迟苦不让他眼珠乱动；三级就是些无伤大雅的小毛病，做了也没大事儿，只是需要纠正。

陶淮南听见是三级就轻松了不少，点点头说："知道了。"

过了一会儿又问："那在家呢？"

好奇宝宝眨眨眼睛，虚心提问："在家也不能吗？"

迟苦扭开脸，嫌他问废话，不耐烦地低声回："在家随便。"

陶淮南笑起来："知道啦！"

小孩子总免不了要长大，长大很累，可没有人会停下来。

迟苦不知道什么时候开始变声了。

刚开始陶淮南没注意，只是觉得他有时候嗓音有点儿哑。有天早上刚睡醒，迟苦叫他快起来，那声音陶淮南听着稍微有点儿陌生。

陶淮南摸了摸他的胳膊："你嗓子怎么啦？"

迟苦说："快点儿起来。"

"这就是变声期到了对吧？"变声陶淮南还是知道的，班里有些男生已经变过了。只是一换到迟苦身上，陶淮南就觉得有点儿别扭，听着不习惯。

"以后都是这样的声音吗？"陶淮南坐了起来问，"这样哑哑的？"

"不会。"迟苦不管他了，转身自己先去收拾。

陶淮南在后面跟着出来，他哥正好从厨房出来，陶淮南小声跟他哥说："太难听啦。"

陶晓东扑哧一声乐了，弹了他脑袋一下说："你也有这时候。"

正常人判断美丑靠眼睛，陶淮南靠耳朵。声音好听的，对他来说就是漂亮的，难听的就是丑的。

迟苦现在的声音在他这儿简直难听到极致了。

迟苦给他补课讲题的时候，陶淮南听着听着突然就笑了起来，迟苦被他打断，问他："傻笑什么？"

"实在太难听啦。"陶淮南一边用手捂上耳朵，一边问，"你什么时候才能变完声？"

迟苦放下笔，面无表情地问："你还听不听了？"

“我要是能选择的话肯定不听了，”陶淮南伸手去摸他脖子，又说，“要不然你小点儿声说话。”

迟苦开始压着声音给他讲题。声音一压下去就不受控制，偶尔会有破音。陶淮南忍耐着听了一会儿，直到迟苦又发出一个夸张的破音，他终于受不了了，笑着摆手说：“不学了，不学了，睡觉吧，困困困。”

事儿精又犯病了。

迟苦烦得慌，可也不跟他生气，不再管他了。陶淮南自己摸索着上了床，等迟苦收拾完回来，陶淮南又忘了刚才笑话人的劲儿了，一翻身，胳膊、腿都往人身上搭。

迟苦把他推下去，嫌他烦人。

陶淮南笑呵呵地问：“你怎么还记仇了呢？”

迟苦被他笑了半天，这会儿说什么也不出声了。陶淮南怎么跟他说话，他也不吭声。

迟苦就没打算理他。

学校给这些开始迈进青春期的孩子们上了卫生健康课。男生女生分开上，一半上课一半出去做活动。

课讲得还挺细致，班上男生都一边笑着，一边好奇又不好意思地瞄着书上的图。

陶淮南看不见图，可也不妨碍他不好意思。

小孩子初次接触这些，难免有些难为情。前面年纪颇大的女老师看着一群半大的小萝卜头，让他们仔细听。

陶淮南想不仔细都不行，他耳朵太好使了，避不开。

于是情愿不情愿地吸收了很多词，变声、梦遗、第二性征，等等。

陶淮南其实根本还没开始发育，他都不明白这些。这些听着太不自在了，他就捂上耳朵，“吭吭哧哧”地去找迟苦说话。

第六章

“兵荒马乱”的青春期

声音变了，总觉得跟变了个人似的，陶淮南对迟苦的声音别扭了好一阵儿，天天嫌弃来嫌弃去。有时候说着说着话，脖子一缩就躲开了，迟苦问怎么了，他就细声细气地说嫌你声音难听。

把迟苦烦得简直都不想搭理他。

烦人精烦就烦在这儿。你搭理他吧，他嫌你声音难听；不搭理吧，又上赶着凑过来，小哥长小哥短地哄。

后来连陶晓东都看不过去了，让他别作。

陶晓东跟朋友们聚聚，也带上俩小的了，周末找了个地方一起热闹热闹。

陶淮南长大了，都上初中了，不能再被哥哥们轮流抱着。田毅哥和夏远哥还是疼他，每次见他都搂在身边问长问短。

夏远哥是个老板，阔气着呢，总偷着往陶淮南兜里塞钱。

陶淮南捂着兜要躲，躲不开了喊他哥，陶晓东离得挺远，不知道他们在干什么，喊了夏远一嗓子：“别欠，别祸祸我弟。”

“你这人，”夏远都不知道怎么说他好，“我什么时候祸祸过小南？”

陶晓东走过来问：“干什么呢？”

“夏远哥非往我兜里塞钱。”陶淮南笑着说。

“我当什么事儿。”陶晓东都没当回事，“塞钱还不好吗？让他塞。”

陶淮南于是笑着敞开兜，让夏远哥塞给他。

这边收了钱，转头陶淮南就掏出来给迟苦了，迟苦接过来很自然地揣进兜里。

“这可真逗了。”夏远开了个玩笑说，“收钱了不给你，倒给丑孩儿了？”

“他的钱都在小迟那儿。”陶晓东都习惯了，说，“他不经管东西，都是小迟帮他拿着。”

“挺好。”夏远看着迟苦，端详了一会儿说，“长开了也没那么丑了。”

陶晓东笑斥：“滚蛋，丑什么丑？”

在外面不自在，在这群哥哥面前，陶淮南可没什么不自在的，都是看着他从小长到大的哥哥们。

吃饭的时候也完全能放开，迟苦给他念了一圈菜，想吃什么，他就让迟苦夹给他。

他太爱吃甜的了，那几道甜的要起来没完没了。桌子每转一圈转到他们这儿，迟苦就得给他夹点儿囤着。

席间闲聊的时候，又聊起他们俩。一群三十岁左右的哥哥，看着俩半大孩子，喝起酒来时不时就有些怅然，想起了自己这么大的时候。

夏远说：“我刚听丑孩儿都变声了，长大了啊。”

“再管我们小迟叫丑孩儿我就踢你。”陶晓东睨他一眼说，“谁能有你丑，大学时候我跟田毅嫌你都嫌到不爱跟你一块儿走，自己心里有没有点数？”

“我那是青春期，我长身体来着。”夏远大言不惭地说。

“要点儿脸吧，”田毅都听不下去了，说，“你还青春期，你一直青春到八十得了。”

迟苦小时候长得丑，又土，夏远一直管他叫丑孩儿。以前陶淮南对这个称呼没概念，声音不难听就行。

现在可不一样了。

“丑哥。”陶淮南小声叫他。

迟苦拧起眉：“啥？”

陶淮南就是欠的，笑着又叫了一遍。

迟苦顿了两秒，没搭理他。

陶淮南欠完还找人要吃的，说还想吃刚才的鱼。迟苦当没听见，自己吃自己的。

“小哥，我还想吃鱼。”

“没了。”迟苦头都不抬。

“有有有。”

迟苦晾了他一会儿才夹给他，陶淮南吃到嘴里了，心满意足了，又开始欠，张嘴就是一句“谢谢丑哥”。

迟苦看他一眼，凳子一拖跟他隔出半米，无论陶淮南再怎么叫也不搭理了。

一顿饭吃完，哥哥们还得再闹一会儿，他俩先回家了。

下楼的时候，陶淮南拉着迟苦的胳膊，又变成了乖乖软软的样子，没有比这更听话的时候了。

陶淮南时常这样故意招惹人家，但也都是私下在家开点儿小玩笑，他自己怎么说都行，别人乱说话就不行。

在学校迟苦没什么朋友，陶淮南也没有。但因为陶淮南眼睛不好，会有一些有爱心的同学来他这儿关心问候，时间长了也就有了点儿还算熟悉的同学。

他们后桌是两个不太爱学习的男生，说话总是流里流气的，陶淮南不是很喜欢他们。

早上迟苦去前面值日擦黑板，陶淮南自己坐在座位上插上吸管喝牛奶。后面那俩从外面进来，可能嫌空间小了，腿用力磕了下桌子，导致桌子猛地往前撞了一下。

陶淮南被震得往前磕了一下，手上的牛奶被他一用力捏了出来，洒了一身。

他皱了下眉，后面那俩笑嘻嘻地道了个歉，说：“对不住啊。”

迟苦回头，朝这边看了一眼。

后面的其中一个跟旁边的人说：“哎，看你呢。”

“看我帅啊？”另外一个笑得很烦人，说，“要多看我两眼能沾上点儿我的帅气也行。”

“你对第一尊重点儿。”左边那个故意说。

右边那个嗤笑一声，说了句：“学习好的都是呆子。”

陶淮南耳朵多好使啊，他一个字都没漏下全听见了。

平时他俩偶尔笑话一下自己，陶淮南都不当回事儿，习惯了，但是他们说迟苦可不行。俩倒数的在那儿嘲讽考第一的，那不是欠吗？

陶淮南侧了侧头，说了句：“呆子不也比傻子强吗？”

可能没想到他能听见，也没想到平时不吭声的瞎子能突然来这么一句，一下子俩人都有点儿愣，倒也没出声。

迟苦不知道这点儿事儿，只知道陶淮南衣服脏了，一回来就把自己的校服外套脱给他，陶淮南摇摇头说：“我穿这个就行，奶味儿挺好闻呢。”

他简直就是在牛奶里泡大的，闻着奶味儿可亲切了。

迟苦刚开始没觉得有什么，半个上午过去了才察觉出不对来。

这小孩儿太蔫了，一上午都绷着小脸，干什么都情绪不高。

“你怎么了？”上午跳完课间操回来，迟苦问他。

陶淮南想想都还是生气，两个多小时过去了气都没消。迟苦问他他又不想说，把头往迟苦身上一靠，靠完才想起来迟苦不让。

迟苦提醒他：“三级。”

陶淮南坐起来，点点头说：“我记得呢。”

“到底怎么了？”迟苦把他的脸拧过来，“我惹你了？”

“没有。”陶淮南马上说，“傻子惹我了。”

在这方面，陶淮南可太小心眼儿了。

他一整天都不太乐和，一直气呼呼的。到了晚上回家，终于忍不住了，盘腿坐在椅子上开始激情抒发内心愤怒，一口一个“傻子”把后座那俩人数落了半天。

迟苦才明白他这一天到底在气啥，看着陶淮南皱着眉说个不停的小模样，难得地笑了下说：“你闲的啊？这你当什么真？”

“我怎么不当真？”陶淮南皱着的眉还没松开，生气地说，“他们就是嫉妒，就是嫉妒你考第一。考第一的都是天才，智商高才能考第一，傻子才考倒数第一。”

“行了，”迟苦弹了弹他的脑袋，给他拿了睡衣过来说，“把衣服换了吧。”

迟苦长得没眼缘，又不爱说话，他上这几年学也没见有哪个同学特别待见过他。不待见归不待见，陶淮南听不见的时候，随便别人怎么不待见，坏话让他听见了就不行。

因为这个事儿陶淮南好几天心里都别着劲儿，有时候后面那俩睡得正香，陶淮南就猛地一晃椅子，磕在他们的桌子上发出“咣”的一声。

本来是个生气没长性的人，这个事儿倒是记了挺久。他在班里有特殊地位，是有特权的，班主任格外照顾他，没谁能惹他。后面那俩看他不顺眼也不能怎么着他，跟个瞎子也没法儿计较。

其实初中这个班级比起小学要好很多，那时候迟苦经常打架，这个班老师管得严，学生老实多了，班级氛围也不错。

善良的小姑娘们对陶淮南都带着同情和怜爱，经常送零食过来投喂他。时间长了连带着跟迟苦说话也多了，偶尔还有过来问问题的。

陶淮南靠在暖气上舒服地喝着牛奶，一边听着迟苦给李雪讲题。

应该是李雪，反正不是郑雪。

迟苦也没怎么讲，就说了遍答案，把过程唰唰地写在纸上。

“谢谢你啦。”小姑娘矜持地道了声谢，回了自己座位。

陶淮南一盒牛奶喝完，把牛奶盒放进他旁边自己挂着的垃圾袋里。在桌斗里摸出自己的课本，刚放在桌上，又听到另外一个女生过来跟迟苦说话。

这个好像是学习委员，她声音比较细，音量也总是很小，听声音就很文静的样子。

陶淮南还挺喜欢听她的声音，声音好听的人就是讨人喜欢。

她不是来问问题的，是来朝迟苦借笔记的。迟苦压根儿不记笔记，他就不习惯记那东西。

“我没记。”迟苦不带表情地回了句。

“啊……”小女生太腼腆了，被拒绝了有些不好意思，低声说，“好的。”

她走了之后，陶淮南笑着凑过来说：“小哥你人缘变好啦。”

迟苦随手捏走他脸上挂着的一小团毛毛说：“还不赶紧背课文。”

“背不下来，太别嘴了。”陶淮南又从桌斗里摸出了一袋小饼干。

迟苦直接给他拿走不让他吃了。

又是牛奶又是饼干的，中午别打算吃饭了。

陶淮南也不生气，不让吃拉倒。

这个时候的小瞎子还跟从前一样，就是小孩子思绪，什么都不明白。青春期本来就是情窦初开的年纪，小傻子天天就知道吃吃喝喝，周围小姑娘一个接一个的，他还都以为是来关心自己这个残障人士的，心眼儿实得像块砖。

心里揣了块砖的小傻子保持着这副粗神经的状态挺长一段时间，他对这方面不是很敏感。平时受到小姑娘们照顾，倒也不会觉得理所当然，哥哥出门会给他带些小东西，让他拿到学校来跟朋友们分。

时间长了，陶淮南和那些经常照顾他的小姑娘就彻底熟了起来。

迟苦是这个班里数一数二的尖子生，偶尔要去参加校级竞赛之类的。他不在班里的时候，陶淮南身边也不会缺了人，善良的小女生们会主动坐在他旁边，走路时也会扶着他胳膊，小声地提醒着路。

女孩子的心意柔软又温和，看着陶淮南的眼神都是带着善意的。

偶尔会有小女生委婉地问几句迟苦，陶淮南还帮着说好话，说："我小哥只是看着凶，实际上人可好了呢。"

迟苦太不好接近了，除了陶淮南之外，他几乎没有社交，跟谁都不主动说话。

都把陶淮南愁坏了，怕他跟别人起矛盾，希望他人缘能更好点儿，所以每次有人问起他，陶淮南都会多聊几句。

迟苦对此毫不知情，小学霸最近挺忙的。

周末陶淮南又要去看眼睛了，他眼睛虽然治不好了，可陶晓东一直没放弃过，经常带他去看，也得防止继续恶化。

从前陶淮南不喜欢看眼睛，冰凉的器械挨上皮肤的触感让他害怕，医生们的声音和手都让他很没有安全感。

周五晚上，陶淮南捧着水果盘子吃菠萝，侧过头打了个喷嚏。

初冬的天气外面已经挺冷了，屋子里暖气给得足，倒是不冷，可空气很干。陶淮南连着打了三个喷嚏，陶晓东问他：“感冒了？”

迟苦正好洗完澡出来，走过旁边的时候，顺手摸了一把陶淮南的额头。

“应该没有。”迟苦说。

陶淮南揉了揉鼻子，说：“鼻子刺挠。”

“感冒了明天正好挂瓶水。”陶晓东看了一眼日期说，“明天去看看眼睛。”

“啊。”陶淮南回应得还挺平静，没什么抗拒情绪。

“换了个医生就是不一样了哈？”陶晓东打趣他，“也不说不去了？”

陶淮南又往嘴里叉了块菠萝，只笑着吃，不说话。

之前田毅给介绍了个他同校的学长，刚从国外回来不久，是位很优秀的眼科医生。那天陶晓东没去，陶淮南是被田毅领着去的，回来就跟陶晓东说很喜欢这个医生。

从那次之后，陶淮南再检查眼睛就没那么抵抗了，甚至还挺积极。

那位医生陶晓东也见过两次，他们聊了聊陶淮南的眼睛，医生言谈间气质很温和，能让患者和家属都更从容。

陶淮南特别喜欢他，也挺听他的话。

周六一早，陶淮南跟迟苦一起收拾完，准备要走了。

陶晓东说：“看个眼睛就回来了，我带你去就得了，让小迟在家吧。”

陶淮南想也不想，摇头说：“那不行。”

“小迟下周不是还有个考试吗？在家学会儿习，去医院折腾一趟太浪费时间。”陶晓东给他戴上帽子，要带他走。

陶淮南脸朝着迟苦的方向，拉着他的胳膊也没松开，还晃了晃说：

"小哥陪我去。"

迟苦说："没事儿，一起去吧。"

"别理他，"陶晓东嫌弃地说了句，"你学你的。"

陶淮南又开始叫"小哥"。

"跟你去。"迟苦松了手，穿上外套，陶淮南马上又拉住，迟苦说，"走吧。"

"惯得你。"陶晓东笑着在陶淮南后脖子上弹了一下。

陶淮南对迟苦有点儿依赖过头了，陶晓东偶尔觉得他有点儿太黏人了，俩小的一起长大的，他俩关系好，陶晓东确实挺乐见，可陶淮南一时半刻都离不了迟苦，这也挺愁人。

毕竟小孩儿不可能永远保持现状，他们总会长大的，到时候总这么分不开又是个事儿。

不过现在考虑这个就有点儿远了，倒是不着急。

陶淮南的眼睛保持现在这个状态挺多年了，保持得很好。

检查之前医生让他坐过去，陶淮南往那儿一坐睁着眼睛等，医生笑着说了句："这大眼睛。"

陶淮南不好意思地笑了笑。

医生声音好听，陶淮南一个十足的声控，对他有好感也是必然的。

检查完，医生说了句："挺好，保持住。"

医生跟哥哥说了一会儿话，陶淮南紧贴着迟苦站在门口，医院声音太杂了，周末的人也很多。哥哥出来的时候，陶淮南正小声和迟苦说着话，不知道说了什么，陶淮南看起来稍微有点儿失落。

"说什么呢？"陶晓东问。

学校弄了个火箭班，把期中考试学校前几十名的学生挑了出来，每天下午最后两节课不在班里上自习了，要一起去阶梯教室上提升课。

他们班只有迟苦和学习委员两个人去，上周迟苦没说，刚刚才说起这事儿。

陶淮南眨了眨眼，过了半天才问：“每天都去吗？”

迟苦说是。

陶淮南“嗯”了声，好一会儿没吭声。

每天最后两节课他都要自己坐在座位上，也要自己下楼去等迟苦。

陶晓东出来的时候，陶淮南正有点儿苦闷地说：“那你下课了要早点儿出来，我在外面等你。”

迟苦说：“你不用出来，在教室等我，我下课了上去接你。”

陶淮南摇了摇头，说：“不用，那你太折腾啦。”

陶晓东知道他俩在说什么之后笑了下，说：“多大个事儿。”

这对陶淮南来说就是个挺大的事儿了，身边没有亲近的人，把他自己留在那里，这种感觉很不好，会让他有点儿孤单。

到了周一下午，学习委员站在迟苦座位旁边要等他一起走，陶淮南还是小声跟迟苦说了一遍：“我就在一楼大厅等你。”

迟苦收拾着书包，跟学习委员说：“你先走吧，不用等我。”

学习委员小声道：“没关系，一起吧，我怕我找不着教室。”

迟苦没再和她说话，边收拾边跟陶淮南说：“不用下楼等，就坐这儿等。”

陶淮南还要说话，迟苦已经站起来要走了：“就坐这儿，记住没有？”

陶淮南只能抿着唇点头。

既然答应过了，陶淮南就必然会听话，放学了同学都走光了，连值日小组也都收拾完走了，陶淮南还在座位上趴着等迟苦。

第一天上课，提升班的老师没把握好时间，压了二十分钟的堂。

迟苦是跑着上来的，推门的时候，陶淮南正用侧脸贴着桌子，脸都挤得变了形，后背上还背着书包。

从脚步声听出是迟苦，陶淮南马上弹起来问："小哥？"

迟苦应了一声，陶淮南站起来摸着从座位上出来，肚子还在桌角磕了一下。

"我就说下楼等你，你还非要再上来，那不是多跑一趟嘛。"陶淮南等着人了就有了笑模样，朝迟苦伸过手去。

迟苦带着他关灯出了教室，说："人太多了。"

"我找个没人的地方站着就行。"陶淮南说。

"你怎么找？"迟苦带着他下楼说，"容易撞着你。"

他俩下楼正好碰见学习委员上楼，学习委员问他们："教室里还有人吗？"

陶淮南说没有了。

学习委员有点儿着急，说她的作业没拿。好学生对这种事儿总是无比在意，明早交不上作业太难堪了。

小姑娘急得快哭了，问迟苦："门还能打开吗？"

迟苦摇头。

"那怎么办呀？"女孩子一只手攥着半边书包带，皱着眉是真的要哭了。

陶淮南把后背的书包甩给迟苦，说："你翻翻我拿了没有？"

他在班里一直是不用交作业的，反正他也写不了。有时候作业根本不给他发，发了陶淮南也不一定拿。

迟苦懒得翻，直接把自己的拿给了学习委员。

"那你呢？"小姑娘不太敢接。

陶淮南说："没事儿，我的要是带了给他就行。"

"那你要没带呢？"

男生和女生在意的点根本不一样，陶淮南就完全不觉得一份作业交不交能怎么样，很洒脱地摆摆手：“没带也没事儿，他不写也行。”

“啊？”小姑娘简直愣了，作业不写也行？

“拿着吧。”陶淮南笑着说。

这天迟苦的作业到底还是被拿走了，陶淮南果然也没带回来。

第二天早上，班主任在门口收作业的时候，迟苦坦然地说没写。

尖子生在老师那里有特权，可也不代表他没写作业也能这么理直气壮。班主任在门口说了他两句，也就意思意思走个过场，说完就让他进去了。

学习委员坐在第一排，低着头脸涨得通红。

这应该是迟苦第一次挨说，考第一的一般都不挨说，陶淮南笑呵呵的，还觉得挺新鲜。

初中女生心里的班级明星通常有两种，一种是成绩特别好老师都偏爱的尖子生，一种是不言不语浑身冒冷气谁也不搭理的。

迟苦把这两种都占全了。

这也就是开学到现在还没人招过他们，没用得上打架，不然更要惹人注意。

陶淮南对此完全没概念，他看不着别的男生长什么样，也不知道男孩儿会越长越开，小时候觉得丑的五官，随着成长会跟着变化，渐渐地就没那么不顺眼了。

陶淮南心里根本就没有这些，他知道得太少了。

别的小孩儿可能通过电视和小说潜移默化地慢慢了解这些，到了青春期的时候已经什么都懂了。陶淮南听的动画片居多，他就没听过什么爱情片，小说更不用提了，印着字的书对他来说有如白纸。

每天迟苦和学习委员一起上课再一起回来，陶淮南除了觉得最后两节课难熬又孤单之外，脑子里都是空荡荡的。

他这一身的傻气直到快期末了才被打破。

迟苦又和学习委员一起去上提升课了，这周串座位之后，陶淮南的前桌和左右桌都是女生，除了身后那俩倒数的男生之外，他几乎被女生包围了。

迟苦走了之后，前桌女生回头小声问陶淮南："他们晚上回家还联系吗？发发短信什么的？"

陶淮南一脸不解地问："为什么要联系？放学了还联系？"

"你是真不懂还是装傻！"旁边一个女生说他，"跟我们你还装！"

"什么啊……"陶淮南彻底听不懂了，都被她们给弄笑了，问，"你们在说什么？"

"就迟苦和舒敬呀。"前桌小声地跟他说着，"有人都看见他们牵手了！迟苦连你都没说？"

陶淮南眨眨眼，蒙了："他们牵手干什么？"

"你说还能干什么！"小姑娘们恨铁不成钢，从他这儿竟然听不着八卦。

陶淮南摇头说："我不知道。"

"就……"说起这些来还是有点儿不好意思，女生顿了一下，才压低声音说，"就搞对象呗！"

"搞对象"三个字直接把陶淮南炸晕了，他再天真也不能连这个都不明白。他瞪着眼睛，愣了好半天才吐出了一句："哎呀，我的天……"

"你真不知道啊？"女生笑他，"你们天天在一起你还不知道！"

陶淮南一时之间有点儿消化不了这个信息，思绪有点儿游离。搞对象？咋搞啊？迟苦要跟学习委员谈……谈恋爱？

天哪。

过了一会儿，陶淮南回了点儿神，轻轻用手指碰了碰前桌的后背，等女生回了头，他问："谁说的啊？"

“好多人都知道啊！他们天天在一块儿上课，上次你小哥不是还把作业给她了吗？自己都挨骂了呢。”

陶淮南惊讶大过一切情绪，竟然都惊讶得笑了，说：“不会吧。”

“怎么不会，都牵手了！”小姑娘一副很懂的语气，看过大把爱情剧，半大姑娘都是爱情专家，“信我，他们绝对好了。”

因为前桌笃定的语气，陶淮南都有点儿迟疑了。他当时心里除了惊讶之外唯一的那点儿想法就是一定得替迟苦保守住秘密，不让他哥知道。

他也太不知道羞了，这么小就谈恋爱。哥哥知道了肯定得说他，什么事儿啊！

陶淮南用两节课的时间把这个信息消化完，等迟苦上来接他的时候，还很体贴地什么都没问。学习委员等着他们一块儿下楼，陶淮南默默支着耳朵听他们俩的互动，也没听出个什么来。

下楼的时候，陶淮南有意后退一步，跟迟苦说：“你不用牵着我，我自己扶着栏杆下楼。”

迟苦也不是非得牵着他，陶淮南松手了，他也就无所谓地走在一边，陶淮南下楼不成问题，他自己知道数台阶。

学习委员在前面细声细气地问：“淮南自己下楼会摔吗？”

陶淮南笑了笑说：“不会。”

“迟苦你还是扶着他吧，”学习委员有点儿担心地说，“万一摔了呢？”

迟苦在旁边说：“他不用。”

以前没觉得，现在陶淮南知道小秘密了，再听这对话就觉得确实有点儿不一样。陶淮南一只手扶着栏杆慢慢下着楼，心想，行吧，我不用就不用吧。

这是陶淮南第一次有了关于这方面的小心思，开始对这些有了一点点好奇。

晚上陶晓东在家，陶淮南问："哥你为什么不谈恋爱？"

陶晓东让他这突然的一句给问愣了，失笑道："干什么问这个？有小心思了？"

陶淮南说："我就问问。"

"是不是有小男孩儿的心事儿了？"陶晓东忽然直观地感觉到小崽子确实长大了一些，他伸过胳膊来捏了捏陶淮南的小细脖子，"跟哥说说？注意上小姑娘了？"

"什么啊……"陶淮南小声地反驳了一句，侧过头说，"我可没有。"

陶晓东自己乐了半天，玩笑归玩笑，过了一会儿还是跟陶淮南说："别太早想这些乱七八糟的。不过想想也没事儿，都有这时候，别钻牛角尖就行。"

陶淮南本来就坦坦荡荡的，他可什么都没想过。

哥儿俩之间亲近，陶晓东教弟弟没什么抹不开的，靠过来笑得坏坏的，问他："做过梦没有？"

陶淮南刚要问什么梦，突然想起上过的健康教育课，抓了个抱枕往哥哥脸的方向一挡，不自在极了，说："没有！别说了！别说了！"

"跟你哥有什么害臊的，别人家小孩儿像你这么大都开始缠着哥要小电影了。"陶晓东笑得一脸不正经，三十来岁了没个正形，在这儿逗他弟。

陶淮南把抱枕使劲儿往他脸上按，要堵他的嘴："嘘！嘘！"

陶晓东扯下抱枕，哈哈乐了好一会儿，又扬着声音朝屋里问："小迟呢？做过梦没有？"

陶淮南实在听不下去了，"哎"了一声捂着耳朵站起来，自己去冰箱摸了盒冰淇淋，去阳台蹲着吃了。

陶晓东带孩子就是这么带的，比起父母来，哥哥会少一层代沟，哥哥没有父母的架子，很多父母觉得很重要的事儿在陶晓东这儿就不值一提。

小孩子有点儿少年心事陶晓东真觉得无所谓，跟俩弟开开玩笑瞎闹闹，把孩子逗得大冬天蹲在阳台吃冰淇淋，太烦人了。

后来陶淮南被他哥给扛回屋里，咬着木头勺的陶淮南还在小声含糊地抱怨：“你是真烦人……”

陶晓东还是乐，把他往沙发里一扔说：“看你那害臊样儿，你是小姑娘啊这么腼腆？你可太不像我了，我像你这么大的时候都开始牵小姑娘的手了。”

“你不害臊呗。”陶淮南问他，“我爸不揍你吗？”

“揍啊，”陶晓东笑着说，“爸哪天不揍我，揍也管不住我。”

哪有这样的哥，当着孩子的面说他那些不要脸的事儿。

他哥不要脸，迟苦也不要脸。

迟苦一直没出来，在房间里学习呢。陶淮南琢磨着他肯定是在给学习委员发短信，发短信也不知道都说些什么，迟苦那么不爱说话的人。

陶淮南一边嫌他不要脸一边又止不住地想，谈恋爱都怎么谈啊？迟苦这个样子真的谈得了吗？他跟学习委员两个人真的牵手了？

迟苦拿着要换的睡衣和内裤去洗澡了，路过陶淮南的时候用衣服在他头顶扫了扫说：“洗澡了，发什么呆？”

“来了。”陶淮南摸着扶手站起来，跟着去了。

这件事被陶淮南揣在心里，他自己对小姑娘倒是没心思，这点儿心思都用来琢磨迟苦和学习委员了。琢磨了几天没感觉到迟苦跟从前有什么区别，渐渐地就又把这点儿事儿放下了。

快期末了，迟苦最近管他学习管得很严，陶淮南也没那么多时间想别的。

陶淮南虽然不能跟着考试，但是迟苦会给他出卷子，陶淮南在家也一样要考试，迟苦批过也是要打分的。跟着班里的成绩走，陶淮南差不多能在中上。

迟苦给他定的线就是中间线，往上行，往下不行。如果陶淮南滑到中下了迟苦会生气，说他不用心。

陶淮南不敢惹他，也不愿意让迟苦和哥哥失望。

所以这段时间迟苦下午去上提升课的时间，陶淮南都老老实实做着自己的盲文练习册。书都是哥哥特意从盲校弄来的，校外买不到。

正常的盲童无法实现像他这样在普通学校上学，陶淮南能做到，因为他有个很用心的哥哥，以及一个同龄的能一直给他上小课的小哥。

这些都来得不容易，陶淮南很想让自己学习好点儿，让大家都开心。

这天迟苦又去上课了，陶淮南自己摸书背课文。中午食堂的菜太咸了，陶淮南下午喝了很多水，这会儿忍不住想上厕所。

本来迟苦要走的那节课间他就想去了，但是还没等他说出来，学习委员已经站在旁边等着了，陶淮南就没好意思再让迟苦带他去。

他从小就没法儿在外面独立去厕所，现在都初中了，还是要有人带着才能去。

艰难地过了一节课，憋得太难受了。陶淮南本来想直接忍到放学算了，但是好像办不到，憋得小肚子都有点儿疼了。

所以下午第三节课的课间，陶淮南自己摸着出了教室。

有女生问他要去哪儿，陶淮南说去厕所。去厕所没法儿带，又都是腼腆的年纪，女生们只好让他自己去。

陶淮南一路摸着墙去了洗手间，初中的男厕所就是男生们偷着抽烟的聚集地。

一共两道门，第一道门进去是两排洗手池，第二道门才是厕所。第一道门进去之后烟味扑面而来，陶淮南皱了皱眉，双手垂在身边，慢慢地朝记忆里的方向走。

他的方向跟实际有很大偏差，陶淮南一不当心撞到了一个背对着他的人。

对方脱口骂了声脏话，回头问他：“你瞎啊？”

陶淮南抿了抿唇，说了声：“对不起。”

有男生嬉笑着说：“人家本来就是瞎子。”

“瞎子？”被撞到的男生抬手在他眼前晃了晃，嗤笑了声，往他脸上喷了口烟，“二班那个瞎子啊？”

陶淮南皱着眉往后退了一步，躲开面前的烟味儿。不知道被谁绊了一下脚，一个趔趄没控制好平衡，坐了个屁股蹲儿。

不知道这个洗手房里有多少人，听人声和脚步声判断有十多个。陶淮南深知自己毫无反抗能力，他能做的就是让自己别太狼狈。

他拄着地站起来，听着离自己不远的讥笑声，难堪肯定是有的，但也没那么生气，更多的应该是无奈吧。毕竟人不都是善良的，哥哥把他保护得再好，这种嘲讽的笑声他从小到现在也已经听过很多次了。

陶淮南站起来之后也没再动，他现在就是猫爪里的蝴蝶，不动才能让人失去继续逗弄他的兴致。

然而今天这群抽烟的坏学生却并没有真的视他不存在，陶淮南站了一会儿之后，又有人推了他一把，陶淮南往前趔趄了一下，又被绊了一脚。他皱着眉再次摔倒的时候，手心拄着地，连吭都没吭一声。

洗手房湿滑，陶淮南摔了两次，裤子已经蹭湿了。

有老实的男生路过看到，想说点儿什么但又不太敢惹那些抽烟的，只能犹豫着走了。陶淮南只想快些上课，让他们这场自以为好玩的游戏快些结束。

一个听起来有些熟悉的声音突然在门口的方向响起，听着也是叼着烟的声音："欺负个瞎子有劲没劲？"

有人走过来拉着陶淮南的胳膊肘把他拽了起来，带着他走了几步把他推进厕所，转过身，声音里带着看不上的意思说："真不像个样儿，别缺德了。"

"你又像个人了。"有人嗤笑了声说，"路见不平啊？"

"路见癞蛤蟆。"这人叼着烟说，"以后有点儿人样儿，愿意耍找横的耍。"

他们平时都是在一起抽烟的，挺熟，说几句就过去了。

陶淮南上完厕所出来，自己摸着去洗手，上课铃已经响了，那些人都还没离开。

他洗完手转身要走，被人又抓住胳膊肘。陶淮南吓了一跳刚要躲，那人已经扯着他往外走了。

"你哥呢？"对方身上还带着一点点烟味，这人就是刚才拉他起来的那个，是上次说"学习好的都是呆子"的那个后桌。

"我哥上课去了。"陶淮南说完又说了声"谢谢"。

"你要去厕所以后回头叫我俩一声？谁都能陪你去一趟。"后桌说他，"别再自己傻愣愣地往人眼前送，你哥不在的时候随便找个男的陪你去。"

陶淮南浅浅地笑了下，说："我知道了，谢谢。"

一路被后桌拎着胳膊肘回了教室，一直被拎到座位旁边。陶淮南坐回座位上，抽了张纸慢慢擦着裤腿上沾的水。

最后一节课陶淮南都在磨磨蹭蹭地擦裤子，废纸把小半个垃圾袋都填满了。

放学铃声响起来的时候，陶淮南把垃圾袋摘下来系紧，准备等会儿扔了。

光顾着小动作了，作业留了什么他没听，也没记得帮学习委员拿。不知道她同桌有没有给她留在座位上，如果没有的话就还把迟苦的给她吧。

迟苦推开教室门进来的时候，陶淮南已经把外套穿好了，书包也背着。学习委员跟在后面也进来了，陶淮南抱歉地说：“我忘给你拿作业了，你看看座位上有没有。”

“没关系，我同桌帮我留啦。”学习委员说。

迟苦过来牵他，陶淮南被他牵着，刚要跟他走，迟苦突然开口：“袖子怎么弄的？”

陶淮南愣愣地眨眼问：“袖子怎么了？”

迟苦捏着他外套袖子往上一推，里面的浅色毛衣袖子黑了一小片。

迟苦皱着眉：“你摔了？”

陶淮南摇头，没吭声。

迟苦扯着他胳膊给他换了个方向，冬天下雪导致鞋底脏，水房的地面也脏得很，陶淮南哪怕大半节课又是吸水又是擦的，肯定也弄不干净。

迟苦的声音已经冷下来了，又问他一次：“在哪儿摔的？”

学习委员拿完作业也走了过来，小声问：“怎么啦？”

陶淮南摇摇头说：“没事儿。”

“我问你话呢。”迟苦拧眉看着陶淮南，“你上哪儿了？”

陶淮南还是不吭声，迟苦的脸色很难看，再次开口：“说话。没听见？”

他可太凶了，学习委员都有点儿害怕地站在一边不敢出声。陶淮南在厕所被人逗弄、被人围观的时候没觉得委屈，现在当着别人面被迟苦这么吼着问话却开始觉得委屈了。

陶淮南使劲儿压下那阵鼻酸，觉得现在比刚才在厕所还要难堪。

现在迟苦和学习委员是一拨的，自己好像被隔在外头，还要当着学习委员的面挨骂。盲童总是没尊严。

陶淮南往前拨了一下，拨开迟苦自己走了。

他走得急，胯还在桌角磕了一下，把他磕得没忍住低呼了一声，尖锐的疼让他皱着眉揉了揉。

迟苦深吸了一口气，上前一把抓住陶淮南的手腕，攥得死紧。攥住了也没停，反而大步拉着陶淮南走，陶淮南跟得有些吃力。

迟苦走得很快，下楼也很快，陶淮南勉勉强强被拖着走，还要同时数着台阶避免踩空。

“你又闹什么脾气？”到了楼外空地，迟苦才把陶淮南的手往前一甩，问他。

陶淮南眼睛有点儿红了，什么也不想说，只想回家。

“你怎么回事儿？”迟苦死盯着他，声音里的愤怒很明显，警告地叫了他一声，“陶淮南。”

被突然喊名字，这是陶淮南很不喜欢的事，这让他紧张，没有安全感。

陶淮南鼻酸压不住，也不压了，朝着迟苦在的方向也低喊了一句：“我就是不想让你在别人面前骂我。”

“我哪儿骂你了？”迟苦完全在状态外，从他回教室到现在都没摸清思路。

“不知道！”陶淮南不想和他说话，这一下午过到现在心情简直低到谷底了。

“我就问你怎么摔的，你回个话咋这么费劲？”迟苦不耐烦地问他。

“厕所摔的。”陶淮南绷着脸，也不瞒了，“我去上厕所摔的，摔了个屁股蹲儿，坐地上了，都说完了，就这些。你为什么非得问啊？非得让我在……在学习委员面前丢人你就高兴？”

迟苦跟他完全不在一条线上，关注点都不一样。什么学习委员不学习委员迟苦压根儿没注意，跟学习委员到底有什么关系？

陶淮南一句一句把迟苦说得都不知道怎么回，迟苦搞不清他那颗乱七八糟的脑袋里都装的什么。

后来沉着脸又去牵他，问：“磕着了没？”

“没有。”陶淮南被他牵着，两个人回了家。

回了家迟苦让他去洗澡，直接把衣服都换了。洗澡的时候，迟苦看了一圈，哪儿也没磕青磕坏，迟苦也就不跟他计较了，只是问：“不能等我回来再去？”

陶淮南的憋屈劲儿还没过，不想好好说话，扭着脸说：“我憋不住，快尿裤子了。”

迟苦又皱了下眉说：“好好说话。”

“反正就是憋不住。”

“我走之前你怎么不说？”迟苦抽了浴巾过来，往陶淮南头上一盖。

陶淮南扯下来在身上胡乱擦了擦就要出去，嘴上说：“你不是着急走吗？你还顾得上我吗？”

迟苦从来不是什么脾气好的小孩儿，他气性大着呢。

陶淮南话里揣着刺儿跟他说话肯定不行，这话说得挺刺人。迟苦吸了口气，陶淮南开门已经出去了。

冬天洗完澡出来很冷，陶淮南起了满身鸡皮疙瘩，迟苦给他拿的睡衣也忘了穿，自己摸去房间柜子里找。

迟苦憋着一肚子火出来，要去房间找陶淮南。结果他一走进去，见陶淮南衣服反穿着，衣领歪着，鼻子红红的，眼睛也红红的，自己坐在床边视线空洞地朝着窗户，迟苦到底还是哑了火。

一夜俩人谁都没跟谁说过话。

陶淮南把脑袋蒙在自己的旧毯子里，小毯子旧得毛都磨没了，平时都不太敢洗，怕给洗碎了。迟苦给他扯下来他就再蒙上，不跟迟苦说话。

陶淮南很长时间没这么生气过了，别扭得气人。

迟苦不搭理他，他也是真被陶淮南气得够呛，一直没发火都是自己压着的，看小瞎子那可怜样儿就算了。

陶淮南睡梦里都在生气，气鼓鼓地睡了一宿，做的全是让人生气的梦。

早上醒了，长长地舒了口气。

气死啦。

昨天生的气睡了一宿就消得差不多了，毕竟他气不长，一般过一宿就自己排解得差不多了。不那么生气了也不代表心情就好了，昨天的坏情绪一直延续到今天。

一整天俩人一共没说过几句话，陶淮南是情绪不好，迟苦是冷着脸还在生气。

到了下午第二节课间，学习委员照常在旁边等，陶淮南脑袋冲着窗户趴着，用后脑勺儿对着他们，听见迟苦说："你自己去吧，我不上了。"

学习委员吃惊地问了声："啊？"

陶淮南也"扑腾"一下坐了起来："啊？"

迟苦谁也没看，把桌斗里的练习册拿出来准备下节自习课用，面无表情地又重复了一次："我不去了。"

"别啊……"陶淮南也顾不上别的了，有点儿着急地小声说，"你快去，你干吗？你赶紧走。"

"闭嘴。"迟苦嗓音里半分情绪都不带地说，"你管不着我。"

陶淮南被刺了回来，抿抿唇不出声了。

迟苦说了不去就真的没去，后两节课哪儿也没去，一直在座位上学习。

陶淮南难受极了，觉得自己做错了，愧疚得不知道怎么好。昨天自己怎么能那样啊，为什么那么说话?

他毕竟本质上是个乖孩子，见迟苦因为自己连课都不去上了，在座位上简直不安坏了。后来从桌斗里拿了张盲文纸，点点点，点完递给迟苦。

迟苦随手一摸，他写的是：小哥我错了，对不起。

迟苦往书底下一压，接着做题。

盲文纸挺贵呢，哥哥总要给他买，陶淮南舍不得乱用。他又拿了张用过的，找了个角落撕下来又点：明天你去上课吧，真的对不起，是我错了。

迟苦摸完又往书下面一压，陶淮南急得去晃他胳膊，不知道应该怎么办才好。

他生气一回时间太长了，好几天都没理陶淮南。

老师问迟苦为什么不去上课了，迟苦也不说为什么，就是不去了。

反正也快期末考试了，不去也行，留着时间多做点儿题也不是不可以，老师索性没多说他。

迟苦这下全天都在了，从早到晚不离开。

有天下午第三节课间，后桌从厕所抽烟回来，看见陶淮南又在扯迟苦的袖子，笑了声说：“这可真行哈，看出来是亲哥儿俩了，怕小弟挨欺负连课都不上了。”

陶淮南动作不明显地僵了一下。

“是不是跟你哥告状了？”后桌还在开着玩笑，逗他，“回家跟你哥哭了吧？”

陶淮南心说，你今天话咋这么多啊？啊啊啊！

迟苦写字的手停了，回过头，看着后桌。

第七章

迟志德二次上线

这事儿陶淮南根本没想说，他太了解迟苦了，他怕迟苦出去打架。

抽烟的那群人那么多呢，迟苦就自己一个人，陶淮南害怕他打不过吃亏。就算能打得过也别打啊，万一打坏了呢?

陶淮南绝口没提那天在洗手间发生的事儿，谁能想到被后桌就这么给说出来了。

这不是欠嘛……

“他说什么呢？”迟苦挑了挑眉，问陶淮南。

“谁知道他说什么……”陶淮南抓住迟苦的胳膊抱着，凑过去小声说话，“别理他。”

迟苦问：“有人欺负你了？”

“哪有，没有。”陶淮南想起来在外面贴这么近抱胳膊好像不行，不太确定地问，“现在三级？”

迟苦没闲心管他三不三级，问他：“那天不是自己摔的？”

“就是自己摔的，”陶淮南现在大了不好天天跟个娇气包似的，可撒娇本事还没忘呢，贴着迟苦用只有两个人能听到的音量小声说，“我笨嘛不是，你又不在，那地上可滑了，我一出溜就坐地上了。”

迟苦垂眼看着他，没说话，过了一会儿抽出了胳膊，回头问后桌男生："谁欺负我弟了？"

后桌男生刚放了块泡泡糖在嘴里，吹了个泡泡："反正不是我。"

"谁？"

"多了，一屋子人呢，你能咋的？"男生不太在意地说，"过去了就算了，我也跟他们说了下次别缺德，拉倒得了。"

陶淮南听得心都提溜起来了。

大哥你能不能不欠了？

最后一节课，班主任在别班上课还没回来，学生们心都静不下来，只等着放学，教室里不算很安静。

可尽管教室里不太安静，迟苦突然站起身的动作也还是很明显，他猛地起身，凳子腿刮在地上的声音听来很刺耳。

迟苦大步出了教室，临出去之前还随手拎了班级门口抬垃圾桶用的拖布杆。

陶淮南想去追他，可他一个瞎子，没有迟苦带着，他哪儿也去不了。

后桌男生好像这才反应过来，低呼了声，也跟着跑了出去。另一个后桌不知道什么情况，反正同桌跑了他也跟着跑了出去。

教室里开始小声喧哗，过了一会儿就听走廊那头乱了起来，有好事儿的男生探头出去看。

也是这天赶得巧，那天领头逗陶淮南的那个正准备从洗手间出去，迟苦拿着拖布杆从外面横着往门上一拦，里面四个男生谁也出不去。

小混子们被拦了还觉得挺新鲜，笑着看迟苦，等着看他要干啥。

迟苦问："眼睛看不见那个，上周谁推他了？"

领头那个一乐，就没拿他当回事儿，笑嘻嘻地说："我。"

迟苦问他："你？"

“对，我，就我。”他还晃了晃肩膀问，“怎么着呢？”

他话音还没落，迟苦直接一拖布杆抽他脸上了。

迟苦小时候之所以被他爸打得那么惨，就是因为他得空就还手。那么丁点儿大的小孩儿，捡着个石头、砖头、晾衣竿什么的都敢往他爸身上招呼，打肯定是打不过的，后果就是会被打得更惨。

迟志德那么夸张的打法都没能把迟苦打服，他骨子里就谁都没服过，宁可打不过挨揍也不会服。

心里不怵，手劲儿又大，他这一杆子抽出去对方惊诧地低吼了一声，直接捂着脸没战斗力了。里面剩下那三个不干了，一起哄上来，抓着迟苦扯到一起。

后桌男生跑了过来，喊着“别打了”，迅速拉架，抱住其中一个男生不让他动。

走廊里其他教室的男生有的也跑了出来，把两边都扯开了。

迟苦已经红了眼，踹了脚身前男生的腿，粗喘着说：“再敢动我弟试试。”

他打红了眼的时候是很吓人的，明明十几岁的孩子，眼神却凶得很。

最开始就被迟苦抽了脸的那个捂着下颌骨，眼底猩红着跟迟苦说：“你等着！”

这个时间各班的班主任都还没回来，走廊里也没有领导巡查，男生们迅速拉开迟苦和那伙人，把他们带回了班，洗手间起的争执被顺利地平息了下去，没有惊动学校。

迟苦一回来，陶淮南就伸手去摸，担忧地问：“打着哪儿了没有？你咋还这样啊……”

迟苦把他手从身上摘下来扔开。

陶淮南很难受，觉得自己惹了麻烦。他就是个麻烦精，从小到大哥哥们总要不停地收拾他的麻烦。

“理他们干吗啊……”陶淮南再次伸手往迟苦脸上摸，眼睛看不到想知道别人有没有事儿就只能靠手摸，“打着没有？”

迟苦又把他的手扔开了。

陶淮南也不松劲儿，皱着眉说：“别甩我手。”

几乎全班都在看迟苦，那个年纪的孩子总是对打架的男生感到好奇。学习委员从后面小跑着送了包纸巾过来，又跑了回去。

前后有暧昧的轻咳声响了起来，陶淮南顾不上，他都不知道学习委员来过了，也不知道周围的人都在看迟苦。

从迟苦的下颌骨处摸到了一点儿湿，陶淮南心里一咯噔，问：“这什么啊？打坏了？”

迟苦不说话，陶淮南急得去闻自己的手，确实是血味儿，陶淮南眼睛惊得都瞪圆了，迟苦不冷不热地扔了句：“小口子，没事儿。”

迟苦回了这一句就不再理人了，陶淮南抽了张纸去按着那处。

“你理理我吧，我错了。”陶淮南小声说话，迟苦确实被气着了，陶淮南心里没着没落的，不知道该怎么让他消气。

迟苦全程冷着脸，一到放学时间，提着书包就要走，陶淮南一只手抓着他书包在后面跟着，跟个挂件一样被带回了家。

家里门一关，陶淮南绷着的劲儿终于绷不住了，也不怕丢人了，也不用管二级三级能不能做，书包都没顾上摘，拖鞋也没换，迟苦要绕过他进卧室的时候，陶淮南直接拿胳膊圈上去。

那么大了身上还有小时候那股膻乎乎的奶味儿，也不知道到底是头发上的还是脸上的还是哪儿的，可能是因为一直抹着牛奶味儿的儿童面霜。

“小哥你理理我吧，我心里太难受了。”陶淮南把脸往迟苦肩膀一埋，拱着往脖子窝里蹭，瓮声瓮气地说，“你别生气了，也别再打架了。”

在这方面陶淮南向来没架子，哄人的时候什么招都能使出来，小时候迟苦最受不了他天天抿着小嘴儿说肉麻话。

“那天不好好说话是我错了，”陶淮南挨得紧紧地，迟苦后背挺得直，陶淮南圈着不松手说，“撒谎也是我错了，不好好说话是因为你当时朝我喊，我心里难受，撒谎是怕你打架。”

嗲精最会说话了，小嘴儿叭叭的多好听的话都说得出来，谁能架得住他哄。

他一直细声细气地检讨，说他错了，鼻子顶着人脖子窝，说话时动来动去搞得怪刺挠的。

迟苦后来伸手把他“摘”下来，陶淮南又要圈上去，迟苦声音还是有点儿冷，却也开口问了他：“你不热啊？”

两个人身上穿的棉袄都还没脱，陶淮南也顾不上脱，这次只搂了迟苦一条胳膊，迟苦只能用另外一只手摘书包、脱衣服。

“那你笑一下。”陶淮南嘿嘿笑着，讨好地仰起脸说，“理理我。”

迟苦抬起手在他脸上用力一捏，把陶淮南捏得“啊”了一声。

陶淮南捂着脸小声说：“疼疼疼。”

“你是真出息了，撒谎都会了。”迟苦捏着他的脸往前一推，把陶淮南推得后退了一步，迟苦把外套和书包都放在沙发上。

陶淮南自己也心虚，撒谎是迟苦挺烦的事儿，他俩之间没有秘密，也不该有谎言。还都是小豆丁的时候陶淮南就说过这话，晚上睡前还时不时强调“我们是彼此的小狗”，后面还跟着一句“咱们谁也别骗谁，谁也别藏小秘密”。

迟苦生气是必然的，陶淮南的每一次隐瞒，迟苦都生气。

然而陶淮南在心虚中突然想起了学习委员那一茬，又觉得自己没那么虚了。他站在沙发后面，手拄着沙发背，觉得自己挺有理的，抿抿唇说：“可是你也有事情没告诉我啊，你也藏秘密了。”

迟苦走路的脚步都停下了，看着他问："我藏什么了？"

"你自己知道。"陶淮南抠抠沙发的布料。

谈恋爱太不好了，这可不是什么好事儿啊。

"我知道什么了？"迟苦拧起眉问，"我瞒你什么了？"

陶淮南说不出口，心想，你自己不害臊还非得别人戳穿你啊？

"说话。"迟苦盯着他，"别惹我。"

陶淮南到底还是害怕他生气，眼睛一闭破罐子破摔，低声快速说了句："你跟学习委员的事儿我已经知道了。"

"我什么事儿？"

"你俩搞对象。"

迟苦眨了下眼睛，嘴都张开了。

空气凝滞了两秒，又好像有两分钟那么长，迟苦才终于开了口。

"陶淮南。"迟苦吸着气叫他，甚至有点儿不知道该做什么表情，他看着陶淮南那张脸，气得简直牙根疼，"你是不是有病？"

迟苦毕竟也长这么大了，小时候身上那股粗愣愣的野小子劲儿现在虽然也有，可被陶淮南磨了这几年，多少也能懂点儿小瞎子内心那点儿敏感的弯弯绕绕。

陶淮南一句话扔出来，迟苦就自动把这些天陶淮南闹的那点儿别扭给绕明白了。

迟苦这些天一直处于蒙着生气的状态，在他眼里就是上周四上课回来，陶淮南摔一身泥，问他怎么摔的又不说，问多了就开始说莫名其妙的气人话。

到现在他才终于搞明白了他那山路十八弯的脑袋。

迟苦一生气就懒得说话，转头回房间往床上一躺，听着陶淮南的走路声都觉得烦得慌。

在陶淮南说出这事儿之前，迟苦明明已经快要消气了，结果现在又降至冰点了。陶淮南自己在外头用手背蹭蹭鼻尖，心说，我才没病呢，你有病，你这么小就搞对象你才有病。

陶淮南也不哄了，心想，你就能跟我发脾气，也没见你跟别人这么发火，就跟我脾气最大。

陶晓东晚上回来，看这俩又一人一屋都挂着脸，一看这就是又闹了。

大人看孩子闹矛盾第一反应都是笑，小孩子嘛，好玩着呢。

“俩祖宗，你俩又咋的了？”陶晓东放下田毅白天送到他那儿的果干，去洗了个手，边洗边问他俩，“说出来让金牌调解人给你们调解调解。”

两头都没吭声。

陶晓东分别去看了看那俩，一个侧躺在床上皱着眉一脸烦躁，一个在他的房间里脸冲着窗户盘腿坐着。

“祖宗们，理理我。”陶晓东先后把两边门都拍了拍。

迟苦叫了声“哥”。

“哎，乖。”陶晓东探头看着自己房间里闷闷不乐的那个，“这位呢？”

陶淮南一说话声音都带了点儿哑，还有重重的鼻音，说：“不理。”

“哟。”陶晓东挺意外，迈步进去，弯着身侧过去看他，“我看看？我看看咱家这小祖宗咋的了，这还抹上眼泪了？”

陶淮南抹眼泪都是半天之前的事儿了，这会儿本来都已经没痕迹了，谁知道从声音上露了馅。他懊恼地侧过身，背对着人，不让看。

陶晓东托着肋巴扇把人平端起来，陶淮南吓了一跳，喊了声，被他哥笑着端出去扔在沙发上。

“你太烦人了。”陶淮南嫌弃地说他哥。

陶晓东搓了搓他的脸，叫他“哭精”。

陶淮南被人冷了这么多天了，今天豁出脸来搂着脖子哄都没哄好，还被说有病，心态崩了，伤心。

陶晓东喊了迟苦两声，让他出来吃水果，别躺了。

他的话迟苦向来听，没一会儿就见迟苦耷拉着眼皮出来，往最边上的单人沙发上一坐，看见陶淮南就心烦。

陶淮南本来也想背过去离他远点儿，可一想想白天迟苦刚为了他冲出去跟人打架，脸都坏了个口子，又舍不得了。

太难受了这滋味。想再哄哄他又拉不下脸，他都说自己有病了；想彻底不理他吧，心里也不愿意、不舍得。

两头情绪拉扯，把一颗单纯的心拉扯得直纠结，给孩子都憋屈哭了。

陶晓东充当和事佬，坐在中间戳戳这个的胳膊、戳戳那个的脸，笑嘻嘻地问都咋的了。

陶淮南先说了话："他说我有病。"

迟苦在另外一边直接接了他的话："你就是有病。"

"你看看！"陶淮南拍着他哥的胳膊说，"你看看他。"

陶晓东就知道傻乐和，还觉得他弟尽管长大了些也还是跟小时候一样好玩，捏着他弟的脸说："你怎么有病了？说给我听听。"

因为他说迟苦搞对象。这话可不好意思说，两个人再怎么闹矛盾也不带往外说秘密的。

陶淮南把话在脑子里转了一圈，才开口说："反正就看我不顺眼呗，生气也哄不好，不理我。"

他在这边忍着气帮人家守着秘密，迟苦却丁点儿没当回事，自己往外说："说我搞对象。"

陶晓东一愣，失笑问："真的啊？"

迟苦一点儿表情都没有，目光空空不说话。

“真搞了？”陶晓东一脸八卦表情，“也是，你们都初中了，也到了情窦初开的时候。”

既然他自己都说出来了，陶淮南也不帮他瞒了，跟他哥说：“他跟我们学习委员天天一块儿上课放学。”

迟苦问他：“我上课了？”

陶淮南马上改口：“之前！”

迟苦点点头，说：“行。”

“他自己搞对象不害臊，还说我有病。”陶淮南揉揉鼻子说。

陶晓东小声问迟苦：“真搞了吗？”

迟苦冲他轻轻摇了摇头。

陶淮南在旁边说：“你看他都不说话，他就是承认了。”

迟苦平静地“啊”了声，说：“搞了。”

陶淮南一口气差点儿噎那儿，被迟苦的态度搞得十分无语，眨眨眼一下从沙发上站起来，摸着去他哥房间继续坐着生闷气了。

从这天开始，这两个冤家开始了从小到现在最长的一次冷战。

陶淮南都不在他俩的房间住了，毯子一扯去他哥房间跟他哥睡。气得晚上睡不着觉，觉得迟苦变了，跟小时候不一样了。

什么小狗不小狗，说话不算数。

两个人走路都不再挨着走，陶淮南拽着迟苦书包后面垂下来的调整带，两个人谁也不挨着谁。陶淮南偶尔习惯性地伸手过去，反应过来后再赶紧收回来。

在学校这俩也半个字不说，陶淮南天天用后脑勺儿冲着迟苦。迟苦给他留的作业，他写完了就往迟苦那边一丢，等着迟苦帮他检查，检查完他拿回来自己摸对错。

期末考试那天，陶淮南不用上学，迟苦自己去就行了。

陶淮南跟他哥去上班，坐在店里跟他哥有一搭没一搭地说话。

陶晓东偷着告诉他迟苦没搞对象。

陶淮南说：“他不是承认了吗？”

“他那是骗你的。”

寒假班里有半个月的时间要补课，只不过早上可以晚去一会儿，不像上学的时候那么严格。老师没要求陶淮南必须去，说他在家也行。

陶淮南还是去了，每天攥着迟苦的书包带跟着去学校，晚上再攥着回来。

迟苦气性向来长，可陶淮南能坚持住这么长时间不哄人实属不容易了，这次是真伤着心了。

关心陶淮南的小姑娘们时间长了也发现了这哥儿俩闹矛盾了，迟苦低气压，陶淮南一副受气包样儿。趁着迟苦不在的工夫，小姑娘们担心地问：“是不是你家长知道迟苦早恋的事儿了？”

陶淮南点头说：“知道了。”

“天啊，你家长有没有打他啊？”小姑娘们朝学习委员那边瞄了两眼。

陶淮南气哼哼地说：“打他还好了呢。”

迟苦擦完黑板回来了，女生们散了，陶淮南一只手拄着脸，另一只手摸了支笔在手上转。

补课最后一天的午休，吃完饭回来陶淮南从书包里摸出来一个橘子，自己剥开掰了一半，另外一半完好地裹在橘子皮里，橘子皮剥得像朵花。

陶淮南把剩下的一半橘子连着皮伸手放在迟苦的书的旁边。

迟苦看了眼，胳膊一推又给推了回来。

陶淮南听见了，反正人家不要，自己抓过来一瓣瓣全吃了。

他吃完把橘子皮卷了卷要塞进垃圾袋，还没全塞完，听见门口有人喊了声："迟苦出来。"

午休时间班里没多少人，学校里人也不多，教室里仅剩的几个都抬头往外看。

迟苦也抬了头，门口站了两个人，就是上次在水房里那四个人当中的两个。被迟苦抽了脸的那个再次拍了拍门，喊他出来。

迟苦放下笔，站了起来。

陶淮南一把抓住他手腕。

迟苦抖抖胳膊甩开他，低声说："坐在这儿不许动。"

"你别去。"陶淮南抓着他不放。

"没事儿，"迟苦推开他的手，又跟他说，"只要你坐着别动就没事儿。"

迟苦坦坦荡荡地出去了，陶淮南一动不敢动，怕自己碍事儿又变成迟苦的麻烦。

漫长的十分钟，陶淮南坐在座位上，手都在抖。

迟苦再回来的时候有点儿喘，用手背蹭了蹭耳朵后面，陶淮南伸手过来摸他，迟苦往后退了一下，说："脏。"

"你干吗去了？"陶淮南低声问。

迟苦抽了张纸按着耳朵一处，说："没干吗。"

"你是不是又出血了？"陶淮南担心得脸色都不好看了。

这么多天俩人头一回说这么多话，迟苦也没再冷着脸，跟他说："没事儿。"

过了一会儿走廊上嘈嘈杂杂的声音移了过来，就停在他们班门口。听着声音有不少人，陶淮南怕迟苦吃亏，甚至想要给他哥打电话，被迟苦拦住了。

结果一帮人在门口哄了一阵之后就散了，没再发生什么。

陶淮南松了口气："吓死我了……"

迟苦说："没事儿。"

最后这一天补课，陶淮南提心吊胆地过完，就怕放学路上又有人堵迟苦。

安全地到了家，陶淮南安心了，把书包和外套往沙发上一放，想和迟苦说点儿什么，这会儿才又想起他们俩之间现在是冷战状态，又把嘴闭上了。

迟苦去洗澡，陶淮南磨磨蹭蹭地也进去了。

他太白了，胳膊上、腿上青色血管有的就很明显。城里小孩儿就是娇贵，身上哪儿一旦磕了碰了，青紫好久都不见好。

上次在班里磕了桌角那一下，这都多久了，胯上还有一点儿淡黄色的痕迹没消干净。

后背上不知道什么时候也紫了一处，迟苦手上沾水了，湿湿地在陶淮南后背上抹了一下，问他："怎么弄的？"

陶淮南低着头说："磕到哥屋里的柜门上了。"

迟苦在磕紫了的那块上按了按，陶淮南小声说："疼。"

迟苦把他往淋浴下扯了扯，让他冲水，垂着眼不带情绪地说了句："别在哥屋里睡了。"

"哦，"陶淮南点点头，也垂着眼回他，"好吧。"

双方在这一点上达成了一致，分开睡的情况暂时告一段落。

晚上陶淮南从他哥房间扯回了他那条破毯子。

毯子压在他哥腿底下了，他拽不出来还推了推他哥的腿说："抬一下。"

"哟，上哪儿啊？"陶晓东斜睨着他笑，"躺下吧，关灯睡觉了。"

陶淮南也不说话，把毯子拽出来团吧团吧，团在怀里转身慢慢走了。

“干吗去？”陶晓东故意问，“不跟我睡了啊？”

陶淮南小声嘟囔着：“不跟你睡了。”

陶晓东抬着脖子看着他一路回了自己房间，笑着关了灯。

睡前老老实实自己睡自己的，早上醒了陶淮南的腿还是搭着迟苦的肚子，迟苦一只手放在他腿上，还没醒。

陶淮南一个翻身，胳膊一扬就搭在了迟苦身上，脸差点儿贴上他的胳膊，呼出的热乎气都喷在了迟苦的胳膊上。

陶淮南的脸在床单上蹭蹭，还是自己屋睡得香。

迟苦一睁眼，被陶淮南压得都动不了。他从小就这样，睡相不好，小时候是他哥惯的，后来是迟苦惯的，腿不搭着人就跟睡不着似的。

俩初中生彻底放寒假了，不用天天去学校。可通常寒假这段时间都是陶晓东最忙的时候，每天早出晚归，没太多时间陪他们。

陶晓东早上走前过来他们房间看了一眼，见迟苦醒着，问他：“你俩是在家还是跟我去？”

迟苦看了眼还睡着的陶淮南，躺在那儿说：“你先去吧哥，他要是想去找你，我再带他去。”

陶晓东说：“行，你俩再睡会儿。”

也不知道这一觉是睡得太香了还是怎么，陶淮南一直睡到九点多，睡得自己都有点儿蒙，坐起来好半天都不动，也没个反应，睡糊涂了。

迟苦下了床，陶淮南声音软软地问：“上哪儿去？”

“厕所。”迟苦穿着拖鞋走了。

陶淮南也跟着下了床，绕着床走了一圈也没碰着拖鞋，只能光着脚出去。

迟苦在洗手间洗漱，见陶淮南过来了往旁边让了让，边刷牙边单手往他牙刷上挤牙膏。陶淮南摸过来放嘴里慢慢刷，还朝迟苦笑了下，含含糊糊地说了声“谢谢”。

陶淮南这一觉睡得把他俩之前那点儿别扭全忘了，一睡糊涂就格外乖。

迟苦洗完脸头顶着毛巾要出去了，扭头一看陶淮南光着脚，当时就皱了眉。把自己的拖鞋脱了往陶淮南旁边踢，转身光着脚出去找拖鞋。

陶淮南迷迷糊糊地踩上拖鞋，漱口低头吐泡沫。

可惜他乖也只能乖这一阵，等彻底醒盹儿了就能想起来他俩半冷不冷的冷战状态，又开始别别扭扭。

迟苦跟每次一样，把考试卷弄成盲文的，让陶淮南做。

陶淮南做完一本英语，等迟苦检查的时候突然问了句：“你跟学习委员不打电话吗？”

迟苦看他一眼，没搭理。

“你们要出去见面吗？”陶淮南说，“你如果想出去我自己在家也没关系，我不乱动东西也不出去。”

迟苦给他批试卷，嫌他烦人，让他闭嘴。

陶淮南闭不住，又问：“你为什么要搞对象啊？有什么好的？”

他一说这个迟苦就来气，关于这个事儿，他一个字都不想听，听了就烦。

“再说一个字我就走。”迟苦说。

“找学习委员？”陶淮南嘟了下嘴，又说，“你想找就找，拿我当什么理由。你走呗，你去吧，我不告诉哥。”

迟苦把本子往桌上一扔，站起来出去了。

陶淮南以为他要走，跟在他屁股后面嘟囔：“那你什么时候回来？”

迟苦：“不回来了。”

这一听就是瞎话，陶淮南也不当真，接着问：“你什么时候回来？”

迟苦彻底受不了了，伸手往陶淮南嘴上一捂：“你能不能不烦我？”

陶淮南越当个事儿天天挂在嘴边，迟苦越不想解释。这个事儿实在离谱得过分了，得是什么脑子才能想出来的。

一天二十四小时都在一块儿，就之前每天那两节提升课的时间没在身边盯着，转头就能给你整这么一出。

脑子里沟壑太多。

迟苦穿了外套拿了钥匙真走了，陶淮南都傻了，站在客厅里整个人都呆滞了。

等迟苦再开门回来的时候，陶淮南正板板正正地坐在沙发上，面朝着一个方向发呆，听见门响也没吭声。

迟苦把钥匙扔在鞋柜上，换了鞋进来，往陶淮南怀里扔了一大杯奶茶，还是热的。

陶淮南摸了摸，难得没露出个笑。

迟苦脱了外套挂上，跟他说："喝完考试。"

"你不去谈恋爱了吗？"陶淮南手里拿着奶茶，问他。

"我谈个屁。"迟苦拿了吸管往陶淮南手里的奶茶杯盖上一扎，发出"啵"的一声。

陶淮南低头去找吸管，小瞎子找个吸管都找不准，不停张着嘴去碰。

迟苦看着他嘴唇挨到吸管后，老老实实地喝上了，吸到珍珠了就慢慢嚼一会儿，还是不说话的时候最乖。

一大杯奶茶喝下去一半了，陶淮南才猛地反应过来，刚才迟苦根本就不是出去搞对象，他就是故意吓唬人，他出去转了一圈就买了杯奶茶。

满足感顿时嘭嘭地在心里爆炸了，小孩子的开心真的太简单了。

反射弧一百米长的陶淮南"啊"的一声从沙发上站起来，找到迟苦往人背上一搭，圈着脖子："你就是特意给我买奶茶去了！"

"我不是。"迟苦说。

"你就是！"陶淮南笑得高兴极了，"你怎么这么好？"

迟苦把他的胳膊从自己脖子上摘下去，陶淮南又去圈他，叫“小哥”。

“过来考数学了，你看你英语答的都是些啥？”迟苦皱着眉说，“脑子里天天也不知道都装的什么。”

陶淮南现在心情好极了，怎么说也不生气，乐乐呵呵地坐在那儿准备考数学。

青春期的痕迹在陶淮南身上并不明显，他不叛逆也不尖锐。

被一杯奶茶哄得顺了毛，陶淮南接下来不管怎样都是笑着的，偶尔也说浑话，说完再哄人家说“我错了”。

陶晓东带他俩去店里的时候也一样，陶淮南走哪儿都跟着迟苦，“小哥小哥”叫得没那么亲的了。

陶晓东干着活儿，听陶淮南又在一边说好听话，戴着口罩笑了下。

黄哥端着个大茶杯，站在他旁边看他干活儿，也笑了声说：“小南也太会哄人了。”

“心眼儿多。”陶晓东说，“前段时间把人惹生气了，现在哄呢。”

“这还用哄？”黄哥看着陶淮南，叹了口气说，“他站在面前朝人一笑，谁都生不起来气了。”

又白又漂亮一孩子，挂着双无法对焦的大眼睛，笑起来的时候让人看着惋惜又心软。

寒假了，不用去学校，什么学习委员什么其他同学都见不着了，陶淮南心里那点儿莫名的危机感自然也就没有了。

那些七拐八绕的小情绪无非就是来自小孩子的独占欲。

哥哥是他的，迟苦是他的。在陶淮南窄小的世界里，这两个是别人不能动的，被别人抢了的危机感和不再独属于自己的落差感，必然会带来消极情绪。

心里不拧巴了也就不藏着掖着了，他坦诚地偷着跟迟苦说：“我就是小心眼儿，就是小气。”

迟苦很自然地接了句：“你就是烦人精。”

“我要是上初中就跟别人搞对象你也会生气。”这是陶淮南最近悟出来的，他跟迟苦对彼此的情绪应该是一样的，没道理他不生气。

迟苦冷冷道：“你敢吗？”

“我不敢。”陶淮南倒是诚实，“我可害怕你生气，你生气哄不好。”

迟苦看他一眼，陶淮南说：“你跟别人比跟我亲了，这是背叛。”

这俩字都出来了，迟苦无语地转向一边。

“本来就是。”陶淮南绷着下巴，又重复了一次。

他这样好好说话，迟苦听得下去，也不跟他较劲儿了。在他脸上用力掐了一下，说：“什么乱七八糟的。”

陶淮南撇了撇嘴。

“你是不是脑子进水了？”迟苦问他。

“你就知道说我。”陶淮南垂着眼，“就对我最凶。”

“我跟别人凶得着？”迟苦高冷得很，跟陶淮南说，“有闲心你就多背会儿书，别琢磨那些没用的，什么搞不搞对象，谁给你看烂东西了？”

陶淮南眨眨眼，没反应过来。

陶晓东在外面叫他俩出去吃饭，迟苦站起来，朝他伸手：“有话就直接问我，别自己在那儿想，想得差十万八千里还跟我拧劲儿，再来一次我还收拾你。”

陶淮南还没想明白他这两句话，迟苦把他拉起来，带他从休息室出来，打算去厨房一起吃饭。

人都去厨房了，大厅里就只剩下一个文身师还在干活儿。

大门被推开的时候迟苦还没当回事儿，带着陶淮南往厨房走，头都没转一下。

陶淮南刚理明白迟苦的话，带着点儿不敢置信的雀跃，小声地问：“你是不是没——”

话音没落完，被门口别人惊诧地叫出声的一句“迟苦”打断了。

两个人都朝着那个方向转头，一个看得见，一个看不见。

看得见的那个几乎在瞬间，完全出于下意识的动作，把看不见的那个往身后一塞，眼神盯着来人，警惕地后退了一步。

那人一脚迈进来，玻璃门“咣”的一声合上，迟苦又退了一步，陶淮南听见那人不可思议地说：“还真是你？”

他的语气让人听着很不舒服，是很陌生的声音，陶淮南问迟苦：“谁？”

迟苦没说话，陶淮南听见那人骂了一句脏话，之后说：“我还真以为你死了，敢情背着我在这儿当少爷呢？”

陶淮南皱了下眉，他说“迟苦死了”这话实在刺耳，陶淮南没忍住回了一句：“你好好说话。”

“这就是你伺候的瞎子吧？”那人打量着陶淮南，又转回目光继续打量迟苦。

迟苦又把陶淮南往身后塞，大厅里还在工作的那位文身师抬头问：“你是谁啊？”

“我是谁？”这人耸着肩膀夸张地嗤笑一声说，“我是他爹！”

陶淮南眨了眨眼，突然明白了。陶淮南瞪大了眼睛，儿时留下的记忆太深刻了，他攥紧了迟苦的手，急切地扬声喊：“哥！哥——陶晓东！”

“哎！”陶淮南喊得太急了，陶晓东饭都还在嘴里就从厨房跑了出来，问道，“怎么了？”

陶淮南朝着他的方向，指了指门口说：“他说是迟苦他爸！”

陶晓东这才朝门口看过去，有点儿背光没太看清。他眯了眯眼，之后挑起了眉。

“你可真行，陶晓东！”这人冷笑着，难以置信道，“你还真把我儿子带走了，你是谁啊？你咋想的呢？”

陶晓东嘴里的饭才咽下去，去前台抽了张纸擦嘴，平静地问他：“哪个是你儿子？要不你在这儿喊声儿子，你看有没有人应你。”

“放屁！”迟志德怒吼一声，指着陶晓东说，“你这是拐卖孩子！这是你孩子吗，你就领走了？”

“那你问问？”陶晓东看看那俩小的，“你问问他俩哪个不是我家的，看看有没有人愿意跟你走。”

“你别跟我在这儿扯，我的种，上哪儿也流着我的血。”迟志德自己进来在沙发上坐下，给自己点了根烟。

陶晓东冲迟苦那边侧了侧下巴，跟他俩说：“吃饭去，没你俩事儿。”

迟苦皱着眉，有些担心地不愿意走，被陶淮南拖走了。

其实这几年陶晓东一直跟迟苦奶奶联系着，让她有事儿就打电话过来，也经常给她寄东西。老人当年为了让孩子能活，把孩子托付给陶晓东。虽然本质上是陶晓东多养了个孩子，他不欠谁的，可不管怎么说迟苦又听话又省心，让他不用时刻操心着陶淮南，陶晓东念好也承情。

上个月陶晓东刚给老人寄了些补品，眼看临近过年了，又让老家叔叔给送了不少东西，老人现在的肉和粮食都不缺。毕竟迟志德不在家，老人身边连个人都没有，没人操持这些。

可谁知道今年迟志德回来了。

迟志德在南方待的这几年，起初确实是害怕的，不管是不是自己儿子，打死了都犯法。但是过了最初的两年后就没那么怕了，也起了点儿怀疑，但也没急着回来，在那头做了点儿小生意，又成了家。

今年是因为在那边沾了赌，外面欠了债，打算回来躲躲。

回来一看老人过得不差，心里猜了个八九不离十，以为老太太是把孩子卖了，让她拿钱出来。

老人矢口否认孩子的事儿，迟志德于是追问起孩子当年埋在哪儿了，老人说不出来。

当年事情一出，迟志德吓得慌了神，现在神志清醒，老太太糊弄不过去了。

迟志德其实在家里已经闹过一段时间了，老人骗不过去，索性不再说话了，问什么也不开口。

让迟志德猜到陶晓东头上的，就是陶晓东寄过的那些东西。老人过日子仔细，什么都不舍得扔。纸盒留着卖钱，包装袋也都留着，上面都带着寄件人的信息，其中就有地址。

这一点儿都不难猜。

迟志德这次来嘴上也不提要求，就一个目的，要把儿子领回去。

陶晓东不可能让他领，却也不主动提条件。

迟志德在店里撒泼耍横，这在陶晓东这儿都不好使，店里这么多人呢，一群玩文身的，够唬人了。

迟志德闹也不敢太闹，可也不走，站在店门口说陶晓东拐孩子。后来甚至还报了警，跟警察一口咬死了说是陶晓东把他儿子拐走了，让他们父子分离了这么多年。

这事说大不大说小不小，既然一方报了警，警察就不可能不处理。把几个都拉了回去，按流程问询做笔录。迟苦一点儿都不慌，对小时候的事儿记得清清楚楚，说了很多他爸打他的事儿，还说老家医院应该还能查到当时的记录，也给警察看了头上和身上的几处旧疤。

这种官司警察也就是走个流程，他们断不了。何况他们见得太多了，原生父母耍无赖讹收养家庭的事儿并不算少见。

陶淮南被留在店里，等了小半天。天都黑了，他哥和迟苦才回来，陶淮南听见他哥的声音，一连声地问："迟苦呢？迟苦回来了吗？"

迟苦出了声："在这儿。"

陶淮南自己摸着过去，去拉迟苦的手，焦急地问："他打你了吗？有没有事啊？"

迟苦捏了捏他的手，说："没事儿。"

黄哥白天不在，刚回来没多久，问陶晓东："他要多少啊？"

"没提，现在就要孩子。"陶晓东折腾了一天，白天的客户都另改了时间，跟大黄说，"这几天消停不了。"

"那怎么着？"黄哥压低了声音，没想让俩孩子听见，"我找点人？"

"别。"陶晓东失笑道，"跟他慢慢掰扯吧，别搞暴力。"

陶淮南担心坏了，眉头一直紧锁着，紧挨着迟苦一刻都不分开。

小时候迟苦他爸在陶淮南心里留下了深深的一笔，深夜里的怒吼叫骂，砸在门上的那一砖头的震响，以及面包车上浓浓的血味儿。

那可都是迟苦的血，迟苦当时才那么小呢，流了那么多血，都抽了。

陶淮南想想这些就禁不住害怕，迟苦拍了拍他后背，说："没事儿。"

"我好害怕，"陶淮南一只手抓着迟苦，另外一只手抠着沙发布，"他不会把你带走吧？"

"带走就带走。"迟苦平静道，"没什么怕的。"

陶淮南马上开始摇头，眼睛瞬间就红了，抓着迟苦："那可不行啊，你咋这么说，我不让你走，你走了我怎么办啊？"

光是想想都要哭，陶淮南都不知道该怎么好了，一直说："你别走，你回去他会打你……"

"他打不着我了现在。"迟苦掐了掐他的脸说，"我现在跑得快。"

好在现在放寒假，不然陶晓东还真放心不下，怕迟志德去学校闹。现在放假就好办多了，天天陶晓东走哪儿就把他俩带到哪儿，迟志德没能耐真跟陶晓东干什么，他也不敢。

陶淮南这几天吓得都瘦了，生怕迟苦被带走，饭也吃不下去，牛奶都不喝了，早上睁眼第一件事儿就是往旁边摸迟苦，摸着了就轻轻地搓搓胳膊，摸不到就慌。

这天迟苦上厕所去了，陶淮南往旁边一摸是空的，坐起来叫迟苦，半天没听着回应，吓得心都扑通扑通跳，光着脚出了房间。

陶晓东在厨房煮粥，看见他出来，问："醒了？"

陶淮南问："迟苦呢？"

"厕所吧。"陶晓东没太注意。

陶淮南自己摸着去了厕所，迟苦正在洗头，陶淮南摸着人了才安心。

迟苦弯着身子往后瞄了一眼，把拖鞋踢给他说："没记性。"

"我以为你去哪儿了呢。"陶淮南舒了口气，"我喊你你怎么不应我？"

"我没听见。"迟苦接着洗头。

"你总听不见。"陶淮南嘟囔着说。

迟苦说他："别一早起来就净是事儿。"

陶淮南撇撇嘴，啥情绪也没了，踩着迟苦的拖鞋转身出去了。

磨了半个多月，眼看着要过年了，迟志德也磨不下去了，坐在陶晓东店里要跟他唠唠。

陶晓东就等着他唠，把他领到休息室，让他说。

迟志德说："孩子不是你的，硬留你留不住，打官司你也赢不了。"

陶晓东点头问："所以？"

"要不儿子我领走，以后我留着养老。"

陶晓东不说话，等着他继续说。

"要不给我一百万，这儿子就是你的，打今儿起他是死是活姓迟姓陶我都不管，我也不会再来找你。”

“一百万。”陶晓东都听笑了，“你也真敢要。”

“我有什么不敢的？”迟志德打量着房间，冷笑着说，“这么大的店你支着，你不差钱，你们干这个的都有钱。”

陶晓东不搭他茬儿，沉默了大概一分钟，再开口的时候说：“正常情况下我不会搭理你，一分都不会给你。孩子我愿意养，当初也是老太太求到我这儿了，但我不愿意把这变成买卖交易。

“可我也懒得跟你折腾，我弟天天揪心怕你搞事儿，我烦得慌。”陶晓东盯着他，淡淡道，“十万，你拿着就拿着，不拿就拉倒。”

迟志德一口气噎在那里，站起来：“陶晓东，你跟我玩呢？我儿子在你这儿就值十万？”

“不值。”门被人从外面拧开，迟苦接了他的话，看着他说，“我一分钱都不值，想领我走你就领，要钱一分没有，我没几年就十八了。”

“给我闭嘴！”迟志德瞪着他，迟苦跟从前比变化很大，却依然一眼就看得出是迟家的种，迟志德骂了两句脏话，之后说，“没你说话的份儿！”

陶晓东也跟迟苦说：“你先出去，小迟。”

“哥，你别给他钱。”迟苦平静极了，跟陶晓东说，“给了这回还有下回，咱们家的钱谁也不给。”

陶淮南没睡踏实，迟苦一走他就醒了，从沙发边自己摸过来，前面都没听见，只听到迟苦说的一句：“回去也没什么大不了的。”

陶淮南脚步一顿，睫毛微颤着，眨了眨什么都看不到的眼睛，然后用了很大力气在迟苦的后背上拍了一下，隔着毛衣拍出了沉沉的一声闷响。

这手劲儿直接把迟苦拍得往前蹿了一步。

迟苦拧着眉回头，见陶淮南绷着脸、抿着嘴唇的样儿——标准的陶淮南式低落表情。迟苦现在没心思跟他多说，朝着门里又说一句："钱肯定一分没有。"

陶晓东用手背朝他摆了摆，示意他先出去，迟苦于是关了门退出来。

"你打我干什么？"迟苦问他。

陶淮南咬着牙，眼睛都瞪红了。

明明就什么都看不见，生气的时候还总瞪眼，干瞪也看不着。迟苦抬手往他眼睛上一扣："别瞪了。"

陶淮南又是伸手一拍，"啪"的一声落在迟苦的手背上。

迟苦也不当回事儿，把陶淮南带回了大厅的一组小沙发上。陶淮南刚才睡觉时盖的是迟苦的外套，迟苦捡起来搭在旁边，和他说："我不能让哥给他钱。"

陶淮南根本不想听这个，他现在什么都听不下去。刚才迟苦那一句话直接把陶淮南脑子里别的东西都挤走了。

开口的时候声音不是很稳，陶淮南情绪压不住，问迟苦："是不是我跟你说什么你都听不进去啊？"

迟苦没说话，陶淮南又说："我都说了不让你走不让你走，你还偏要那么说。"

"那让哥给他钱？给他一百万？"迟苦随手捋了下陶淮南翻起来的一处袖口，跟他说，"他这次过来就是要钱，给了这次还有下次，没完了。"

陶淮南不懂这些，其实他也不知道这事儿最后得怎么办，他也很害怕。他不想让哥给钱，哥挣钱很辛苦，可也不想让迟苦走。

"就算跟他走了我也还会回来。"迟苦很少这样耐着性子跟陶淮南解释什么，现在俩人坐在沙发里，隔着沙发背别人听不到他们说什么，迟苦低声跟陶淮南说，"他不可能永远在家，他走了我就回来。"

陶淮南不能接受，摇着头不听他说。

“他太缠人了，没完没了。”迟苦按着陶淮南的脑袋不让他晃，和他说，“开学之前我肯定能回来，行不？”

“不不不不不。”陶淮南捂上耳朵，脸也转到一边，气得直喘，“不想听你说话了……你别说了。”

从迟苦正式到他身边直到现在，陶淮南还没跟他分开超过一天，没有超过十二小时不在一起过。他们一直都是在一块儿的，不管什么时候。

陶淮南对这件事儿完全无法接受，迟苦要走让他觉得伤心，可好像也只有他自己伤心。

陶淮南在之后的几天用行动表达了自己的不同意，在任何事儿上都跟迟苦作对，和他唱反调。他这回是正儿八经地生气了，不是之前那种闹着玩的闹别扭。但是迟苦好像打定了主意，谁也拦不住他。

连陶晓东也是头一次发现迟苦这么犟，小倔牛一头，认准了什么事儿就绝不回头。

陶晓东不让他回去，说：“哥在呢，你怕什么？”

迟苦说：“我不怕，但犯不着跟这种人磨，他总不可能永远不走了，明知道他就是讹钱，让他讹不着不就完了。”

他太懂事儿了，什么事儿在心里看得清清楚楚，生在那么个家里不早熟就怪了。陶晓东抬手摸了摸他的头，迟苦虽然不太自在，可也没躲。

“哥用不着你这么懂事儿，你就跟小南一起慢慢长大，顺顺当当的就行。”陶晓东看着他，慢慢和他说着，“我不知道你在咱们家把自己放在什么角色上，在我这儿你跟小南一样，都是我弟弟。”

脑袋上哥的手很热，他的手心好像总是这样，从前到现在一直都是。迟苦每次碰到他的手都能想起小时候的事儿。冬天把他从医院里接出来的手，在夏夜里没有路灯的小区里牵着他胳膊的手，跟陶淮南在盲校上学时一手一个牵着他俩的手。

带着成年人的手掌厚度，带着暖热的体温。

迟苦点点头，说："你是我哥，他是我弟。"

"所以有哥呢。"陶晓东在他头顶抓了抓，放下手，笑着说，"不用你管这些事儿。"

迟苦"嗯"了声，却还是说："这样是最简单的。"

陶晓东"嗞"了声，问："敢情我说的你都没听进去是吧？"

迟苦说："我知道你要给他钱，我不可能让他拿我讹你。"

陶晓东跟他说了这么半天，都白费，迟苦决定了就不改，把陶晓东弄得都没话说。

迟志德下一次找来的时候，迟苦直接说："我跟你回，什么时候走？"

陶淮南就坐在他旁边，连声都没出。他眼睛定在前方，一点儿反应都没有。

迟志德扫了迟苦一眼，没接他话。

陶晓东朝沙发那边抬了抬下巴，让迟志德等会儿。

迟苦说："别等了，现在就走。"

陶晓东沉下脸叫了声"迟苦"，迟苦直接站起来去了门口，跟迟志德说："走。"

迟志德也没想到迟苦会弄这么一出，手一抬就是一个巴掌扇过来，迟苦往后一退，迟志德一巴掌扇空了。

陶晓东指了迟志德一下，呵斥："你再动个手？"

"老子打儿子天经地义！"迟志德涨红着脸，那眼神恨不得弄死迟苦。

迟苦问他："你还走不走了？"

陶晓东过来把他扯了进去，脸色也不太好看，让他别瞎闹。

迟志德确实就是来讹钱的，他压根儿就不想要迟苦，是死是活跟他一点儿关系都没有，本来这些年他也权当这儿子已经死了。一百万他也没真指望陶晓东能给，能有个三五十万就差不多。迟志德动不动就去公安局跑一趟，还去法院咨询，坚持要告陶晓东拐孩子。他就是想折腾，折腾到陶晓东受不了了把钱给他。

他怎么也没想到岔子能出在迟苦身上，迟苦要是敢让他这钱黄了，迟志德是真能把这小兔崽子弄死。

迟苦偏就不如他意。

谁说都没用，迟苦非要跟他回去。

陶淮南刚开始还和他说话，跟他表达自己不愿意，后来见说什么都没用，就不再说了。

以前陶淮南一直以为他俩不管怎样都不会有分开的时候，没想到原来迟苦看得这么淡，他根本都没当回事儿。

陶淮南从最初的失望伤心，到后来接受了。从每天睁眼就担心迟苦还在不在，到后来再也不找了，也不问了。

这跟他们从前哪次闹矛盾都不一样，陶淮南宁可迟苦跟学习委员谈恋爱，也好过现在这样要走。

晚上，陶淮南背对着迟苦躺在床的里侧，脸冲着墙。

迟苦叫了他一声："陶淮南。"

陶淮南没吭声。

"别自己在脑子里拐着弯想事儿，"迟苦推了推他后背，跟他说，"我又不是不回来了，我都答应你了开学之前肯定回来，你就当我出趟门。"

陶淮南还是不吭声。

"每天好好吃饭，晚上跟哥睡觉。"迟苦看着陶淮南的后脑勺儿和露在被子外面的一截睡衣衣领，"别自己在那儿较劲儿，听见没有？"

陶淮南一直没说话，只是轻轻用他那破毯子蹭了蹭眼睛。

"我跟你说话呢。"迟苦掰着他的肩膀把人掰成平躺，"我带着手机，你要没意思了就给我打电话。"

陶淮南烦躁地皱起了眉，终于开了口："你闭嘴。"

从来都是迟苦嫌他烦，这是头一次陶淮南觉得迟苦烦，他一个字都不想听。

陶淮南哑着嗓子跟迟苦说："从小就是我贴着你，我说什么你都烦。可能是因为我看不见，我什么都怕，你眼睛好，你就啥都不在意。"

迟苦刚要说话，陶淮南吸了下鼻子，低声说："开学你要是不回来，我就让哥还给我转回盲校，以后我就住那里头，我自己也能上学。"

"我一猜你就要哭，"迟苦无奈地说，"说了肯定回来，哭什么哭？"

陶淮南又背身转了回去，把破毯子往头上一蒙，小孩子理不清心里那些乱七八糟的情绪，总之就是难过。

迟苦说走还真走了。

走的时候就背个书包、带套衣服，揣着手机和充电器，其他的什么都没拿。陶晓东甚至都不知道，他早上起来就去上班了，上午迟苦把陶淮南送到店门口后，自己就走了。

陶淮南把手揣在兜里，没进去，低着头不知道在想什么。

明天就过年了，现在街上就有零星的小炮声，是有小孩儿在玩摔炮。陶淮南喜欢放鞭炮，眼睛看不到也喜欢听声音凑热闹，过年迟苦总陪他放着玩，点完火就带着他赶紧跑。

今年还什么都没放呢。

站了好几分钟，严冬时节，门玻璃上结着厚厚一层霜，店里人没看见门口站了个人，也没人出来叫他。

“又哭了？”脚步声传来，迟苦无奈地问。

陶淮南低着头摇了摇，问：“你咋还没走？”

迟苦说：“你跟让人扔了似的往这儿一杵，我咋走？”

陶淮南半截脸都塞在羽绒服的领口里，声音隔着衣服闷闷地传出来：“你本来不就是把我扔了吗？”

“我扔个屁。”迟苦按着他的后背往前推了推，“进去，别在这儿傻站着。”

陶淮南没动，帽子上的毛毛被风吹得直晃。

迟苦把他的帽子又往下抻了抻，这样更能挡住风。

陶淮南问他：“你还回不回来了？”

“我还得说几遍？回。”

陶淮南点点头，说“好”，却还是不动。

迟苦沉默着陪他站了一会儿，之后弯下身子从下面看着他的脸。陶淮南的鼻子也不知道是冻红的还是怎么红的，一双大眼睛眨巴眨巴的，一点儿光都没有。

小瞎子从小到现在一直很脆弱，他太敏感了。

迟苦看了他一会儿，之后站直了。

“回来。”迟苦一只手在陶淮南的后背上拍了拍，说，“我是你的狗。”

第八章

等你回家

迟苦真走了。

在除夕的前一天，腊月二十九。

老家太冷了，那一年陶淮南跟着哥哥去给爸妈落土，那里冷得人骨头都疼。迟苦在那么冷的腊月天被他爸扒光了扔在外头，抢了陶淮南的一杯牛奶灌进了嘴里。

杯子里洒出来的牛奶沾了陶淮南一身，那身衣服迟苦穿了好多天，从此鼻息间总有那股若有若无的奶膻味儿。

陶淮南被哥哥带去了田毅哥家过除夕。

田叔、田婶都在，还给了陶淮南红包。

陶淮南尽管已经尽量让自己配合大家说话，让自己看起来开心，可他知道自己表现得不好。

他下午在田毅哥的房间里躺了会儿，假装睡着了，其实一直都睁着眼睛安静地躺着。

他第一次跟迟苦分开，他适应不了，觉得哪里都不对。平时在熟悉的环境里他跟迟苦也并没有一直贴在一块儿，多数时间他们都是各待各的，可是迟苦彻底不在这儿了，陶淮南却觉得在一个空间里坐没处坐，站没处站。

手机一直在兜里揣着，陶淮南把铃声和振动全开了，可一直也没有过动静。

傍晚那顿饭之前，田毅哥走进房间来，拍了拍门。

陶淮南坐起来，清了清嗓子笑着说："我醒啦。"

"吃饭了，宝贝儿。"田毅哥喊他，"你田婶给你用牛奶蒸的小点儿心，来尝尝。"

"来了，"陶淮南从床上爬下来，站在床边摸着叠他刚才盖的毯子，"就来。"

田毅回头跟陶晓东无声地对了个视线，做口型说："上火了。"

陶晓东点头，这也就是出来了，在家的话一个字都不说，封闭了。

这样的状态持续了好多天，陶淮南的嗓子彻底哑了，后来可能是怕他哥担心，开始变得正常了很多，话多了，只是沙哑的声音让人听了怪心疼的。

迟苦一个电话都没给他打过，陶淮南有一天在跟他哥去店里的路上，小声地问："迟苦会不会挨打？"

"没有。"陶晓东跟他说，"昨天我给他打电话了。"

"啊？"陶淮南惊讶地转过头看着他哥问，"什么时候？我没听到啊。"

"干活儿歇着的时候，你躺着呢。"陶晓东说，"没挨打，他爸也抓不着他。"

"他跑得快。"陶淮南过了一会儿又问，"你一打他就接了吗？"

"接了啊，"陶晓东笑着说，"你要实在想他你就打一个，天天揣着手机就光摸，在这儿别扭啥呢？"

陶淮南又下意识摸了摸裤兜，隔着布料摸里面的手机，这手机就没响过。

“我不打……”陶淮南轻轻地摇了摇头，“我还没生完气呢。”

“别跟他生气，他也是没招儿。”陶晓东哄他弟，跟他讲道理，“他不是你，很多事儿你能不在意，但他不能，他想得多。”

这些陶淮南都明白，越长大越明白。可明白也不代表就能不难过了，长大了很多情绪都变得很难分辨。

难过、生气和伤心都有，担心更多。

陶淮南安静了半天，还是忍不住又问：“万一哪次他没跑掉怎么办？他爸可能会打死他。”

“不会的。”陶晓东趁着停车的空，摸了摸他弟的头，“迟苦超厉害。”

陶淮南“嗯”了声，点点头重复：“他超厉害。”

放假的日子本来就短，每天还又舒服又快乐，总是唰地一下就没了。可今年的寒假好像格外长，感觉过了很多很多天，可算算日子都还不到十天。

每天从早到晚都很慢，天黑天亮也不像从前折腾得那么快了。

陶淮南自己拿了题本摸着做题，做完了也不知道给谁看，陶淮南又把手伸进裤兜里，随便按按手机的什么键，听听声音判断关没关机。

没关。他哥早上说还剩一半电量呢，就天天待机什么都不干，再放三天都够。

陶淮南把手机摸了出来放在桌子上，就放在自己的题本旁边。其实他能用手机干的事儿挺多的，可是陶淮南没有玩手机的习惯，手机的盲人模式也没那么好用，平时他要干什么跟迟苦说就行了，要查什么、看什么迟苦都能给他念。

陶淮南做题做不下去了就戴着耳机摸一会儿手机，也没什么好玩的，他游戏也玩不成，能玩成的他也玩不进去，不感兴趣。

又过了两天，陶淮南才终于接着了一通迟苦的电话。

嘴上说着生气不原谅他，可电话一响的时候，陶淮南“腾”地一下从床上跳下来去够充着电的手机，陶晓东在外面听着还以为他摔了。

“喂？”陶淮南屏着呼吸接了起来。

迟苦的声音隔着电话传了过来，钻进他的耳朵里，陶淮南顿时哪儿哪儿都舒服了。

“我。”

陶淮南抿抿唇：“我知道是你。”

“嗓子哑了？”迟苦听着像是在走路，有点儿喘。

陶淮南问他：“你在干啥？”

“溜达。”迟苦笑了一声说，“躲迟志德。”

“你还笑……”陶淮南皱着眉问，“你挨打了吗？”

迟苦说：“没。”

通上电话了，听见声音了，陶淮南就啥都忘了。刚开始还别别扭扭地端着架子，几句话之后还是变了调，端不住软了下来。

“你什么时候回来？”

“还不知道。”迟苦说，“迟志德还没有要走的意思。”

陶淮南咬了咬嘴唇内侧，闷声说：“我每天都难受，干什么都不对劲儿。”

迟苦停了两秒，然后说他：“小事儿精。”

“谁像你啊，”陶淮南抠了抠手机背面，嘟囔着说，“就你事儿少，你最干脆，说走就走，我看你可高兴了。”

迟苦又笑了，声音里带着笑意说：“我就知道一打电话你准这样。”

“那你别打。”陶淮南说。

“那我挂了。”迟苦说。

陶淮南马上皱眉拦着：“别别。”

迟苦估计刚跑过，笑起来的时候能听出他喘得厉害。他在电话里还挺能笑的，不像平时在家总冷着个脸。

“那边冷不冷？”陶淮南坐在床边，坐得溜直，跟迟苦说着话。

“还行。”

“你戴着帽子。”陶淮南叮嘱他，“要不冻耳朵。”

迟苦在那边有点儿不耐烦地说他：“别絮叨。”

陶淮南有点儿用力地闭了下眼睛，再睁眼时做了个瞪的动作。他也觉得迟苦烦人，又稀罕地攥着手机舍不得挂。

一个电话打了半个多小时，陶晓东在外面都听笑了，平时也没见他俩那么多话，这还煲起电话粥了。

挂电话之前，迟苦说：“行了我回去了。”

“你别回，你去我家老房子住呗……”陶淮南已经从坐着换成了趴着的姿势，“就咱们小时候住的那儿。”

“我昨天在那儿了，房子被你本家叔当仓库了，里面全是耗子。”迟苦又想起了什么，和他说，“窗框上都是冰溜子。”

陶淮南小声地“哇”了下，之后又说：“你又不怕耗子，你别回家。”

“你别管了。”迟苦不跟他聊了，“我挂了。”

陶淮南低低地“哦”了声。

“好好的，该干吗干吗，别矫情。”迟苦临挂电话之前跟陶淮南说，也不知道是喘得还是冻得，语气听着竟然还挺软乎的，“也不用你操心我。”

“嗯，”迟苦这样好好说话，陶淮南也很乖，老老实实地答应着，“好。”

电话打得时间有点长，挂了之后一直贴着手机的那只耳朵都焐得发烫。陶淮南把手机插回去继续充电，穿上拖鞋去了客厅。

茶几上有哥哥给切的水果，陶淮南自己摸着果签扎菠萝吃。

陶晓东从厕所出来看见他弟端着个盘子吃得有模有样，“哟”了声：

“今天情绪不错啊？”

“哪有？”陶淮南又吃了块菠萝，垂着眼说，“也就那样。”

陶晓东笑了半天，觉得这小孩儿实在是有意思。有时候想想也就是因为他弟从小就瞎了，丑陋和阴暗的东西见得少，所以才格外天真，这也算是种补偿吧。看不见所以心思更单纯、更干净，多大都像个小孩儿。

从这天开始小哥儿俩时不时会通个电话，两三天一次。

这样就从盼着开学变成了盼着电话，时间好像也快了不少。陶淮南连睡觉都要攥着手机，偶尔睡着了忘了放下，早上醒来身上某一块儿就被硌出深深的印子，疼得很。

陶淮南的嗓子一直哑着，刚开始都当他是上火了，后来一直不见好，陶晓东有天猛地想起来，小崽儿这是要变声了。

陶淮南因为偶尔和迟苦通通话的关系，虽然嘴上还一直说着生气，可眼见着开心多了。说起变声的事儿还有点儿不好意思，想起健康课上学的那些东西了。

迟苦早就变声了，现在变完了，声音可好听了。

也不知道自己变完是啥样的，陶淮南顺着变声又想到了别的，青春期的那些奇妙的变化。

这天晚上俩人打电话的时候，陶淮南压着声音跟迟苦说：“我要变声啦。”

“啊，”迟苦不在意地说，“变呗。”

“我还没做过梦呢……”陶淮南用一根指头挠挠自己的脸，忍不住青春期的好奇，小声问迟苦，“你做过没有？”

“做过。”迟苦平静回答。

陶淮南有点儿惊讶：“真的啊？”

迟苦说：“啊。”

“那你梦见什么啦？”陶淮南蒙着毯子缩在里头问。

“不记得了，乱七八糟的。”迟苦说。

毕竟还是让人不自在的话题，说了这么几句就过去了，陶淮南不好意思跟哥哥聊，隔着电话跟迟苦像说小秘密一样，偷偷摸摸的。

这晚迟苦没回家，就坐在陶家的老房子里，找了个旧箱子坐，一直陪陶淮南聊到睡着。他拿着手机的手都冻得快僵了，保持着拿手机的动作掰不过来。

可能是最近陶淮南惦记迟苦惦记得多，总担心他在老家被迟志德打，那晚陶淮南做了个很累人的梦。

梦里迟苦背着他躲迟志德，绕着湖一圈圈地跑，迟志德像狗一样在后面追，陶淮南搂着迟苦的脖子，吓得心扑通扑通跳。

他们一直跑一直跑，差点儿被迟志德撵上的时候，迟苦往坡下一跳，两个人摔下去，陶淮南感觉自己骨碌碌地滚了好多圈。

一个好疲惫又吓人的梦。

早上陶淮南醒的时候长长地吐了口气。

他可再也不想梦见这些了。

陶晓东本来刚要叫陶淮南起床，收拾收拾吃完饭他俩该走了。还没等进去，就见陶淮南醒了正要出来。

人家孩子走得静悄悄的，陶晓东非要笑嘻嘻地突然使坏出个声。

陶淮南吓得一个激灵，脱口而出：“啊！”

“啊”完反应过来是他哥，自己往洗手间去，边走边说：“你吓我一跳！”

陶晓东欠儿欠儿地在后头跟着，问：“大早上愣什么神儿呢你？”

陶淮南因为做梦累得都不想说话，啥破梦啊。这么想的也就这么说了，陶淮南嘟囔了一句：“啥破梦……”

“梦着啥了？说给哥听听？”陶晓东用肩膀撞了撞他弟。

“啥你都听！”陶淮南干巴巴地给叙述了一遍，“梦见我跟迟苦躲迟志德，一直跑，累死了。”

陶晓东听完止不住乐：“迟志德这是给我们孩子吓出心理阴影了啊。”

陶淮南被这梦给烦死了，被迟志德追着跑，想想心口都堵得慌，以至于之后再打电话听见迟苦边喘气边说话都觉得累，问：“迟志德咋那么吓人啊？”

迟苦被他没头没脑的一句话说得一愣，拧着眉问：“他找你们去了？”

“没有没有，”陶淮南说，“没看见他。”

“那你提他干什么？”迟苦说。

“梦到他了。”陶淮南嫌弃地说，“像狗一样追咱俩。”

“别梦见他。”迟苦不太在意地问，“梦见他长什么样？”

陶淮南仿佛听到了一个很傻的问题，烦躁地在床上翻了个身：“我是瞎子！”

迟苦也就随口一问，“啊”了一声后不再说这个。

平时的世界是什么样的，梦里的世界也是什么样。陶淮南不记得见过的一切了，他连梦都只能靠听觉、触觉、嗅觉来反映。

有时候他也觉得遗憾，连在梦里都看不到哥哥和迟苦长什么样子。

还有十多天就要开学了，陶淮南最近心情很不错。

迟苦说了开学就能回来。

陶淮南从前就知道自己离不开迟苦，现在更明白了。每天睁眼就算日子，巴不得明天就开学。

可是迟志德那边还没有要走的意思，迟苦说他还惦记着来陶晓东这儿要钱。

陶淮南有点儿怕迟苦开学也不回来，可迟苦说能，陶淮南也愿意信。

最近陶晓东事儿多，天天脚不着地，一天得跑好多地方，他们又要弄展会了。陶淮南不想耽误他事儿，他哥到哪儿都要带着自己太麻烦了，于是也不跟着，天天自己在家，闷了就听电视。

阿姨现在去别家干活儿上班了，不会再来。

陶晓东早上走之前把午饭给他弄好了放在蒸箱里保温，陶淮南中午饿了就自己拿出来吃，吃完后就去睡了会儿，睡得迷迷糊糊的，睁眼先喊“小哥”，喊了几声才想起来迟苦现在不在家，那股猛然想起一切的失落感可太难受了。

陶淮南书也不想背，电视也不想听，往床上一坐只想给迟苦打电话。

迟苦没接，陶淮南就安静坐着，等着时间一分一秒过去。

这样熬时间的日子过了好几天，迟苦从最开始不接电话到后来关机了。

陶淮南唯一的盼头就是开学，只要开学了迟苦就能回来。

家里最近暖气不好，冷得很。晚上陶淮南套着厚厚的袜子，穿着毛睡衣坐在沙发上裹着破毯子发呆。

陶晓东下午回来过，晚上给他送完饭又出门了，有饭局。

睡前陶淮南自己去洗了个澡，也不知道是走神了还是点儿背，鞋底一滑，直接从淋浴间摔了出来，胳膊外侧撞到玻璃门边，小腿在挡水沿上划了长长的一道口子，疼得有点儿厉害。

他摸着墙慢慢走出来，睡衣也没穿，从沙发上拎回毯子自己回了卧室。

要是迟苦在肯定又得凶他，说他不走心，不知道脑子里又在想什么，走路也不好好走。陶淮南娇气，疼了还要被骂就委屈。

现在没人骂了，自己坐在被窝里摸摸胳膊、摸摸腿，腿上刚破皮了，一碰就疼得厉害，结果比挨骂还委屈。

迟苦回来肯定还得故意往他青的地方按按，陶淮南如果说疼，迟苦就要冷着声音说他，现在陶淮南就想听他说自己，凶一点儿也行。

想小哥了。

迟苦的手机一直关机，陶晓东往老家叔叔那儿打了个电话，老家叔叔说昨天还看见迟家那小子了，没事儿，挺好的。

陶晓东放了心，他最近确实太忙了，天天连睡觉的时间都快挤没了，身前身后全是事儿。

陶淮南自己在家闷着，想问问迟苦既然好着呢为啥不给他打电话了，还有几天就要开学了，他到底还回不回来了。

时间越往后他越怕，怕迟苦说话不算数，真不回来了。

因为洗完澡摔的那一跤，胳膊腿摔坏的地方一碰就疼，那晚陶淮南没穿睡衣睡裤，就只穿了条短裤。他睡觉向来不老实，晚上冻醒了好几次，醒了就伸手扯扯被子把自己裹上，一截毯子、一截被子的，结果哪条都盖不严，早上起来就又觉得鼻子有点儿堵。

从那天开始陶淮南一直有点儿咳嗽，就是睡觉冻着了，着凉了。因为咳得不严重，哥儿俩都没当回事儿。到了开学前两天，陶淮南开始头疼，太阳穴两边突突地跳。

陶淮南一个字都没说，头不头疼他现在顾不上。迟苦一点儿动静都没有，陶淮南心里的希望就跟一盏灯一样，光都快耗没了。

开学前一天，陶淮南犯了轴。

早上陶晓东起来就见他坐在自己床上拨电话，一遍遍地拨，拨不通就继续打。

陶晓东叫了他一声，陶淮南也没反应，绷着下巴一直重复地按着拨号键。

“小南。”陶晓东走过来坐在他旁边，把他手机拿走了。

陶淮南锁着眉，陶晓东跟他说：“他可能暂时回不来，别钻牛角尖。”

“那不是骗我吗？”陶淮南不能接受这个，摇着头说，“他自己答应的。”

“他也不想骗你。”陶晓东看着他弟执着的表情，摸了摸他的脸说，“今天他要是没回来，明天你该上学上学，这两天哥这边一完事儿咱们就去把他带回来。”

陶淮南抿着嘴不说话，唇色有点儿发白。

陶晓东摸了摸他额头，不热，跟他说：“别跟自己较劲儿，哥答应你肯定把他带回来，还得上学呢。”

陶淮南半天之后才点点头，眉还是拧着，低着头说：“我不想他骗我。”

“不是故意的，”陶晓东帮着迟苦哄他，“他就是太懂事儿了。”

陶淮南知道迟苦懂事儿，他凶巴巴的，但是他可好了。

这些陶淮南最清楚了，可如果迟苦真的不回来，陶淮南依然会生他的气。这跟迟苦懂不懂事儿一点儿关系都没有，他自己亲口答应的，没做到那就是骗人。

陶淮南自己在家执着地给迟苦打了一整天的电话，手机都打没电了。

一个也没打通过。

开学第一天，陶淮南终究还是自己先去上了学。

陶晓东早上送他去的学校，晚上田毅哥把他接了回来。陶晓东在展会上办展，忙得见不着人。

第二天也是这样。

第三天也是。

老师讲的课陶淮南听懂了，迟苦的作业他每一份都好好留了，放在书包里天天背着，可是迟苦一直没回来。

陶淮南在学校里几乎不怎么跟人说话，中午也不去吃饭，就在座位上一直趴着，饭也不吃，水也不喝。

陶淮南就像一只没有活力的小动物，迟苦不回来他好像把自己也封闭起来了。

"陶淮南……你喝杯酸奶吧。"学习委员过来坐在陶淮南旁边，把酸奶往陶淮南这边推了推，小声和他说。

"谢谢。"陶淮南道了谢，但是没喝。他感冒还没好，说话带着鼻音。

午休的时间，两个人就这样安静地坐了会儿，教室里还有几个女生分散着坐在自己的座位上。

过了一会儿，学习委员开口问："迟苦怎么没来呢？"

陶淮南沉默了会儿，才说："我也不知道。"

"你怎么也不知道？"学习委员眨眨眼，问他，"你们不是每天都在一起吗？"

"我真的不知道，"陶淮南的手指在桌沿上刮了刮，轻轻地笑了下说，"我也可想他了。"

开学好几天了，陶淮南每天都自己来自己走，班里人都在偷偷地讨论着迟苦。有的说他成绩太好要跳级了，也有的偷偷说是他和学习委员早恋的事儿被家里知道了，家里给他转了校。

有私下里来问陶淮南的，陶淮南都说他小哥只是请假了，过几天就来了。

后桌两个男生有时候课间出去之前会用腿磕磕陶淮南的桌子，问他去不去厕所，陶淮南都摇摇头说不去。

他不想麻烦别人，也不想动。

陶淮南现在已经不生迟苦的气了，一点儿都不气了。只要迟苦没事儿就行，不回来也行。

陶晓东那边遇到些麻烦，展会出了个事故，并没能很顺利地完成，陶淮南这两天都没看到他哥，都是田毅哥接送他。

陶淮南一面担心迟苦，一面担心他哥。但他什么都做不了，他就是个眼瞎的小废物，他需要被保护，永远没办法反过来保护他们。

迟苦一点儿消息都没有，陶淮南担心得整宿睡不着觉。他总是想得多，每一个打不通的电话都能让他想到一种可能，迟苦到底是被他爸打了还是怎么了。他闭上眼睛好像又能想起小时候面包车上的那股血味儿和那个抽搐的小孩儿。

陶淮南眼睛睁着闭着都没区别，他于是整宿地睁着眼睛，脑子里都是迟苦没能回来的种种可能性，每一种都让他感到心惊肉跳。

电话在凌晨突兀地响起来，陶淮南被惊得一缩，随后立刻从床上坐了起来。抓过手机按键的时候，他的胳膊和手指都在抖。

“喂？”陶淮南声音也不稳，慌得很。

“我。”

一声简短的“我”从耳边传过来，陶淮南几乎是瞬间喉咙就哑了。

“你干吗去了呀……”陶淮南竭力压着鼻酸，蹲在床上紧紧地握着手机。

迟苦说：“我手机坏了，打不了电话。”

“咋坏的？”陶淮南屏着呼吸连续地问，“迟志德抢你手机了？他打你了吗？你是不是没跑掉？”

迟苦没回应他这些，只跟他说：“我借的手机，说不了太久。我过几天就回去，别乱想。”

“他打没打你？”陶淮南也不回应他的话，只问自己的，“他是不是打你了？打着了吗？”

迟苦说："没事儿。"

"你别让他打你。"陶淮南到底还是没压住，脸埋在膝盖里，眼泪掉下来砸在膝盖处，"你别惹他，你不回来也行，我不去盲校，我之前就是吓唬你的，我还等你。"

"憋回去，别哭了。"迟苦在电话里依然很凶，带着他特有的像是不耐烦的语调跟陶淮南说，"不想去学校就先别去，反正你也听不懂什么。"

"我能听懂……我每天都好好听了，等你回来我还能给你讲。"陶淮南急急地跟他说，"你别急着回来，别招惹他。等哥这几天忙完我们就去接你，你躲着点儿迟志德……"

"别来！"迟苦打断他，跟他说，"你们别来，我自己能回去。"

他说话说得急就有点儿咳嗽，声音听着也虚，像是没劲儿，咳了几声之后又挺凶地跟陶淮南说："你别让哥过来，回头又让迟志德缠上。我再等几天就回去，放心。"

陶淮南只是蹲着，不说话。

"听见没有？"迟苦又不耐烦地问了句。

陶淮南点点头，点完想起迟苦没在眼前看不到，于是说："听见了。你为什么咳嗽？"

"没事儿。"迟苦说，"挂了，我得把手机还给人家了。"

陶淮南下意识想阻止，却又没阻止，他还有很多话想说，可也没必要说。他要说什么迟苦都知道，要是说了迟苦还会嫌他烦。

因为这一个电话，陶淮南的心短暂地落了地，有消息就比之前完全没消息强。迟苦借手机给他打的这个电话让陶淮南像是又充了点儿电，有力气了。虽然他的鼻子还是不通气，头也有点儿疼，但至少心里没那么疼了。

陶淮南每节课都听得很认真，就怕等迟苦回来看书哪儿看不懂了自己能说明白点儿，尽管这种情况可能并不会真的发生。迟苦太聪明了，他只要看了就都会。

毕竟迟苦超厉害。

人的心态都是会变化的，迟苦走之前陶淮南觉得只剩下自己的生活完全不能想象，简直是世界末日。然而等迟苦真的走了这么长时间，尽管也真的难熬，可也过来了，甚至觉得再久一点儿也没事儿，只要迟苦好好的别挨打。

陶淮南好几天没见到他哥了，晚上放学被田毅哥接回来的时候，他给他哥打了个电话。

陶晓东以为他有事儿，担心地问他怎么了。

陶淮南说："没怎么，想你了而已。"

"想我了？"陶晓东在电话里笑了下，声音里能听得出疲惫，"哥明天应该就能回，带你去接小迟。"

"小迟给我打电话啦。"陶淮南在电话里安慰他哥，也跟着叫"小迟"，"他手机坏了，用别人的手机给我打的电话，他不让你去，可凶了。"

"他没事儿？"

"没事儿，让咱们别操心。"陶淮南说。

田毅在这边开玩笑地说："我都听见你俩半夜打电话了，我以为谁呢，听半天原来是小迟。"

陶晓东在电话那头听见，说他一句："怎么还听人打电话呢？没点儿当哥的样儿，让你帮忙看一下我们孩子，让你偷听我们打电话了？"

田毅笑着说："我们小南不怕听。"

陶淮南那天接电话的时候一顿哭，现在想想被田毅哥听见了还怪不好意思的，笑了下没说话。

陶淮南上了一周的学，周末陶晓东发现他咳得有点儿厉害，带他去吊了两天水。

陶淮南身体一般，从小抵抗力就弱，小时候经常感冒发烧，最近两年大点儿了好多了。搁别的小孩儿得个小感冒不打针、不吃药过几天也该好了，到了他这儿，拖拖拉拉竟然拖了一周。倒也没多难受，所以刚开始也没在意。

谁知道打上针反倒把病给彻底激起来了，可能是最近陶淮南担心迟苦导致吃不好睡不好，身体状况差。周末难受了两天，到了周一早上才觉得好多了。

周一早上陶晓东问他想不想请假。

陶淮南摇头，一边撕着面包往嘴里放，一边说："感觉已经好啦，鼻子通气了。"

"你带着手机，难受了就给哥打电话。"陶晓东和他说。

"好的。"陶淮南乖乖点头。

早上出门的时候一点儿没撒谎，是真觉得自己好多了，鼻子也通了，头也不疼了。可到了中午，陶淮南趴在座位上只觉得身体一阵阵发冷，四周窗户都是关着的，可还是冷。

半梦半醒的时候，他差点儿脱口而出一句含含糊糊的"迟苦我冷"。"迟"的音刚要发出来，猛地想起迟苦没在，又平和地把后几个字都咽了回去，趴下继续睡了。

头疼，冷，浑身都没什么力气。如果迟苦在的话，这个时候陶淮南肯定会哼哼唧唧地缠上他了，这会儿只有自己，倒没觉得有什么大不了的，抽了张纸擦擦鼻子，趴了半个中午。

醒了后想去厕所，站起来感觉自己软绵绵的。陶淮南晃了晃头，想去顺便洗把脸。这会儿厕所人少，抽烟的那些也都没来，通常午休的时候厕所里一个人都没有。

陶淮南摸着墙往厕所走，想着如果明天还是这个状态的话那就请个假。太难受啦，还不如在家躺着，这状态来了也听不进课。

在水房突然被人扯了一把衣服的时候，陶淮南是真的一丁点儿都没反应过来。这个时间按理说厕所没人，他也没防备。

“谁？”陶淮南在墙上撞了一下，稳住自己之后问。

对方没出声，只是往他脸上喷了口烟。

陶淮南本来就不舒服，这一口烟喷过来让他泛起一阵恶心。往下压了压那股往上翻腾的恶心，陶淮南拧着眉说了句“滚”。

可能是他这个字把对方激怒了，陶淮南听到了一声讥讽的笑，随后就感觉到自己身上湿了一片，好像是被泼了水。

到了这种时候他是躲不开的，陶淮南很清楚。他最该做的就是靠墙站着不动，安静地等恶作剧的人玩够了散了自己走开。

然而最近他本来就积攒着沉郁的心事，对迟苦的担心和今天本来就不舒服的身体，让陶淮南的烦躁值冲破了顶，彻底压不住了。

他冲着前面骂了句：“不敢出声的垃圾。”

又是一道水甩上了他的脸，布条刮过脸上的时候，陶淮南知道对方手上拿的是拖布，用来甩自己水的应该也是这个。

“只能在瞎子面前找找优越感，就像条不敢见光的蛆。”陶淮南的脑子一阵阵地犯晕，他两只手向后按着墙。

对方一巴掌抽上他的脸，还骂了声难听的。声音陶淮南没听过，不是他认识的人。

陶淮南被抽得侧过了脸，他本来是拧着眉的，却突然又很想笑。

哥哥和迟苦从小把他保护得那么好，他们恨不得把他揣在兜里带着，往他身上罩着一层一层的保护罩。然而就因为他的残疾，但凡他们护不住的时候，他就是一个完全不能自保的小孩儿，刚才还说别人是垃圾，其实他自己才是小垃圾。

陶淮南又笑了下，舔了舔泛着白的嘴唇，还在继续说着话：“你活得比你手上拿着的拖布都窝囊，又脏又臭。”

陶淮南骨子里并不是一个多平和的人，他只是因为瞎，所以从小就被迫接受了很多属于他的生存法则，他骨子里依然带着陶家人的那股轴劲儿。

反正都躲不开了，能打就打吧，顶多也就这样了。

陶淮南那天嘴上骂得很痛快，借着骂人把心里的消极情绪都发泄了。骂一句挨一下，他好像很久没挨过打了。爸妈还在的时候，爸爸偶尔会拍他两下，那是因为他调皮不听话。爸妈走了之后，哥哥从来没打过他，哥哥惯他惯得厉害。

陶淮南脑子已经不清醒了，他冷得浑身打战。额头撞上墙，又被拖着关进厕所隔间的时候，陶淮南觉得自己脏得要窒息了。

迟苦要是知道了，估计要把他扔在淋浴间里冲两小时的水。

在又疼又冷的状态下，陶淮南想到，他被一个十多岁的男生打了都这么疼，迟苦那么小的时候被他爸一个成年人打到抽，那得……疼成什么样啊。

陶淮南一点儿力气也没了，连呼吸都挺费力，也可能是蹲坐的姿势导致了他呼吸不畅。

手机在书包口袋里，陶淮南好像除了蹲在这儿等人来，其他的什么都做不了。他现在没有力气大喊大叫，而且也没打算那样做。

挨欺负虽然挺丢人，可好歹也别狼狈到一点儿尊严也没有吧。

时间被拉得很慢，每一秒都像十分钟那么难挨。

耳边像是有人在擂鼓，吵得陶淮南头疼得快炸了。在彻底失去意识之前，也不知道是他一直在想迟苦小时候挨打的事儿想得太多了，还是已经昏过去了做了小美梦。

他好像隐隐约约……听见迟苦远远地在喊“陶淮南”。

第九章

公然打群架

迟苦拖开水桶的时候用了蛮力，直接把一米高的存水桶掀翻，水哗啦啦淹了一地，湿了他半条腿。

隔间门被猛地拉开，陶淮南在里面窝成一团，衣服又脏又湿地裹在身上，头无力地垂搭在胳膊上，脸上一点儿颜色也没有。迟苦弄出这么大的动静，他连动都没动一下。

迟苦有将近十秒的时间什么都没做，就死盯着陶淮南，胸口起伏的程度吓人，两条胳膊都在不明显地抖。

那天陶淮南是被迟苦背出去的，他的两条胳膊软塌塌地垂在迟苦身前，呼出的热气全喷在迟苦的脖子上，烧得迟苦快着了。迟苦的脸色太难看了，路过的学生甚至都不敢多看他。

班里几个女生看着迟苦背着陶淮南进来，只见他弯着身一只手托着陶淮南，另一只手粗鲁急躁地扯走了陶淮南挂在椅子上的书包，椅子连着桌子，刮在地面上，发出“刺啦”的声音，突兀又刺耳。

陶淮南浑身都软绵绵的，看到的同学不知道他是怎么了，吓得全瞪大了眼睛，却也不敢问。

迟苦就那么背着陶淮南，时不时闷声咳两下，两只手托着陶淮南的腿，其中那只还攥着书包的手青筋都绷了起来。

其实陶淮南也没那么弱，不至于让人打几下就昏过去了，只是恰好赶上他发烧难受。本来就没劲儿发冷，折腾一通才变成这样。

但是迟苦不知道，迟苦看见的就是陶淮南失去意识被关在厕所隔间，像一条快要失去生命的小狗。

陶淮南是在做脑 CT 的时候醒的，他已经被推着做了好几个检查，仪器嗡嗡地把他推进去，陶淮南眼睛睁开一半，不知道自己在哪儿。

仪器来来回回挪前挪后，CT 室里很冷，陶淮南伸手四处摸了摸，不知道哪儿的喇叭告诉他别乱动。

陶淮南没再动，过了不到半分钟，仪器停了，陶晓东过来把他抱下来。

“哥？”陶淮南摸了摸胳膊，试探着叫了一声。

“醒了？”陶晓东的声音里也带着怒意，能听出来他强压着情绪，问他，“哪儿疼？”

“没多疼。”陶淮南回答完，想起之前的事儿又问，“我在医院啊？”

陶晓东“嗯”了声。

陶淮南也不知道自己怎么来的医院，脑子里一团糨糊似的不清楚。他烧得浑身疼，没什么力气，小声跟他哥说：“别担心我，我就是发烧了。”

陶晓东在他头上摸了摸，没说话。

陶晓东把他抱到 CT 室外面，放在轮椅上。陶淮南手背上还扎着埋的针头，他太冷了，蹙着眉把自己缩起来。

有人往他身上罩了件外套，陶淮南把脸埋在大衣的衣领里，还带着体温的衣服让他舒服地抬了抬下巴。几秒钟之后，他突然瞪圆了眼睛，坐直了伸手四处摸。

“别摸了，”迟苦把手往他手里一塞，“这儿呢。”

陶淮南突然听到他的声音，整个人都僵了。他屏着呼吸用两只手去搓掌心里的那只手，不敢相信地呢喃着开口：“迟苦？”

迟苦用手指在他手背上刮了刮，“嗯”了声。

陶淮南好半天都没回神，瞪着空洞的眼睛愣着，过了一会儿好像才反应过来，两只胳膊都朝着迟苦的方向去够，说：“我难受。”

“哪儿难受？”迟苦弯下身看他，陶淮南抓住他的胳膊不松手。

“哪儿都难受。”陶淮南声音很小地说，“我头疼……”

“看见小迟什么病都来了，”陶晓东推着他往前走，“一会儿再告状。”

挨欺负的时候劲儿劲儿地嘴巴不饶人，一句一句骂得痛快，现在哥和迟苦都在，轴劲儿没了，反倒有点儿心虚。

一边觉得自己没用，又惹了麻烦，一边也不想让他们太担心。

没检查出什么问题，也就没有科室安排他。急诊处暂时把陶淮南安置在急诊室的大住院间，长筒病房里面几十个人，一人一个帘子遮着，算是隔出独立的空间。

陶晓东去取报告单找医生说话了，陶淮南吊着退烧针，另一只手拽着迟苦不松手。

迟苦问他：“谁打你了？”

“我不知道。”陶淮南想摇头，刚一摇就停了，他现在一动就头疼。他也顾不上是谁打他了，扯着迟苦问，“你咋回来的？迟志德呢？”

迟苦又问他：“几个人？”

陶淮南皱了下眉，小声反抗说：“问你话呢，你咋回来的？”

迟苦的声音一如既往凶巴巴地说：“问你呢，几个人？”

陶淮南现在听见迟苦凶他觉得很满足，太舒服了。

他说：“应该就一个，我听着就一个，哎别管了。你是偷着跑回来的吗？迟志德不得找你吗？”

“听得出来是谁吗？”迟苦又问。

陶淮南一句自己想听的都听不到，有点儿着急，鼻子又不通，他晃了晃迟苦的手问他：“你是听不到我问你话吗？”

迟苦满脑子就这一件事儿，问不出什么来就坐在一边不说话了。

陶淮南现在不介意他不回话，也不介意他凶，迟苦回来了，这就是最好的了。

陶晓东那么惯孩子的一个人，陶淮南是被他捧着哄着养大的。小崽子在学校让人欺负了，这就是欺负到自家头上了，他不可能不管。

实际上老师下午就听说了，她听班上的几个女生说了情况，关心地打了电话来问。

陶晓东说：“没大事儿，明天我去学校说。”

班主任雷老师也不是息事宁人的性格，且不说她跟黄嫂的这层关系，就单论自己班上的学生被人欺负了，她都不能善了。学校里老师和老师之间都有私交，一般双方会各劝自班的家长退一步，留点儿情面。雷老师不是这个性格，她三十多岁，在老师里算年轻的，性格有点儿愣，脾气冲。

还不等陶晓东来学校，班主任已经先一步找到教导主任那儿去了，非要个说法。

这个年纪坏起来是真的坏，因为心绪还没那么成熟，想得少，浑身裹着青春期的那点儿叛逆和无知，什么事儿都敢做。

小学更懵懂，高中更理智，只有初中这个模模糊糊的阶段是最容易出事儿的。

在厕所欺负陶淮南的男生就是上次被迟苦堵在水房的那四个之一，不是最初领头的那个，是个小跟班。他当时被迟苦踢了一脚，第二次去班里找迟苦的那次，又被迟苦打了两拳头。

把陶淮南关进厕所之后，他本以为一个瞎子找不着是谁，一点儿都没担心找到自己头上。

然而这人的脑子实在不够用，他没想到陶淮南虽然瞎，可走廊的监控并不瞎。那个时间谁去厕所了监控拍得一清二楚。

陶淮南在医院住了一宿就回家了，身上都是皮外伤，不严重。可能是因为迟苦回来了，浑身上下哪儿哪儿都舒展了，心里也不郁闷了，烧也退了。但还是暂时上不了学，得在家养两天。

陶晓东去学校的时候，迟苦也跟着了，陶淮南扯着他不让他去："你就把我自己扔在家？"

"一会儿回来。"迟苦说。

陶淮南坚持："不要。"

他小时候那股缠人的劲儿又上来了。

"松开我，一会儿就回来。"迟苦抬抬胳膊，甩开他。

"不松。"陶淮南又抓上，"小哥陪我。"

"小迟别去了，"陶晓东也说，"你俩在家吧。"

如果说这个家里兄弟三个都倔，那迟苦绝对是最倔的那一个。他说的事儿一般都改不了，认准了什么都一条道跑到黑。

陶淮南害怕得很，嘴上说着要让人陪，其实是怕迟苦去打架。迟苦打起架来吓人，陶淮南怕他打别人，更怕他吃亏。

可到底也没拦住。

迟苦主意太大了，人也聪明，又犟。他太难管了。

其实陶淮南不知道，昨天在医院的时候，在他醒过来之前，他做的那些检查迟苦也都做了，陶晓东推着一个、扯着一个，俩弟弟都不让人省心。

迟苦浑身都是伤，有条伤衣领都盖不住，一直延伸到脖子和下巴，看着像是被抽出来的，眼眶处也有道明显的血痂。迟苦整个人瘦了好几圈，干巴巴的，脸色也难看，嘴唇全都干裂了起了皮。

他喘急了、走快了都会咳嗽，咳起来的时候脸色刷白，拧着眉。

这么看着，他比陶淮南狼狈多了，陶晓东昨天乍一看到他吓了一跳，恍惚间好像看到迟苦小时候了。

他根本就没像电话里跟陶淮南说的那样躲着迟志德。

他何止不躲，他还故意招迟志德打他，挑衅他把自己往死里打。

老师看见迟苦这个样子也很意外，关切地问他是怎么了。

她既然和黄嫂关系好，自然知道迟苦不是陶晓东的亲弟弟，看迟苦这样以为是出什么事儿了。

陶晓东的手搭着迟苦的肩膀，说："没事儿。"

雷老师直接把陶晓东领到纪律校长那儿，教导主任和另外一位副校长也在，分别跟陶晓东握了手，几个人一起看了监控。

监控拍得明明白白，那男生拎着拖布去水房，没一会儿陶淮南自己摸着进去了，过了十几分钟，那个男生拎着拖布出来了，脸上还带着激动的神情，边走边扯了扯衣服。又过了半小时，迟苦才找了进去，陶淮南是被迟苦背出来的。

别的都不用说，就这一段视频放出去，对学校来说就是巨大的丑闻。校园暴力不管到了什么时候都是最可恨的，何况被霸凌的还是个有视力缺陷的学生，这事儿传出去对学校影响太不好了。

教导主任跟陶晓东商量着："要不这么着，把学生家长叫来，让他们该赔偿赔偿，学校这边该处理处理。"

"赔偿不用，也不用叫家长来，我不见。"陶晓东指着屏幕，"赔偿我一分不要，我来不是为了这个，我这人就较真儿，我就想问问，这种学生学校打算怎么处理？"

陶晓东也是从这个阶段过来的，不懂事儿的时候也没少打架。但是打架归打架，你看不惯我我看不惯你互相骂两句打一架都正常，他们那会儿管不学习爱打架的都叫小混混，可小混混也从来不捏软柿子，都是硬碰硬。不管怎么样，欺负不能还手的都上不了台面。

陶晓东正在跟校方说着话。

大人有大人的处事规矩，孩子有孩子的做事原则。

他们没注意到迟苦看完监控视频就开门走了。

正值课间，每个班门口都有几个男生靠着窗台说笑着闲唠嗑。迟苦走到一个班门口，也没管班里那些学生看着他的视线，边咳嗽着边面无表情地走进教室，顺手从门口第一排拽了把椅子。

走廊上靠着的几个男生都面色不善，这里面不止一个跟迟苦有过节儿的。他们盯着迟苦，其中只有一个眼神不敢往他身上落。

迟苦提着椅子从教室出来，动作没停顿，径直走到那个男生身前，脸上突然发狠，胳膊一扬，椅子朝着那男生狠狠地砸了下去。

这一椅子下去不是闹着玩的，旁边男生“嗷”的一声，伸手要拦，被砸的男生也下意识背过去躲，迟苦这一凳子砸在那男生的背上，走廊里立时就响起了撕心裂肺的号叫。

“我说没说过别动我弟？”迟苦手里的椅子被几个男生抢走，但是那些人制不住他。迟苦把那男生的脑袋按在坚硬的大理石窗台上，不让他动，死死扣着他后脖子，嘶声吼着，“你打我弟？”

别的男生扑上来拉他，迟苦蛮力上来了谁也拉不动。那男生在他手里嗷嗷地不停喊着、哭着，迟苦一手按着他脑袋，另一只手结结实实扇在他脸上，疯了一样咬着牙问：“你打他脸了？”

走廊里的人都围了过来，迟苦到底还是势单力薄，被人架着两边胳膊扯开的时候，他往那男生后背上踹了一脚：“踢他了？”

迟苦的眼睛瞪得血红一片，脸上、脖子上的伤狰狞地挂在外面。撕扯着打到一块儿的时候，迟苦一丁点儿都不手软，一个人被好几个人围着打，他也没躲。

比起迟志德醉酒时打人的手劲儿，半大孩子的拳头还是太轻了。

迟苦使力扯开身前的人，把人往墙上一抡，嘶吼着："都能不能不招他——"

课间在教学楼走廊里这么打架，实在太轰动了。所有人都趴在栏杆上看他们，迟苦已经红了眼，浑身的青筋都狰狞地绷着，脸上不知道什么时候被抓破了还是磕破了，挂着条血痕。

老师们跑过来的时候，双方都已经被拉开了。最开始迟苦这边只有他自己一个人，后来不知道什么时候他们班几个男生也参与进来了，有帮着拉架的，有跟着动手的。

公然打群架是挑战学校权威，一大帮人全被带去了保卫科。

陶晓东还在跟校方领导说着话，保卫处一个电话打过来，说有学生打群架了。陶晓东回头一看，果然迟苦不知道什么时候走了，没在他身后。

被迟苦一椅子砸下去的那个男生一直在哭，后背流血了，血透过 T 恤浸了出来。迟苦这行为也足够恶劣，他一言不发地被带过来，打架时脸上的那股狠劲儿已经没了，又变成了没有表情的状态。

陶晓东看见他这样，心里窝火，从桌上抽了张纸过去按着他脸上的那处伤，力气有点儿大，把迟苦碰得往后一闪。迟苦接过纸自己按着，陶晓东在他后背上一拍，迟苦被他拍得咳了一声，陶晓东又弯下身去看他。见他没怎么样，又抽了张纸擦了擦迟苦脸上的血，从动作和眼神就看得出来，陶晓东很明显是生气了。

那男生一直在哭，号得跟杀猪一样，听着闹心。

学校已经通知了家长，这下陶晓东不见也得见了。

什么事儿都是先动手的没理，迟苦尽管被那几个人围着也没少挨拳头，可这事儿是他开的头，那就是他挑的事儿。

教导主任一肚子火，可迟苦家长就在他眼前站着，刚才他们还商量着要怎么处分学生。当着家长的面，他也不好太往深里批评学生。

毕竟谁心里都明镜一样知道事出有因，要不是人家的孩子挨了打，也不会有今天这事儿。

迟苦实打实一个犟种，谁问什么都不说，问多了就一句："他打我弟。"

那学生已经被送去医院了，眼见着是没什么重伤。椅子砸下去看着吓人，但迟苦的手当时被旁边人拦了一道，那男生自己也躲了一半，已经减了很多力道。疼肯定是疼，也流血了，但伤得并不重。

对方家长不知道前情，到了学校就要闹，声嘶力竭地嚷嚷着讨说法。

校方把监控视频一放，对方气势顿时就弱了一半，再喊着"证据不足"的时候自己都有点儿虚。陶晓东冷眼看着，一句话没说。

怎么处理学校内部得商量，对方家长也忙着要去医院，今天肯定出不来个结果，都得各自回家。

雷老师送陶晓东出校门的时候，跟他说："学校这边我盯着，你放心。"

"迟苦脾气大，压不住。"陶晓东皱眉看了迟苦一眼，跟老师说，"估计有点儿麻烦。"

"他俩关系好，平时就是，淮南挨欺负了，他肯定看不过去的。"迟苦是班里的尖子生，成绩好又省心。不论私交，这对小兄弟老师都喜欢，学生对老师来说就跟自己的孩子似的，她压低了声音说，"咱们这边有理，没事儿。"

陶晓东不怕没理，也不怕麻烦。本来陶晓东能让学校把那烂学生开除，现在迟苦这一打，他们必须得松口，这些都没事儿。

陶晓东生气的是迟苦在这方面下手没个数。

“我告没告诉过你打架得有数？”陶晓东几乎没有这样冷着脸跟迟苦说过话，他惯孩子，不爱生气，何况迟苦向来听话，让人省心，他一边开车一边皱着眉说，“打架没什么，男孩子都打。你抡椅子？手上没个轻重？”

迟苦先是没说话，过了一会儿说：“他打陶淮南的时候手上也没数。”

“你跟他比？”陶晓东是真生气了，话说得也重，“他们那么多人你就自己往上冲？你抡个椅子让人抢了，回手抡你头上，你怎么整？脑浆给你砸出来。”

“我没往他头上抡。”迟苦看着车窗，沉声回话。

“你是没有，他们呢？”陶晓东按开车窗透气，让迟苦气得胃疼，“打红眼了真往死里弄你，你真出点儿什么事儿怎么整？”

迟苦梗着脖子不出声。

“领头打群架，你是真不怕学校开除你。”

迟苦还不吭声，陶晓东想想这俩弟弟的脾气和那股倔劲儿就觉得脑仁疼。

“你弄这一身伤回来，我还没腾出空说你，真当你哥没脾气是吧？”陶晓东看他一眼，看见迟苦的狼狈样儿，气不打一处来。

迟苦不怎么会说话，他从小时候到现在，能说的话可能都跟陶淮南说了，现在陶晓东跟他生气，迟苦不知道能说点儿什么。

他们回家的时候，陶淮南就坐在沙发上，板板正正的，听见门响走过来摸。陶晓东没消气，钥匙往鞋柜上一扔，换鞋进去洗手了。

陶淮南哪怕看不见，也敏锐地感觉到气氛不对，小声问迟苦：“怎么啦？”

迟苦说：“没怎么。”

陶淮南又去找陶晓东，在他哥后背上划拉划拉，陶晓东回头看他一眼。

陶淮南摸着他后背问："你怎么啦？"

大人生气跟小孩儿说不着，陶晓东晃了晃他的脑袋，把他的头发拨乱了。陶淮南抓住他的手，放在脸边贴了贴，陶晓东顺手掐了一把他的脸。

他哥和迟苦不说话，家里气氛有点儿僵。陶淮南想多说几句缓和一下气氛，但是不知道发生了什么，不知道是不是因为他的事儿又给他们添了很多麻烦。

晚上陶淮南裹着旧毯子跟迟苦盖着一床被子，闭着眼酝酿很久还是没睡着。迟苦一直还没说自己是怎么回来的，陶淮南问了他也不说。今天回来后，迟苦就一直没说过话，晚上洗澡的时候，陶淮南听见他咳了好几声。

陶淮南手把伸出来，轻轻地碰了碰迟苦。

"小哥。"陶淮南在黑暗里小声叫他。

迟苦"嗯"了声。

"你是不是打架了？"陶淮南敏感，又想得多，心里猜了个差不多。

迟苦没答他。

他不想说这个，陶淮南感觉得出来，既然他不想说那就不说了。

不知道为什么自从迟苦这次回来，陶淮南总觉得自己的心态变了些。以前经常像小孩儿那样耍赖，希望迟苦好好和他说话，不喜欢听他凶自己。这次迟苦回来后陶淮南最大的感觉就是踏实，心落地了。在这种踏实里，不管迟苦是什么状态他都觉得好，也少了很多七拐八绕的、拧巴的小情绪。

陶淮南离迟苦近了些，听着睡衣和被子发出的细小的窸窸窣窣的声音。

他呼出的气软软热热地喷在迟苦的胳膊上，这样挨着迟苦的时候能明显感觉到他瘦了。

"有你在可真好。"陶淮南从小就时常在睡前说点儿让人不知道怎么回的肉麻话，他嘴甜，心里想什么嘴上都说得出来。

迟苦躺着没反应，也不搭理他。

陶淮南并不用他理。

“如果没有哥没有你，我是不是就没办法长大了？”陶淮南说悄悄话时总是声音很小，几乎都是气音，“只要不在你们眼皮底下，我就活不成了一样。”

“活不成”这三个字不好听，迟苦皱着眉警告地“啧”了声。

“你还记得咱们在盲校的时候，见过的那个孙一哲吗？”陶淮南没当回事儿，继续跟迟苦说话。

迟苦说记得。

孙一哲是比他们高一届的盲童，成绩很好，萨克斯吹得也好，学校每次有联欢会都能听见他吹萨克斯。

陶淮南闭着眼，低声说：“他跳楼了，过年的时候。”

迟苦讶异地转头看着陶淮南。

陶淮南的睫毛颤啊颤的，小孩子说起这些都带着一点点本能的恐惧，抓着迟苦胳膊的手握得也更紧了些：“他听不见了，本来就看不见，然后又听不见了。”

迟苦问：“几楼？”

“十二楼。”陶淮南说。

迟苦不知道说点儿什么，所以还是沉默着。

陶淮南微微地仰起脸，在黑暗里朝着迟苦的方向，和他说：“我有时候也会想，为什么是我们？凭什么别人都能看到，就我们看不到。”

屋子里有从窗户外透进来的光，适应黑暗之后迟苦能把陶淮南的脸看得很清楚。这张脸跟小时候变化不大，只是更秀气了些，没小时候那么肉乎乎的。小时候能哭，哭起来眼皮红、鼻尖红，看起来太可怜了。现在不太常哭，但偶尔也会矫情地掉几滴眼泪。

“可是转头一想，如果我不瞎，哥哥当时或许就不会带你回来。”陶淮南的手捏着一小截迟苦的睡衣，在指尖轻轻搓着，“那我就没有你了。你会一直在家里被迟志德打，我没有小哥，你也没有陶淮南。”

迟苦一直看着他。

陶淮南又把脸低下去。

“所以我看不到是不是就为了能有你呀？每次一这么想，我又觉得瞎有瞎的好。虽然很没用，可是我得到了很多。”

陶淮南奶烘烘的膻味儿又往人鼻子里钻，还真是个在奶缸里泡大的小孩儿。

“你别再为我打架了，我怕你打他，他打你，永远没完。”

陶淮南绕了好大一个圈子，终于说到正题，他捏着那一小片迟苦的睡衣，小声哄着说：“我只想和你好好长大，不想你被迟志德打，也不想你打架。”

陶淮南爱哥哥，也爱迟苦。他的心和世界都很小，里头就只有他们这个小家。

他说了很多腻人的话，哥哥和迟苦都在的晚上，他总是很踏实。

迟苦向来不回应他的这些话，只是用另外一只手抓了一把陶淮南的脸，捏得他嘴巴噘起来，五官挤成一团，然后说：“睡吧。”

陶淮南嘴巴被捏得噘起来老高，迟苦松开手，他也没放下来，就那么噘着嘴跟迟苦做鬼脸瞎闹。

小孩子表达喜欢和满足的方式总是最干净、最纯粹的。

晚上睡前，床上象征性地摆着两条被子。因为半大小子睡觉不老实，陶晓东怕他俩抢被子晚上冷。结果早上醒来，俩孩子严严实实地裹在一个被窝里，另一条被子卷成一条在床里头贴着墙。别说被子了，连陶淮南的旧毯子都被从被窝里踢了出来，皱皱巴巴地堆在一边。

陶晓东在门口探着头看看他俩，陶淮南睡得蜷起来，半张脸塞在被里，只露着个头顶。迟苦一条胳膊伸在被子外头搭在陶淮南身上。

陶晓东走得早，走前也没叫他俩。他上午得去趟律师所，昨天约好了的。

迟苦回来了，陶淮南睡得实在太舒服了，浑身每个细胞都觉得安全。这种安全感让他整宿都沉沉地睡着，连梦都没做一个。

迟苦醒得更早点儿，回去的这段时间他又需要时刻保持警惕，神经随时紧绷着，所以很难睡熟。陶淮南睡得热乎乎的，身上的睡衣也是暖融融的绒料。不知道他什么时候翻了个身把睡衣都蹭拧了，拧着堆在上半截，露着半截小肚皮。

冬天的睡衣有厚度，这么堆着不舒服，硌得慌。陶淮南睡得不舒服了，微皱着眉吭吭哧哧，上半身在床上蹭蹭也没能把衣服蹭下来。

迟苦伸手给他扯了扯衣服，但是衣服被陶淮南侧身压着扯不下来。迟苦按着他后背轻轻往上一抬，陶淮南睡着“唔”了声，迟苦趁机给他扯衣服。扯下来了平整了，陶淮南舒服得哼出了个声，迟苦又把他挪成了之前的姿势。

陶淮南睡着了就是只小猪，怎么弄都不醒。

小孩子长大很快的，回头看看，一天天堆起来的时间就像按了快进键，不知道什么时候就已经到现在了。

他俩上学晚，哪怕小学的时候跳了一级，迟苦也还是比同届学生要大。周围的同学有十三的、有十四的，迟苦十五了，按正常六周岁上小学的话，他都该初三了。再加上他懂事儿早熟，以及他脑子聪明，迟苦想事儿的角度和周全度跟初中小孩儿是不在一条线上的。

他一直没跟陶淮南说他是怎么回来的，就是故意不想告诉他。

陶淮南要是知道了一准又得哭，迟苦不爱看他哭。漂亮小孩儿就该笑，傻笑或者抿着小嘴儿打坏主意地笑都行，就是不该哭，哭了不漂亮。

迟苦回去的这段时间，挨了很多次打，一共报了四次警。

传统观念里，老子打儿子是天经地义的，孩子不听话可不就得教训。

迟苦手机就是这么坏的。

迟志德每次打他，迟苦都把手机摆柜子上录下来了，后来手机被迟志德摔了。摔了也没用，迟苦备了很多份。

最后这次也是迟苦被打得最惨的一次，迟苦一直挑衅他，挑衅一个喝醉了酒打红了眼的醉鬼，最后被打得吐了血。

奶奶说他是疯子，说迟志德和他都是疯子。奶奶并不想迟苦回去，她已经习惯了这几年的平静生活，老人已经糊涂了，她觉得现在的不安生都是因为迟苦和迟志德回来了。

迟苦被打得在地上爬不起来，老太太浑浊的眼麻木地看着这一切。迟志德走了，迟苦在冬天的水泥地上躺了半小时才缓过来一些力气。迟苦坐起来窝在那儿捂着胸咳了好几分钟，咳出来几口血，然后拄着地站起来，再自己去医院做伤势鉴定，去报警。

大量软组织挫伤，支气管破裂出血，轻微脑震荡。

迟苦拿着那张伤势鉴定，咬死了不松口。之后迟志德被拘留十五天，迟苦去住院。住院费还是派出所垫付的，等着迟志德拘留期满出去了再还。

迟苦是好得差不多了不再咳血了才回来的，不然他天天咳血能把小瞎子吓死。也亏了陶淮南是个瞎子，要不洗澡、换衣服的时候一眼就能看见迟苦身上大片大片的伤。

陶淮南不知道这些，陶晓东知道。这也是为什么陶晓东在昨天迟苦抡椅子打架的时候那么生气，他的气是从知道迟苦故意挨打时候起就攒着了。迟苦在这方面太不要命了，他只要认准的结果，在这个过程里他自己怎么样都无所谓，可以说是不计后果，这肯定不行。

这事儿陶晓东得管他，不然真容易出事儿。

迟苦的四次报警记录，他的伤势鉴定，以及他挨打的视频——手里捏着这些东西，不管能不能把迟志德送进去判个一两年，但打个官司抢个监护权、抚养权足够了。

陶晓东和迟苦是事实收养关系，按理说这官司太好打了，问题就差在陶晓东不够抚养条件。他没到三十五，也没结婚，想把迟苦彻底收到他这儿也不好弄。

但这些都是小事儿，不能直接判给陶晓东大不了就再过一道福利院程序，到时候让大黄两口子把他当小弟领养出来就得了。

迟苦这样是最给陶晓东省事儿的办法，能永远断绝和迟志德的纠缠，让陶晓东彻底有底气。

但是陶晓东发自内心不需要他给自己这样省事儿。现在的迟苦躲迟志德足够了，迟志德喝酒脑子喝傻了，迟苦能把他玩死。迟苦想跑，迟志德也撵不上他，所以陶晓东才没第一时间把迟苦带回来。如果他知道迟苦回去是打着这个主意，陶晓东不可能让他这么办。迟苦都十五了，到十八也就三年的事儿，哪怕迟志德过来折腾几回，给他钱拖都能拖过这几年了。

为了省麻烦让迟苦被打成这样，在陶晓东看来是真不值。迟苦拿自己不当人看，想干点儿什么就不要命的架势，陶晓东心惊，也是真生气。

所以这段时间陶晓东都没怎么跟他说话，这几年里还是头一回这样。

学校的处理结果三天之后才下来，两边都给了个开除学籍、留校察看的处分。这事儿就这么轻飘飘落下来了，听着很重，实际上只要以后不再惹事儿犯错就等于没事儿了，学籍也不会真的开除。学校就是想息事宁人，这事儿谁处罚轻了、谁处罚重了两边都不能容，只能端平了给个差不多的处分。

兄弟俩又开始继续上学了，官司的事儿都由陶晓东管，没迟苦什么事儿。

迟苦这次回来彻底成了风云人物，众目睽睽之下他抡的那把椅子以及他当时的状态，在初中生眼里足够扎眼了。

迟苦打架的时候，班里很多男生都帮着伸手了，班长和后桌带着头都参与了。都一个班的，不管平时说不说话、关系近不近，自己班里的人不能挨别班欺负，男孩子骨子里带的义气和莫名的集体感让他们不会冷眼看着。

所以迟苦也没法儿再像之前那样谁也不理，垂着眼皮谁也不看。现在见了人得打招呼，哪怕抬抬下巴、对个眼神也算招呼过了，他没法儿再独立在所有人之外。

对此陶淮南是乐见的，觉得小哥更平和了，小哥人缘好了他可开心了。

老师让迟苦继续去上每天下午的提升课，迟苦说不去，老师电话都打到陶晓东那儿去了。学习委员也过来劝迟苦，小声问他："你为什么不去呀？"

陶淮南在旁边吃着橘子，假装没听他们说话，实际上全部注意力都放在右耳朵上了。

迟苦说："不为什么。"

陶淮南一整个橘子都吃完了，也没记得给迟苦留。吃完了轻轻趴在桌子上，露着一只耳朵在外面，听他们说话。

学习委员又劝了他几句就走了，迟苦伸手弹了弹陶淮南的耳朵。

陶淮南坐起来，凑过去说："她说还想和你一起去上课呢。"

迟苦不理他。

陶淮南也觉得迟苦该去上课，大不了他下午不喝水、不去厕所就是了，他屁股钉在椅子上抬都不抬，就干等着迟苦让他放心。

"你为什么不去？"陶淮南明知故问。

迟苦都不看他，随口回了句："你说为什么？"

“我不说，”陶淮南眨眨眼，“你说。”

迟苦嫌他烦，从桌斗里拿出下节课的书，不再理他。

陶淮南这个小烦人精又开始闹人，凑近了不停地念叨，非要问为什么。

迟苦让他念叨得不行了，不耐烦地扔了句“因为你烦人”，满足陶淮南那点儿小心思只图让自己耳根清净。

陶淮南就当没听到最后面那两个字，终于舒服了。

不上课不像话，迟苦那个成绩必须得去拔高，学校等着他考中考状元呢。后来迟苦说上课可以，但他得带着陶淮南。

于是之后每天下午最后两节课，陶淮南也要背着书包跟着去阶梯教室，去听学校前五十名学生要听的课，全学校学习最好的学生都在这儿了。

陶淮南虽然看不见，可跟着混在这里也不觉得有什么，说不定自己也能沾点儿好学生的气息呢。但是他实在听不懂，解题步骤也看不着，这比平时上课讲的东西难多了。

有时候陶淮南实在觉得没意思了，就趴在阶梯教室最边上一排睡觉，身上盖着迟苦的外套。好学生们都被老师固定着坐在最中间的前几排，这样能看清黑板，也能离老师近点儿，听得清楚。

迟苦时不时扭头看看睡觉的陶淮南，隔一会儿就得扫一眼。

现在全校都认识这对兄弟，年轻的老师见迟苦总往那边看，还开了个玩笑，说迟苦：“别看了，你弟丢不了。”

周围学生都小声笑，他们也都知道迟苦因为他弟打架的事儿。

老师又接着说了一句：“这屋谁丢了他都丢不了，老师都得帮你看着，现在他就是咱们屋的重点保护对象。”

学生们还在扑哧扑哧地乐，都朝着那边看陶淮南。

老师讲课的声音断了，耳边听着的“节奏”变了样儿，重点保护对象醒了，坐直了茫然地转了转头，啥也看不见。他捏了下自己的手表，手抬起来贴到耳边听了听语音播报时间，还有半个多小时放学呢，于是他扯了扯身上的衣服又接着趴下睡了。

迟苦接着低头解题，被老师调笑了半天，脸上也没见有太多表情，只不过神情很平和，眼角眉梢分明都是软的。

这小哥儿俩是好了，小瞎子天天高高兴兴的，走哪儿都跟在迟苦后头。

可家里还有一个老大生着气呢，不搭理人。

陶淮南偷着帮迟苦出主意，说："你倒是哄哄哥，哥心软，一哄就好。"

迟苦听得还挺认真，问："我怎么哄？"

"就……撒个娇？"陶淮南把看家本事又掏出来了，笑嘻嘻地说，"你搂着他脖子，说'哥我错了'。"

迟苦嫌弃地转开头："我又不是你。"

"可不是！"陶淮南也嫌弃他，"要是我的话他早好啦，我还能让你们跟我生这么久的气？"

陶晓东很少生气，跟迟苦就更少了。

仔细想想这还真是头一回。

陶晓东平时笑呵呵的，可真冷下脸来也很有气势。虽然不是冲陶淮南生气，但家里气氛那么冷，陶淮南也消停了很多。

"谁让你打架，哥嫌你不听话。"陶淮南不知道内情，也不知道迟苦是怎么打的架，按他的理解就是因为迟苦打架了，他哥才生气。

迟苦也不和他解释，虽然嘴上不说，心里却有点儿愁。他没陶淮南那两下子，不会哄人，张不开嘴。

陶晓东这两天早出晚归见不着人，直到周末了才终于抓着了人影。

昨晚陶晓东回来得晚，上午九点多了还没起来。俩小的吃完早餐开始学习了，陶淮南嘴上叼着棒棒糖，棒棒糖是昨天买东西凑零钱拿的。

他边摸着书边滋滋溜溜地嘬，欠了好几首诗还没背下来。

陶晓东睡醒了从房间走出来，眼睛在他俩身上扫了一眼。迟苦抬头看他，陶晓东没跟他对上视线，去洗手间了。

迟苦站起来去厨房煮面，陶晓东收拾完从洗手间出来，陶淮南问他："今天忙吗？"

"不忙，今天没事儿。"陶晓东走过陶淮南身边的时候，顺手在他脑袋上摸了一把，然后在沙发上坐下，靠在那儿看手机。

三月末的天，穿短裤还是有点儿冷，暖气没了，屋里凉飕飕的。

迟苦趁烧水的工夫出来了一趟，见陶晓东光着上半身靠着，进房间里拿了条毯子，出来罩在陶晓东身上。

陶晓东也不躲，还自己抻了抻，没抬头看迟苦。

等迟苦再出来的时候，面已经煮完了，煮得还有模有样的，放了虾和牛肉，上面还盖着一个煎蛋。

陶淮南最爱吃面，不知道迟苦什么时候学的。

迟苦端过来放在茶几上，陶晓东躺在沙发扶手上看手机、回消息。

"吃饭吧，哥。"迟苦说。

陶晓东"嗯"了声，不冷不热地说了句："放着吧，凉凉。"

陶淮南侧侧头听着，嘴里的糖嘣得更响了。

迟苦在旁边站了会儿，嘴闭得严严实实。

陶晓东就当他不在，不跟他说话，也不看他。

后来迟苦垂着眼，走过来蹲下，蹲在陶晓东和茶几中间，陶晓东这才把眼神落在他身上。

迟苦叫了声："哥。"

陶晓东说："嗯。"

迟苦蹲在那儿，说："对不起，哥。"

陶淮南在一边打着帮腔："哎呀，就不要跟他生气了，晓东啊。"

陶晓东看了他几秒，才开口问他："你对不起谁？对不起我啊？"

认错时这类的常规问句迟苦还是知道的，哪怕他没认过错也答得很顺："没有，对不起我自己。"

哪知道陶晓东抬手就在他脑袋上弹了一下，弹得挺响，说："别不害臊了，你就是对不起我。"

陶淮南在旁边扑哧一声就乐了出来。

"我养大个孩子容易？"陶晓东坐起来，"你跟陶淮南是我一起养大的，你俩都是吃一样的饭长起来的，怎么到你这儿饭都白吃了？"

陶晓东看着蹲在他面前的迟苦，迟苦这两年蹿个子蹿得快，现在哪怕蹲着，看起来也很高了。陶晓东还是冷着脸，表情挺严肃："觉得自己是这家的外人是吧？哪天你出个事儿大不了就当这家没你，反正不是亲的，是不？"

迟苦低声说："没有。"

"来，你跟陶淮南说说，让他知道你是怎么回来的。"陶晓东扯了扯他的衣服，掀开衣领往里头看了看，一身伤还没好利索，脖子上和脸上挂着的血痂也没掉，"我没见谁家哪个孩子像你主意这么大。"

陶淮南很机敏地抓住重点了，问："怎么回来的？"

迟苦朝陶晓东摇头，不让他说。

"别冲我摇头。"陶晓东不管他那事儿，"我看这家里他比我有用。"

陶淮南的眉毛都拧起来了，嘴里的糖嘎嘣一下咬碎了："你咋回来的？"

大的没哄好，小的又来了。迟苦先没管小的，看着陶晓东说："反正我错了，哥。"

陶晓东其实早没生气了，跟孩子哪有长气，他就是想让迟苦长个记性。

“下回你要再把你这不要命的架势拿出来，”陶晓东抬手在他后脑勺儿上抓了两把，顺手往前一推，让迟苦蹲不住往旁边一坐，“咱俩就好好唠唠。”

大的勉强算是哄好了，还剩个难缠的小崽儿。

陶淮南这一整天就不停地跟在他屁股后面问“你怎么回来的”，迟苦朝陶晓东那边看了一眼，陶晓东看热闹不嫌事儿大，就优哉游哉地光看着。

到了晚上迟苦没禁住磨，简单说了说。

陶淮南哪能受得了这个，气得直喘，气完想想迟苦挨的那些打，又心疼得受不了，生气不想理他，又忍不住想问问他还疼不疼了。

“我说你怎么这次回来总咳嗽呢，”陶淮南摸了摸迟苦的胸口，“疼吗？”

“不疼。”迟苦把他的手拿开，被他缠了一天，烦得只想做完卷子赶紧睡觉。

“难怪哥跟你生气呢，哥脾气那么好都跟你生气。”陶淮南现在都后悔帮他哄哥了，“谁能不跟你生气？”

“你就别凑热闹了。”迟苦的右手还拿着笔，左手敷衍地捏了捏陶淮南的耳朵和下巴。

陶淮南把脑袋往后一仰：“躲开。”

迟苦收回手，说他：“别往后仰。”

陶淮南以前有一次在凳子上仰翻了，脑袋磕在地板上，疼了好几天。

当初陶淮南生怕迟苦挨打，宁可他先不回来了都行，就想他好好的。结果迟苦为了回来故意让他爸打，陶淮南心里难受死了。不过生气也就是最初听见的时候气，没人比陶淮南更明白迟苦为什么急着回来，比起生气，陶淮南更多的是心疼。

没着没落的情绪把陶淮南的心都撑满了，可是他再着急也看不见东西，小瞎子只能让迟苦给他摸摸都哪儿打坏了。

迟苦让他磨得脑子都快炸了，只说："起来，离我远点儿。"

陶淮南不管，两手一伸，罩住迟苦的脑袋，从额头往下摸，眼眶那儿摸着麻麻的，有一个不平整的痂，陶淮南用拇指轻轻碰了碰："这个痂好厚。"

迟苦说："没事儿。"

陶淮南的手心托着迟苦的脸，手指头一点儿一点儿地摸，他的手心热乎乎的，弄得迟苦很痒。迟苦受不了他了，站起来挪了个地方坐。

陶淮南也跟着挪到沙发上，听电视的时候，又伸手去摸迟苦的后背。

"陶淮南。"迟苦反手抓住他的手往外一扔，烦得直咳嗽。

"你喊什么？"陶淮南皱着眉，"你又不刺挠。"

陶晓东在沙发另一边看着电视，看他俩在那儿闹，看得可开心了。这俩打小就这样，一个缠人一个躲。

其实就是没长心，当哥的缺心眼儿。

这家里缺个心思细腻的女性。

可屋里三个全是男的，男的神经粗，陶晓东在很多方面带孩子带得其实很糙。

周日迟苦在屋里学习，陶淮南躺在他哥腿上一起听电影。

中央六台在放外国片，枪战的。打斗和枪响的声音听得陶淮南昏昏欲睡，他不爱听这个，看不着字幕也听不懂。但是迟苦在学习，不理自己，陶淮南只能来找他哥。

陶晓东的手在他头上有一下没一下地拨拉着，这太舒服了，陶淮南闭着眼睛马上要睡着了。

电视里难得消停一会儿，男人女人说话的声音不大，半天说不出来一句，后来在女人半笑不笑的一声“嗯哼”之后，电视里的声音走向就变了调。

衣料摩擦声、喘息声，以及缓慢的背景音乐声。

粗重的呼吸声杂糅在一起，他们在说些什么，陶淮南听不懂，但是又本能地觉得有点儿什么。

陶淮南睁开眼，问：“他俩干啥呢？”

陶晓东都没当回事儿：“亲嘴儿。”

“亲嘴儿？”陶淮南眨眨眼睛，亲嘴儿是咋回事儿他当然知道，但这确实是第一次直观地听见亲嘴儿的声音。

这声音听着可挺奇怪啊……

光听着就让人有点儿不自在。

十几秒的时间很快就过了，镜头一切，那股黏腻的暧昧感就没有了。陶淮南又把眼睛闭上了，可刚才那声音还在脑子里，闭上眼睛不自觉地想象两个人嘴对嘴，有点儿嫌弃，觉得那样怪脏的。

可又有一点点止不住的好奇。

陶晓东把人家的好奇给勾了起来，他电视一关该睡觉睡觉该上班上班，接下来承接这点儿好奇的只有小哥迟苦。

在只有他们俩的时候，陶淮南问迟苦：“你和别人亲过嘴儿吗？”

迟苦被他突如其来的问题问蒙了，都愣了，半天之后皱着眉说：“我跟谁亲？”

“跟学……”陶淮南话没说完，被迟苦重重放下笔的声音打断了，理智地咽了回去没敢接着说出来。

本来还挺好奇的事儿，一旦安到迟苦身上，瞬间就什么好奇都没了。后来自己给自己想得没意思了，裹着毯子钻进被子里老老实实睡觉去了。

第十章

听书

陶淮南在之后很长一段时间都保持着这个状态，但凡是对什么事儿感兴趣了、好奇了，只要把脑子里想象的对象一换成迟苦，顿时就什么好奇都没了，实打实地抗拒这些想象。

在陶淮南这种懵懵懂懂的纯真里，迟苦越长越高，肩膀越来越结实，声音越来越好听，也不再有人说他丑了。

成长的过程里，每天都平淡，可每一个明天也都有新故事。

陶淮南明天就要过生日了，过了这个生日就十六了。

迟苦也十六，没比陶淮南大上一年。陶淮南马上要摸到十六的开头，迟苦已经在十六的尾巴。

初三刚开学一个月，迟苦在初三的第一个月考里不太意外地又拿了个全校第一。

啊，现在是迟骋了。

去年他的户口彻底从迟家迁出来了，陶晓东够不上领养条件，现在他户口落在黄哥家。落户之前陶晓东不嫌麻烦，折腾好几天，最后落了个“迟骋”。

“苦啥苦。”陶晓东看着“迟苦”这俩字，怎么看怎么不顺眼。

于是新户口上添了个“迟骋”。

陶晓东当时手环着他肩膀，眼里含着笑意，和他说：“给哥跑起来，飞吧。”

从那天开始，为了好养活而起的“贱名”没了，过去的“苦”也没了。

刚开始陶淮南不习惯，一张口还是“迟苦”，叫了太多年了。后来叫顺了新名字，可别人也这么叫，又觉得好像又不够亲密。

他就这么兜兜转转、来来回回地换着。

有一天迟骋学习的时候，陶淮南摸着过来，叫了声“苦哥”。平时都是陶晓东开玩笑这么叫，陶淮南也跟着学。

迟骋看他一眼，随他去。

陶淮南早睡着了，迟骋比他多看了会儿书，不到十点也睡了。

睡到半夜，陶淮南的手机闹钟开始响，两个人都醒了。

陶淮南困得不行了，过了一分钟手机又响了。

“跟我说生日快乐。”陶淮南把手往后伸，拍了拍迟骋。

迟骋闭着眼说：“生日快乐。”

“还有呢？”陶淮南转过去，脸冲着他。

迟骋都快睡着了，没回答他。

陶淮南等了半天没等着他说话，不高兴地又拍了拍他。

迟骋勉强睁开眼：“嗯？”

“就没了啊？你想想每次你过生日我要跟你说多少话。”陶淮南嘟囔着说。

陶淮南可有仪式感了，迟骋生日他也都定闹钟，半夜醒了说一连串的好听话，总结下来就是希望小哥永远都开心。

迟骋没他那些仪式感，也没那么多小心思。现在就是困，睁不开眼了。

“我走了。”陶淮南都不困了，被子一掀要起来。

迟骋一胳膊把他拦下来：“干啥去？”

“我上我哥屋里去，”陶淮南拿开他的胳膊，“哥才不像你这样。”

迟骋把他拖回来，不知道大半夜又在这儿折腾啥，被他磨得头疼。

陶淮南被扯了回来，但也还是不太高兴，主要是有落差，觉得迟骋敷衍。

迟骋胳膊一抬，手搭着陶淮南的后脑勺儿往下一按。陶淮南的脸被捂在枕头里，发出“唔唔唔”的声音，听见他说：“行了睡吧，明年还陪着你。”

这句听着还挺是那么回事儿，陶淮南终于得劲儿了，心满意足地调整了个舒服的姿势，抓着迟骋的衣服，哼哼着说了句：“我也陪着你。”

迟骋在他的后脑勺儿上抓了抓，说：“睡吧。”

陶淮南这年龄一年一年地长，个子慢慢长高了，心眼儿也越来越多，有时候陶晓东会笑着说他像只小狐狸。

但不管岁数怎么长，在家还一直都是那个整天哼哼唧唧的烦人精。

而且随着时间的推移，还比从前更烦人了。

“生日快乐小崽儿。”陶晓东把礼物盒往他床上一扔，陶淮南抱着摸了摸。

“啥呀？”

“手机。”陶晓东说。

“又是手机？”陶淮南从床上下来，踩着拖鞋出去，把盒子往餐桌上一放，“你快退回去吧，我现在的用着挺好呢。”

“你不是说用着不好使？”陶晓东把盒子拆开了，递给从厨房里出来的迟骋，“你给他设置吧，我现在懒得弄了。”

“你就知道乱花钱，陶晓东。”陶淮南坐在旁边，用手指头敲了敲桌子，“有钱了？钱好挣？”

陶晓东被他逗乐了，点头说：“好挣。”

陶淮南现在有微信了，也有QQ和微博，手机里还有听书软件，偶尔还听听书。但有时候盲人模式不好用，会有覆盖不上的界面，到这时候陶淮南只能去找迟骋帮他。

“我都有好几个手机了，充话费送的那种都够我用。”陶淮南还在嘟囔，“几千块钱的还是几百块钱的对我来说能有什么区别？”

这话他自己说着不觉得有什么，当哥的听着可不是滋味儿。凭啥他们家弟弟就用着没区别，看不见也得有，别人有什么，家里小崽儿都得有。

陶晓东和黄哥现在又弄了家新店。好大的店，店里有很多聋哑人，都是兼职的学生。

陶淮南现在很喜欢去店里，白天会跟他哥一起去。他喜欢那儿的气氛，大家都很友好，也都善良。

迟骋给陶淮南下载软件的时候，陶淮南盘腿坐在他旁边问：“别忘了下听书软件。”

“下了。”

“我昨天那书还没听完呢。”陶淮南拍了拍迟骋的腿，“你再直接帮我调到我听的那个进度行吗？”

这没什么行不行的，迟骋“嗯”了声。

他刚打开陶淮南旧手机上的软件，陶淮南想起了什么，突然靠过来按住手机，说：“不用了，别整了。”

迟骋看他一眼，挑眉问：“又听乱七八糟的了？”

“没有，不乱。”陶淮南捂着手机不让他整，“回头我自己整。”

迟骋拨开他的手，看了眼进度，在新手机上给他调好，没看上面的字。

陶淮南自己还解释说：“真的不是乱七八糟的，只是刚好到了这个情节。”

迟骋捏了把他的脸，懒得理他："听你的闲书吧。"

之前有一次陶淮南自己下了本不知道什么的书，打开一听，没多久就开始听到些不干不净的内容。陶淮南把自己听得面红耳赤，嫌弃坏了，可也没关。

迟骋从旁边扯下一边耳机塞耳朵里，听了几句之后就把书给删了，还让陶淮南不许听这些。

陶淮南一个干干净净的小崽儿，从来不主动去找那样的书听，听的一般都是正经书。被迟苦说了又不好意思又委屈，念念叨叨地解释了半天。迟骋知道他其实很听话，所以后来也不怎么多管他。

迟骋把东西都下载完，盲人模式也开好后，递给了陶淮南。

陶淮南这才松了口气，把手机往兜里一揣，都不敢掏出来。

他昨天听的书还真没法儿让迟骋知道，知道了就解释不清了。这跟他以往偶尔听到的闲书都不一样，平时有点儿超出规范的情节那都是动作和语言上的。

昨天那本书陶淮南不知道应该怎么描述，总之就是听着哪儿哪儿都不对，听着心里都拧巴得难受，但他还是想听完。

这要让迟骋知道了，迟骋可能会发火，说不定一气之下以后都不让他听书了。迟骋现在管他管得太严了，这人越长大越凶，没一点儿软乎样儿。

小孩子像小树苗一样长大了，比从前开朗了些，不再那么封闭了。

在店里的时候，陶淮南跟小聋人、小哑巴们玩得可好了，一群"特殊"小孩儿凑一堆，闲下来不干活儿的时候他们就在群里瞎聊。

公司有个大群，这些"特殊"人士还有小群，陶淮南也在里头。

盲人和哑巴是听起来很费劲儿的搭配，放在从前他们根本无法沟通，但现在有手机了，语音和文字互相一转，一个靠耳朵一个靠眼睛，交流一点儿都不费劲儿。

他们有他们的小天地，在他们自己的这个小圈子里，每个人都是放松自在的。

迟骋在楼上做卷子，放陶淮南自己下楼玩。

陶晓东也在楼下，今天他有客户。

迟骋一套卷子做了两个小时，快做完的时候，感觉到有人拍了拍他的肩膀。迟骋回头看，看见店里一个刚来的大学生跟他比着手势。

迟骋挑眉，用表情问他怎么了。

对方朝楼下指了指，张了张嘴说不出话，只能有点儿着急地喊了两声“啊”。

迟骋站起来跟他下了楼。

刚下到二楼，就看到陶淮南捂着肩膀坐在休息区的沙发上，表情一看就是疼着了，但还是笑嘻嘻的，没心没肺的。

迟骋走过去：“怎么了？”

陶淮南一听见他来了，伸手过来摸他，小声说：“我磕钉子上了。”

迟骋皱眉，过来拨开他的衣领，白皮肤上一片红，中间有个小血点，血珠渗出得足够多，马上要流下去了。

“磕哪儿了？”迟骋沉着声问他。

“那边有个新架子，我不知道。”陶淮南晃了晃他的手，“对不起。”

一会儿看不住都没个消停，磕着了疼着了还体贴地不去打扰他哥工作，只知道找小哥。

自己磕着了怕挨说，先说声“对不起”，让人再想说他都张不开嘴。

迟骋抽了张纸，伸进他衣领里把血珠擦掉。他的皮肤太白了，有点儿什么伤口、痕迹在身上看着都扎眼。

陶淮南怕迟骋，所以迟骋给他弄伤口的时候，他乖得不行。

其实迟骋很少因为陶淮南磕着碰着说他，每次陶淮南都会小声地解释一句“我不是故意的”。他不用解释都行，谁都知道他不是故意的。他根本看不到周围有什么危险，跟普通这么大的孩子比起来，陶淮南已经很乖很乖了。在陌生的地方，他几乎都不动，只有在自己熟悉的地方才会放松下来，有时候会随意地走走。

就这样也难免磕碰受伤，陶淮南不爱用盲杖，他讨厌那个。那根棍子不能给他任何安全感，手里握着那根代表着盲人的棍子，陶淮南会觉得比不拿还孤独。

没有探路的东西，也没有倚仗，被什么东西绊着了、刺着了，自己都吓一跳，还说他干什么。

怕钉子上有锈，迟骋给他弄了半天。挺深的一个小血洞，钉子刺进去一小截。消毒的时候有点儿疼，陶淮南吸吸溜溜地时不时抽个气，也不敢使劲儿说，只敢隔半天用很小的声音说疼。

“忍一下。”迟骋和他说。

陶淮南说：“好的。”低着头老老实实地让他弄。

最后迟骋给那个小血洞贴了个创可贴。陶淮南终于松了口气，朝着迟骋的方向笑笑，又说了遍：“小哥对不起。”

迟骋托着他的下巴，捏他的脸，把他的嘴捏得噘起来让他说不了话。

陶淮南就那么噘着嘴，吐字不清地问：“你学习完了吗？”

迟骋问他：“干啥？”

“今天我过生日，你陪陪我吧。”陶淮南说。

“行。”迟骋放开他的脸，看着他的脸两边被捏红的地方，用手指头抹了两下。

不知道从什么时候开始，迟骋就特别喜欢捏陶淮南。陶淮南也习惯了让他捏来捏去，有时候捏脸，有时候捏胳膊上的肉，偶尔睡觉的时候，陶淮南睡得软塌塌、热乎乎的，迟骋会隔着衣服捏捏他的肚子。

陶淮南浑身都是痒痒肉，有时候躲，有时候不躲就边笑边让人捏。

从陶淮南八岁起，他俩开始在一块儿，现在陶淮南十六了。

生命里一半的时间都有迟骋，对这个年纪的小孩儿来说，七八年真的很长很长。

店里有个巨大的生日蛋糕，是黄哥给订的，送来的时候员工们才知道陶淮南今天过生日，小群里开始唰唰唰地发“生日快乐”和小红包。

红包陶淮南都领了，都不大，就是哥哥姐姐们的小心意。能来店里兼职的至少也得是大学生，都比陶淮南大几岁，是一群可爱的哥哥姐姐。

陶淮南心里惦记着事儿，蛋糕他就吃了一小块儿。黄哥还问他：“今天食欲这么差呢？要搁平时我们小南自己能吃一层。”

陶淮南笑眯眯地又从碗里挖了一勺，挖到了夹层里的水果。

别人吃蛋糕用纸盘托着吃，陶淮南得用碗，他手上没准头，用盘托着勺子挖不上来，没几下就得掉地上。

“你知道什么。”陶晓东坐在椅子上滑过来。他没干完活儿，手上还戴着脏手套。陶晓东张嘴，迟骋叉了一大口递他嘴里，陶晓东边嚼边说，“人小哥给做蛋糕了，家里还有一整个等着他吃呢，谁吃你这买的？”

“哟，真的啊？”黄哥指着蛋糕，跟陶淮南开玩笑，“你信哥的话，快好好吃这个，你小哥做的能有这好几千的好吃？”

陶淮南也不说话，只眯眼笑。

迟骋的户口还在黄哥家，从法律意义上讲，现在黄哥是他监护人，严格来讲，他现在跟陶淮南都差出一辈儿了。

“你看你也是，你就多做点儿直接拿过来，我都不用订了。”黄哥上来兴致故意逗迟骋，冲他使了个眼神，“啊，儿子？”

“起开！”陶晓东又张张嘴，迟骋托着盘子递过去，陶晓东直接咬了一大口，“你这一下把我们哥儿仨的便宜都占了。”

陶晓东滑回去接着干活儿，客户是个小姑娘，也在吃蛋糕。

黄哥朝他那边喊了句：“户口本上写着呢，你要是严谨点儿，你都得管我叫叔。”

店里俩老板关系铁着呢，每次他俩一瞎贫，周围员工都跟着笑。

陶淮南那点儿小心思瞒不住家里的两位哥哥，被他哥当着大伙儿的面给戳得稀碎。

迟骋真给陶淮南做了蛋糕，昨晚就做好了，放在冰箱里冷藏着，等今天吃。本来打算多做几次练练，结果第一次就成了。

陶淮南那么有仪式感，小哥做的那必然比买的好吃。

蛋糕没什么花花样式，反正什么样陶淮南都看不见，他又不能上手去摸，好吃就行。

好吃是绝对好吃。

蛋糕底做成了湿软的巧克力慕斯口感，中间一层薄薄的奶冻，上面铺着满满一层水果丁。

很客观地说，陶淮南也真觉得比买的好吃。没人比迟骋更知道陶淮南喜欢吃什么，都是照着他的喜好来的，那没可能不好吃。

陶淮南现在被惯得嘴刁，这不爱吃那不爱吃，事儿多。迟骋有时候管他很严，有时候又惯着，像是吃东西这方面，迟骋就不管他。周末不上学还给他做菜、煮面，他越这么惯着，陶淮南的嘴就越挑，什么菜不爱吃了就往迟骋的碗里夹。

有时候陶晓东都看不过去了，说他几句，到这时候迟骋又护着，说：“没事儿。”

陶淮南吃了一肚子的蛋糕，觉得自己连喘气都腻。

明天周一俩人还得上课，陶淮南吃完没多久就去洗漱了。洗漱过后才八点多，现在睡早了点儿，于是趴在迟骋旁边戴着耳机听书。

迟骋在看书。

陶淮南的表情太纠结了，迟骋很难不注意到他。就见陶淮南的眉头一会儿皱起来，一会儿又稍稍舒展些，过了一会儿再聚起来，拧成纠结的一小团，还深吸一口气，惊讶坏了。

迟骋从他耳朵里摘下一只，如果是平时，陶淮南都会大大方方地给他听，哪怕是带点儿颜色的部分也不怕，一身正气啥也不虚。这会儿迟骋刚一碰到他耳朵，陶淮南马上就坐起来了，捂着耳机不给他。

迟骋挑挑眉，问他："听什么呢？"

陶淮南手捂在耳朵上不放，警惕地说："没啥。"

"没啥那你防着我干什么？"迟骋要去拿他的手机，陶淮南拍开他的手，下地光着脚回卧室了。

有小秘密了。

迟骋其实没想真管他，陶淮南回卧室了他也没跟着。陶淮南自己在卧室里也没个动静，等迟骋回去的时候，他已经睡着了。

睡着了眉头还拧着，耳机也没摘。迟骋把他的耳机摘下来，缠在手机上放在床头。

陶淮南打着斜躺在床上，迟骋托着他的脖子把他挪正，陶淮南半醒不醒地叫了声"苦哥"。

"睡吧。"迟骋说。

"晚安。"陶淮南低低地咕哝着，往床里边挪了挪。

陶淮南睡觉不老实，没一会儿就翻了个身。他翻身就翻身，迟骋向来随他去，不当回事儿，自己也翻了个身。

陶淮南最近大体上还是挺乖，不闹人。迟骋只是觉得他最近特别迷手机，耳机总在耳朵上戴着。

晚上迟骋还在学习，陶淮南又在旁边玩手机。迟骋敲了敲桌子，做着题没抬头，说："别一直听，歇会儿。"

“我查点儿东西。”陶淮南说。

“查什么？”迟骋说，“我给你查。”

陶淮南说:“不用啦。”又站了起来，去床上躺着，自己沉默着听手机。

迟骋看他一眼，没管他。

陶淮南揣着一兜小心事儿谁也不说，哥也不说，小哥也不说，时不时地就发呆，不知道在琢磨什么。

半大小子正是迅速发育的年纪，有时候早晨从梦里醒过来，一脑袋汗。

迟骋还在旁边睡着，陶淮南睡着了不老实，睡前有模有样的，醒过来的时候睡相就很差。

陶淮南难受得皱紧了眉，把腿从人身上拿了下来。

他一动迟骋就醒了，睁眼看见陶淮南醒着，看了眼时间，半哑着说：“还早，再睡会儿。”

陶淮南轻轻地“嗯”了声，慢慢地翻了个身。

上课陶淮南听得都不认真，手在上一节课的书上来来回回瞎摸。迟骋用笔敲了敲他的书，陶淮南吓了一跳。

这点儿小动静吓这么大一跳，这溜号溜得也是够狠了。

迟骋看看他，压低了声音说了他一句：“好好上课。”

陶淮南回过神儿，点了点头。

因为这事儿，陶淮南晚上回家之后还挨说了。

迟骋说他的时候，通常陶淮南都不敢顶嘴。迟骋脾气大，顶嘴他容易更生气。

“你天天都在琢磨什么乱七八糟的？”迟骋声音里听着是有点儿生气了。

他看陶淮南学习看得严，陶淮南不好好学习就得挨说。

陶淮南习惯性地张口就来："小哥对不起。"

"别敷衍我。"迟骋也是今天才感觉到他不对劲儿了，回头想想才发现这段时间一直都有点儿。

"没敷衍。"陶淮南小声说。

"又听说什么了？"迟骋不耐烦地问，"我又跟谁谈恋爱耽误学习了？"

初一的丢人事儿现在还拿出来说，这要放在平时，陶淮南早不好意思地去捂迟骋的嘴了。但这会儿他脑子不对路，张口就来了一句："那可不行。"

脱口而出的一声"不行"，说得还怪横的。说完反应过味儿来了，想再说点儿什么找补一下，张张嘴也没说出来，最后站起来垂着眼走了。

话没说完就走，正常情况下，迟骋可能会把他拽回来再说他几句，但今天也不太想说他，就随他去了。

陶淮南时常这么自己搞点儿小心思、小情绪，敏感的小孩儿长大了也还是敏感。但说到底他也不是太拧巴的性格，每次折腾不了多久就能自己琢磨开。

不等突破迟骋底线达到让迟骋收拾他一顿的程度，自己就又顺溜了，该干什么干什么，上课也好好听了，睡觉也好好睡了。

小哥儿俩在学校里现在人缘还挺好的，迟骋稳稳当当的班里第一，又有初一时候打的两场架加持，身上都自带着"明星"光环。每个班的第一都相当于班级门面，只要他别总挂着脸谁也不理，人缘就不会太差。陶淮南就更不用说了，班里的重点保护对象。

通常中午吃完饭迟骋都会带着陶淮南在操场转几圈，天天从早到晚地坐着也很累。有时候迟骋去打会儿篮球，陶淮南就自己在台阶上坐着。九月的天不冷不热，穿着连帽卫衣坐在操场边的阴凉处吹风很舒服。

有人走过来在他旁边坐下，动作和脚步声都轻轻的，身上带着股洗发水的淡香味儿，那人故意压出粗粗的声音说："猜我是谁——"

陶淮南笑了，胳膊还拄在膝盖上，手托着下巴，说："暄姐吧。"

"没意思，"小姑娘甩甩长马尾，"有时候我总怀疑你是不是装看不见，实际能看见。"

"真那样就好了。"陶淮南说。

他的脸一直朝着篮球场的方向，篮球场上的声音乱糟糟的，他听不到迟骋的声音，但是陶淮南很喜欢从纷乱的脚步声里去捕捉迟骋。有时候觉得自己听到的就是他，其实也都是瞎蒙。

"那你往那边看什么？"小姑娘伸手在陶淮南眼前晃了晃，陶淮南眼都不眨，毫无反应。

"我看我小哥。"

"你又看不见。"

"他能看见我。"陶淮南慢慢地眨了眨眼睛，也慢慢地说话。暖洋洋的秋天正午，人都慢吞吞的，"他说我眼睛大，我朝他那边看的时候他都知道。"

小姑娘都被他逗笑了，说他："所以你就假装看，眼睛故意睁那么大。"

"没故意睁，就是自然睁。"陶淮南抬手在自己眼前比了个高度，"本来就这么大。"

"显摆。"女孩儿从兜里掏出两个棒棒糖，给了陶淮南一个，自己吃一个。

面对着一个看不见的人，除了不自觉从内心生出的怜悯之外，也会觉得更有安全感，和他待在一块儿也更轻松。之后他们没再说话，各自含着棒棒糖，女生看操场，陶淮南听迟骋。

这是现在坐在他后桌的女生，班级座位每年都会调，这学期他后面坐的是两个女孩子。陶淮南吸收了很多青春期女孩子的小秘密，那些不好意思和别人说的话，她们会很愿意和陶淮南说。

他像个安静的秘密盒子，从容地接收了很多稚嫩的心事儿。

迟骋打完球过来的时候，女生已经走了，陶淮南把水递给他，迟骋拧开仰头喝了。

“累吗？”陶淮南问。

“没有。”迟骋伸手把他拉起来，“刚才睡着了？”

陶淮南一下就笑了出来：“你还真知道啊？我就闭了一会儿眼睛。”

迟骋没说话，一只手搭着陶淮南的后背轻轻地推着他往前走。迟骋刚打完球，在球场上来来回回地跑了那么久，现在气都还没完全喘匀，走路时陶淮南能很明显地听到他的呼吸。

陶淮南闭上眼睛，他被迟骋推着，顺着力道慢慢走路。橡胶草坪很软，陶淮南伸手在迟骋的衣服上抓了抓，心里也跟着软软的。

“干什么？”迟骋看着他。

“就摸摸，”陶淮南笑得眼睛都弯下来，“摸摸你。”

迟骋抬手碰了碰陶淮南刚才趴在胳膊上睡觉硌出来的一条小红印子，说他：“赖人精。”

陶淮南一点儿都没辜负这三个字，长这么大了还不独立，天天跟着他小哥。那些从小在盲校上学的小孩儿，这么大的时候自己什么都能干了。陶淮南不在盲校上学就失去了很多盲人独立锻炼的机会，但其实对他来说在哪儿都一样，他在盲校上的那几年学什么都没学会，谁让他有小哥，什么事儿都只知道叫“迟苦，迟苦”。

陶晓东晚上回来得早，他俩放学回家的时候，陶晓东已经在家了。

陶淮南换睡衣之前先洗澡，洗完香喷喷地出来了。陶晓东谜之喜好，他就喜欢闻他弟身上那股味儿，所以家里陶淮南的浴液一直是奶味儿的。在这方面迟骋也谜之喜好，他自己用别的，就不让陶淮南换。

陶晓东本来已经做完饭了，陶淮南洗澡的时候，迟骋又单独煮了碗虾仁面。昨晚答应了陶淮南今天给他煮。

陶晓东说他："你真不嫌费事儿。"

"不费事儿。"迟骋不当回事儿，端着碗过来放在陶淮南的位置。

陶淮南洗完澡出来直接坐下，鼻子凑近桌子闻了闻，"哇"了一声，小心地伸手去摸，碗还很烫。

迟骋去厨房拿别的，陶晓东的电话在屋里响了，他站起来去接电话。

陶淮南的手放在腿上，乖乖地等着他俩过来吃饭，他的鼻子里都是面味儿。他太爱吃迟骋给他煮的面了。

"苦哥，帮我拿——"陶淮南话还没说完，先是响起几道慌乱的、连续的磕碰声，随后陶淮南发出"啊"的一声惊呼，再之后就是碗摔碎了的稀里哗啦声。

陶晓东和迟骋都跑了过来，陶淮南慌乱地站在一边，手还扯着裤子抖着。

"烫着了？！"陶晓东问着，过来把陶淮南拉开，不让他站在碎碗中间，"哥看看。"

"太烫了！"陶淮南的手背红了一片，裤子上还黏着面，他吓了一跳，声音都有点儿抖，"我没碰，它自己就掉下来了，好烫！"

迟骋一句话没说，蹲下身直接把陶淮南的裤子扯了下来，连裤子带裤衩全扒了，拖鞋也没再让陶淮南穿，直接把他带去浴室冲凉水。

冷水喷在身上激得陶淮南又哼了一声，迟骋让他站在浴缸里，然后把花洒摘下来，直接用水管往陶淮南腿上冲。凉水顺着他的腿往下流，陶淮南被冻得直抖。

"疼得厉害吗？"迟骋一只手扶着他，拧着眉问。

“冲着水就不疼，不冲水疼。”陶淮南怕滑倒攥着他的手，还在小声解释着，“我真的没碰……”

他做错了事儿给别人添麻烦的时候总会自责，心里很愧疚。

迟骋说：“不赖你，没事儿。”

面都盛出来有一会儿了，烫肯定是烫，但应该不会烫伤，冲完凉水后再处理一下应该没什么事儿。但这不妨碍陶晓东心疼，看着陶淮南光着腿站在浴缸里冲水，还在解释着这个，心里很不是滋味儿。

陶晓东坐在浴缸沿上，轻轻拍了拍他弟的后背：“桌上有水，不赖你。”

陶淮南的手也烫着了，自己伸过去往水底下放，迟骋来回给他冲，冲了好一会儿。

因为看不见，所以从小到大陶淮南无意间被烫着的次数太多了，在他身上什么意外都有可能发生。迟骋应对起这些很熟练，陶淮南不管是烫着了，还是磕碰出伤口了，迟骋都能给他处理。

拿浴巾在他身上胡乱擦了擦，迟骋就把陶淮南带回去了。陶晓东根本伸不上手，他要伸手的时候，迟骋头都不抬，只说：“我来吧哥。”

“还疼不疼了？”迟骋把陶淮南放在床上，转头去拿烫伤膏。

“不疼了。”陶淮南打了个喷嚏，老老实实回答，“只是有点儿觉得热，没刚才那么疼了。”

迟骋“嗯”了声，说：“没事儿。”

他太稳了，陶晓东索性也就不再伸手，就在身后靠着墙看他们。看迟骋有条不紊地给陶淮南涂烫伤膏，看陶淮南出于自责和愧疚抬手轻轻碰了碰迟骋的头发。

好像在他没注意到的时间里，他们已经长成了半个大人。

陶淮南是真没碰那碗，他坐得板板正正等着吃饭呢，摸过一次发现烫之后就没再碰。碗底有水，桌面上可能也有水，碗确实是自己滑下来的。

这事儿怪谁呢？怪迟骋给他煮面，还是怪陶晓东去接电话？

谁也不怪，归根结底是因为陶淮南看不见。

迟骋在房间里给陶淮南抹药，陶晓东在收拾餐桌边的狼藉。

陶淮南有点儿难受，不怎么吱声了。

都弄完之后，迟骋说："再给你煮一碗。"

陶淮南摇摇头，说："不吃啦。"

"我吃。"迟骋转身出去了。

陶淮南跟陶晓东一起吃了一碗面，陶淮南没吃几口就吃不下了。迟骋问他："明天想吃什么？"

陶淮南还是摇头，低声说："给什么吃什么，不敢挑啦。"

"瞅你这小样儿，"陶晓东失笑，"你是故意撒娇呢还是真内疚？"

"不知道，"陶淮南想了想说，"可能都有点儿。"

迟骋和陶晓东都让他给逗笑了，陶晓东说："这也就是大了，要是小时候估计现在都掉上眼泪了。"

迟骋"嗯"了声说："这也快了。"

俩哥哥就是故意说他，这哪至于掉眼泪，但是自厌情绪肯定会有点儿。

初三时间还是紧，每天课都排得很满。迟骋他们那个提升课从第三个月开始就变成了晚课，普通学生晚上放学都回家了，他们吃完饭还得再上俩小时。

陶淮南天天都跟着迟骋去，周围人都在学习，陶淮南也坐在一边摸他的书。盲文书其实很少，陶淮南的教辅书都是他哥从盲校给他买的，外面根本买不着。其他书也没那么好买。

智能手机太方便啦。现在有了那些听书软件，陶淮南能把很多要用的书下载了听，也可以转换后用盲文打印机打印出来，比以前好太多了。

他一直是提升班的编外成员，在阶梯教室有他固定的位置，现在老师讲课偶尔他也能听懂一点儿。

晚上下课要到八点五十，早上六点多出来晚上九点多回，中学生是最辛苦的。

陶晓东最近又出差了，他每年都会出去几次，有时候是出差，有时候是出去做点儿别的事儿。他是个活得很自我的人，挣钱心重，可又没那么爱钱，每年都投出去很多钱去做那些他觉得有用的事儿。

“哥又走啦？”熬了一天终于放了学，陶淮南被迟骋带着慢慢往家的方向走，路灯把他们的影子拉得很长，但是陶淮南看不见。

“应该是。”前面有个坑，迟骋提前往左边拉了拉陶淮南，陶淮南很有默契地绕了过去。

他跟迟骋一起走了将近八年的路，这八年的痕迹就是他俩只要在一处，迟骋一个字都不用说，给他一个方向和力道，陶淮南就能避开所有潜在障碍。

“哥去哪儿啦？”陶淮南问，“青海？贵州？”

“没说。”

迟骋看着他俩的影子。

陶淮南比他矮一点儿，穿的校服很宽松，没被他拉着的那只手在另一边甩啊甩的。

陶淮南心情好的时候，走路会有点儿小动作，比如像这样甩袖子，或者把手缩在袖子里，用袖口圈儿去兜下巴。

“哥太好了，”陶淮南把下巴装在袖口里，问，“是不是？”

迟骋说：“嗯。”

其实陶淮南很明白，他哥做的很多事儿都是因为他。他眼睛不好，陶晓东就去帮助那些眼睛不好或者其他方面有缺陷的人。

有哥的小孩儿是最幸福的，陶淮南从小就这么觉得。

后来有小哥了，有俩哥哥的小孩儿那更是谁也比不了，在家里是小皇帝。

他们已经足够大了，哪怕陶晓东不在家的时候，也不用特意让谁来照顾他们，现在陶晓东一走半个月都没事儿。

晚上回来洗澡收拾完基本上就十点了，陶淮南睡得早，迟骋有时候还会学习一会儿。

班级QQ群里还有人在说话闲聊，陶淮南把QQ退了，躺在床上听书。迟骋在房间里学习，笔不停地写着题，偶尔翻下页或是咳一下，这些细碎持续的声音让陶淮南觉得很安心。

从夏天到秋天，从秋天到冬天。

迟骋的生日过完就到冬天了，生日那天迟骋给他奶奶打了个电话。

老太太对他向来抗拒，这辈子苦难的生活过下来，觉得迟家的所有人都是疯子。这也是因为那年迟骋回去的短暂的两个月里做的那些事儿，他的偏执和狠劲儿还是随了迟家的根，老人对他更多的是厌恶，而不是想念。

迟志德回南方了，迟骋也在城里不回来，只有她一个人的生活才能让老人真正觉得消停。迟骋一年给她打两三次电话，每次说不了几句就挂，迟骋不是爱说话的人，老人也没话跟他说。

到了陶淮南这儿就不一样了，别人跟迟骋没话说，他可有，他就是个活的话匣子，迟骋要是让他说，他能坐在旁边说一天。

迟骋十七了，陶淮南好不容易跟他同岁了短短几个月，就又被落了一岁。

有时候陶淮南会觉得自己好像一直在追赶他，一年又一年地努力追，赶上了一段时间，然后又被落下一小段。那一小段时间像是迟骋站在原地等等他，等他赶上来了才继续行走，很像这么多年里迟骋对他又凶又沉默的温柔。

迟骋十七岁生日那天，陶淮南早上刚到学校，就听班里的女生都在窃窃私语。他被一团悄悄话的声音围绕着，有点儿摸不着头脑。

他问迟骋："怎么啦？"

迟骋说："没事儿。"

陶淮南于是转头去问后桌的齐暄："你们在说什么啊？"

女生们倒是不瞒他，笑嘻嘻地凑近他耳朵，小声说："有人往你小哥桌上放礼物了，还有封信。"

陶淮南眨眨眼睛："真的啊？"

"骗你干什么，你自己摸呗。"

陶淮南转过来，伸手往桌上摸。盒子和信都被迟骋塞进桌斗里了，陶淮南摸了半天没摸到什么。

"有信吗？"陶淮南问。

迟骋说："别管了。"

陶淮南小声说："谁放的呢？"

迟骋把他推回去："背题，别打听。"

迟骋不跟他说，陶淮南看也看不见，不是盲文的信他摸也摸不出来。

到了这时候他和迟骋好像就被隔在了两个世界里，这两个世界的联系靠视觉，可是陶淮南没有。

第十一章

中考风波

陶淮南不知道那礼物后来迟骋是怎么处理的，也不知道信他看了没有。天天在心里憋着心思想问问，又怕招迟骋烦。

憋了几天自己在心里拧劲儿，迟骋故意没理他，他那点儿小心思能瞒得住谁。

到底还是没憋住，有天晚上洗完澡出来，迟骋先洗完了正坐在那儿学习，陶淮南毛茸茸的睡衣上沾着牛奶沐浴液的味儿，往人旁边一趴，开始哼唧。

“你干啥？”迟骋用胳膊肘把他往后顶了顶。

“苦哥！”陶淮南不管不顾，今天是打定了主意要耍赖。

他的头发贴着迟骋的脸，迟骋痒得很，抬起手拨开他的脑袋：“说。”

“你的情书呢？”陶淮南问，“你弄哪儿去啦？”

“你要看看啊？”迟骋故意回他。

“我要能看见还用这么费劲儿，”陶淮南撇撇嘴，“你看了没有？”

“没看。”迟骋又用胳膊肘推了推他，“别操没用的心了，睡觉去吧。”

陶淮南知道他没看也就不再继续问了，他的好奇只是针对迟骋的，谁送的陶淮南并不想知道。女孩子的心事儿里都带着年轻又珍贵的自尊，在这个年纪谁喜欢谁都是美好的心意，陶淮南并不想戳破这些。

晚上陶淮南一直没睡，听着书等迟骋过来睡觉。

迟骋做完一套题，收拾完躺下的时候，陶淮南摘下耳机，翻了个身。

“还没睡着？”迟骋有点儿意外，这个时间陶淮南通常都睡了。

“等你一起。”陶淮南其实已经困了，连打了几个哈欠。

“别等我，睡你的。”迟骋说。

他好像从小到大就是这样，直来直去的糙小子气息，陶淮南偶尔那些柔软的小心思到他身上都打了水漂儿，迟骋压根儿接不住。

陶淮南也不介意，捻着迟骋的睡衣，两分钟之后先是清了清嗓子，之后在黑暗里轻声问：“小哥……你有喜欢哪个女生吗？”

迟骋皱皱眉，说他：“别磨人。”

“我认真问你呢……”陶淮南用胳膊晃了晃他，“有吗？”

迟骋不搭理他，转了过去。

“你就不能好好跟我聊聊天？”陶淮南收回胳膊，“我一跟你说话你就嫌我烦。”

“你就是烦。”迟骋顺口一接。

陶淮南那点儿想要跟人说点儿深夜小话的情绪被迟骋散了个一干二净。他也翻了个身，背对着迟骋，心说，我闲的才等你。

初中的最后一个寒假，放假时间只有一个月，但学校集中补了一段时间的课。

冬天有雪，地上厚厚的一层。每天早上出门的时候，天都还没亮，陶淮南把手揣在迟骋兜里，脚踩在地上咯吱咯吱的。

他从小就不扛冻，格外怕冷。

这么大了总不能还用围脖把脸围得严严实实，那也太不好看了。于是陶淮南冬天的大衣都是带大毛圈帽的，帽子一遮能挡不少风。

最近老师和教导主任每天都找迟骋谈话，不光是找他，也找提升班那几十个人。

学校主要是问他们的中考志愿。

还有最后一学期就要报考了，学校很在意他们的成绩，也想要一流高中的升学率，迟骋的成绩在学校很拔尖儿，学校对他的期望很高。

本来谈一次就可以的事儿，但因为迟骋的一句“不去重点高中”，学校这才连着找他说了好几次。

说了几次他都没改过主意，这学生太难管了。

迟骋对自己的事儿向来有主意，他说什么是什么，改不了。

陶淮南还不知道这些，迟骋第二节课间被老师叫走的时候，陶淮南正抱着大保温杯喝热水。他最近有点儿感冒，鼻子不透气，还流鼻涕。

桌边挂着的垃圾袋里都是他的鼻涕纸，隔一会儿他就要擦一次鼻子。抽纸都用没了，迟骋从办公室回来之前先去楼下买了包纸。

他回来的时候，陶淮南正回头朝后桌要纸，人家把纸塞进他手里，他瓮声瓮气地说谢谢。

迟骋从办公室出来后直接去的小卖部，出楼买纸也没穿外套，回来带了一身凉气。陶淮南摸了摸他的手，给他焐着：“好凉啊。”

迟骋把纸拆开放在陶淮南顺手的位置，问他：“头疼不疼？”

“不疼，好着呢。”陶淮南的两只手夹着迟骋的手来回搓，直到搓热乎了才放开。

迟骋笑着说了句：“一手鼻涕全蹭我这儿了。”

“哪有！”陶淮南也笑，“我没弄手上。”

“我都看见你擦手了，”迟骋给他扯了扯衣服，衣服有点儿拧了，“你肯定蹭手上了。”

陶淮南笑着撞了他一下说：“我那是擦水呢，水沾手上了！”

迟骋就是逗他玩，从来也没嫌弃过他。

陶淮南到了冬天，总是病恹恹的，没几天好时候。天一冷下来他总爱感冒，呛风了就咳嗽。迟骋不爱看他生病时蔫巴巴的样儿，所以偶尔会逗逗他，让他有点儿精神。

陶淮南问："老师找你说什么呀？"

迟骋说："没啥。"

"噢。"陶淮南其实还是难受，没那么有精神说话，头晕晕沉沉的。

都一样长大的，迟骋比他结实多了。迟骋这些年就没生过几次病，陶淮南大病没有小病不断。

病了就得喝热水，迟骋天天给陶淮南接一大杯热水在保温杯里，陶淮南一上午喝一大杯。水喝多了就得上厕所，迟骋攥着他的手腕带他去厕所。

自从初一迟骋他们打的那场架之后，不良少年聚在厕所里抽烟的事儿几乎就没有了，保卫科的人课间在各个楼层的厕所里巡逻，抓着抽烟的直接扣班级纪律分。

不抽烟了那些男生也一样喜欢在水房聚堆，迟骋带着陶淮南进去的时候，一堆人都看着他俩，陶淮南不知道，迟骋知道也不在意。

现在没人惹他，从初一那次之后就再也没人欺负陶淮南了。

毕竟他哥太虎了。

初三了更没人招惹他，眼看着快中考了，再惹出点事儿记个过犯不上。

陶淮南要洗手，跟迟骋打过架的男生甚至还往旁边让了让，把水龙头的位置让了出来。陶淮南看不见人脸，但是能感觉到有人给他让地方了，他稍侧了侧脸说了声："谢谢。"

对方木着脸，不冷不热地回了句："没事儿。"

陶淮南听见声音愣了一下，洗完手被迟骋扯着胳膊带走了。

一个病着的小瞎子，晚上回了家连澡都洗不了，裹着睡衣和毯子还直嚷嚷冷。

迟骋拧着眉："一说打针你就说没事儿，不打针你又冷。"

"我讨厌那股味儿，"陶淮南感觉浑身上下连骨缝里都在往外冒寒气，呼吸又热，"也不喜欢药水流进血管里的感觉，凉。"

"你就是事儿多。"迟骋给他掖严实被子，让他吃了退烧药。

陶淮南老老实实把药吃了，说："睡完觉我就好了。"

陶晓东不在家，俩小的也没告诉他陶淮南又感冒了，省得他出差惦记。

陶淮南一病就不出声了，真难受了连话都不说，嘴唇干巴巴的，张着嘴重重地呼吸着。

迟骋也不学习了，就看着他。陶淮南偶尔睁开眼睛朝迟骋那边看看。他的眼睛不对焦，但偶尔准确地把方向定在一处的时候，别人看来他就跟正常人是一样的，迟骋摸摸他的脸，又用拇指轻轻点了点儿他薄薄的眼皮。

小孩儿白得干干净净的，眼皮也薄，上面的细血管都看得见。

退烧药管用，没多一会儿陶淮南就不喊冷了，又说饿。

这一整天下来陶淮南光顾着喝热水了，饭都没怎么吃。这会儿烧退了胃口也上来了点儿，小声跟迟骋说饿。

迟骋给他弄了点儿粥，陶淮南吸吸溜溜吃了一碗。怕迟骋担心他，有点儿力气了就开始哄人，故意舔舔嘴角，带着点儿笑说："怎么这么香啊？"

迟骋摸摸他的头，问他还要不要。

"不要了，饱了。"陶淮南说。

吃饱了自己去洗手间漱了口，收拾完回来就睡了。

迟骋今年一整年都没带他跑步，陶淮南不喜欢跑，有时候他一耍赖迟骋就心软了，不想去就不去了。但是这个体质实在不行，免疫力太差了。迟骋摸了摸他干巴巴的嘴唇，又给他掖了掖毯子。

退烧药的药效没能坚持一整宿，到了半夜陶淮南又开始发烧。

他缩成一团一个劲儿往迟骋的方向挤。

感觉到他又发烧了，迟骋马上坐起来拍开了灯。

灯一开，他就看见陶淮南紧闭着眼，嘴唇哆哆嗦嗦地不知道在念叨着什么。

“陶淮南。”迟骋拍了拍他，想叫醒他。

陶淮南确实不再出声了，沉默了一会儿，之后也没睁眼，嗓音干涩粗哑地叫了声“小哥”。

迟骋又去拿了退烧药，想喂给他吃。

陶淮南一直没睁眼，躺在那儿不知道是睡着了还是没睡着。

迟骋刚要继续叫他，就看见陶淮南眼角有眼泪。这眼见着是还没清醒过来，迟骋把水和药都放在一边，把他托了起来。

“醒醒。”在陶淮南清醒着的状态里，迟骋很少用这么有耐心的嗓音和他说话，他总是不耐烦。现在迟骋轻轻拍着他后背在他耳边哄，“醒过来，南南。”

迟骋哄了好半天，陶淮南才挂着眼泪睁开眼睛。

睁开还是闭上有什么区别呢，反正都看不到。

陶淮南醒了也还是流眼泪，人烧糊涂了，意识都蒙了。

陶淮南一双茫然的大眼睛不停地流着眼泪，鼻音又重嗓子又哑：“我太难受了……”

“那你起来穿上衣服，咱们去医院。”迟骋说。

陶淮南显然是睡得有点儿魇住了，半醒不醒的。陶淮南头一次这样，迟骋用被子把他裹起来，让他坐在自己身前，叫他“南南”。

陶淮南好半天才不哭了，眼睛空洞洞地睁着，好歹是不流眼泪了。

不哭了又开始下意识地去寻找庇护，抬头想跟迟骋说话，眼睛什么都看不到，只能顺着本能去靠近迟骋。

“你别走……”陶淮南哑着声音，“小哥别扔下我。”

矫情小孩儿睡个觉能把自己睡得可怜巴巴、泪流满面，迟骋无奈地揉了揉他的后脑勺儿，说：“又做什么乱七八糟的梦了？”

陶淮南还想贴着他，迟骋脖子往后仰了下，说：“把药吃了。”

陶淮南没挨上，于是动作停在原处，仰着脸不动了，睁着的大眼睛慢慢地眨，带着病中的无力。一点儿也不闹，只是安安静静地仰着脸朝着之前的方向。

迟骋想放开他把药拿过来，看了他两秒到底还是没忍心：“先吃药，等会儿烧傻了。”

迟骋下了床，陶淮南自己裹着被子坐在那儿，一动不动的。

迟骋拿了药还没回过身的工夫，陶淮南咳了一声，控制不住地低头呕了两下，马上用手捂着嘴。

迟骋回头的时候，陶淮南正在不停地干呕。

“没事儿，松手。”迟骋边出去拿盆，边跟他说，“吐吧，别管。”

陶淮南一下就吐了，把之前喝的粥全吐了出来。

迟骋手上端着个盆让他吐，陶淮南太难受了，胃里翻江倒海，浑身冷得直哆嗦。

他吐了好半天，吐到后来胃里没东西了，只剩下痉挛一样的干呕。

迟骋让他漱了口，之后帮他脱了衣服，用没弄脏的毯子和被子包着他，把他带去了陶晓东的房间。陶淮南吐完算是彻底清醒了，躺在那儿的样子看起来太无措了。

迟骋拿了条热毛巾过来给他擦手，陶淮南接过来说：“我自己擦吧。”

他本来嗓子就哑，又被胃液一烧，快出不了声了。迟骋把毛巾给他，转头去收拾他们房间。陶淮南不知道现在几点了，他折腾得迟骋到现在还睡不了觉。

陶淮南体质实在弱，这会儿躺在没暖热的床上，浑身都难受，心里也难受。

迟骋收拾得很快，该扔的扔了，该泡的泡上，洗了手进来的时候，陶淮南脸正朝着他的方向等着。

迟骋让他把药吃了，摸了摸他的额头说："半夜不折腾你，先吃药把烧退了，明早去打针。"

陶淮南说："好。"

迟骋给他揉着胃，胃里空空的这会儿肚子都塌下去了，迟骋用掌心贴着他的肚子，说："好像只病猫。"

陶淮南闭着眼睛，先是"嗯"了声，又说"对不起"。

"先不用对不起。"迟骋垂下眼睛扫了眼他的后脑勺儿，"下次我说带你去打针你再耍赖不去的时候再说吧，我现在没打你都是看在你生病的分儿上。"

听声音都知道他现在心情很差，脾气也很差，这都是强压着火的。可他手心还是很暖和，一直贴在陶淮南的肚子上，这让他很舒服，很有安全感。

不知道为什么，听见迟骋这样压着脾气说话，陶淮南反而心情好了些。他把手盖在迟骋的手上，他手心滚烫，这么热热软软地覆着，还真像小猫的爪子。

陶淮南用手指抓了抓迟骋的手背，说："对不起啦……我被你们惯得太任性了。"

小孩儿听话，一有点儿什么事儿先自责。其实也不怪他，无非就是不想打针、不想去医院，半夜烧成这样也是没想到，他要能知道自己半夜会这么折腾迟骋，他早就答应打针了。

说话基本出不了声，喘气也费力得很，看着他这副没精神、没活力的模样，迟骋都烦死了。他皱着眉说：“你就说得好听。”

陶淮南刚才脱了睡衣就没再穿，这会儿被子里热热的，这样太舒服了，他闭上眼没多大一会儿就又睡着了。

退烧药还是管用，只不过药效只能维持几小时。

天一亮，迟骋二话不说带着陶淮南去医院了，假都忘了请。手机上有两个老师的未接电话，也有几个陶晓东的。

迟骋看到的时候，先给陶晓东回了一个，说陶淮南有点儿感冒，过来打个针。

然后又给老师回电话，请了今天的假。

临时病房乱哄哄的，陶淮南脱了鞋坐在床上吊着水，觉得脚有点儿冷，摸索着把外套扯过来盖在脚上。

迟骋进来先摸了摸他的额头试温度，说：“没烧，挺好。”

“不烧啦。”陶淮南还是说不出话，只能发出点儿气音，他小声说，“我还是有点儿冷。”

迟骋脱了外套搭在他身上，陶淮南问：“那你冷不冷？”

“我不冷。”迟骋看着他发干的嘴唇，从陶淮南外套兜里摸出唇膏给他抹了抹。

针一直打到中午，一共三瓶，第一瓶打完的时候，陶淮南开始有点儿出汗了，人看着也精神多了。

迟骋用手握着他打针的胳膊，陶淮南不喜欢药水流进血管里那种冰冰凉凉的感觉，所以迟骋给他焐着。

病房里暖气和空调都开得足，陶淮南出汗了就披不住衣服。他还是像个小孩儿一样，病得重不重全写在脸上，病得重了就蔫了，稍微好了点儿就欢实了。

他开始用那破嗓子跟迟骋说话，还一直说饿。

迟骋问他：“是想让我给你焐胳膊，还是去给你买东西？”

陶淮南想了想，笑了下说：“想焐胳膊，可是饿。”

“先饿着吧，打完出去吃。”迟骋说。

陶淮南抓着迟骋的一只手按在自己的肚子上，问：“你感觉到没，咕噜咕噜咕噜。”

咕噜咕噜也没招儿，迟骋不可能把他自己扔在医院里，陶淮南什么都看不见，跑针了不知道，药没了也不知道。迟骋从来不会在外面把陶淮南一个人留在什么地方，小时候是怕他丢，后来是什么都放不下。

三瓶药打完，陶淮南彻底欢实了。

虽然不可能直接好利索了，但他觉得没那么难受了。迟骋先带他去喝了点儿粥，陶淮南说太稀了，又吃了两个奶黄包。迟骋没敢让他吃太多。陶淮南没饱，但也没再要，他自己也怕再吐。

吃完饭坐车回家，在车上的时候，陶淮南就忍不住开始大眼睛滴溜转，小声问迟骋：“你昨晚……”

迟骋扫了他两眼，又把眼神转向车窗外头。

“你是不是叫我南南了？”陶淮南撞了撞他的肩膀，笑得跟只小狐狸一样，“你是不是以为我不知道？”

迟骋没理他，陶淮南又撞了撞他，问：“平时咋不见你那么叫我？你平时就冷冰冰地叫‘陶淮南、陶淮南’。”

司机听见他说话，在前头笑了声，可能是觉得这小孩儿怪有意思的。

迟骋咋可能接他这话，压根儿就不可能搭理。

他不搭理也不影响陶淮南自己说。前头有司机呢，陶淮南也不好太放肆，等下了车迟骋攥着他的胳膊咯吱咯吱踩雪的时候，陶淮南眼睛都笑眯了：“你偷着叫我南南，不害臊。”

迟骋挑挑眉，看了他半天，到底还是没说别的。

迟骋喊他“南南”这事儿真把陶淮南美坏了，嘚瑟得快飞了。

迟骋从来没这么叫过，冷酷小迟突然这么温柔太让人意外了。陶淮南每次想起来都想乐。

本来寒假补课也没剩几天了，因为陶淮南这一场病，他俩索性后几天直接不去了，只在最后一天发作业的时候去取了趟作业。

其实后两天陶淮南病都已经好了，好了他也不想去，能有正当理由放假谁要去上学。

他天天在家让迟骋喊他“南南”，把迟骋烦得把他往厕所一扔，让他自己洗澡。陶淮南自己把门开了又钻了出来：“暖气还没热乎呢，还冷呢。”

“那你就回去趴着。”迟骋说。

迟骋真是怕他磨人，这小崽子太烦人了。陶淮南刚要开口，迟骋说：“再说一个字我就把你的嘴堵上。”

“那我不说。”陶淮南给自己调整了下姿势，从坐着变成躺着，还扯过旁边的毯子给自己盖上了，弄出这么个舒舒服服的姿势后，说，“你看书吧，我不打扰你。”

说不打扰还真的不出声了，就躺在迟骋旁边听书，乖得很。

一场感冒把陶淮南折腾得瘦了好几斤，下巴更尖了。

外头下了好大一场雪，下了一整夜，早上起来，小区外面一脚踩进去，雪能没过脚脖。陶淮南听迟骋说外面雪厚，就惦记着出去玩玩，但是他感冒刚好，迟骋哪儿也不让他去。

“小迟啊，陪我下楼玩一会儿。”陶淮南盘腿坐在沙发上下指示。

迟骋看都不看他，跟没听见似的。

他的指示只对陶晓东有用，对迟骋没用。陶淮南于是摸了过来，开始跟迟骋商量："小哥我想出去溜达溜达，我好几天没下楼了。"

迟骋冷漠回绝："等你不咳嗽了吧。"

"我今天就没咳嗽。"陶淮南说，"我嗓子眼儿都不痒了。"

"真当我没听见啊？"迟骋无动于衷，"刚才偷着咳嗽，一咳嗽还劈声儿。"

陶淮南软磨硬泡，迟骋软硬不吃。

后来陶淮南求不过了又耍横闹着说："你再不陪我出去，我要哭了，我这眼泪来得可是很快的！"

"起开，别烦我。"迟骋把他往旁边一扒拉。

"我说三二一，数到一我眼泪肯定能下来！小迟你别不信。"陶淮南戳戳他，"我要数了！"

迟骋："一。"

陶淮南哭笑不得，一翻身从沙发上下去了，摸着沙发背自己走了，边走边叨叨："又不是你叫人南南的时候了，南南，南南，花言巧语！"

陶晓东又过了几天才回来的，刚一回来就被陶淮南一扑。

小崽儿想哥了。

"我身上凉，先起来。"陶晓东揉了揉他弟的后脑勺儿，看了眼说，"咋瘦了这么多？"

"小迟给我关的！"陶淮南终于有个能告状的人了，想要指指迟骋的方向也不知道他在哪儿，又把手放下了说，"他天天不让我出门！"

迟骋把陶晓东的行李箱接过来，陶晓东笑着问他："让他给你磨烦了吧？"

"还行，"迟骋说，"习惯了。"

陶晓东一回来，陶淮南就又多了一个磨人的对象，迟骋不带他出去，他哥能啊。

陶晓东没见着陶淮南半夜烧糊涂了还哆嗦着吐的模样，他只在电话里知道陶淮南感冒了，俩小的不可能跟他说烧得那么重。

小崽子现在看着这么欢实，没啥不能出门的。陶淮南一早起来就去磨他，要一起去店里，陶晓东答应得可痛快："走呗。"

陶淮南终于扬眉吐气了，跟迟骋说："我要出门了！"

迟骋没说话，把外套给他递了过来，转身走了。

陶淮南接过来慢慢穿上，越穿动作越慢，拉链磨磨蹭蹭半天还没拉上。

过了一会儿，他还是听不见迟骋的声音，动作渐渐停了。

"磨蹭什么呢？"陶晓东过来催他，"穿个衣服花这么半天。"

陶淮南又支着耳朵听了会儿，确实没听见迟骋的声音，犹豫了下把外套又脱了说："你自己去吧，我不去了。"

陶晓东看着他弟，整不明白他，问："你又怎么了？"

陶淮南放下外套说："我苦哥好像生我气了，我不跟你去了。"

"啊？"陶晓东探头瞅了瞅坐在那儿穿鞋带的迟骋，问，"哪儿来的结论呢？"

"反正我不去了。"陶淮南脱了鞋，摸着墙往屋里走去找迟骋，嘴里念叨着，"我可不能惹他生气，他一生气就没完。"

"行，那你在家吧。"迟骋穿完鞋带，慢慢穿着鞋，"我跟哥去，你看家。"

陶淮南愣了下，这才知道被人逗了，赶紧摸着墙又回去了，把外套迅速穿好，埋怨道："你净能吓唬我。"

"你怎么不说你自己戏多？"迟骋把口罩给他挂在耳朵上，怕他出去呛风。

"你故意不出声。"陶淮南闷在口罩下的嘴还在说。

迟骋不跟他说了，把他后面的帽子扣上，把他捂得严严实实了才一起出了门。

陶淮南被捂得这么严实了，等到了店里还是咳嗽了半天，坐在那儿捂着嘴闷声咳。迟骋拍了拍他的后背，给他接了杯水。

“小南体质有点儿弱。”黄哥晃悠过来，拿了板含片给陶淮南。

“嗯，一到冬天就咳嗽。”陶晓东刚回来，今天没排客户，他下午还得出去办点儿别的事儿。

陶淮南往嘴里放了一片，冒凉风的，嗓子一下舒服多了。

“我昨天听你嫂子唠嗑，”黄哥看看俩小的，跟陶晓东说，“怎么着，小迟准备上哪儿念啊？那几个好学校都不打算去？”

“没定呢，再说吧。”陶晓东也看看他俩，“到时候看他想去哪儿。”

“那小南怎么整？”黄哥问。

“回盲校吧。”陶晓东说。

黄哥刚想说话，迟骋也像是要说话，结果还是陶淮南最先出了声：“我可不要。”

陶晓东说他：“别任性了小崽儿，高中你不能还混着过，你也得高考。”

“我不去盲校。”陶淮南皱着眉，往迟骋身边靠了靠，“我还得跟着我苦哥呢。”

“那你也得能跟住啊。”陶晓东眼神里有点儿不忍心，但也不可能一直容着他俩胡闹，“你看你能考进哪个？”

陶淮南张了张嘴，这话他答不上来。

他哪儿也考不上，普通学校根本就教不了他，也不会收他。迟骋能考上的学校都是拔尖儿的，现在教学资源本来就那么紧张，学校怎么可能同意往里塞他这么个占用资源的。而且往学校里放个盲人学生太冒险了，万一他出点儿什么意外，学校还得担责任。

陶淮南往旁边摸了摸，迟骋把手伸过来，陶淮南轻轻抓住。

“不用他去盲校，哥。”迟骋看着陶晓东说，“高中我也能教他，跟着我就行。”

“高中你们时间就紧了，你自己时间都不够用，哪有空再天天照看着他。”陶晓东摇摇头，“他自己早晚得学着独立，别惯着了。”

这话陶淮南听着心都碎了。

“够用，我习惯了。”迟骋的拇指在陶淮南的掌心蹭了蹭，接着跟陶晓东说，“别折腾他了，哥，到时候上点儿火又病了。”

黄哥在旁边都听笑了，跟陶晓东说：“你再说两句，小南可就哭了。”

陶淮南倒是没想哭，但是真挺难受的。他抿着嘴不说话，自己决定不了自己命运的感觉不好受。他不想跟迟骋分开，可现实就是不管他怎么努力，他也不可能考进跟迟骋一样的高中。

“早晚得有这天。”陶晓东看着他弟，心里也疼，可还是狠心说，“你们不可能一辈子都绑在一块儿，人生都是自己过的，总有一天你得松手。”

“松手”这俩字让陶淮南下意识把迟骋攥得更紧了。

“真快哭了。”迟骋看看陶淮南，捏了捏他的手，没再说这个，只是笑了下跟陶晓东说，“别惹哭精了，哥。”

陶晓东也牵了牵嘴角，跟黄哥说别的去了。

看不见的时间久了，模糊的光感陶淮南已经很习惯了。偶尔阳光特别足的时候，陶淮南会很高兴，好像眼前也跟着亮亮堂堂的。但是人在孤独的时候，本来就会觉得周身都很黑暗，陶淮南就更是了。

孤独时的黑是能淹没人心的黑，是永恒又无边无际的。

小孩子哪有不怕黑的，晚上关了灯，小孩子们都是要哭的，可是陶淮南在别的小朋友还怕黑的年纪眼前就永远关了灯。

在有迟骋之前，陶淮南的世界是一直关着灯的，直到他八岁那年开始有了迟骋。

迟骋就是他的小夜灯，能让他在夜里一伸手就知道旁边有人陪，能跟他一人一边地扯着枕巾。

“琢磨什么呢？”陶晓东和黄哥还在说话，迟骋问陶淮南。

陶淮南轻轻地摇了摇头。

早上来的时候还高高兴兴呢，在店门口扫出来的小雪堆里咯吱咯吱把鞋底踩得湿透了才算完。进了店里，鞋底的雪化成水了，弄得地上脏兮兮的。他自己还不知道，店里员工笑着跟在他后头拖地，直到迟骋让他在拖把上踩踩鞋底才好了。这会儿他的那些高兴情绪全没了，大眼睛里的光也没了，暗下去了。

陶晓东不在家的这段时间，陶淮南心里都有点儿飘了，他把很多事儿都想得很简单。

陶晓东一回来，就像是把他们都带回现实里了。就像他哥刚刚说的，他早晚会只剩下一个人，他爱的这些人都会有自己的人生。

“在脑子里演戏呢？”迟骋说话的声音很小，跟他说悄悄话，“演到哪儿了？”

他太烦人了，陶淮南的情绪被他打散了一些。

“演没演到我扔下你自己走了？”迟骋不知道想起啥了，说话的时候竟然还有点儿笑意，“那咋还没哭呢？”

太烦人了！

陶淮南伸手推了他一把，把他推开了点儿，自己把头扭到另一边不听他说话。陶淮南看不见迟骋现在是笑着的，迟骋笑起来很好看，跟平时的他很不一样，可是陶淮南一次都看不见，永远都看不见。

迟骋伸手摸了摸他的头发，等他把脑袋再转过来的时候，偷着和他说：“不扔下你，别演了。”

陶淮南眨眨眼，看向他。他的“看”只是把脸朝向那个方向，能表达出“看”的含义，得不到“看”的结果。

迟骋凑近了点儿，跟他顶了下脑门儿，还挺用力呢，把陶淮南的鼻子都撞疼了。

陶淮南皱着眉揉了揉鼻子，说：“疼了都……”

迟骋也在他鼻子上揉了下，揉完又捏了捏。

在陶淮南成长的这么多年，对于他，陶晓东向来是要什么给什么。虽然陶淮南要的从来都不多，可总有些东西是他哥给不了的。

这一年除夕，他们哪儿也没去，就在家里过的。

晚上他哥和迟骋包饺子的时候，陶淮南就坐在餐桌边，两只手托着头。迟骋往他嘴里塞了个虾仁，陶淮南张嘴吃了。

陶晓东笑着看他，突然说：“崽儿别再长大了。”

陶淮南点点头，说：“好，不长了。”

“小迟也别长了。”陶晓东又说。

“我得长，”迟骋手上捏了个饺子，放下说，“我自己长，你们俩都停着。”

陶晓东笑了笑，没说话。

捡迟骋回来那年，陶晓东二十五，现在他三十多了。

小孩儿在长大，大人会变成熟，时光不会为任何人停下来。

在上高中的事上，陶晓东没松过口，他觉得人到什么时候就该干什么事。迟骋的成绩要是没这么好，陶晓东也不至于愁。小孩子不懂事大人不能也跟着胡闹，能考上重点高中不去读，那是瞎闹。陶淮南早晚有一天得学着自己一个人，他们都得狠下心。

不能真让迟骋只为了陶淮南而活，那哥儿俩就太自私了。

在这件事儿上，陶淮南头一次不听话，他执拗倔强，抿着嘴唇说：“我就是自私，我想一直自私。”

陶晓东舍不得跟他说重话，没人比他更不愿意把陶淮南往盲校送。

当哥的一碗水得端平，他是狠下心了，但也有狠不下的。

迟骋向来主意大，他说什么是什么，从来不会改。

他一直跟陶淮南说不会扔下他，他答应陶淮南的事都会做到。那年他说开学之前回来最后没回来，应该是他唯一一次说话不算数。他说话不算数的后果就是，在学校厕所的隔间看见了闭着眼睛、软塌塌没有人气的陶淮南。

这年夏天的中考，迟骋语文没写作文，数学空了最后一道大题。

分儿出来的时候，老师和学校都惊了，他原本是最有希望拿市里小状元的。

学校炸了，陶晓东也炸了。

他怎么也没想到迟骋能弄这么一出，这点分儿不用想都知道是迟骋故意考的，他闭着眼睛考都考不出来这点分儿。

查分儿当天，陶晓东正在店里干活儿呢，他都不知道出分儿了。

班主任一个电话打过来，陶晓东戴着耳机接了，老师问他迟骋在不在他身边。

语气听着都不对，陶晓东问：“怎么了雷老师？”

老师在那边问他：“你是还不知道分儿出来了吧？”

“我确实不知道。”陶晓东跟客户示意了一下，放下东西站起来去一边接。

学校怀疑分儿判错了，迟骋再怎么发挥不好也不可能语文不及格啊，这分儿简直在开玩笑，别说他了，班里倒数几名的学生考语文也不可能考出这样的分儿。

陶晓东脑子里“嗡”的一声，他一点儿都不怀疑迟骋被判错了卷，他几乎一瞬间就明白是怎么回事儿了。

先前没想到，但结果摆在眼前。

这也太像迟骋能干得出来的事儿了。

当天陶晓东活儿都没干完，放了客户的鸽子，说改天再做，然后直接开车回了家。

他到家的时候，陶淮南很意外，他正等着迟骋查分儿呢，已经做好准备要感受迟骋的高光时刻了。陶晓东这个时间就回来挺不正常，早上走的时候他还说了今天会晚点儿回。

“你咋回来了？”陶淮南惊讶地问他哥。

陶晓东没回他的话，他把钥匙往旁边柜子上一扔，磕出挺响的一声。

陶淮南虽然看不见，但他别的方面都很敏感，他感觉出他哥情绪不对了。陶淮南穿上拖鞋走过去，摸着他哥的胳膊，问：“怎么啦？”

陶晓东问迟骋：“分儿查没查呢？”

迟骋说：“还没。”

“查。”陶晓东指了指电脑的方向说，“现在查。”

陶晓东的声音太严肃了，他生气了。陶淮南不敢出声，他听见迟骋去开了电脑。他刚才就催着迟骋查分儿，迟骋一直没去。

陶晓东就站在迟骋身后等着他查，陶淮南跟在他们后面，慢慢挪过去坐在迟骋旁边。

这个时间查分儿的高峰时段已经过去了，网站一点儿也不卡。输完准考证号后，分儿直接跳了出来，屏幕上明晃晃的“527”太烧眼睛了。

陶晓东盯着那排数字，问迟骋：“多少？”

迟骋没出声。

陶淮南朝迟骋的方向侧了侧头，有种不太好的预感。

“我问你话没听见？”陶晓东又问了一次。

迟骋于是开了口，念了遍：“527。”

这个数字一念出来，旁边的陶淮南肩膀明显一绷。

“挺高。”陶晓东点点头，问他，“怎么考了这么高的分儿？”

迟骋没再开口，现在的陶晓东就像每一个普通家长一样，他气得已经快失去理智了。

陶淮南第一反应是迟骋考砸了，还担心他哥说他。

两秒之后才渐渐反应过来，迟骋不可能考成这样。他就是考得再不好也从来没低成这样过，都说今年的题目很简单，分儿应该更高才对。

“语文 68，咋考出来的？”陶晓东还在控制着自己别发火，克制地说话。

迟骋一直不出声，之后不管陶晓东再问什么，他都不再说话了。他不是跟陶晓东较劲儿才不说话，是因为事实摆在这儿的前提下，不管他说什么都只会让陶晓东更生气。

他站在陶晓东面前，低着头不出声。陶晓东问了几句没问出什么来，感觉太阳穴一抽一抽地跳。

“说话，我问你怎么考的。”陶晓东抬手杵了迟骋肩膀一下，“怎么答的卷子？”

迟骋被杵得往后退了一步，低声说：“我没写作文。”

话音一落，陶淮南在后面猛地一抽气。

陶晓东点了点头，好半天没说出话来。他看看迟骋，又看看陶淮南，转身出去了。后背的汗浸湿了他的衣服，有一处不利落地贴在后背上，陶晓东边走边抬手用力把衣服扯下来往沙发上一扔，说了句：“都别念了。”

陶晓东去自己房间躺着了，陶淮南一下午没再说话。

迟骋把沙发上陶晓东刚才脱下来的衣服洗了，之后就在沙发上沉默地坐着，到了晚饭时间，他去厨房把饭做了。

饭摆在桌上，他先去叫陶晓东："哥，吃饭了。"

陶晓东在看手机，没看他。

迟骋又去叫陶淮南："出来吃饭了。"

陶淮南先是没反应，过了一会儿眨眨眼，声音不太稳地回道："好……来了。"

迟骋没吃，陶晓东也没吃。陶淮南自己坐在餐桌边摸着把饭吃了，都吃了什么他完全不知道，只知道机械地用勺往嘴里送食物。

家里气氛像现在这么僵，在陶淮南印象里这是第一次。

之前因为迟骋回家故意惹他爸打他，之后又在学校抡椅子打架，陶晓东也和他生过一次气。那次陶晓东也不和他说话，但那次也还是达不到现在的程度。

陶晓东彻底不搭理迟骋了，连陶淮南他也不怎么理。那晚他没吃饭就走了，甚至之后连着几天都没回家。

陶淮南打电话给他，他说有事儿不回来了。

陶晓东生气，陶淮南很难受，迟骋的事儿更让他难挨。

班级群从出分儿了以后就没再有人说过话，刚开始还有不知道情况的聊了几句，后来听说了这事儿以后就再也没人出来聊天了。

老师给迟骋和陶淮南打电话，他俩都一直关机。

陶淮南不知道别人问起来的时候应该怎么说，他害怕听见别人叹气，怕别人说迟骋不懂事儿，怕别人说迟骋没脑子。

他这些天甚至没主动问过迟骋为什么要这样，有些话就不用问了吧。陶淮南没有任何立场指责迟骋做得不对，他连问一句都不敢。

陶淮南比自己做错了事儿还要心虚，迟骋都是为了他。

"怎么这么蔫？"迟骋伸手摸了下陶淮南的额头，"又病了？"

陶淮南摇摇头，说："没。"

这几天陶淮南一直这样，像被霜打了的茄子。

"你别皱巴了。"迟骋跟他说，"帮我想想怎么能把哥哄好吧。"

陶淮南摇摇头，说："哄不好了。"

"那我咋整？"迟骋问，"就让哥一直生气？"

陶淮南这些天脑子都很乱，他说不出什么话，也帮迟骋想不出什么主意。他有点儿不知道该怎么办，也不知道自己该有什么情绪。他实打实地没觉得让迟骋以这种方式留在他身边值得高兴，可如果说迟骋做错了，又显得他那么虚伪。

最不把这事儿当事儿的反倒是迟骋本人。他从心里就没觉得这算个什么，陶淮南拄着胳膊坐在桌子前发呆的时候，迟骋弹了他脑袋一下，说："别惆怅了。"

陶淮南的目光定在前方，过了一会儿说："哥还不回来，哥都让你气得离家出走了。"

"帮我哄哄。"迟骋说。

"他连我都不理，我怎么帮你哄？"陶淮南保持着之前的姿势，慢慢地说，"我都不敢想哥得气成什么样。"

陶晓东是最没架子的家长，本身对孩子也惯着，天天跟俩小弟打成一片玩玩闹闹，可这次迟骋是真的太过分了。

今年市中考状元 595 分，当然迟骋如果这 70 分答上了也未必就能满分，这两分儿的分差他当然不是百分百能填平，中考状元未必就一定是他的。

可如果呢？

谁又能说这两分儿他填不平，数学试卷迟骋向来满分儿，满分儿作文他也不是没写过。

陶晓东一直不回家不是个事儿，大黄在店里劝他，让他别跟小孩儿置气。

“他小什么孩儿？”陶晓东捏了捏眉心，仰靠在沙发背上说，“他满脑子主意。”

“其实这样不也挺好的？”黄哥喝着茶，慢悠悠地说着，“咱不也省心了？”

“我真不用这种省心。”陶晓东想想都脑仁疼，“简直是胡闹，什么事儿都敢自己拿主意。”

“我说一句你别不爱听，东。”大黄往前探了点儿身，压低了声音说，“咱捡个孩子回来，好吃好穿养这么大，户口也挪了，孩子也养大了，养大个孩子花多大精力、花多少钱咱不说，咱图个心里舒坦、不求回报，但这孩子有这份心那也应该，说明他心里有这个家，能喂熟。不然你真整个凡事只为自己的，你不堵啊？”

陶晓东说：“我懂你意思，哥。”

他坐直了看着大黄，和他说：“刚开始领他回来，我确实是图给小南找个伴儿，我也省点儿心。这么些年了，该省的心我省了，我也真用不着他一辈子就为了这个活。让他拿这当份恩一样捆着自己，那不成买孩子了？”

“你就是想得多。”大黄摆摆手，说他，“这孩子自己乐意的，重感情放不下小南，你当哥的还生气，这要是我看啊，这是好样儿的，是个好孩子。”

好孩子迟骋在家里有点儿愁，不知道怎么打破僵局。陶淮南犯错了能说好听话认错撒娇，那些话把迟骋打死了他也说不出来。他不会认错，也不会说软话。

陶淮南午睡醒了，从房间里摸出来。

他睡醒了没摸着迟骋，穿了鞋出来找。由于心里还拧不过劲儿，陶淮南这几天不太爱说话，找不到人了也不出声问，就沿着几个地方一点点摸。摸到沙发这儿，弯着身慢慢划拉，刚开始没摸到还有点儿皱眉，直到最后在边上摸到了迟骋的胳膊。

他摸到了也不说话，手搭着迟骋的肩膀，挨着迟骋在旁边站着。

他刚睡醒，身上还热乎乎的，穿着短袖短裤的睡衣。迟骋把手搭着他后背，轻轻拍了两下。

“小哥。”陶淮南开了口，轻声叫他。

迟骋应了声：“嗯。”

“我是不是让你很辛苦啊？”陶淮南搭着迟骋的肩膀，眨了眨眼说，“所有人都和你生气，我知道你是为了陪我。”

“不算什么。”迟骋说。

“我其实没想让你这样……”陶淮南声音不大，眼睛愣愣地定着，很无措的样子，“我没想到会这样，你那么优秀，我和哥都很骄傲的。我可以去盲校的……我只是有点儿害怕。”

迟骋抬手摸上陶淮南的头，慢慢拨着他的头发玩。

陶淮南刚睡醒，说话时声音软软的、慢慢的，还带着担忧：“现在我们怎么办啊？附中你去不了了，那几个实验也去不了了。”

迟骋说：“没事儿，哪儿都一样。”

“咋能一样呢？”陶淮南揉了揉鼻尖说，“附中那么好。”

陶淮南这些天都没说这么多话，小孩儿什么话都不敢说，觉得自己闯了祸。

这会儿刚睡醒格外依赖人，主动说这些窝心的话，说了好半天。

“以后你不要再这样了……”陶淮南蹲了下来，慢慢说，“我很难受。”

“我说哪儿都一样就是一样。”迟骋低头看看他，挑着眉问，“你不信我啊？”

“我信你。”陶淮南说，“我知道你很厉害，可是你会辛苦很多。”

迟骋无所谓地兜兜他下巴：“别想东想西的。”

他们从午后就这样坐着，直到傍晚，迟骋要去给他们准备晚饭了。陶淮南捏着他一块儿衣服，一直安安静静的。迟骋要起身，揉了揉他的头发，自己去了厨房。

这两个弟弟陶晓东谁也不理，看见哪个都生气。

但当哥的总不可能永远都不回家了，陶淮南一天给他打两遍电话，陶晓东又过了几天才回，回去后直接脱了衣服去洗澡，也不跟他俩说话。

陶淮南在门口等他出来，迟骋去切水果。

陶晓东洗完出来，头发上还顶着条毛巾，俩小的都看着他。

“哥。”迟骋叫了他一声。

陶晓东当听不见。

“哥，理理我。”陶淮南朝他这边伸了伸手，陶晓东路过的时候在他手背上拍了一下，陶淮南往回一缩，搓搓手背说，“你也终于要家暴了吗？”

陶晓东边走边说：“我现在终于知道为什么那么多家长总打孩子了。”

“不打不解气，是不是？”陶淮南问。

陶晓东看了一眼迟骋，说：“现在你得庆幸你不是我亲弟弟，不然我今天不打你都算我窝囊。”

陶晓东现在一看见他俩就脑仁疼，虽说事儿是迟骋干的，陶淮南也很被动，明知道他事先不知情，但这时候不可能不迁怒，这俩小的向来是一伙的。

陶晓东没在客厅待，回自己房间的床上坐着了。最近他来回打听学校的事儿，也联系了好多朋友等着办事儿。手机上一溜消息还没回，但他也没什么心情看。

迟骋从客厅走进来，陶淮南没跟着。

陶晓东看见他就心里堵，懒得抬头。

迟骋走过来坐在地板上，挨着陶晓东的腿，叫了声“哥”。

陶晓东还是不抬眼，一直看着手机。

“你打我吧，哥。”迟骋用胳膊圈着膝盖，跟陶晓东说，“我或许不是你亲弟，但你是我亲哥。我做错了你打我天经地义的。”

陶晓东这才把视线落在他身上，他看着迟骋的头顶，半天之后才“哟”了声，问：“作弊了啊？你弟给你写稿了？”

“没有。”迟骋抬头看着他，“我不会说话，哥你别生气了。”

他俩肯定得聊一次，不管陶晓东打不打他，迟骋这个歉是必须得道的，不管他出于什么原因，终究还是做错了事。

陶淮南没偷听他俩说话，回了自己的房间。对迟骋来说，这样和别人坦诚地聊天很难，他连对陶淮南很多话都不会说出口。他跟陶淮南之间有话可以不说，陶淮南生气他可以不哄，反正过两天也好了，但是哥不一样。

“我不在乎你状不状元的，是不是第一那都是虚名，你第一还是第十，对我来说没有区别。”陶晓东终于愿意开口跟他说说话，他的眼神和语气都透着无奈，“你小学跟着读了几年盲校那是我巴不得的，那时候陶淮南小，胆子也小，把他送进去我真放不了心，他一天都离不了人。”

说起这个，他总感觉送俩小萝卜头去盲校，是没多久的事儿，现在回头想想都好多年前了，俩小孩儿都要上高中了。

陶晓东想想那时候总闭着嘴不说话的、干干巴巴的小倔孩儿，再看看现在没比自己矮多少的迟骋，皱着眉说：“初中你带着他我也愿意，你能学习，也不用我管。你当高中还是小学啊？你随便念念就能再考个状元？”

迟骋不吭声，沉默着挨训。

“你什么成绩就得上什么学校，你搞这一出是想还我什么？这三年得是我跟陶淮南欠你的，你真在破烂高中里崴泥了，高考考砸了，我俩还不起你。”陶晓东是故意这么说的，话里故意带了刺，说得生分了，都是让迟骋给气的。

迟骋拧了眉，说：“我没想还什么，我也还不完。你不领我回来别说什么学校了，我连学都上不了，或者活都活不成，我还不起。”

“我也用不着你还。”陶晓东用膝盖顶了顶他的胳膊说，“是不是觉得自己特别能扛事儿？身上担着陶淮南的那份责任，觉得自己可能了，使使劲儿天都能顶起来了是吧？”

迟骋实在是不擅长说话，他也不知道应该怎么跟陶晓东说，他做这事儿跟还不还什么的根本不搭边。

迟骋低头坐了好一会儿，才抬了头，他看着陶晓东：“哥，我就问你一句，你要是像我这么大，陶淮南现在要上高中了，你怎么做？”

陶晓东不跟他玩这一套，他甩了下手说：“我不知道，别跟我玩假设。”

嘴上说着不玩假设，可之后陶晓东也过了挺久没再说什么话。他们心里都清楚，如果换成陶晓东，这事儿他只会做得更绝。

学校重要，成绩重要，但是都比不上“我弟”重要。那年迟骋在学校打完架，无论谁怎么问，他都只有一句“他打我弟”，现在的事儿也一样，归根结底就是一句“那是我弟”。

“我想一辈子绑着他，我想让他每天都活在咱们眼皮底下。”迟骋保持着原来的姿势，慢慢和陶晓东说话，他眼神很平静，却也带着真诚，“我知道这不可能。”

陶淮南在自己房间里没出来，迟骋还是回头往门口的方向看了一眼，回过头才低声继续说："他早晚有一天得独立活着，你和我总有不能再随时看着他的时候。可我希望那天能再晚点儿，至少等他周围全是大人了，没有那些因为好奇和莫名其妙的恶意就去招惹他的烂人。那时候他也是大人了，他最多只是个瞎子，可他现在是个瞎子小孩儿，他太招人欺负了。"

在陶晓东的印象里，迟骋几乎就没说过这么多话，他说这些还是不自然，说完后也不自在，他实在不习惯这么剖析自己的内心，把心里话说出来。

从这次他说的话来看，他把自己摆在跟陶晓东一样的位置，是两个作为哥哥的人在交流。恍惚间，陶晓东觉得迟骋好像又长大了很多。

"如果他真是我亲弟，那所有事儿都好接受多了，你们也不会觉得欠我，也扯不上还不还的，那就是一句简单的'哥儿俩感情好'。"

迟骋手拄着地站了起来，声音有点儿发沉："我巴不得你是我亲哥，可我姓迟不姓陶。我确实想为你们做很多事儿，不是因为我是捡来的，是因为他是我弟，你是我哥。"

迟骋说完就转身出去了。

夏天正是热的时候，坐在地上说了会儿话，脑门上就出了点儿汗。迟骋边走路边掀衣服，用下摆擦了擦汗。陶晓东从身后看着他，其实从身形上来看，迟骋还是带着少年人的单薄，是个又瘦又高的孩子。

陶晓东在他的领域里向来混得开，跟谁都能沟通。因为他懂人情，会说话。

今天确确实实是被家里不会说话的孩子堵了嘴，心里带点儿软、带点儿胀，也带着当了这么多年的哥哥的一点儿心酸，所以他找不到合适的话说。

第 十二 章

开启高中生模式

陶淮南没听到两个哥哥关于他的这番谈话，迟骋让他回房间他就回了，本来还等着之后帮迟骋一块儿哄哄哥，没想到平时不言不语的苦哥凭一己之力就给摆平了。

那天之后，陶晓东没再冷着脸，看着确实不生气了。

陶淮南挺惊讶，问迟骋：“你跟哥说什么了？”

“你管呢。”迟骋不答他话，也不让他问，问了就说他烦。

陶淮南实在想不出迟骋能说出什么哄人的话，在他的印象里，迟骋连道歉都很少有，倔得厉害。

陶晓东并不是被迟骋那番话说服了，觉得他这么做应该，可论谁也没法儿在迟骋说出那番话之后再继续跟他生气。一句句真心话从嘴里说出来，眼神里都带着真诚，尤其是那句“我或许不是你亲弟，但你是我亲哥”。陶晓东对孩子向来狠不下心，哪怕迟骋后面的话都不说，就这一句都够他心软。

更何况迟骋的那一句“如果是你”，陶晓东也真答不上来。

换成陶晓东的话，他可能连普高都不去，直接领着弟弟一路从盲校念出来。毕竟他上学那会儿也没心思学习，不能像迟骋这样自己教。

有个眼盲弟弟就得一辈子牵着心，陶晓东习惯了，好的都给他。

当哥的都这样，迟骋也是个哥哥。

不生气了不代表就不上火了，事儿还摆在这儿呢。其实陶晓东一直有自己的打算，他也没真想让陶淮南去盲校，他更喜欢让他弟在普通人群里生活，这可能是当哥哥的一点儿执念。

店里有个聋哑小弟是从周边农村过来的，他弟今年也上高中，中考只得了三百多分儿，本来不打算念了，家里太穷。按陶晓东原本的打算就是给那孩子出钱，让他接着上学，没别的要求，在学校里照看着陶淮南就行。他没提前说，是怕那俩从来没分开的小孩儿接受不了，把陶淮南从迟骋手里换到另一个小孩儿手里，这俩肯定难受，毕竟都又轴又犟。

陶晓东之前也选了几个备选学校，现在迟骋这事儿一出，那几个学校都不行了。他之前挑学校没挑师资，就挑的离家近的那几所，毕竟天天得接送。现在多了个迟骋那就不行了，虽然他自己觉得在哪儿读都一样，陶晓东不能真随他去。

这段时间陶晓东天天跟人打听学校的事儿，得尽量把俩孩子往好学校送。确实有几所私立学校都不错，分儿不够拿钱送，学校里一半的学生是高分儿考进去的，一半是花高价学费进去的。国际高中各方面条件都没得挑，就是除了贵还是贵，但陶晓东最不怕的就是这个。

学校的事儿安排得差不多了，陶晓东心里才算亮堂了点儿，没那么堵了。

安排好了后，他也没跟俩小的说，他俩太能作了。陶淮南平时的作都是小打小闹，不理他，他自己都能消停下来；迟骋是几乎不作，可但凡作一次那就是恨不得给天都捅个窟窿出来，让人头皮都发麻。

先沉不住气的还是陶淮南。

他心里知道他哥应该不会真的不管，可他哥一字不提，他心里还是有点儿没底。他自己在什么学校都无所谓，但是迟骋不一样。

“哥……”陶淮南拿了个苹果去了四楼。四楼是陶晓东讲课的地方，店里现在有好多文身师过来学习，这段时间店里人很多。

陶晓东还在收拾着东西，看见他上来了，问他：“有事儿？”

“吃苹果。”陶淮南走过去，桌子上支了个架子，架子的一个角支在外面，在陶淮南碰上之前，陶晓东拦了他一下，不然陶淮南再多走一步就得扎着肚子。

“手脏，先不吃。”陶晓东说。

陶淮南往他嘴边递了递：“那我拿着，你吃，我手不脏，我刚洗过的。”

陶晓东就着他的手咬了一口。

陶晓东不用想都知道小崽子是有事儿，他故意不搭茬儿，陶淮南就坐在旁边等着，安安静静吃苹果。

一个苹果陶晓东就吃了三口，剩下全让陶淮南自己啃没了。

又沿着苹果核转圈啃了啃，陶淮南就安静地站起来下楼走了。陶晓东看了他一眼，没出声。

谁知道过了一会儿陶淮南又上来了，他一手拿苹果一手把着扶手悄悄走了上来，走过来举着手又往陶晓东嘴边递：“哥，咱俩接着吃苹果。”

陶晓东到底还是没绷住，小崽子又神经又好玩的，当哥的是真没脾气了。

“我不吃，”陶晓东瞪他一眼，“你有话就说。”

“吃点儿，”陶淮南还是往他嘴边递了递，“还是吃点儿吧。”

陶晓东没忍住笑了下，往苹果上咬了一口。

陶淮南碰了碰他袖子，又叫：“哥。”

“有事儿赶紧说。”陶晓东边嚼苹果边说。

陶淮南于是小声问：“我俩去哪儿上学啊……”

“不知道。”陶晓东还在装着手上的文身机，“谁知道你俩去哪儿上。”

“别不知道，”陶淮南握着他哥的胳膊肘晃了晃，又用肩膀撞了撞他哥的后背，“别不管孩子，你不管孩子，孩子就完啦。你是哥哥，我们都是弟弟嘛，小孩子不懂事儿的，就知道气人。”

“哟，可别，”陶晓东冷笑两声说，“你们都是大哥，我是小弟。”

陶淮南赶紧说：“我……我……我才是小弟，你们都是为了我，一切都是因为我，我是事儿精。”

迟骋道歉哄人费劲儿，陶淮南可不费劲儿。他从后面挂着陶晓东的脖子，脸贴在陶晓东肩膀上说：“都是我错了，你们为了我都很辛苦，如果没有我，大家都会轻松一些。”

本来是来撒娇认错哄哄他哥，可话说起来还是走心了。陶淮南很明白，为了自己，哥哥和迟骋都要辛苦很多。当哥的听不了这个，本来也就是逗他，这话听了难受。

陶晓东反手往后拍了拍他的后背说：“滚开！别在我这儿卖乖，苹果都蹭我领子上了。”

陶淮南嘿嘿笑了两下，没松开手，抱着他哥没完没了地耍赖。

陶晓东哪儿能架住他这么磨，本来也没那么生气了，最后他把小崽子扛下了楼，扔回迟骋旁边，陶淮南手里还拿着那半个苹果。

“管好你弟，离我远点儿。”陶晓东跟迟骋说。

“行，”迟骋把陶淮南罩到头上的帽子摘了下来，“我不让他烦人。”

“烦别人行，别烦我。”陶晓东说，“再往楼上去，我就给你踢下来。”

陶淮南让人给扔了回来，也不生气也不恼，坐着接着吃苹果，啃得咔哧咔哧的。

他对他哥还是了解的，他哥这个态度明显就是心里都有数了。那陶淮南心里也有了点儿底，只要他哥别真不管迟骋了就行。

陶晓东因为最近店里开班收学生了，天天都忙，得按时按点上班。

他天天去店里，俩小的并不是天天去。不去的时候，他俩就在家听听电视、看看书、学学习。高中比初中累得多，要学的也多，迟骋已经提前开始教陶淮南了。

最近雨多，还都是暴雨，哗啦哗啦下得很大，伴着沉闷的雷声。

每当遇上这种天气，陶淮南都不太舒服，他不喜欢雨天。盲人的听觉很敏感，他们平时依赖耳朵。雨天杂音太多了，雨噼里啪啦不间断地砸在窗户和车顶的声音，以及没有预兆的、突如其来的雷声，都会让他们有点儿心烦。这种烦躁是生理性的，来自听觉上杂乱持续的干扰，这种天气里陶淮南会不太舒服，一下下轰隆隆的雷声时不时把他惊得一缩。

这天又是个暴雨天，陶淮南侧躺着缩在被子里戴着耳机听音乐，迟骋坐在他旁边看书。耳机隔不住外面的声音，陶淮南闭着眼想让自己尽量睡会儿。

外面又一道刺眼的闪电亮起，迟骋往旁边伸手，扣住了陶淮南的耳朵。

他伸手过来，陶淮南就知道是要打雷了，他把手覆在迟骋的手背上，一起扣着耳朵。

雷声过去了，迟骋把手拿开之前摸了摸他的头，说："睡会儿吧。"

陶淮南摘下耳机，翻身转了过来，面朝着迟骋的方向，说："睡不着。"

"那你想干点儿什么？"迟骋看着他问，"吃不吃西瓜？拿勺挖着吃？"

陶淮南摇了摇头。

最近天天下雨，他真的不太舒服。陶淮南又往前挪了挪，离迟骋近了些。

迟骋右手拿书，左手捂住陶淮南的耳朵。

陶淮南安静地躺了会儿，自己调整着慢慢深呼吸。

现在的环境里最好听的声音就是迟骋的翻书声，听起来很舒服。

房间里开着空调，迟骋以为他睡着了，收回了手，把薄被往上扯了扯，遮住陶淮南的耳朵。

陶淮南刚开始没动，像真的睡着了。

迟骋一直坐在他旁边，偶尔翻一页书。

迟骋身上热乎乎的，跟屋里开着空调之下的低温有一个暖暖的温度差。陶淮南捏着他的一块睡衣边，这个舒服的姿势他保持了很久，连手指都不舍得动。

直到迟骋放下了书，动了动要从床上下去的时候，陶淮南从嗓子里哼出了一声，条件反射一样抓住迟骋，不让他走。

“没睡？”迟骋垂下眼睛看看他。

陶淮南没睁眼，问：“你干什么去……”

“我去拿遥控器，放在窗台上了。”迟骋拍了拍他说，“空调温度太低了。”

“哦……”陶淮南松了手，等迟骋一回来，他就又把那片衣角给抓了回来。

迟骋没再拿书，也躺下了。

陶淮南顺势把头枕了上去。

迟骋的手很自然地又扣住了他露在上面的那只耳朵。

这样陶淮南就被遮住了一半外面的杂乱声音，耳边是迟骋一下一下平稳有力的心跳声，听着又踏实又有力量。

“压吗？”陶淮南问。

“不压，睡吧。”迟骋和他说。

“原来心跳这么好听啊，”陶淮南闭着眼睛浅浅地笑了笑说，“我觉得很安全。”

从这天开始，陶淮南就迷上了听迟骋的心跳。

只要外面一下雨，陶淮南就把耳朵往迟骋的左胸上贴，同时捂上另一只耳朵，这样满世界就只剩下了迟骋的心跳声。

陶晓东这天回来的时候，陶淮南已经靠在迟骋身上睡着了，迟骋本来是靠着坐在沙发的，后来越滑越低，快出溜到地上了。

“这啥造型啊？”陶晓东一开门被他俩吓一跳。

迟骋指了指陶淮南，小声回答：“他睡着了。”

“让他进屋睡啊。”陶晓东诧异地看着他俩，“不累啊这么个姿势？”

“没事儿。”迟骋说，“醒了就睡不着了，外面雨大。”

“是挺大，这堵得再回不来等会儿车都要淹了。”陶晓东脱了被浇湿的衣服、裤子，拿了条短裤穿上。

陶晓东走过来，坐在另一边沙发上，跟迟骋说：“附中联系我了。”

迟骋看向他，有点儿意外地挑了挑眉。

附中确实联系陶晓东了，通过学校这边。其实每所学校拔尖儿的那几个学生，考试之前那几所高中心里都有数，尤其是报了自己学校的，初三几次大考的成绩单他们也都有。加上状元苗子没升上去，初中学校到底还是有点儿不甘心，两所学校的校领导之间都认识，初中这边就有意提了几次迟骋的事儿。

附中那边联系家长的意思是，如果迟骋愿意去的话他们可以收，可以破格让他进自费线。附中录取线 580，自费线也要 556，考够 556 才有资格交学费进来读。但是能破格一个不能破格俩，陶淮南还是不能进去读。学校资源就那么多，已经饱和了，多一个陶淮南，就得挤出去一个学生。

“也就是我能去，陶淮南还是不能去。”迟骋问他哥，“是这意思吗？”

陶晓东点头说：“是这意思。”

迟骋刚一张嘴，还没说话，陶淮南就坐了起来，睁眼说：“去，去，他去。”

“装睡啊？”陶晓东失笑说，“我看你睡得挺香啊，整半天在这儿装呢？”

“刚醒，”陶淮南抓着迟骋的胳膊说，“去附中，去附中。”

“去个屁。”迟骋说，“我闲的啊？折腾一趟就为了花钱。”

“附中多好啊，”陶淮南皱着眉，脸上还有刚才在迟骋身上压出来的印子，“我都快愁死了，想想上学的事儿我都愁，你快去附中吧，我去盲校。”

迟骋平静回道：“不去。”

“不去什么不去？！”陶淮南往他胳膊上拍了两下，还挺用力的，“我不用你管了，我都多大了！”

“先前不是这么说的啊，”陶晓东在旁边溜缝，“这咋变了呢？”

陶淮南这么多天心里压着迟骋读不成附中的事儿，这会儿终于见到点儿曙光了，说：“我要知道他能干出这事儿来，我就不乱说话了，我后悔了。”

迟骋还是摇头说：“我不去。”

以前陶淮南觉得自己离了迟骋就不行，自从迟骋中考空了 70 分的事儿之后，陶淮南感觉自己可太独立了。只要迟骋能好好上学别再搞事儿，他自己去哪儿上学都行。

陶晓东也不说话，就坐在旁边看戏。看陶淮南说一堆，再被迟骋用两个字“不去”给打回来，看他俩闹矛盾看得可解气了。

“你别这么犟……”陶淮南硬的行不通，开始小声哄着商量，“你就每周五去接我，我周一早上再去，我自己可以的。”

“你不可以。”迟骋有点儿烦了，皱着眉表情不太好看，“别跟我磨叽。”

陶淮南也有点儿着急，晃了晃他的胳膊。

迟骋把他往旁边一扒拉，站起来回房间了。

其实陶晓东当时就回复那边了。他对迟骋还是了解的，迟骋作文都没写就是为了不去附中，故意考不上，现在他也不可能改变主意。而且陶晓东学校都差不多定好了，成全俩小的，把他们俩一起送进去，他自己也省心省事儿。

当哥的一肚子坏水儿，就是不说，不往外透。让那俩不省心的小崽子也尝尝这纠结的滋味儿，别火都家长上，好事儿都他们的。

当天晚上陶淮南关着门，好声好气地跟迟骋讲道理。陶晓东没跟他说过国际高中的事儿，在陶淮南脑子里，现在如果不去附中，那他们只能去一般学校，毕竟迟骋这分儿稍微好点儿的学校他都进不去。

迟骋被他说得直烦，最后伸手把他的嘴捂上了。

陶淮南被捂着嘴也不急，跟小狗似的往迟骋手上咬。迟骋的手被咬了一口，拿开了。

迟骋翻了个身，背对着陶淮南，皱着眉说："再说话你就去哥那儿睡吧。"

"那我也得说。"陶淮南难得跟迟骋这么执拗，"我想让你去好的学校。"

"非得推开我是吧？"迟骋的声音里明显已经带着点儿脾气了，"我说没说过不用你管这些事儿？"

"我没有要推开你……"陶淮南急得都不知道怎么说，在后面拍了下迟骋的胳膊肘，小声地说，"我不喜欢你因为我变差。"

"陶淮南，"迟骋坐了起来，冷着声音说，"你是不是没完了？"

每当迟骋用这种声音说话，那就是真的已经生气了。陶淮南不敢再说了，他不想让迟骋生气，每次两个人生气闹矛盾，陶淮南都很难受。

"我不说了。"陶淮南低声说。

迟骋掀开被子下了床，陶淮南一把抓住他："你干什么去？"

"我现在不想听你说话。"迟骋甩了甩胳膊，"松开我。"

陶淮南眼睫一下下轻颤，说："我不说话了，你睡觉吧。"

迟骋显然已经生了气，到底还是出去了。

那晚迟骋是在沙发上睡的，陶淮南自己睡在床上，他脸冲着墙，一直没能睡着。他想出去哄哄迟骋，可不知道能说点儿什么。

迟骋都是为了他，可是他想让迟骋能飞很高，不想拖着他了。

迟骋真生起气来就很难哄，尤其是这次，陶淮南也有点儿不知道该怎么哄。他是真想让迟骋去附中，在他的印象里，好学校和差学校天差地别。之前那些天他不怎么敢提这事儿，因为事实摆在眼前已经没办法了，只能自己在心里发愁。现在终于又有了机会，他想让迟骋去附中。

迟骋这些天都不拿正眼看他，天天也不怎么和他说话。

陶淮南被冷落着，也不敢凑到人身边去，多数时间只能自己听手机或者摸摸书。迟骋学习的时候，他坐在旁边，不敢说话了，只能静悄悄地陪着。

偶尔陶淮南会小心地叫他："小哥。"

迟骋冷冷地应一声："嗯。"

"你歇会儿啊？"陶淮南往他手边放了杯西瓜汁，"你喝吧，可甜了。"

"放着吧。"迟骋不抬头，只说了句。

陶淮南于是再次坐回来，挪挪蹭蹭地挨上迟骋。

但迟骋看起来还是没想理他，往外动了动，不跟他贴着。

陶淮南抿了抿唇，不再乱动了。

他俩有段时间没闹过别扭了，现在迟骋发脾气的次数很少，他比从前平和多了，陶淮南也不太惹他。

长时间没遭过这罪，现在一被冷落就格外难受。

好不容易盼来了一个雨天，外头才刚开始落雨点，陶淮南就摸着去找迟骋。

迟骋正在电脑上查资料，陶淮南走到他背后，轻轻碰了碰他。

迟骋没听见外面下雨了，扯了扯他的胳膊，给拿开了。

陶淮南屈起指关节蹭蹭鼻尖，沉默着站在他后面。

迟骋偶尔敲敲键盘和点点鼠标，好半天都没注意到外面下雨了。直到外面突然打了一声响雷，他感觉到陶淮南放在椅背上的手明显用了下力。

迟骋这才回头朝窗外看，不知道什么时候已经下了这么大雨。陶淮南刚才被吓了一跳，这会儿还没缓过神，不知道什么时候还有雷，他眨着眼睛有点儿无措，嘴唇紧抿着也不敢出声。

“来。”迟骋皱着眉，抓着陶淮南的胳膊把他扯了过来，“下雨了不知道说？”

“没等我说呢，你就把我推开了。”陶淮南站在旁边，说话也小心翼翼的，看着可可怜怜的，“你别生气了吧？”

迟骋把他往自己这边又拉了拉，揉了揉他的后脑勺儿，问：“吓一跳？”

小孩子就是不哄咋都没事儿，一哄就加倍委屈。

陶淮南眼睛都红了。

迟骋还在揉他的头，说：“摸摸毛吓不着。”

陶淮南用额头去顶迟骋，一下一下的。

迟骋说他：“好像小狗。”

“本来就是小狗。”陶淮南低声说。

迟骋没再说话，一只手随意地搭着他，另一只手还在继续滑动鼠标，偶尔也倒出手来去敲几个字。

打印机嗡嗡地响着，迟骋打了很多学习资料。

陶淮南有时候像一只黏人且只会撒娇的小猫，有时候又分明是只揣着满肚子心眼的小狐狸。

“我可离不开你呢。”陶淮南低低地说着。

“那还要推开我？”迟骋看着屏幕随口回他。

“不是推开，我不可能推开你啊，”陶淮南闭上眼睛说，“我是你的小狗，你去哪儿我都会等你。”

“你就嘴会说。”迟骋冷笑一声，说他，“把我跟哥哄得明明白白。”

“那是你们喜欢我。”陶淮南轻声说，“喜欢我才听我哄。”

迟骋不说话了，搭着他后背的左手轻轻拍了拍他。

等陶淮南消停了不再说话了，迟骋低声和他说了一句：“不用你懂事儿，好好当你的小烦人精就行了。”

陶淮南也不敢再提让迟骋上附中的事儿了，上次提完迟骋跟他生了那么多天的气，陶淮南是真的害怕他生气。他生起气来，在某些方面比他哥还吓人，毕竟他哥好哄，迟骋不好哄。

当哥的都不知道因为学校的事儿，俩小的闹了次矛盾，他要是知道的话，估计更不能告诉他俩了，这哥太没个正形了，自己气着了就非得让俩小的也闹别扭他才觉得解气。

等陶晓东心情好了跟那俩说学校的事儿都办完了，九月一日要去报到，陶淮南先是“哇”了一声，又问：“这个学校好吗？”

“不怎么好。”陶晓东说，“乱七八糟的。”

“啊……”陶淮南眨了眨眼，朝向迟骋的方向，想说话又不敢说。

陶晓东在拿果签扎西瓜吃，听见陶淮南隔了一会儿小声跟迟骋说：“要不你还是去附中吧……”

迟骋警告地出了个声。

陶淮南闭了嘴，陶晓东在旁边说风凉话：“现在知道附中好了？”

“我一直知道啊！”陶淮南抠着沙发布，小声嘟囔，“是苦哥不知道。”

“谁不知道都没用，反正去不了了。”陶晓东又吃了块西瓜，“收拾收拾，没几天就要去破烂学校了。”

陶淮南的手在沙发上搓了搓。

“对不起，哥。”迟骋明显不像陶淮南什么都不知道，他看着陶晓东说，“给你惹事儿添麻烦了。”

“咱可不用你对不起。”陶晓东本来还想绷一会儿，还是没绷住笑了，跟迟骋说，“别整那没用的了，你搞事儿的时候想什么了？给我好好学就行了，别白瞎我学费。”

“学费多少啊？”陶淮南试探着一问。

陶晓东说了个数，陶淮南吓了一跳，脱口而出一句：“哎呀，我的妈呀！”

陶晓东被他逗得直乐，陶淮南难以置信地问：“凭啥这么贵？”

“你可别逗我了，眼睛都瞪大了一圈儿。”陶晓东弹了他脑门儿一下，“不贵。”

“不贵？”陶淮南诧异地看着陶晓东，“你可真是有钱了飘了。”

其实陶淮南还真不知道他哥现在有多少钱，陶晓东工作上的事不回家说，也不跟俩小的聊那些。在陶淮南的印象里，他哥挣钱养他们真的很辛苦，他们家大概是个小康水平，平时他俩也不乱花钱，陶晓东虽然给他们很多，但是他俩从不瞎浪费。

他哥每年出去医援几百万投出去的事陶淮南都不知道，他知道他哥会做那些很有意义的事情，但是并不知道那些有意义的事那么费钱。

自打听了学费的事儿，陶淮南一口气不上不下地堵着，哪怕后来知道了这是个很好的学校，也吐不出来这口气。

“咱家怎么出了你这么个抠精？”陶晓东笑着说他，“你可快得了吧。”

“我现在觉得上个普通学校也不是不可以。”陶淮南脑子里再次闪过他想象中差学校那些乱七八糟的状况，又衡量了一下两份学费，说，“还是可以再考虑考虑。”

“得了，”陶晓东把他的头发揉得乱糟糟的，安慰他，“别计较了，哥一个月就挣回来了。”

陶淮南再次震惊：“啊？”

这可真是超出认知了，他眨眨眼，问他哥：“你现在一个月都能挣那么多了？”

陶晓东又笑了半天，他弟实在是太好玩了。

“你哥勤快点儿的话那些也不算啥。”陶晓东站起来去洗澡，走之前又把他的头发弄得乱七八糟，说，“可别惦记那点儿学费了，你现在也是个小富二代了……富一代。”

陶淮南自己坐在那儿消化了半天，还是不相信，等陶晓东再出来的时候，他说：“我看你是吹牛。”

陶晓东边笑边擦头发，都九点半了，陶淮南还不回去睡觉。陶晓东扬声喊：“苦哥，给你弟整回去睡觉！别在我这儿犯神经。”

“来了。”迟骋拿着睡衣正要去洗澡，闻言走到陶淮南这儿，扯着他胳膊把他扯了起来，带去洗澡了。

于是陶淮南纠结的点从“学费那么贵”变成了“陶晓东什么时候那么会挣钱了，他是不是为了安慰我在吹牛”。

心都操不完了。

到开学之前那几天，迟骋就不让他东想西想了，天天规定时间让他学习。高中比以前学习强度大多了，对陶淮南来说就更是，很多东西他消化时间要比别人长，也更吃力。

陶淮南尽管没有中考成绩，但是上学这么多年，他也并不是混过来的，迟骋对他要求高，成绩上陶淮南一直没落下。

现在盲人也能高考了，陶晓东不要求他弟成绩多好，快乐长大就行。迟骋不是，迟骋管陶淮南很严，方方面面他都管着。初中这三年但凡陶淮南成绩下滑，迟骋都会说他，陶淮南在学习上也不懒，一直能保持着还不错的中上游的成绩。

直到开学那天，陶淮南被迟骋带着去报到的时候，走进学校都还在边走边琢磨，这学校它到底凭啥那么贵。

一到了外面，陶淮南就又给自己挂上了那层安静冷漠的罩，不怎么说话，看起来都有点儿高冷的样子。这是小瞎子这么多年给自己套的保护层，好像脸上一挂上冷淡的表情，别人对他的讨论就会小声一些，像是乐观开朗的瞎子要比冷淡不说话的瞎子更好笑。

学校环境可好了，但是对陶淮南来说没区别，反正他也看不见。

高一在二楼，可以走楼梯，也可以坐电梯。迟骋带着他走楼梯，陶淮南在心里数着台阶。

有人在后面拍了他的脑袋一下，陶淮南的眉刚皱起来，就听见有人说："你俩也来这儿上学了！"

陶淮南有点儿意外地笑起来："石凯？"

"啊，"对方也笑着说，"这缘分还剪不断了。"

"那奇奇呢？"陶淮南问他，"他也来了吗？"

"他没有。"石凯嚼着口香糖，吐了个小泡泡说，"这儿离他家远，天天来回一个多小时他爸可折腾不起。"

"那你们不能当同桌啦。"三个人一起上楼，陶淮南继续聊着天。

石凯是他们初一时后桌的男生，初一后桌高个子的是石凯，矮点儿的是周奇。最初陶淮南跟他俩关系并不好，后来陶淮南在水房挨欺负的时候，石凯帮他说话了，从那之后他们的关系就挺好。到了初二、初三，关系算挺不错的了，有时候迟骋还会和他们打篮球，陶淮南在球场外面坐着听。

到了三班门口，石凯没有要走的意思，陶淮南听见他也跟了进来，小声问：“你也在这班？”

“嗯哼。”石凯又用口香糖打了个响。

陶淮南于是笑着说：“那可真是剪不断了。”

因为碰见了一个熟悉的人，所以陶淮南的高冷罩子没罩住，半途给破了。但他也只跟迟骋和石凯说话，对别的人、别的事儿都不好奇。他垂着视线，和他俩谁说话时，他就朝谁的方向“看”，从外观上来看根本看不出异常。

班主任是个年轻的男老师，教数学的，听声音感觉挺严厉的，给他们立了很多听起来很吓人的规矩，班里没一个人敢出声。他没在班会上特意说陶淮南是个盲人的事儿，也没强调什么。这让陶淮南还稍微轻松了些，毕竟当众站出来让大家都看他，这对他来说其实挺不自在的。

开学第一场班会开了两个小时。各科老师也都过来露了个面，履历听起来都很厉害，全都是博士。

每到了一个新环境，陶淮南都需要适应一段时间，这些老师的声音他听了一轮，除了英语老师声音很特别以外，别的其实都没记住。

班会一结束，陶淮南感觉自己的脑袋都大了一圈。

“全没记住。”陶淮南小声说。

石凯还坐在他俩后面，陶淮南侧着身回头和他说：“刚才班主任说抽烟抓住了就记过，你可当心。”

“我不抽了。”石凯又拿了片口香糖放在嘴里说，“没看一直嚼着嘛，腿差点儿让我爸打折。”

“真的啊？”陶淮南眨眨眼，“你让你爸抓住了？”

“真的，”石凯现在想想当时那顿霹雳怒吼都觉得心一哆嗦，“老师抓着没事儿，让我爸抓着真能把我打残了。”

陶淮南说：“抽烟本来也没什么好的。”

全新的一个班，哪儿来的学生都有，像他们这样三个人从一个班出来的很少，同学之间因为还不熟悉，彼此之间有点儿端着，只有他们仨一直在说话。说也是陶淮南和石凯说，多数时间迟骋不怎么开口，只偶尔聊几句。

身边有迟骋，还有一个很熟悉的同学，这使得陶淮南在一个新环境里没有那么紧张，自在了很多。

高一没有晚自习，下午五点多放学。新学校离家有段距离，刚开始的几天都是陶晓东开车来接。

后来陶晓东雇了个司机，就只管早晚接送他们上学放学。这个司机是住在他家附近的一个退休大叔，很爱聊天，人也挺不错，放学来接的时候经常会带他老婆做的小糕点。

半大孩子熟起来是很快的，群已经建了起来，在班里不怎么放得开聊，在群里就不一样了。陶淮南把消息提醒关了，不然放学之后手机总是振动。

确实是到了青春最张扬的年纪，开学这才不到一个月，班里帅帅的男孩子们和漂亮的女孩子们就已经熟络起来了。陶淮南连声音都还没对得上谁是谁呢。

高中学霸光环就不像初中那么重了，而且他和迟骋都是自费生。

迟骋好像不像初中在班里那么受关注。班里交择校费进来的和免学费考进来的几乎分成了两拨，各玩各的。迟骋暂时被划分在自费的这一拨里，学习委员和课代表们都在另外一拨里。学霸们天天埋头苦读，一个赛一个拼着谁更努力，后面这些自费的总惦记着玩。

不知道谁又拉了个群，把自费生里的男生都拽了进来，一共也就十多个人。

开学这么久了，大家也都知道了陶淮南是个盲人，但好像高中生到底是比初中的时候成熟多了，没人觉得他另类，也没人对他有太多好奇，反而走路碰见他了还会主动照顾一下，提前给他让让路什么的。

这个年纪的男生已经逐渐开始有了男生该有的样儿，不再觉得欺负弱者是什么好玩的事儿，反而在面对弱势群体的时候显得更平和也更包容。

陶淮南很喜欢现在的新环境，跟同学们相处得还挺愉快。

小群里可太热闹了，半大小子们说起话来没下限，一天没几句正经话，不带几句颜色好像都白聊了一样。

陶淮南的手机响了一声，有人在群里叫他。

迟骋在厨房炒饭呢，陶淮南自己去拿了耳机听。群里的男生 @ 了他之后发的原本是文字，被人提醒说得发语音。

于是那男生又发了条："淮南看过片儿没？"

陶淮南对着耳机念："叹号叹号。"

不知道谁发的："哟！淮南还能发叹号，我以为他只能发语音。"

石凯："他什么都能发，表情包也能，你是弱智吗？现在手机可以听指令的。"

之前 @ 他的是个很能闹的男生，这会儿他又问陶淮南："淮南听过没？楠哥给你找点儿好听的？"

陶淮南不回话，群里男生们聊起那些他都不参与，他也不敢，迟骋不让。陶淮南假装不在，不回复只偷着听。

不知道谁在群里发了个片段，手机里刚放了几秒，陶淮南就手忙脚乱去关，刚好迟骋这会儿出来，问他："干什么呢？"

陶淮南听得正脸红心虚呢，迟骋突然出声吓了他一跳，他把耳机一扯，声音从里面弱弱地传出来一些。

迟骋皱了下眉，问他："听什么东西？"

陶淮南赶紧把手机关了，往前推了推："不……不是我弄的。"

迟骋拿起他手机看了一眼，陶淮南说："我没乱听……"

迟骋摸了摸陶淮南的后脑勺儿，说："吃饭吧。"

陶淮南这才松了口气。

其实他就算真听乱七八糟的东西了，迟骋知道了顶多就是让他别听了，也不会怎么样，但陶淮南就是很怕他。

"刚才吓我一跳……"陶淮南摸过碗，迟骋往他碗里夹了菜，陶淮南送进嘴之前咬了一小口，发现是片青菜，皱着鼻子吃了，然后把碗往迟骋那边推了推，说，"不想吃这个。"

这方面迟骋向来惯着他，不吃就不吃了，把他碗里的青菜都夹到了自己碗里。

"他们整天聊这个，"迟骋把碗推回来，陶淮南摸到碗，说，"他们好脏。"

"嗯，别跟他们瞎闹。"迟骋说。

"好的。"陶淮南点点头，很乖地吃着东西。

通常陶淮南答应了的事儿都能做到，他一向听话，不用多操心。

但是也架不住群里一个劲儿地 @ 他啊，干啥都要带着小团体中最弱势的陶淮南。

楠哥最 Dior："淮南，听这个，这个听起来带劲儿。"

陶淮南："别喊我啦，你们快好好欣赏吧，不用带我，谢谢！"

楠哥最 Dior："让你听你就听！你小哥在家没，叫上他一起！"

陶淮南："他洗澡去了，再喊我我退群了！"

这会儿群里挺安静的，除了这个楠哥就只剩陶淮南还在，其他人都安安静静的，仿佛不在，也不知道分享完东西后都干吗去了。

楠哥又发出来一个，陶淮南这边自动播放了，没等他关界面呢，声音已经先出来了，几秒钟就把他弄得面红耳赤，可到底还是有点儿好奇，猫在被子里没有马上关掉。

他从来没听过这么直观的东西，听书时干巴巴念出来的情节他都觉得不好意思，何况是这种。

这些声音对他来说冲击力太强了，因为从来没见到过，所以他想象出来的或许比实际上更夸张。

迟骋洗完澡出来，就见陶淮南戴着耳机趴在被子里，脸埋在自己胳膊上，呼吸都有点儿粗了。

迟骋差不多猜到又是有人在勾他听，走过去掀开他的被子，陶淮南又是吓了一跳。

其实这会儿他手机里的东西已经关掉了，只是刚才听到的那些对他的冲击还没过去，脸上、身上的热也还没消。

他也没骗迟骋，他们都不爱说谎，陶淮南坐起来，说："刚才听了两分钟。"

迟骋站在床边，没说他。

"我有点儿难受……"

迟骋说："你该。"

陶淮南觉得他有点儿凶，撇了撇嘴。

迟骋问他："听的什么？"

陶淮南吭吭哧哧的："就那种……"

迟骋向来管他管得严，这种乱七八糟的东西不愿意他沾。陶淮南很敏锐地感觉到迟骋像是有点儿不高兴，他抬头轻声保证着："我肯定不乱听了，这次是我不听话，你别生气。"

迟骋还是"嗯"，说："没事儿。"

"还听不听了？"迟骋低头看他。

"不了。"陶淮南感觉自己还挺无辜，又开始吐槽起班上那些不正经的男同学说，"他们可太烦了，天天净琢磨这事儿。"

话音刚落，陶淮南的手机又开始振动上了，估计又有谁在群里@他。迟骋让他自己去玩，转身去学习了。

果然是群里的兄弟们，刚才纷纷没动静，这会儿又纷纷冒出来了。

"淮南咋没声了？干啥去了？"

"滚犊子，一个个非得带坏人家老实小孩儿。"

陶淮南："你们好烦！"

"哟！还在呢？"

陶淮南："马上不在了！我要跟我小哥一起学习去了。"

陶淮南退出微信，锁了屏，不再听他们瞎聊。

因为这个事儿，陶淮南第二天上学碰见班上男同学都觉得嫌弃，也不知道他们都在搞些什么龌龊的东西。

有人拍了他后脑勺儿一下，顺手一拍，没出声就走了。正常男孩子们经常这样打招呼，但是他们经常会忘记陶淮南是个盲人，他根本看不见是谁，这种打招呼方式对他来说就显得莫名其妙。

"谁啊？"陶淮南无奈地问迟骋。

"季楠。"迟骋说。

"他一天天最神经。"陶淮南小声说。

"你真当我听不见啊！"季楠在前面吼了一声，转头又回来了，胳膊往他脑袋上一圈一夹拖着走了，“嗯？说你楠哥有病？我看你是胆子大了。”

陶淮南被夹着脖子走，低头说着：“是你胆子大了吧！你怕不怕我小哥打你？”

季楠回头看了迟骋一眼，迟骋手揣着兜正看着他们，季楠朝他挥了挥手说：“我先带走了！”

迟骋扬了扬下巴算是回应了。

“你看你小哥理你吗？嗯？小淮南？”季楠把陶淮南的头发揉了个乱糟糟，“说楠哥有病？你再说一句楠哥听听。”

季楠这个人挺奇特的，家里开酒店的，是个纯纯的富二代。一般像他这种条件长得又带点儿帅的男生都会莫名其妙有点儿装的气质，但是季楠没有，他很神经质。

昨晚在群里最闹腾的人就是他。

“我那么小声你都能听见啊？”陶淮南被夹着脖子一路带进教室，早上老师还没来，班里来了一半的学生，看见陶淮南被他这么夹进来都笑呵呵地看热闹。

“那你看了，顺风耳。”季楠把他扔到座位上，这才松开他。

站在季楠边上的小姑娘笑着问：“你干什么一早上欺负人啊？”

“他欠。”季楠回了自己位置，打开书包才想起来有张卷子没写，赶紧四处借来抄。

陶淮南在那儿捋了半天头发后，迟骋才进来，刚一坐下，陶淮南就问他：“头发乱吗？”

迟骋给他拨了两下，说：“好了。”

“我让人拖走了你都不管我，小迟你变了。”陶淮南跟迟骋小声嘟囔。

正常社交、正常玩迟骋从来不管他，班里男生们都爱带着他玩，迟骋还挺愿意看他和别人好好相处，这样省心多了，不用时刻防备着。

陶淮南每天学习很累，对新知识他比正常人要更难接受，所以能在课间和午休时间跟别人聊聊玩玩挺好。

但是这班里有一个问题，就是零食太多了。不论是谁走过他们旁边的时候，都爱往他们桌上扔点儿东西，陶淮南也不管是什么，摸过来就吃。零食吃多了到了饭点儿就不饿，中午吃不下去多少，下午又饿，饿了又有源源不断的零食。

时间长了，迟骋就算在吃饭的事儿上惯着他，也看不过去了。

中午吃饭的时候，陶淮南把餐盒往迟骋那边推了推，说："我吃不了了。"

迟骋没说他，也没非让他吃，只是让他把下午的零食全给戒了。戒了就戒了，在这种小事儿上陶淮南向来不反抗，小哥不让干什么就不干什么。

晚上陶晓东下班早，给大叔打了个电话说晚上不用接了，他顺便去接一趟。

陶淮南一上车马上试探着问："哥？"

"哟！你是不是眼睛好使了？"陶晓东失笑，"偷看了？"

"废话！车都不一样！"陶淮南把手伸到前面去摸他哥的脸，"你脸都干了，你赶紧抹点儿脸霜。"

"你当我是你啊？天天还得抹儿童霜。"陶晓东打了火，问他俩，"想吃什么？"

"都行。"陶淮南坐回后面，转头小声跟迟骋说饿了。

迟骋说："饿着吧，不好好吃饭。"

陶淮南只是笑笑，不说话。

陶晓东做饭不好吃，陶淮南现在已经很少吃他做的饭了，在家的时候一般都是迟骋给他弄。陶淮南除了不爱吃特定的几种蔬菜之外，不挑食，他的饭也好整，随便给他煮个面什么的，他都爱吃。

他哥吃饭太快了，总是风卷残云般很快吃完，陶淮南都让他给整慌了，问他："你一会儿有事啊？"

"没有啊。"陶晓东说，"啥事儿没有。"

"没有你急什么？"陶淮南吃了勺迟骋给他的不知道是什么的东西，酸甜口的还挺好吃，"整得我的心都跟要长草了一样。"

"啊，少爷慢慢吃，"陶晓东笑着给他夹菜，"你吃你的。"

陶晓东吃饭确实着急，以前事儿多压的，天天一堆事儿等着办，没那么多时间细嚼慢咽。有时候不那么忙但是也已经习惯了，他就是个急性子的人。陶淮南跟他不一样，因为看不见所以干什么都要很谨慎，谨慎起来就会慢。

哥儿俩一个急匆匆的，一个慢悠悠的，迟骋处在他俩的中间阶段，相对比较正常。

陶晓东的手机响了，他靠在椅子上接电话。

陶淮南还在跟迟骋说刚才吃的那个好吃，问他是啥东西。

迟骋说是鱼。

两个人边吃饭边说话，陶淮南听见他哥在对面说："可拉倒吧哥，我没那心思。"

陶淮南的耳朵瞬间就支了起来，他的耳朵比别人灵敏，电话里传过来的人声他都能听得清楚。

电话那头的人说："人家惦记你好长时间了，总托我问问，人你也见过，确实不错。"

陶晓东打断了说："不是那回事儿，我真没心思，你看我一天天都忙成什么样了。"

"忙不忙的你不也得生活吗？"电话那端的大哥还嘲了他一句，"工作再忙，该干吗咱得干吗啊，那还能让工作给填满了？”

“那怎么整？一堆事儿都摆着呢，没那闲工夫。”陶晓东喝了口茶说。

“也没说非让你干吗，你就聊聊，啊，沟通沟通，合适就试试，实在不合适那拉倒。小邵我认识挺多年了，以前有个对象，黄了后到现在都单着。”

陶淮南眨了眨眼，低头接着吃饭。

他哥这个电话打了有一会儿，到俩小的都吃完了才挂。

过程就是电话里那位大哥劝他跟小邵认识认识，陶晓东没同意。陶淮南那耳朵把俩人电话听了个一字不差，小邵是个设计师，刚三十，人不错。

其实陶淮南之前还挺惦记他哥谈恋爱的事儿，他哥都多大了，都三十多了。别说结婚了，到现在都没个对象。陶淮南问过他哥几回，他都说不着急。

他不着急，陶淮南着急，他很怕他哥是因为要把心思都留给他才不谈。

小狐狸把电话听了个透，但也没主动问，就当不知道。

洗完澡回了房间陶淮南都还在想他哥谈恋爱的事儿，担心这老光棍怕是要砸手里了。按理说不应该，他哥长得多好，陶淮南看不着能摸着，他们陶家的人脸形、轮廓都长得好，鼻梁也高高的。陶晓东又有钱，不管他说能挣那么多钱是不是安慰自己，但那么大个店都弄着呢，总归是不穷。这种男人不应该不抢手啊。

“眼睛眨巴眨巴的，琢磨什么呢？”迟骋问他。

“哥啥时候能处个对象？”陶淮南把声音压得极低，怕他哥在那屋听见。

迟骋无语，说他：“别操那没用的心了。”

“怎么没用了呢？”陶淮南盘着腿，手放在自己的膝盖上边琢磨边说，“哥多孤独啊。”

到了这时候，他俩的思路必然不在一条线上了，迟骋那个铁筒粗的神经感受不到陶淮南的细腻体贴，按他看，陶晓东天天挺自在。

两个人各干各的，陶淮南坐在床上犯愁他哥的恋爱，迟骋坐在桌前学习他的。

陶晓东在自己的房间，对他弟的担忧和关心一概不知，在群里跟田毅他们扯没用的。

迟骋做完一张卷子了，陶淮南还保持原状在那儿想，乍一看跟打坐入定了似的。

“你可赶紧睡觉吧。”迟骋收拾了桌子，站起来出去洗手，再回来的时候，陶淮南已经躺好了。

迟骋一躺下，陶淮南就转了个身。

“睡吧。”迟骋说。

陶淮南先是“嗯”了声，过了一会儿还是忍不住说：“我有点儿心疼哥。”

“哥用不着你心疼。”迟骋抬手按在陶淮南的眼睛上，让他闭着眼睛，“你操心你自己就行了。”

“我不操心，”陶淮南眨了眨眼睛说：“我有你还操什么心。”

迟骋：“你还睡不睡了？明早起不来别赖叽。”

“哦，睡了。”陶淮南把眼睛闭好，小声说着，“好了好了，马上就睡着了。”

陶淮南无意中听到了他哥的电话，虽然挺希望他哥能谈个对象，但如果他哥不想谈也无所谓，也没什么。当然了，在他心里，他哥干啥都是对的。

陶淮南的一切世界观、价值观最早都来自他哥，后来又加了个迟骋，所以他们的任何选择在他看来都是没问题的。

自打上了高中，陶淮南的生活持续处于一种又放松又紧张的状态里。放松是真的放松，班里氛围太好了，跟同学们相处愉快，跟迟骋最近也没闹什么别扭。紧张是因为课程确实太紧了，一科接着一科，进度都很快。老师们讲话也快，陶淮南经常还在云里雾里没反应过来，一节课就已经结束了。

其实盲人高考的题会比正常高考简单一些，题没那么难，这也算对盲人考生的一项优待。盲人考生最大的难度在于题量大，他们摸题、答题都比正常考生费时间，所以大部分盲人考生都答不完卷。

迟骋没给陶淮南降低难度，而且不让他太依赖听书，学习资料更多的还是打印出来让他摸着读，提高他的阅读速度。这就导致陶淮南每天的神经都紧绷着，既要集中注意去听老师的课，又要摸大量的字，也要记很多字。

他有时候累得都没精神了，洗完澡就晕晕乎乎地躺下要睡觉。

虽然很累，他也从来没跟迟骋抱怨过，没要求迟骋给他降低难度，也不怪迟骋对他要求严。

然而尽管陶淮南已经很努力在学习了，可期中考试成绩还是不太理想。

学校是真的很好，这次不用迟骋给他打盲文试卷，学校直接按正常试卷给他也准备了一套。陶淮南是跟着同学一块儿考试的，但对他没那么严要求，学校不收他卷子，答不完也没事儿。

分数出来的时候，最令人吃惊的肯定是迟骋，他一个自费考生，压过了班里所有学生，考了个第一。

老师和同学都很惊讶，除了迟骋本人之外，只有陶淮南和石凯对此波澜不惊。

石凯说："我早跟你们说了这是个大神，没人信我啊。他来这儿上学纯属意外，真当我迟哥跟你们一样是人民币玩家呢？"

季楠感觉自己被伤害了，明明都是一个群里的兄弟，这怎么还出来个异军？

"我得把他踢出群聊，这不是好学生派来的间谍吗？"

"你看他气质上跟咱们也不是一挂的，"石凯看着一群傻子目瞪口呆的样儿，乐了半天说，"初中可是我们学校的明星。"

不光自费生们感到意外，好学生那一拨也很意外，彼此间揣着那点儿竞争的小心思暗暗比着学，等着看第一到底是谁。结果万万没想到能是个自费生。

他们琢磨来琢磨去也不知道他是怎么回事儿，难道是中考报高了？

这会儿天已经很冷了，入了冬陶淮南就不好过。

他在家里裹着毯子听迟骋给他讲题，鼻子不通气，怕是又要感冒。

迟骋看着他红红的鼻子尖，问他："又冻着了？"

"也没有啊……"陶淮南每天穿得老厚，没人比他还注意保暖，在家里都穿着厚厚的毛袜子，"就是鼻子不舒服，应该没事儿，你接着说吧苦哥。"

迟骋站起来出去给他煮了杯奶茶，放糖、放奶、放茶包，煮出浓浓的焦糖色。陶淮南本来考试考得不好，迟骋说话又严厉，正上着火，一杯热奶茶过来，他顿时就笑眯了眼，满足了。

他捧着杯子一口一口吸溜着喝，往迟骋嘴边递了递，迟骋转头躲开，说："不喝。"

"香香的，"陶淮南又举着往高抬了抬，"你尝尝。"

迟骋还是躲："你自己喝吧。"

迟骋不喜欢这些甜东西，陶淮南有一次说他就是名字没起好，最初叫“迟苦”肯定不会喜欢甜。

陶淮南自己喝了一大杯热乎乎的甜奶茶，听迟骋把卷子给他捋了一遍，那些做错的题陶淮南老老实实自己又做了一次，这次全记住了。

迟骋讲题的时候向来严厉，讲完才会缓和些，他捏了捏陶淮南的后脖颈，让他歇会儿。

陶淮南把题都听完了，也放松了下来，去了次厕所，回来准备午睡了。

迟骋陪他躺了会儿，扯了扯被子说：“被子盖好，别乱折腾。”

陶淮南说：“你别走啊，等我睡醒。”

迟骋不说话，陶淮南闭着眼睛念叨着：“每次我一醒，你不在我都有点儿慌。”

“睡吧。”迟骋拿被子把他裹紧了，陶淮南处在一个暖烘烘的环境里，舒服得很快就睡着了。

外面那么冷，被窝里暖乎乎的，还有迟骋，陶淮南这一觉睡得太沉了。唯一美中不足的就是这一觉睡得有点儿累，在梦里他一直在找厕所，憋得厉害，好不容易找到了厕所又不能用。

在梦里上不了厕所，急得陶淮南直皱眉。迟骋早醒了，看见他时不时皱眉想叫醒他，但到底还是没忍心打断他。

其实他还是想多了，陶淮南巴不得被打断，睡前那一大杯奶茶让他在梦里憋得快哭了。

等终于憋醒了的时候，陶淮南舒了好大一口气，找厕所找得也太累了。

迟骋问他：“醒了？”

陶淮南刚想试试迟骋醒没醒着，就听见了他说话，咕哝着说：“你醒了咋没起来？”

迟骋挑眉，睡前说的话敢情这是都忘了。

“梦里一直在找厕所，”陶淮南长长地呼了口气说，“憋死我了。”

“那还不快去。”迟骋说。

“哦！”陶淮南坐起来，刚睡醒他的小脸蛋还红扑扑的，自己摸到床脚去穿拖鞋了。

他们学校跟常规高中还是有点儿区别，各种校内校外活动组织得很多，不像正常高中只认成绩。

十二月正式下了今年的第一场雪，之前的雪都是薄薄一层很快就化没了。第一场雪之后，班里组织了一次踏雪冬游，所有报名的人周末要一起去山上，班主任和科任老师们也参加了。

同行的还有隔壁班。他们两班是兄弟班，除了班主任不一样，其他配套老师都是一样的。当然他们走得也并没有太远，就在周边城市的一座小山上，上面有个山庄，现在是淡季，没什么游客。

几辆大巴车连成一队，每一辆上有一个老师。学生们都是正能闹的年纪，一路上疯得厉害，陶淮南早上起得早，这会儿靠着车背睡睡醒醒，后来被男生们给扯起来唱了首歌。

他们这一车上就是那一小帮玩得好的男生，也是最能闹腾的那一堆。他们车上坐的是班主任，班主任这会儿也没了架子，平时端着是为了在学校管他们，年轻的老师其实和学生之间没什么代沟，放下班主任的架子也挺能闹的，还指挥着他们这样那样玩。

路面上还有层雪，车开得不快，很稳。

中间在服务区停下休息的时候，陶淮南戴着帽子下车透了会儿气。

迟骋去洗手间了，走之前让陶淮南站在超市门口别动。周围都是他们班的学生，迟骋也没什么不放心的。

冬天连空气都冰凉，猛抽一口气进到肺里能把陶淮南凉得直咳嗽。

迟骋出来的时候，陶淮南正被隔壁班一个女生拉着拍照，女生挎着他的胳膊，举着手机给俩人自拍。

女孩子笑起来都是漂亮的，白色毛线围脖衬着长长的黑头发，显得很乖。

连着拍了好几张后，女生松开陶淮南，笑得很善良，说："你长得真精致，睫毛好长。"

"谢谢。"陶淮南也笑着道谢，"我就当是真的了，反正我也看不见。"

"真的啊，"她跟陶淮南说，"没有骗你。"

初中的时候，陶淮南跟班里小姑娘们的关系也都很好，女孩子们大多天生善良，对待弱势人群温和也包容。如果是在正常男生那里，女生们可能主动说句话都不好意思，到了陶淮南这儿就觉得没距离。

陶淮南听见迟骋走过来了，女生也看见了，跟陶淮南说了拜拜。

陶淮南两只手都在兜里揣着不敢拿出来，他用胳膊肘撞了撞迟骋的胳膊，笑着问："你怎么从来不跟我拍照啊？"

迟骋不说话，他向来不爱拍照。

陶淮南笑嘻嘻的："肯定是因为你黑，跟我拍显得更黑。"

迟骋带着他回车上，上车的时候，迟骋先上去，他的两只手都牵着陶淮南，台阶有点儿高，他怕陶淮南站不稳。

车上还有很多人没回来，坐回他俩的位置后，陶淮南把手机掏出来，跟迟骋说："我也想拍照。"

迟骋往旁边躲了躲，让他起开。

"不起，"陶淮南抓着他的胳膊，小声商量，"照一张吧？给照一张吧。"

商量了好半天，迟骋架不住他磨人，拿着陶淮南的手机给他俩照了一张。拍之前陶淮南还特意把脸凑了过来，笑得开开心心的。

拍完后，迟骋把手机给他，陶淮南问："好看吗？"

迟骋说："好看。"

“你别骗我，好好看看，”陶淮南把手机往迟骋那边又送了送问，“真好看吗？”

迟骋说：“嗯。”

陶淮南满意了，也不磨人了，后半程都在那儿自己摆弄手机。

陶晓东在店里收拾完东西，等着客户来好干活儿，等人的工夫掏出手机随手一刷，竟然看见他家小瞎子发了条朋友圈。

他发了张只有半张脸的照片，露着一小截抬得高高的下巴，从嘴唇弧度上看，是在笑着的。旁边的迟骋没什么表情，但从下巴轮廓来看也很帅。阳光从旁边的车窗外透进来，暖洋洋地洒在他俩身上，陶淮南白得晃眼。

不光有图，还给配了文字——嘿嘿。

陶晓东马上给点了个赞，他们家小瞎子不定得摆弄多久才能成功发出条朋友圈来，这照片一看就是截坏了，脑袋都差点儿截没了。

第十二章

度假

陶淮南头一次发朋友圈，一时间收到了好多赞和好多评论，一条条听下来有点儿累。而且手机的盲人模式在很多方面并没有那么智能，用起来不是很方便，很多页面操作起来其实都需要连蒙带猜。

陶淮南后半程都在玩手机，迟骋也不管他，陶淮南就缩在里头低着头玩。

直到车停了，到地方了，他才被男生们叫了下去。

他们要爬一座小山，这种室外活动陶淮南参加得不多，爬山更是没有过。组织这种活动带他出来是有风险的，如果不是有迟骋的话，估计不会让他参加，万一真出点儿什么事儿谁都负不起责任。

每位老师带着自己那一车人，上山前要清点人数，过程中也要随时注意不能缺人。陶淮南被迟骋带着，别的同学都在拍照，就他俩不拍。

台阶上有层薄冰，很滑。老师在最后面拿着喇叭提醒大家要小心，让拍照的别太放飞自我，站得板正点儿。

空气很凉，陶淮南脸上扣着口罩，手揣在迟骋兜里，走得很小心。他们太默契了，迟骋几乎不用张嘴说话，到了台阶结束或开始之前，他会轻轻捏一捏陶淮南的手，陶淮南就会配合着迈步或抬腿。

但也有意外，山上的台阶毕竟不像平时楼里的那么规整，有宽有窄，也会突然变陡或突然变平缓，陶淮南看不到就把握不好落脚的高度，有时候一个踩空会让他滑倒。迟骋会马上抓紧他，不等他真摔就把他稳住了。

这样走路很累，神经要一直紧绷着，陶淮南的手心都出汗了。

身后有女生给他俩拍照，偶尔走到缓台的时候，陶淮南会听见有人叫他，他就回头笑笑让她们拍。

“这里漂亮吗？”陶淮南问迟骋。

“还行。”迟骋把他的手掏出来，指着一个方向说，“那边都是树，树上挂着雪。”

陶淮南点点头。

迟骋又带着他的手换了个方向，说：“那边有几个小坡，雪还不太厚。应该有条小河，但是冻上了。”

“哇，树上还有叶子吗？”

“松树有，其他的没了。”迟骋答。

“那我知道！”陶淮南马上从脑子里检索出对应的地理知识，笑着说，“亚寒带针叶林嘛。”

迟骋看着他，把他的口罩往上扯了扯，盖住他的鼻梁：“这点儿东西让你学得稀烂。”

“咋烂了？”陶淮南还不服，“松树不是针叶？那都多尖溜了。”

迟骋也笑了下，继续带着他往上走，说：“行。”

迟骋看到什么，会简单给他说说，陶淮南虽然看不见，但是想象力还是挺丰富的，他失明的时候毕竟已经四岁了，颜色都认全了。他平时对画面不敏感，听到了什么场景和颜色不会在脑子里很明显地有个印象，但要是刻意去想什么颜色的话，还是能想象得到的。跟实际肯定有出入，然而想象嘛，本来就是无所谓对错的。

到了山庄的时候，在服务区跟陶淮南拍照的女孩子过来给他送了杯奶茶。她自己背上来的，刚冲好的。

“你小心烫。”女孩儿小心地递过来，跟他说。

陶淮南已经闻到了奶茶味儿，问：“你还有吗？”

“我有，我那儿有好多呢，给大家都分了。”女生说。

陶淮南于是接过，笑着说：“那谢谢啦。”然后从自己书包里摸出块巧克力给了她。

女生回了自己班那边，陶淮南捧着杯子暖手，没喝。

季楠在后面看了半天，这会儿人家女生走了，他过来“哇哦”了一声。

“你干什么？”陶淮南侧侧头，嫌弃地问他。

“我才发现你还挺受欢迎，小淮南。”季楠说。

“我比你大三个月呢，管谁叫小淮南？”陶淮南侧着头说。

陶淮南长得显小，心理要比同龄男生单纯一些，所以总让人觉得他小。其实陶淮南和迟骋上学都晚，就算是陶淮南，在同年级学生里也并不算年纪小的，可大家总觉得他像个弟弟。

“她是不是看上你了？”季楠往那边又看了看，笑得没个正形，“可以啊，长得不错，甜甜的。”

陶淮南赶紧说：“你可别瞎说。”

说是同情也好，是不自觉的怜爱也好，女孩子们对陶淮南的示好还真没那么多别的心思，有时候仅仅是为了能让他感受到更多平等的包容。

高中男生们凑在一起简直是太能闹了。

吃饭的时候，菜上一道抢光一道，筷子伸晚了就抢不着，有时候甚至不等服务员把菜摆到桌上，这群高中生从她手里就把菜给抢完了。服务员都哭笑不得了，头一次看见这么吃饭的。

其实就是在这气氛里抢着瞎闹，这么吃就格外香。没人管他们，老师也不管，爱抢就抢吧。

陶淮南可不干了，别人饿不饿他不知道，他是真饿了。他跟迟骋吃饭都还比较斯文，尤其是他，得堆在碗里慢慢吃，哪像他们这么抢着吃过啊。

又一盘炸的不知道是什么的东西，服务员刚端过来就没了，陶淮南连炸的是什么都还不知道，就听见旁边响起酥酥脆脆的嚼东西的声音。

“沈老师哪儿去了？”陶淮南扬声喊，“沈老师！”

班主任在老师那桌听见了，“哎”了声，仰着身子问：“怎么了，淮南？”

“我不想跟他们一组了！”陶淮南忍无可忍，“我吃不着！”

一屋子人全笑了，班主任说：“你过来，上老师这儿，咱不跟疯小子们一桌。”

陶淮南问迟骋：“去不去？”

“去什么去，你坐这儿吧，”他们这桌的男生说，“下回给你留。”

陶淮南本来也就是说着玩的，没真想过去。

等再上菜的时候，他们果然没再抢了，让服务员平稳地把菜放下了。迟骋先给陶淮南夹了一些放进碗里，旁边的季楠问：“夹好了吗？”

迟骋“嗯”了声，一桌子疯小子们又一下子扑了上来，瞬间菜又没了。

这家餐馆做的菜有点儿油，陶淮南其实不太能吃油大的东西，觉得腻，但是被气氛带着也多吃了一些。

饭后就是自由活动时间，两点半集合做游戏，在集合之前可以玩，也可以回房间休息。房间有三人间，也有四人间，还有少数几个双人间。陶淮南和迟骋分到的是个四人间，屋里有两张大床，两个人一张。

这边能玩的太多了，有用来给集体做活动的，有自己就能玩的。进了山庄后，他们就自由多了，老师不用再一直跟着。

陶淮南也没觉得困，跟迟骋去果园逛了逛。

果园有室外的，也有在温室大棚里的，现在是冬天，室外的果园早枯了。好多女生都在大棚里，这边分很多个棚区，这个季节竟然有草莓和蓝莓。

迟骋蹲下给他摘了颗草莓，让他吃了。

陶淮南的眼睛瞬间亮了："好甜。"

他本来就爱吃水果，这会儿可开心了，迟骋带着他找红透了的草莓，找到了就牵着他的手去摸，陶淮南摸到了就自己摘。

女孩子们总是喜欢给他们拍照，他俩也不在意，随便别人拍。

吃了一肚子的甜草莓，陶淮南心满意足，对这地方可太满意了。

一下午都是集体活动，晚餐之后还有晚会，到了各自回房间的时候刚八点。老师们晚上不让他们出去自由活动，怕出事儿。不过在楼里可以随便闹，不能去室外，大门也已经锁了。

跟他俩同住的是石凯和另外一个男生，一回到房间，陶淮南就自己拿了内裤和睡衣进去洗澡了。

他洗澡从来不锁门，在家的时候，他洗澡时，哥和迟骋都是随便进的。而且门也不能锁，怕他摔着磕着了他俩进不去。

迟骋先把水温给他调好，防滑垫也给他铺上了。

"沐浴液和洗发水都在这儿，"迟骋带着他的手去摸墙上的架子，"衣服我给你放洗漱台上了，毛巾在这儿。"

陶淮南小声应着好。

"东西掉到地上了就叫我，别自己捡。"迟骋摸了摸他的头发和耳朵说，"万一摔着你。"

"知道啦……"陶淮南把他往外推，用气音说，"你快出去吧。"

陶淮南在里头撵迟骋出来，然而外头俩人还挺纳闷："你为啥不跟他一起洗，他自己能洗？摔着咋整？”

“能，没事儿。”迟骋从书包里拿出陶淮南的脸霜和手机充电器。

“淮南，有事儿你就喊我们！”另外那个男生喊了一嗓子。

陶淮南在浴室里回道：“好，知道啦！”

陶淮南澡还没洗完，门就被敲响了。

石凯和那个男生正趴在床上打手游，迟骋过去开门。

门外是季楠和他屋的那三个男生，开了门后，他们都进来了，手里还都拎着东西。

“我还以为不来了。”石凯趴在那儿说。

“来，怎么不来？”季楠把东西放在桌上，整个人往床上一砸，把石凯和那男生砸得都喊了一声。

一群半大男孩准备了吃的喝的，好不容易出来玩，还都聚在一块儿，不作不闹好像都不叫青春了。

跟季楠一块儿来的另外两个男生也砸了上去，一个摞一个的，嗷嗷喊着。

有一个五大三粗的男生是最后进来的，这个男生有点儿头脑简单，偶尔有点儿冒虎气。

他放下东西之后听见洗手间有水声，带着点儿男生之间胡闹的意思，推门就要进，拐着调就要往里冲：“我看谁在洗澡哪！”

男生们闹起来没下限，门都被他推开一半了，被迟骋一把领子给抓住了。

“别动。”迟骋抓着他的领子往外扯，人高马大的男生竟然被他扯得往后退了两步。

把人拽了出来，又把玻璃门重新关上后，迟骋淡淡道：“胆小，吓一跳万一摔着他。”

“哎呀妈呀，勒死我了！”男生回头看，见是迟骋，指了指里面，憨里憨气地问，“啊，里头是淮南啊？”

迟骋说：“嗯。”

男生“啊”了一声，赶紧走了，嗷嗷地往床上一蹦，他这个重量的往上面一摞，把底下那几个都压得直往下推他。

陶淮南在里面就听到外面吵吵嚷嚷的，他洗完穿好睡衣出来，迟骋在门口等他。

“刚才谁进来了？”陶淮南问他。

“没进，就撞了下门。”迟骋擦了擦他鼻子上沾的两滴水，说，“玩去吧。”

陶淮南点点头“哦”了声。

不知是谁偷偷地买了十几罐啤酒过来，大家都有些跃跃欲试。

迟骋在里头洗澡的时候，陶淮南就坐在自己床边，听着他们吵吵闹闹，脸上可是很嫌弃的。他们还给餐厅那边打了电话，订了烧烤，让等会儿给送上来。

陶淮南被他们吵得脑仁都疼，叹道：“你们可真有精神啊。”

“那你看了，生龙活虎。”有人说。

旁边人又接：“百步穿杨。”

“百发百中？”

“箭无虚发？”

陶淮南听不下去了，转身冲着墙，不想听一群学渣秀他们用得乱七八糟的成语。

刚开始确实是这样的，陶淮南坐在自己床上，跟他们之间隔着一个过道，不与他们“同流合污”。

然而男生们哪儿能允许房间里有这么个遗世独立的存在。

等迟骋从洗手间出来，陶淮南已经被搂着脖子坐在人堆里了。两个人一左一右搭着他的肩膀，不知道在凑着头说什么悄悄话。陶淮南一脸无语，忍无可忍："啊啊啊！你们快起来吧，好烦啊！"

"你看，这不是唠嗑嘛！沟通感情！"左边那男生笑着说，"你得融入集体中！"

"我不融！"陶淮南站起来又回到自己床上，他穿着套蓝天白云的睡衣，确实看起来跟他们格格不入，"不要跟我沟通感情了，我没有感情！"

迟骋洗完出来，陶淮南听见了，还不等他跟迟骋告状，他就又被抓过去了。

陶淮南也被人塞了罐啤酒。他之前从来没喝过这个，只喝过两次田婶自己酿的果酒，那种酸酸甜甜像饮料一样的樱桃酒。

难得出来，其实陶淮南是很高兴的，他以前也没有过这么多朋友，这样闹闹吵吵的场合他是第一次参加。迟骋什么都不管他，喝酒也没管。

两张大床被拼到一起，八个男生围着坐成一圈。后来小群里其他几个男生也过来了，床上有点儿坐不下了，可还是都挤着坐。

以后入了社会，酒局都少不了，但那种和现在这个年纪小伙伴之间凑在一块儿逞能试探着喝酒还是不一样的。

这样的晚上是混乱的、放肆的，可也带着股年轻的纯真。

男生们凑在一起还能有什么说的，无非是说说自己暗恋过的小姑娘，或者不要脸地说说那些带颜色的话题。

陶淮南也胡闹着喝了酒，脸有点儿红。

他看起来不像他哥那么有酒量，才喝了一罐就脸红了，脖子和脸都觉得很热。

"看你们把淮南吓的。"刚才差点儿冲进厕所的那个马大哈说。

陶淮南紧挨着迟骋坐，本意是想给旁边人挪更多的地方，怕他们坐不下。他看不见距离，以为都是人挤着人坐的，所以离迟骋特别近。

“你们太污浊了，我怕你们污染我小哥。”陶淮南拍了拍迟骋的膝盖说。

“你小哥谁敢染？”马大哈摸了摸自己的脖子说，“刚迟哥一手给我薅出来了，现在我还感觉勒得慌。”

迟骋说：“我手劲儿大，对不住。”

“谁让你欠，你真把淮南吓着你拿啥赔？”有人往他身上丢了粒花生，“一天到晚都跟缺心眼儿似的。”

陶淮南笑呵呵的，觉得喝了酒的感觉很新鲜，挺好玩的。

一群人闹到半夜，班主任打电话过来让他们小点儿声，轻点儿作。于是他们之后的分贝降下来了一些，不再喊着说话了，变成了聊天。

迟骋低声问陶淮南困不困，陶淮南摇头说不困。

“问你呢迟哥！”有人扬声提醒迟骋。

迟骋刚才没听见，这会儿抬头：“什么？”

“问你喜欢啥样的！”

迟骋现在跟从前比，变了很多，话虽然还是很少，可并不是不合群。该有的交际都有，就是没那么活泼。

话都问到头上了，迟骋总不可能拉着脸不答，于是只笑了下，说：“再说吧，没想过。”

“你是不是把时间都用来学习了？”有人酸溜溜地说，“你那成绩可太秀了，按理说都不应该让你参加这屋的活动，你这成绩不配。”

“我看他把时间都给淮南了。”另外一个人说，“哪个对象受得了这种，这是典型弟控。”

陶淮南撇撇嘴。

迟骋仰头喝了口酒，酒顺着喉咙咽下去，喉结上下滑动，陶淮南听见了他吞咽的声音。

“那淮南呢？淮南喜欢啥样的？”有人问到陶淮南头上。

陶淮南想都不想，指了指自己的耳朵说：“我喜欢声音好听的。”

能看见的挑脸，看不见的挑声音。一圈人都笑了，没有多余的同情和可怜，已经习惯了群体之中有这么个特别的小瞎子。

陶淮南到底还是不习惯熬夜，他平时睡得也早。

十二点半左右，他小声跟迟骋说困了。

这个房间显然已经没法儿睡了，而且也没地方睡。季楠把他们屋的房卡扔了过来，说：“你俩过去睡吧，我们今晚估计不回去了，等会儿还得打扑克。”

迟骋也没客气，拿了房卡，让陶淮南穿上鞋，带着他走了。

从一个混乱的房间换到一个空荡荡的新房间，没了酒气，没了男生们的气味，陶淮南舒服得猛吸了两口空气。

迟骋带着他又重新洗漱了一次，陶淮南刚才是真的困得不行了，刷刷牙、洗洗脸后就又精神了。现在躺在床上眼睛瞪得溜溜圆，眨巴眨巴的，没半点儿睡意。

他现在出门已经不用带着他的旧毯子了，有迟骋在，就什么都用不着。

陶淮南这会儿躺下了头都有点儿晕，可也带着点儿难言的兴奋。

“这里的沐浴液有点儿香香的。”陶淮南说，“小哥你也香香的。”

迟骋没睁眼，只是笑了笑。

陶淮南出来玩儿有些兴奋，闹起来没完没了，把迟骋烦得想把他扔了。直到后来自己困了，才老老实实地消停下来准备睡了。

迟骋在他脑袋上弹了一下，“嘣”的一声，很凶地说了句：“以后再喝酒我就整死你。”

陶淮南也不害怕，眯着眼笑呵呵地趴着，没多大一会儿就睡着了。

这一宿房间里另外的人都没回来，他们真就在那边通宵了。

第二天早上陶淮南睡得还很沉，被老师拍门喊醒的时候，还有点儿不知道自己在哪儿。他左摸摸右摸摸没摸到迟骋，一下就有点儿慌了。

“小哥？”陶淮南清了清嗓子，叫了一声。

迟骋从洗手间出来，嘴里还咬着牙刷说：“这儿呢。”

“吓我一跳，”陶淮南听到他声音就不慌了，胳膊摊着又往床上一倒说，“我还困。”

“困也得起来。”迟骋说。

“眯两分钟就起……”陶淮南闭上眼睛，手无意识地在床单上抓了抓说，“这床真舒服。”

迟骋转身回洗手间继续洗漱，陶淮南瘫在床上，一双大眼睛眨巴眨巴的。

人都起来集合了，那一屋子人到底还是年轻，总共才睡了两三个小时，这会儿一个个还生龙活虎的。

有人问陶淮南：“睡得好吗？”

“挺好的。”陶淮南站在迟骋旁边说。

上午还有一些活动，中午吃过饭就要返程了。陶淮南昨晚睡够了，现在别人都昏昏欲睡，他倒精神了。

迟骋靠着椅背半眯着眼，看陶淮南自己在那儿玩他的手玩得开开心心的，眼角挂着一个柔软的小弧度。

迟骋用另外一只手摸了摸他眉梢的那颗小痣，陶淮南感觉到了，先是笑了下，然后上上下下地动动眉毛，让那颗小痣也跟着跳来跳去不老实。

迟骋靠在椅背上，轻轻笑了笑。

男生们去的时候眉飞色舞、兴致勃勃，回来的时候仿佛一车霜打了的白菜，一个个挂着没睡够的困倦，打着哈欠连拜拜都不说了。

明天周一正常开学，不管今天多累，明天也没假给他们放。

陶晓东开车过来接他俩，路上堵车，他到得晚了会儿，来的时候陶淮南正不知道跟迟骋说着什么，看着心情很是不错。

陶晓东按了按喇叭，迟骋看过来，陶晓东冲他招了下手。

迟骋带着陶淮南走过来，陶淮南边走路还边说着话，呼出来的白气都一团一团的。

“开心吗？”陶晓东回头问他俩。

“开心。”陶淮南往前凑了凑，神秘地跟他哥说，“我喝酒啦。”

“哟！厉害啊！”陶晓东笑着问，“喝了多少啊？”

“反正不少。”陶淮南伸手抓了抓他的脖子，“说不定以后我也能陪你喝点儿。”

“这口气还不小，我可用不着你陪。”陶晓东启动车，问迟骋，“苦哥也喝了？”

“喝了点儿。”迟骋说，“不多。”

陶晓东失笑：“这可真行，告诉我出去冬游，结果一帮半大小子出去喝酒了？”

“喝就喝呗，”陶淮南拍了拍他，“孩子长大了嘛。”

小崽子长没长大不知道，但这烦人劲儿可是一点儿没变。

也不知道是酒精把他家崽子烧坏了还是怎么的，这趟回来明显话多了，逮着谁都能说个没完。迟骋洗完澡就进去学习了，把陶淮南扔给了陶晓东。

陶晓东一边拿着手机回消息，一边还得哼哼哈哈地敷衍着陪他弟唠嗑。后来实在唠不动了，说：“睡吧宝贝儿，明天还要上学。”

“不困呢，”陶淮南倚在沙发上，把脚塞在他哥的腿下，“我再陪你坐会儿。”

陶晓东心说，你可快别陪了，嘴上可不敢这么说，他“啊”了声说：“那我先洗个澡。”

好在家里有个烦人的，可也有个懂事儿的。

陶晓东洗完出来，小崽子已经被迟骋给弄回去了，陶晓东探头往里看的时候，陶淮南正扯开被子往自己身上裹，迟骋在学习，不理他，他也不闹人了，还笑滋滋的。

这个周末因为要出去，所以哪个老师都没留作业，头回放假放得这么彻底。迟骋还是做了张卷子，可也没学太久，一张卷子做完，他就洗漱睡觉了。

陶淮南呼吸平平稳稳的，像是睡着了。

迟骋把被子给他往上扯了扯，又在旁边看了他一会儿。月光透过窗户照进来，把房间里照得还挺亮的。

迟骋轻轻摸了摸他的鼻尖。

“哈，”陶淮南突然睁开眼，手利落地伸出来抓住迟骋的手指说，“你被我抓住了，小迟！”

迟骋先是愣了下，然后往下一躺，抽回手说：“无不无聊。”

“你好能装，”陶淮南一个翻身就起来了，“都抓住你了你还装。”

迟骋不理他。

陶淮南不好好睡觉，瞎闹，迟骋抬手捏上他的脸，把他两边脸都捏得变了形，嘴巴噘起来，陶淮南还是笑滋滋的。

“这咋的，酒劲儿还没过？”陶晓东出来拿水喝，听见陶淮南还在那儿咯咯乐，探头过来看了一眼。

陶淮南赶紧闭了嘴。

迟骋松开他的脸，陶淮南嘟囔着说：“睡了睡了。”

陶晓东哭笑不得：“这可真行，酒疯撒好几天。”

“再说话我就把你扔到哥那屋。”迟骋说。

“我可不去。”陶淮南不闹了，在迟骋的胳膊上拍了拍，“快睡吧，不要说话了。”

这小神经也太烦人了，陶晓东想想迟骋天天都得被他这么磨，也怪不容易的。陶晓东忍不住想笑，说了句“别闹人”，转身拿水回了自己房间。

当哥的啥也不管，天天就知道工作挣钱，比起迟骋来说，他这哥当得可太省心了。

陶淮南天天高高兴兴被迟骋带着去上学，刚开学的时候，他觉得高中很累，每天要学很多东西，太辛苦了。然而一眨眼一个学期就快要过完了，还有半个月就期末考试，陶淮南紧张坏了。

虽说每天也都跟着好好学习了，但每到考试之前，他心里还是不太有底。

理科的东西对他来说太难了，文科的差不多都能记住，可数理化真的有点儿难为他。那些公式和奇奇怪怪的符号都给他增加了很多难度，眼睛好使的学生尚且学不好，更何况他。

高二开学不久还得分班，陶淮南没得选择，他必须得上文科班。理科他学不来，难度太大了。所以迟骋现在也不太盯着他学理科那几门，又费时间又累。

陶淮南中午吃过饭，在教室里抱着抱枕，把下巴搭在上面，嘴里不停念叨着。

迟骋说：“睡会儿吧。”

“我生物还没复习呢，说好今天中午过十页书。”陶淮南嘴里背的是政治答题模板，都是迟骋给他总结的答题点，考试时他从里面挑点儿来答就行。

“生物不看了，睡吧。”迟骋把他桌上的东西都收拾起来，倒出地方来让陶淮南等会儿趴着睡觉。

“哦，好。”陶淮南背了半天其实也有点儿困了，也没多坚持，他把抱枕放在桌子上，头趴在上面闭上了眼睛。

这会儿教室里的暖气给得不太足，正中午的时候外面暖和些，暖气就不给那么热。如果是坐着还不觉得冷，但要是睡觉的话还是会感到有点儿凉。

大外套都在后面柜子里挂着，迟骋脱了身上的校服外套给陶淮南盖上。陶淮南怕打扰别人睡觉，说话声音很小：“你穿着啊……我不冷。”

迟骋说：“睡吧。”

石凯吃完饭回来，手里拿了两盒冰淇淋。

走到他俩旁边的时候，他晃了晃手里的巧克力冰淇淋，用口型问迟骋：“睡了？”

那冰淇淋只有附近一家甜品店有卖，每天限量，陶淮南很喜欢吃。迟骋于是问：“睡着了没？”

陶淮南闭着眼答他：“马上啦……”

迟骋抬头跟石凯说：“没睡呢，拿来吧。”

石凯笑着把两盒都递了过来：“刚碰见个发小，他对象给的，你俩吃吧。”

迟骋拿了一个给陶淮南，给石凯留了一盒。石凯知道他不爱吃甜的，他们太熟了，经常一起吃饭什么的。

石凯回座位，走过的时候看见了陶淮南拽着迟骋的一截袖子边儿。

“哎哟，睡觉还得扯着，”石凯忍不住笑，“这比初中那会儿还娇。”

陶淮南已经坐了起来，迟骋把冰淇淋放在他手里，陶淮南摸了摸，惊讶地小声“哇”了下。

“惯的。”迟骋跟石凯说，“烦透人了。”

“我可看不出来你烦，”石凯嗤笑一声，“你一弟控赶紧闭麦吧。”

陶淮南自己摸索着打开盒子，迟骋把勺给他递了过来，陶淮南挖了一勺先给迟骋，迟骋往后躲着不吃。陶淮南撇撇嘴，勺子放进嘴里的一瞬间眼睛好像都亮了两个度。

“凯哥，这也太好了吧。”陶淮南故意说，“凯哥好帅。”

“你要是夸点儿别的我差不多还能听听，”石凯挑着眉，“你一看不着的夸我帅，你说我是信还是不信你是真心实意想夸我？”

陶淮南咬着勺，笑着回头朝他晃了晃胳膊。

学期末的日子不好过，让在正常学校上学、考试的小瞎子紧张兮兮的。但是陶淮南紧张里头还掺着点儿期待，毕竟考完期末就能放假了。

放了假他就不用每天六点起了，冬天起床太难了。

陶淮南最近赖得很，早上得迟骋叫半天才哼哼唧唧地坐起来。迟骋经常要把他从床上拖下来，有时候陶淮南耍赖，迟骋只能面无表情地把他背去洗手间。

考试前倒数第三天，陶淮南又是来回骨碌着哼唧，就是不起。

迟骋已经洗漱完了，过来问他：“你今天是不上学了？”

“不上了，”陶淮南抬手摸了摸额头，手掌和半截手指还缩在袖子里，“我头疼，我晕，起不来。”

“你别是又感冒了。”迟骋伸手去摸他的脖子。

今年冬天陶淮南还没生过病，前两天陶晓东还念叨过小崽儿今年省心。

“那倒没有，”陶淮南坐起来摸衣服穿，边穿边说，“我装呢。”

迟骋拧着眉站起来，不再搭理他，出去给烦人精热牛奶。

陶晓东今年冬天特别忙，最近他都没怎么回来，前天倒是回来了，夸了一句陶淮南今年省心。结果陶淮南今天就病了，他这嘴太毒了。

陶淮南早上说自己是装的那是安慰小哥，其实他是真难受。

上午第二节课开始，他的鼻子就不通气了，在旁边使劲儿吸鼻子，迟骋看向他，低声问："你怎么了？"

"没事儿，"陶淮南揉了揉鼻子说，"鼻子有点儿堵。"

他平时撒娇磨人那都是闹着玩的，想逗迟骋笑笑，想让迟骋哄他。真难受了就不闹了，中午主动让迟骋带他去校医院拿了药，晚上回家也自己躺好了不出声，不耽误迟骋复习，毕竟都快考试了。

迟骋弄了杯热柠檬水给他，里头还放了点儿蜂蜜。陶淮南就坐在床上吸吸溜溜地边吹边喝。

"难不难受？"迟骋问他。

"不难受，"陶淮南摇摇头，"你学你的，我自己待着。"

"没什么学的，"迟骋坐在他旁边看了他一会儿，"想不想吃东西？"

陶淮南还是摇头："不想。"

人孩子一好端端的，陶晓东非念叨，到底让他给说中了。迟骋写作业的时候，陶淮南脸冲着墙戴着耳机小声给他哥发消息。

"陶晓东！陶晓东！陶晓东！"

陶晓东回他："马上回去了，想我了？"

"我感冒啦，都是你念叨的！你的嘴太厉害了！"

陶晓东："那你也真是不争气。"

"你不念叨孩子，孩子也不会有病，你等会儿回来的时候给我带盒退烧药，我怕我半夜发烧。"

陶晓东这才信了，发了条语音问："真病了啊，宝贝儿？"

"那你当我逗你玩呢？别忘了给孩子带药！回来也不要大惊小怪，我苦哥学习呢，耽误我苦哥考第一不行！"

陶晓东说："知道了，马上回。"

当哥的平时忙工作见不着人，回来了还不好好聊，非说他今年没生病的事儿，这可让人给讹上了。

陶晓东看他弟还挺欢实，也没太担心。

"我看这也没咋啊，你是不是讹我？"陶晓东问，"你是不是有什么诉求想让我答应？"

陶淮南瓮声瓮气的，裹着被子在他哥床上坐得跟个蛋宝宝似的，吸了吸不通气的鼻子，说："说不定是。"

陶淮南往他哥屋里一赖就不走了，直到迟骋洗完澡过来叫他回去睡觉。

"来啦。"陶淮南从床上挪下去，裹着被子慢悠悠出去。

陶晓东在房间里说："你要不在我这儿睡得了，都要考试了，你再把苦哥传染了也不好。"

"啊……"陶淮南犹豫了下。

迟骋刚要开口，就听陶淮南说："我小哥不跟我睡就睡不着觉，我怕他失眠。"

"是，"陶晓东点点头，配合着说，"苦哥越长大越磨人。"

陶淮南当然听出来他哥这是损他呢，也不再接话了，裹着大棉被跟迟骋一起回了房间。

"药吃了没？"迟骋问他。

"吃啦。"

陶淮南刚才把被子裹走了，现在床上被晾得冰凉。陶淮南往床上一躺，凉得直缩。

迟骋把他扯了过来，陶淮南很自然地把两只脚都放在迟骋腿上。隔着睡裤都感觉得到他脚凉，迟骋说他："又不穿袜子。"

陶淮南感冒了，不敢跟迟骋挨得太近，隔着挺远说："袜子太厚了，穿着难受。”

迟骋没再说他，他难得消停，迟骋也就不想再招他说话，毕竟一说起来就没个完。

其实陶淮南都用不着担心会传染迟骋，谁像他似的那么容易感冒，迟骋就跟个铁人似的。他扣着口罩咳来咳去的时候，迟骋呼吸平稳好好地做着题，陶淮南还挺羡慕。都一样长大的，咋区别这么大，也太不公平了。

期末考完之后，陶淮南可撒了欢，迟骋要给他批试卷，陶淮南都不乐意，手往自己那几张卷子上一扣，不让迟骋碰。迟骋不让他捣乱，让他上一边待会儿。

“别整了，别整了。”陶淮南一边按着卷子，一边拨开迟骋的手，“别碰它。”

“没答好？”迟骋挑眉问。

“我觉得还行。”陶淮南倚着桌边，“放假了，别管它了，陪我玩吧，陪陪我！”

迟骋随口一说：“你能玩什么？”

“反正你别看书，别批卷子，也别学习，”陶淮南说，“陪陪我。”

迟骋于是推着桌子往后一滑椅子，微低了点儿头问他：“怎么陪？”

陶淮南趴在那儿想了半天，也没想出个什么来。

他想不出来，他哥替他想了，善解人意的陶晓东，心疼俩小的上了一学期的高中生活，第二天就给送走了。小崽子这点儿愿望陶晓东还是能满足的，不算什么。

黄哥老家在邻省一个小小的旅游村，有山有水，风景太漂亮了。虽然现在冬天河都结了冰，但能玩的也不少。陶淮南没怎么出过门，所以什么对他来说都很新鲜。景美不美不重要，好玩就行了。

陶晓东这段时间忙得脚不落地，他肯定没法儿陪着去。不过有迟骋带着，陶晓东没那么担心，何况俩崽子去的是黄哥老家，黄叔、黄婶都在那边，这就更没什么可担心的了。

陶淮南这次感冒不严重，现在已经好得差不多了。司机大叔在前面讲着他年轻时候在这边当兵时的趣事儿，陶淮南听得认认真真的，时不时侧过头朝车窗那边小声咳两下。

后备厢里带了不少东西，几套衣服和贴身盖的两条薄毛毯子。毯子一条用来铺一条用来盖，怕晚上床凉。反正开车过来也好带。

大叔今天把他们送过来，什么时候要回去了他再来接。

黄叔、黄婶从上午就开始盼着他俩过来，陶晓东跟大黄这么多年兄弟了，老两口跟陶晓东自然熟。不过因为陶淮南不太出门，离得也远，他们倒是没见过俩小的。

人岁数大了就是喜欢孩子，像迟骋这样不爱说话的还好，陶淮南这样开朗又嘴甜的，就格外招老人喜欢。

黄婶给他们准备了一桌子菜，陶淮南吃什么夸什么，倒也不是虚着夸，他是真心实意觉得好吃。

几个人边吃饭边唠嗑，一顿饭吃了两个小时。

这个时间来这边玩的人很多，黄哥头几年回来盖了两栋小楼，老两口就在这儿开农家乐。也没图挣钱，就是图个人气，有点儿事儿忙活着有意思。

一楼都是小火炕，楼上是床或电热炕。他俩住的一楼，小火炕烧得热热的，铺的盖的都是提前给他俩准备的新的。陶淮南自己带的小毯子没用上，他伸手往被窝里摸了摸，甚至还觉得有点儿烫。陶淮南感叹着“哇”了一下，时不时伸手摸摸。

迟骋一个农村孩子，睡炕对他来说真没什么新鲜的，也就城里小孩儿才觉得好玩。

房间里有间小小的卫生间，洗澡的时候，热气氤氲还不觉得冷，热水一关，陶淮南擦水的工夫，就冻得浑身鸡皮疙瘩都冒了起来。

拖鞋刚才踩湿了，地有点儿滑，陶淮南眼睛看不见，就算迟骋拉着他也走不快。迟骋索性拿浴巾一裹，直接把他抱了回去。陶淮南一下钻进被子里，先是觉得有点儿烫，然后舒服得趴在枕头上直哼哼。

迟骋拿了条他的内裤塞给他，陶淮南自己摸摸索索地在被窝里穿。迟骋把睡衣也给他拿了过来，然后又回了卫生间，刚才光顾着陶淮南，他自己还没洗。

陶淮南趴在那儿舒服得直眯眼，手机嗡嗡嗡地在旁边一下下振动。他摸过来听，是季楠又在班级小群里刷屏。

最近群里可活跃了，放假了他们全开始撒欢，昨天还约着一起打球了。

群里又在约明天一起出去玩，还 @ 了陶淮南和迟骋。

楠哥最 Dior：“淮南和迟哥呢？你俩来不来？”

陶淮南：“淮南不来，迟哥也不来。”

楠哥最 Dior：“数你俩最不服从组织安排。”

陶淮南：“我俩出门了，这边可美啦。”

有人笑着发语音：“你还能看见美不美？”

楠哥最 Dior：“会不会说话？不会说话就闭上。”

陶淮南毫不在意地回：“我小哥能看见就行，他看见了我就看见了。”

迟骋出来的时候，陶淮南还在聊天，他下巴抵着枕头，说话时，头跟着一抬一抬的，头发刚才沾湿了点儿，这会儿潮乎乎的。

被窝里太舒服了，惬意得他说话都不想睁眼了，就闭着眼睛小声哼哼哈哈地聊。两只露出来的胳膊光溜溜的，睡衣放在旁边根本没穿。

“把睡衣穿上。”迟骋说他。

“不想穿。”陶淮南已经被暖洋洋的温度给征服了，皮肤这样直接挨着绒绒的褥子，太舒服啦。

“穿上，”迟骋把睡衣放在他枕头旁边，“不然冻着你。”

陶淮南嘴上答应着“好”，却不动也不穿。

黄婶给他俩准备了两条被子，让他俩自己盖自己的。一般这么大的兄弟都不一起盖被了，半大小子睡觉都不老实，一条被子不够俩人抢的。

“你老实点儿。”迟骋帮他把被子盖好。

单人被没那么宽，两个人盖有点儿不够。

“你摸摸我肚子，烫吧？”陶淮南笑得眯眯眼，“给你热乎热乎。”

陶淮南刚才跟张烙饼似的把自己贴在炕上，烙得浑身都暖洋洋的。

“不冷了吧？”陶淮南笑着去跟迟骋说话，“好玩吧？”

迟骋被他逗得眼睛里带了笑，捏了捏他后背：“你怎么跟个小傻子似的？”

小傻子笑得可好看了。

村里的夜晚又寂静又冷清。

故意设计的怀旧的老灯泡，关了灯还能看见灯丝的余亮。陶淮南的眼睛里连这点儿余亮都没有，他的黑太纯粹了，是无边无际的。

无边无际的黑像一条永恒流动的暗河。

哥哥是他的岛，迟骋是他的小船。

第 十四 章

遇见盲聋人

陶淮南是被冻醒的，两条单人被中间摞在一起，重叠了一半，两个人再各盖另一半。

没穿睡衣的陶淮南半夜觉得冷了，单人被太窄了不够盖，他一翻身就漏风。北方农村的夜里还是太冷了，头露在外面冻得鼻尖都冰凉。迟骋怕他冻着，还是把另一条被子扯了过来。

被子里面和外面有一个明显的温差，这样的清晨让人格外不想起。

洗漱之后，两个人都清清爽爽。他们能听见院子里厨房小屋那边的做饭声，偶尔还能听见院子里黄叔、黄婶日常琐碎的对话。鼻息间都是冷冽清新的空气，跟城里供暖之后总是带着点儿烟味儿的空气很不一样。

陶淮南洗完头后，迟骋开着最大风迅速把他的头发吹干。

吹完头发后，迟骋按着他的肩膀划了个弧，让陶淮南转了过去，然后推着他走了出去。

黄叔、黄婶早给他俩备好了早饭，让他们过去吃。

黄哥最初在电话里就跟黄叔、黄婶打过招呼，说不用多管他俩，白天就让他俩自己玩，想干什么干什么，也不用陪着，陪多了小孩儿反而不自在。所以黄叔、黄婶也没说要带他们出去玩，就告诉他们哪边有什么，让他俩自己去。

陶淮南把帽子扣得严严实实，穿着厚毛的雪地靴，被迟骋带了出去。迟骋故意带他走路边有雪的地方，陶淮南踩雪踩得咯吱咯吱的，太快乐了。

走到院子里有狗的墙边，墙里就会传来一阵狗叫。游人不少，车也不少，迟骋没带他去走大路，走的都是村里的小道。

陶淮南说："你找个好看的地方，咱俩拍照片呀？"

迟骋最近格外纵容他，也没拒绝，只说："这儿不好看，等会儿拍。"

陶淮南于是接着踩雪。对于看不见的孩子来说，很多事情都变得简单了，也没那么多追求，随便去个小村庄对他来说都很高兴。

迟骋带他去湖里打出溜滑，陶淮南平时独立走路都小心翼翼的，更别说要完成这种很难保持平衡的运动。

"你就快走几步，不抬脚往前一滑，用惯性。"刚开始迟骋拉着他的手给他演示了两遍，"瞎滑，没事儿。"

陶淮南边笑边连连摆手："我不敢哪。"

"你怕什么？"迟骋拍拍他的腿，"胆小。"

冰结得很厚，刚开始陶淮南知道是在冰上走还有点儿害怕掉下去，后来玩开了也不怕了。周围很多小孩儿在滑冰，有穿着冰鞋的，也有坐爬犁的。

陶淮南穿的是雪地靴，本身也有点儿防滑。本来就滑不好，这下更不会了。他又胆小又笨，迟骋实在教不会，后来放弃了。看着颤颤巍巍不敢松开他手的陶淮南，迟骋笑了下说："蹲下吧。"

"干啥？"陶淮南也笑着问。

他一直在笑，很高兴。

"让你蹲下就蹲下。"迟骋说。

陶淮南攥着迟骋的手蹲下了，迟骋说了句“蹲住了，别站起来”，然后不等陶淮南再说话，直接拖着陶淮南后退着跑了起来。

陶淮南失声“啊”了下，被迟骋拖着快速在冰层上滑，他边笑边让迟骋停下。

旁边的小孩儿滑倒了，那小孩儿穿着厚厚的大棉袄，摔了一下也不觉得疼，看见陶淮南被拖着滑，还吐了吐舌头说：“‘略略略’，自己都不会滑冰。”

迟骋停下的时候说：“小孩儿都笑话你。”

陶淮南笑得更开了，停下了也没站起来，索性直接一屁股坐在冰上。他笑得有点儿喘，坐在那儿抬头望着迟骋。看是看不见的，只是习惯性地去找他的方向。

他刚开始戴着口罩，呼吸使睫毛挂了霜，现在口罩虽然摘了，霜却还没掉，半遮半挡着那双眼睛，看着有点儿可怜，又有些可爱。

迟骋拿出手机，给他拍了一张。

陶淮南不知道迟骋给他照相了，还坐在那儿晃迟骋的手，问他：“你小时候是不是总在冰上玩？”

迟骋又拍了一张，揣起手机的时候说：“还行吧，天天挨打没心思。”

说起挨打的事儿，陶淮南抿了抿嘴，说：“打小孩儿真有病。”

迟骋抓着他的手又跑了起来，陶淮南又被惊得叫了一声，然后笑着喊：“等会儿，等会儿，我没蹲好呢！磨屁股！小哥！”

冰层上光光滑滑的，早上迟骋还逼着他穿了双层棉裤，不可能磨屁股，他就是娇气。迟骋不理他，拖着陶淮南在冰上撒欢儿，陶淮南兴奋又刺激，玩得都出了汗。

周围有带着孩子玩的家长，有的也看出了陶淮南眼睛的问题，听着他“小哥”“小哥”地叫，觉得兄弟俩感情真好。

陶晓东打电话过来的时候，陶淮南正坐在一个别人玩过的破轮胎上歇着，迟骋坐在他旁边，手里拿了杯热豆浆。

湖边卖的豆浆，就是用豆浆粉拿开水一冲，放平时白给都不喝，现在十块钱一杯还得排队买。

"晓东啊？"陶淮南从迟骋手里拿过豆浆，吹了吹热气，"想我们了？"

"啊，"陶晓东在那边问，"开心吗两位？"

"开心啊，"陶淮南喝了口豆浆，又递给迟骋，"苦哥带我滑冰。"

"哟，你还会滑冰了？"陶晓东还是了解他弟，"你能敢？"

陶淮南被戳穿了，笑着说："苦哥滑我，他把我放在冰上拖着玩，把我当冰猴儿。"

"我一猜就是。"陶晓东嗤笑一声，"就你那胆量，手你都不敢松。"

陶淮南边跟迟骋喝豆浆，边跟他哥聊天，直到把那杯豆浆喝完，才挂了电话。

下午迟骋又带他去别的地方逛，有个房子盖得很特别，房子侧面有长长的斜台阶，能一直走到房顶。这里也是一户农家乐，在村子的最东边。迟骋带着陶淮南走了上去，陶淮南胆子小，一只手拉着迟骋，一只手扶着扶手。

站在房顶能看得远一些，能看到东边的小山和树林。

陶淮南说："我闻到炖小鸡的味儿了。"

"饿了？"迟骋问他。

陶淮南笑着摇头："不饿，就是闻到了。"

迟骋说："我没闻到。"

陶淮南说："我鼻子好使啊，耳朵也好使，我除了眼睛哪儿都好使。"

迟骋"嗯"了声，随口应着："你厉害。"

一天下来，迟骋给陶淮南拍了好多照片，有时候随手就拍一张。陶淮南挺上相的，怎么拍都不丑。

晚上，陶淮南趴在小火炕上。今天倒是老老实实的，洗完澡就把睡衣穿好了。他趴在那儿让迟骋告诉他每张照片大概是什么样子的，他要挑一挑发朋友圈。挑来挑去都是他自己，没有他俩一起拍的。

最后陶淮南勉强挑了两张自己拉着迟骋胳膊的照片，还不太高兴："我想发和你一起拍的，这都是我自己。"

迟骋说："明天再拍。"

陶淮南让迟骋帮他发，嘟嘟囔囔地说："上次一到上传之前那页，就总是不出声，好半天我都发不上去。"

迟骋帮他放好照片，问："写什么？"

陶淮南说："写'我和小迟'。"

一共三张照片。陶淮南戴着帽子、穿着臃肿的棉袄，开心的少年让冬天的灰白调好像都更明亮了些，染上了点儿暖洋洋的质感。

——我和小迟。

这个时间竟然是没加班的田毅哥第一个赞了他。

还评论了："你俩出去潇洒是真不带你哥的啊？"

陶淮南回复起来不方便，不过还是摸索着用语音转换的方式回复他："哈哈，晓东忙嘛。"

班里同学都是手机控，因此评论和赞来得都很快。

群里又在 @ 他，问陶淮南："你俩这是上哪儿啦？"

陶淮南："我昨天说了呀。"

有人问："就你俩吗？"

陶淮南："对，就我俩。"

本来放假了一群学渣就无聊坏了，不知道谁打头说："那咱们也去呗？反正也不远。"

这简直一呼百应，男生们都在家待不住，家里管得松的已经开始看起了车票，管得严不让出门的都在怨念。

迟骋已经躺平了准备睡了，陶淮南也关了手机，翻过来躺平，躺平了说：“晚安啦，小迟。”

迟骋闭着眼说：“现在开始没大没小了。”

陶淮南躺好闭眼，带着笑意睡了。

晚上在群里说话那会儿，陶淮南不认为这些同学们真会来，所以等他们到了村口给他俩打电话让他俩出来接的时候，陶淮南是真吓了一跳。

以季楠、石凯为首的一共五个闲人兄弟，被季楠家司机开着一辆七座商务车给送来了。

陶淮南当时正跟迟骋在厨房小屋吃饭呢，黄叔、黄婶给开小灶，不让他俩吃厨师做的。厨师做的都是给房客吃的，他俩吃的都是黄婶给做的。

黄叔用灶坑给他们烧了鸽子、烤了包子，陶淮南正蹲在灶坑旁边扒着吃。最外面一层烧得焦黑，陶淮南满手都是黑的，嘴边也吃得脏兮兮的。

迟骋从外面取了个小板凳进来，看见陶淮南吃得那么脏，笑话他：“跟个泥猴儿似的。”

陶淮南也不在意，摸着胸脯那块最厚的肉，撕下来一长条，抬高了手往迟骋嘴边递：“哇，好香。”

迟骋一俯身叼走了，把小板凳放在陶淮南旁边，让他坐着吃。

黄婶那边还给炖了条江鱼。

昨天村里有人去挖冰窟窿捞鱼了，黄叔也弄了些回来，挑了条最大的给他俩炖。这时候活鱼难弄，尤其是这么大的，在冰层底下窝了半个冬天了，又鲜又肥。陶淮南边闻着灶台上大锅里冒出来的鱼味儿，边撕着鸽子吃。

黄叔、黄婶太喜欢他了，俩老人就黄哥一个儿子，黄哥家姑娘还小呢，放假了得上各种各样的补课班、舞蹈班、美术班，一年回不了两次。难得家里来俩孩子，虽说是大了点儿，但在老人眼里也就还是孩子。

陶淮南边吃边跟黄婶聊，电话打过来的时候，手脏得都没法儿接，没等他接起来，他们就又打到迟骋那儿去了。

陶淮南吃成这样也没法儿出去接人，迟骋自己去了。等人来的时候，陶淮南已经洗干净了，手和脸都白净净的，水还没来得及擦。

“你们也太会赶时候了吧？”陶淮南甩着手上的水说。

“快擦干，等会儿吹皴了。”黄婶赶紧递了纸过来让陶淮南擦，“你们皮嫩，别带着水出屋。”

黄叔去给孩子们安排房间，路过厨房这边，过来跟陶淮南打了个招呼。

有眼尖的看见灶坑边有吃的，问陶淮南：“小淮南偷吃啥呢？”

迟骋过来把陶淮南下巴上的水珠抹掉，陶淮南说：“那可太多了。”

一群小子还没等去房间，先抢着吃了两只鸽子。

“他们都给我吃了！”陶淮南转头就朝着迟骋的方向告状。

黄叔哈哈笑着，说：“等会儿还给你烧。”

陶淮南故意委屈地跟迟骋说：“我给你留的，我把不好撕的都撕完了，剩的都是腿上和胸脯的肉，都是给你留的。他们都给抢走啦，你看看他们。”

迟骋说：“没事儿。”

“你看他抠的，”季楠说，“抠精。”

陶淮南不理他们，趴在迟骋耳朵边说：“里头我还给你藏了只小鹌鹑。”

小鹌鹑是刚才黄婶帮他藏的，用锡纸包着塞在里头了。迟骋眼里带了笑意，被陶淮南逗得捏了捏他的脸。

陶淮南不是真抠，就是跟同学们闹，玩心起来了。最后藏的那只小鹌鹑也被抢了，陶淮南气死啦。

一群高中小子跟土匪似的，见什么抢什么。黄婶给他俩开小灶炖的大鱼本来他俩肯定是吃不完，结果一条将近十斤的江鱼，让这群人给分着吃得啥也没剩。

大鱼没小刺，陶淮南能用鱼汤蘸饼吃。其他菜也没禁得住抢，这阵仗把黄叔、黄婶给惊着了，这群小子怎么跟吃不饱似的？

这事儿传到店里的时候，黄哥跟陶晓东都笑了。

“小南现在人缘挺不赖啊，这都有一帮小兄弟了。”黄哥说。

陶晓东给人做着图，边走针边说：“反正现在小迟不打仗了。”

“早就应该把他俩往那儿送，老头儿、老太太稀罕坏了，来这么一帮小孩儿，看着都热闹。”有个年轻文身师从他俩旁边走过去，顺手往黄哥头上弹了个脑瓜崩儿，黄哥踢了他一脚，接着说，“老头儿说，明儿整只羊，给他们烤一半炖一半。”

“想想都闹人，”陶晓东笑着说，“这可真是给叔找了点儿事儿，俩就够呛了，还整了一小帮，这么大都能作翻天。”

“作去吧，平时想闹都没人闹，闲坏了。”

他俩跟亲兄弟一样，外道的话肯定不用说，说多了就显得客气了。本来放俩孩子出去就是让他们开心的，那肯定是越开心越好。

陶淮南本来天天被迟骋带着出去瞎溜达就很开心了，突然来了一群闹人的跟着，耳朵边就始终都是吵吵闹闹的。

晚上陶淮南准备洗澡了，洗完澡往热被窝里一钻，那个舒服劲儿就别提了。迟骋让他先洗，陶淮南“嗯”了声，甩着手里的睡衣、睡裤往洗手间走。

“快点儿！快点儿！快……”

门突然被推开的时候，陶淮南吓了一跳，门口有人探着头进来说：

“迟哥，充电器给我使使？”

季楠就住他们隔壁，他们屋住俩人，另外一个屋住仨人。这会儿季楠过来取充电器，啥也没穿，就穿了条小裤衩。

“快点儿！冻死我了！”

迟骋去给他拿，陶淮南站在厕所门口回头说：“出门不记得带充电器？”

“落在车上了，”石凯也过来遛了一圈，胳膊一圈夹着季楠的脖子，季楠接着说，“你们屋好像比我们屋热。”

迟骋过来把充电器递给他。

季楠从他手里接过，张嘴像是还要说话。石凯夹着他的脖子一掰，说：“冷死了，赶紧走，你光着个屁股挺扛冻啊？”

“这不穿裤衩了吗？”季楠被石凯夹走了，手里拿着个充电器，线一甩一甩的。

“你咋没锁门呀？”陶淮南问。

“没睡就没锁，”迟骋锁了门走了过来说，“锁了。”

陶淮南摸着打开洗手间的灯，钻进去说：“那我去洗澡啦。”

一群浑小子在这边除了吃喝玩乐就没别的事儿了，爽得没边。

他们玩得比陶淮南野，太淘了，走到哪儿疯到哪儿。陶淮南被迟骋拉着慢慢滑冰的时候，都怕被他们撞着，听到附近有人了就赶紧躲开。

迟骋去给他买豆浆，陶淮南都不敢自己留在原地，生怕哪个欠的就过来拖着他滑走了。于是他在后面拖着迟骋的衣服，也一起滑着去买豆浆了。

这天卖豆浆的老头儿带了个小孩儿，十三四岁的样子。

陶淮南本来都不知道这儿有个人，他蹲在那儿太安静了。直到陶淮南突然被人摸了脚腕，才吓得叫了声。

迟骋马上回头看他，看见陶淮南慌得往后退了两步。

“没事儿，别害怕，”迟骋抓住他的胳膊，“是个小孩儿。”

陶淮南点点头，“嗯”了声，说：“我就是没听到。”

老人把豆浆递给他，往地上看了眼，平静地说：“他出不了声。”

“啊……”陶淮南有点儿抱歉地说，“那我是不是也吓了他一跳？”

陶淮南蹲下，往那边比了个道歉的手势。

“没事儿，吓不着，”老人给他们盛着第二杯豆浆，冒着浓浓热气的豆浆从暖瓶里倒进纸杯，“能吓着还好了。”

陶淮南有点儿疑惑地眨眨眼，站了起来，迟骋拉着他的手，捏了捏他的手心。

“你也看不见吧？”老人抬头看他一眼，倒没带太多情绪，还笑了下，下巴朝底下扫了扫说，“你比他强，他看不见也听不见。”

陶淮南张了张嘴，好半天都没能出声。

后来陶淮南又蹲下去，轻轻摸了摸那个小孩儿，摸到了他干裂的手背。小孩儿往后缩了缩手，片刻后又伸出来，像是好奇，又像是捣乱，力气不小地在陶淮南手上拍了一下，拍出了“啪”的一声。

陶淮南被迟骋带走了，中途他好几次朝刚才的方向回头。

这样的“盲聋人”陶淮南只听到过，没有真的遇到过。以前他被哥哥带着去医院看眼睛的时候，曾经有一对年轻的夫妻坐在医生的诊室里绝望地哭，说他们的孩子是个“盲聋人”。

那时候年轻的妈妈哭着问：“我得怎么才能把他养大啊……养大了他能活吗？他怎么才能活啊？”

医生劝他们还是要乐观，未来是值得期待的。

“未来”是个多虚的词，它太缥缈了。

那时候陶淮南不懂，这天摸到的干巴巴皴裂的手和打在他手上的那个响，让陶淮南切切实实地觉得被触动了。

这天后来的时间他总是忍不住朝向那边。

那个小孩儿……得怎么长大啊?

迟骋过来摸了摸他的头，陶淮南头上戴着顶滑雪帽，他拉着迟骋的胳膊，头一次觉得自己如此幸运。

如果那个小孩儿也能有双好使的耳朵，能听见声音，他就会比现在容易很多，很多很多。

陶淮南用另一只手轻轻摸了摸自己的耳朵。

那天季楠他们把老头儿的几壶豆浆全买了，让他带着小孩儿回家了，豆浆放在原地给别人免费分了。

小孩儿走路的姿势都带着点儿扭曲，肩膀斜斜地端着，走几步甩甩胳膊，动作奇异又违和。他们都看着陶淮南，同样是看不见的小男孩儿，一个成长得又快乐又天真，一个活得像是没有灵魂。

有男生过来捏了捏陶淮南的耳朵，说："你们都是小天使。"

陶淮南笑了笑，说："我也觉得是。"

那天回来说起那个小孩儿，刚提了个头，黄婶就知道了他们说的是什么，问："他爷爷带着出去了？"

有人说是。

提起这些事儿，总是让人心里觉得沉。

"那肯定是他奶奶又想让他出去转转了，不然老叶从来不领着他。"黄婶一边给他们盛菜端过来，一边说，"他能活到这么大全靠他奶奶，小时候他爷爷动不动就把他带走扔了，受不住他奶奶闹了再领回来。他奶奶一会儿寻死一会儿上吊的，这才留住了他一条小命，扔了就是个死，谁要啊？"

"福利院呢？"

黄婶说："以前我们这儿穷着呢，那时候也没弄这个旅游村，就是普普通通的农村，哪儿来的福利院？现在也没有。再说福利院也不是什么孩子都收呢，有家、有长辈的人可不收。"

黄婶叹了口气，接着说："老叶就没想让他活，每次都往桥洞、树林里扔。那孩子被扔在没人的地儿，几天也就饿死了。"

陶淮南说不出话，手从桌子上拿下去，去摸迟骋。迟骋握住他的手，用拇指蹭了蹭他的手背。

"老头儿心那么狠？"有个男生问。

黄叔从外面进来，端着一盆不知道炖的什么的肉。肉香直往鼻子里扑，但今天男生们都没抢。

黄叔说："这没啥狠不狠的，活着他累家里也累，他爸妈早就不管了，没满月就要扔了，都是叶老太太留下的。老头儿、老太太还能活多少年？老叶从前说让那孩子赶紧解脱了重新投胎算了。"

"那也是人命啊……"男生皱着眉，还是无法接受这种说法。

"能算人吗？"黄叔的手在眼前比画了下，"打从出生起，这孩子就都是封起来的，他没有人的想法。"

"怎么不是人？"黄婶拍了拍黄叔，"生下来是人就是人。你赶紧看看外头那锅，等会儿粘锅底了！"

黄叔就又出去了，黄婶说："就是命不好，不会投胎。不知道是因为他妈怀孩子的时候吃药了，还是早产没长好。这辈子吃多了苦，就当给下辈子攒个平平安安吧。"

善良的人都容易共情。

残疾人之间本来就都有种同病相怜的共情，他们在这个世界上和别人是不一样的，他们是世界上的特殊群体，是"一小部分"。

晚上，陶淮南捂着耳朵，坐在被子上，安安静静的。

迟骋叫了他一声，陶淮南没有听见。

迟骋看他一眼，声音又提高了点儿：“陶淮南。”

“哎，”陶淮南拿开手，小声应着，“在呢。”

迟骋说：“躺下睡觉，别玩了。”

陶淮南说：“好。”

然而等迟骋过来躺下关了灯，陶淮南还在捂着耳朵。

迟骋把他的手摘了下来，说：“睡。”

陶淮南闭着眼睛，低声呢喃道：“这样好可怕的，什么都感觉不到了。”

迟骋知道他今天看见过那小孩儿之后心里一直难受，陶淮南向来情感柔软。善良细腻没什么不好的，只是会对很多事情有不同的感悟。

“过来。”迟骋朝着他说。

陶淮南往这边侧了侧头，慢半拍地回应：“嗯？”

“我哄哄。”迟骋说。

陶淮南于是翻身过来，捂着一边耳朵去听迟骋的心跳。迟骋怕他在被子里闷，把被子往下扯了扯，让陶淮南把脸露出来。

不管陶淮南在什么样的情绪里，迟骋的心跳都能让他平静下来。

男孩子们善良热心，可也不会因为这个就影响了出来玩的心情，第二天早上一起来基本就又活蹦乱跳了。

只有陶淮南比往常安静了些，他总能想起那个小孩儿。他们在临走前还去看了他。老头儿又去卖豆浆了，家里只有那个小孩儿和他的奶奶。

奶奶看起来还很硬朗，年纪应该没有太大，走路劲劲儿的，像是带着风。她听说这一帮孩子是来看她孙子的，很热情地往里让让：“来，快进来。”

家里收拾得很干净，院子归置得很整齐，房间里也不乱。

那个小孩儿正坐在炕上，手里拿着一个已经玩得有点儿脏了的发泄球——那种软软的捏完会迅速回弹的软球。他身上穿着手织的暗绿色毛衣毛裤，脖领和脚腕处能露出他穿的米色秋衣、秋裤的边。

他奶奶从地柜上面拿了个小娃娃，那种一两块钱一个的塑料小娃娃，然后拉过他的手塞进他手里。

那小孩儿摸了摸，然后拍着炕"啊"了几声。

"有人来，他高兴。"奶奶扯着他的腿把他从炕上往外拖了拖，笑着给他把秋裤的裤脚塞进袜沿，再用毛裤盖住，弄得板板正正。

"他怎么知道有人来？"季楠问。

奶奶指了指娃娃："我告诉他的。"

地柜上放着很多东西，小布鞋、碗、手掌那么大的小枕头、水杯，还有一些看不出是什么的小物件。

"他都能明白是什么意思吗？"陶淮南也摸了摸那个小娃娃，小孩儿感觉到了，伸手过来按住陶淮南的手，要往嘴里放。

陶淮南没抽回手，迟骋按住了他的胳膊，然而奶奶动作更快，在小孩儿的嘴巴上拍了两下，看起来像是扇了两个巴掌。

陶淮南以为他挨了打，缩回手说："没关系，别打他了。"

"没打他，"奶奶哈哈笑着，说，"这是告诉他别往嘴里放东西。"

陶淮南抿了抿唇，说不出什么话，只点了点头。

奶奶看起来是个极热情的人，也爱聊。很意外的是，从她脸上并不能看出什么苦闷和惆怅，她像是并没觉得生活多不好，那些外人觉得的不容易，她似乎没太当回事儿。

"老头儿不是个东西，总想把他扔了。"奶奶坐在炕沿上，跟他们唠嗑。

男生们有的站、有的坐，这样的生活和这种环境他们应该是第一次感受。除了迟骋和陶淮南，剩下的都是实打实的公子哥儿，从出生就没吃过苦。

“那我能让他扔？再怎么着也是我孙子，我能容老头儿这么造孽？”奶奶说到激动时还挥挥手，讲起之前的事儿，也是当笑话给他们讲，“我绳子都绑好了，就挂在横梁上，他不给找回来我就死在屋里头！”

奶奶很乐观，听她讲这些事儿，他们好像也觉得没有那么压抑了。

“老头儿总说想让孩子解脱，活着也痛苦。哪儿来的痛苦，我看就是他痛苦！”奶奶回头看了看在他身后捏软球的孙子，眼里有着慈爱包容的光，说，“人嘛，生下来都是一样的，听不懂看不着，小婴儿都一样，饿了哭，饱了睡。”

她用力摸了摸小孩儿的头，捋了两把。小孩儿转个身趴去里面的炕上，脸贴着炕，嘴巴张着。

“我们这个就是一直停在小婴儿的时候了，不也挺好的？”奶奶笑了笑，脸上和语气里分明还带着看淡一切的从容，“他都不知道啥叫痛苦，脑子里没那些东西。身上不疼不痒的，有什么痛苦的？当一辈子小婴儿，简简单单的，我们孩儿这也算是享福了。”

奶奶是真的看得开，不是宽慰自己，也不是说给别人听，是早就在长年累月里把那些不甘的情绪磨平了。

那天孩子们走的时候还给留了点儿钱，对他们来说就是点儿零花钱，一点儿心意而已。

其实人家也并不缺钱，老头儿天天出去卖豆浆可赚了，成本那么低，冲点儿豆浆粉就能一杯卖十块，一天能卖不少。而且这样的小孩儿现在国家给补助，生活上也提供了很多便利，他们是真不缺钱。

可是除了这样，他们好像也不知道还能为这样的人群和这样的家庭做点儿什么了。

遇到个盲聋小孩儿是个意外。

这让陶淮南回来后很长一段时间内都安静很多，好像心都沉了下来。他会在很多时候静悄悄地去感受世界，偶尔摸一摸耳朵。

天天叫喳喳闹人的小崽儿，出去一趟回来就消停了，话也不说了，支着小耳朵听听这儿听听那儿。

陶晓东觉得诧异，问迟骋："这是咋的了？"

迟骋说："遇见个听不到也看不到的小孩儿。"

"啊，他们村那个？"陶晓东了然地点点头说，"我也看见过一回。"

迟骋"嗯"了声。

陶淮南本来就很依赖听觉，现在依赖得更深了。

他每天晚上都要听一会儿迟骋的心跳。

听心跳很好，能让他有安全感。

这个冬天过完，春暖花开的时候，陶晓东又去医援了。这次去得远，要走好些天。

迟骋和陶淮南开始了他们的第二个学期，陶淮南好像在这个冬天又拔高了一点儿，像是过了个年，孩子们都长大了些。

等到天气再暖和一些，到了脱了外套出门只穿单衣的季节，陶淮南突然发现他哥最近有点儿不对劲儿。

陶淮南对他哥那可真是太了解了，是听个语气词都能听出他当日情绪状态的那种了解。

哥哥心里揣了点儿小心思，陶淮南是听他电话听出来的。

不知道他哥跟谁打电话聊天的时候，那边问他最近有没有心情，介绍个人给他。陶晓东先是说忙，之后又说："我现在不喜欢那种的。"

那边问他："哟，那你是喜欢哪种了？"

陶晓东眯着眼睛靠在沙发上，手无意识地摸着他弟的小腿捏着玩，边捏边说："我现在喜欢正经人。"

"谁说人家不正经了啊？"对方笑着骂了声，又说，"也是老实孩子，没那些乱七八糟的。"

"我不是那意思，不是老不老实的事儿。"陶晓东自己也笑了。

陶淮南本来躺在那儿被他哥捏腿捏得昏昏欲睡，听到这儿突然机敏地睁了眼，微微抬头朝向哥哥的方向。

"没谁啊，我就那么一说。"陶晓东岔开话题去说别的了，陶淮南慢慢把头又落了回去，心思却活泛起来了。

哥哥一直就没什么固定的伴侣，小时候陶淮南其实心里有点儿怕别人抢走哥哥，现在却巴不得哥哥好好谈个恋爱，哥哥太孤单了。

陶晓东挂了电话之后，陶淮南坐起来，腿还搭在他哥腿上，伸手去摸他哥的脸。陶晓东被他摸得有点儿痒，笑着问："干啥？"

"你有情况？"陶淮南按着他的脸问。

"什么情况啊？"陶晓东哭笑不得地说，"你可别神神道道了。"

陶淮南怕哥哥还是顾忌他，说："我好想有人陪你。"

"你俩不陪着我呢吗？"陶晓东揉了揉他的后脑勺儿说，"有你俩就够了。"

"不一样的啊……"陶淮南眨了眨眼睛，长长的睫毛在脸上映出一层小阴影，他摸着陶晓东的脸真诚地说，"你要有爱情，要有个爱人，晚上能陪你一起睡，你们还要做……"

"停，停停！"陶晓东做了个停止的动作，都忘了他弟看不见动作，让他弟给惊得眼睛都瞪大了，"你脑子里都想的什么啊，崽儿？"

陶淮南被打断了也觉得纳闷，接着把刚才没说的说完："做很多很多属于你们的事儿，你不该只属于我。我哥哥要有最好的感情。"

陶淮南的一声"做"让陶晓东给想歪了，结果是他想多了，小崽儿干干净净的，就他这个当哥的一脑子污浊思想。

陶晓东失笑，胳膊扬起来搂了搂陶淮南，下巴贴了贴他的额头，说："别说哥现在没谈恋爱，真谈了也不耽误属于你，你和一切并不是对立的。"

"我知道。"陶淮南安抚地拍了拍他，轻声说，"弟弟们已经长大啦，你该有自己的生活了，晓东。"

陶晓东摩挲着陶淮南的肩膀和胳膊，很久很久都没说话。

小孩子长大很快的，成长不动声色地藏在每一个昼夜里。

陶淮南腿上有一片小伤口，那是之前摔的。他和迟骋也并不是不闹别扭了，毕竟他们性格本来就不同，他俩想闹别扭可太容易了。

陶淮南有时候气起人来，能把迟骋气到说不出话，可是迟骋脾气大，陶淮南一般不敢惹他生气。

那次在学校两个人生气是因为陶淮南拉错了别人的手。迟骋本来是走在他后面的，下楼时纷纷杂杂的，他俩被挤散了，陶淮南下到平地后，向后伸手，牵到了一只软软瘦瘦的女孩子的手。

陶淮南吓了一跳，赶紧放开了。

是高三的女生。

几个女生哈哈笑着，有意逗他。

"人家在等人呢，你瞎闹什么啊？"同伴问那个女生。

女生们没认出来陶淮南就是学校里的那个盲人，其中一个女生伸手拍了拍陶淮南的肩膀说："开个玩笑，弟弟，别介意。"

陶淮南抿着唇摇了摇头。

迟骋下来的时候，陶淮南低着头没说话，迟骋去拉他，陶淮南往后缩了下，有点儿情绪低落的样子。

迟骋问他："怎么了？"

陶淮南也问："你干什么去了小哥？"

迟骋说："我回去给你取了下外套。"

"那你不告诉我，"陶淮南低头自己往前慢慢走，"你就让我自己下楼。"

迟骋觉得他莫名其妙，说："半分钟的事儿。"

陶淮南也没再说别的，一直不跟他说话，心里莫名地起了点儿小脾气。

身前身后都是人，楼梯上一拨接一拨的人从他身边经过，都不是迟骋，这让陶淮南很慌。

那天陶淮南难得跟迟骋有点儿闹情绪，不理人。

迟骋本来已经挺久没发过脾气了，但是陶淮南不停抽走手甩开他，还是让迟骋起了火。

迟骋抓着他的胳膊肘问："你跟我较什么劲儿？"

陶淮南说："你不告诉我就走了。"

"我走哪儿了？"迟骋的声音听起来就是已经生气了，"你矫情什么？"

"什么都是我矫情。"陶淮南低头说。

"你还走不走？"迟骋拧着眉问他。

两个人已经到了大门口，司机大叔看见了他俩，也看出他俩闹了别扭，走了过来。

陶淮南不吭声，执拗地绷着下巴。

迟骋压不住火，一转身走了。那天陶淮南是被司机大叔带回来的。

因为迟骋生气转身那一走，陶淮南在楼梯上摔了一跤，小腿上一片都破了皮。

小事儿闹个别扭，自然是很快就好了。他俩之间能生出什么长气，心软的那个生不了太久的气，脾气大的那个又架不住哄。

陶淮南晚上软软地红着眼睛喊疼，坐在床上把脸埋在膝盖里，委屈得好像马上就要掉眼泪了，说："你可真舍得把我扔下，就把我扔在那儿了，不管我了。"

迟骋的脾气还没消干净，不想跟他说话。

"你一生气就什么都忘了。"陶淮南摸了摸小腿上哥哥给缠的纱布，心里又酸又疼，"我乖的那些时候全忘了，只想把我扔下。"

迟骋打开他的手："别摸。"

"那我不是疼吗？"陶淮南侧脸贴着膝盖，朝着迟骋那边空洞地睁着眼睛，"生气了什么都不管了，也不知道我疼了。"

"你该。"迟骋冷着脸说。

陶淮南说得比谁都委屈，其实就是撒娇，变着法儿地哄人呢。他一这样，迟骋无论如何也生不起气来了，心软了。

不然就凭陶淮南自己摔的这一身伤，迟骋弄死他的心都有，一个月都不想搭理他。

他这一身伤都是自己故意摔的，瞒不住迟骋。

陶淮南还是会哄，坐在那儿一句一句的，听着像是没有比他更可怜的了。迟骋到底还是心疼了，坐起来摸了摸他的脑袋，说："行了，别委屈了。"

他不理人，陶淮南还只是眼睛红，这一搭话，陶淮南的眼泪顺着眼角就下去了，他眨了眨红红的眼睛，说："是我错啦……你没下来的时候，我以为身后是你，牵了一个女孩子，你又不在，我有点儿烦躁，对不起。"

"我不应该只跟你发脾气，我自己也没有听出来脚步声不对。"陶淮南继续说着，"是我任性了，对不起。"

谁能受得了他这个，迟骋下床去关了门，回来跟陶淮南说："睡吧。"

陶淮南于是躺下了，迟骋说："腿别压着。"

陶淮南说："好。"

迟骋睡前恶狠狠地跟他说："陶淮南，再敢故意摔出伤，你跟我来这一套就没有用了。"

"不敢啦……"陶淮南吸吸鼻子，小声说，"我自己也可心虚了。"

一次小小的别扭让陶淮南腿上留了一片伤，破孩子娇气得很，很长时间这片伤都没好，留下一片浅色的印子，每次露出来迟骋都要瞪他。

陶淮南身上留印子，迟骋心里也留印子。

陶淮南脾气好、性格软，那都是表象。其实芯儿里都是犟的，对自己又狠又执拗。平时怕疼怕痒的，迟骋走了，他顺着楼梯往下滑能眼睛都不眨。

迟骋虽说是不跟他生气了，可之后也没轻饶了他，动不动就冷着脸说他几句，陶淮南很长一段时间都不敢放肆，人家说他，他也不敢反抗，说什么都认。

"淮南就跟小受气包似的，你看这窝囊样儿。"吃饭的时候，季楠看着对面的陶淮南，"迟哥你也轻点儿管，这都让你给管怕了。"

"他？"迟骋看了陶淮南一眼，"他还能怕？"

陶淮南赶紧说："怕，怕。"

"你弟都够听话的了，你看看别人家弟都啥样，我弟五岁，那真是天都能给捅个窟窿。"季楠感叹道，"怎么不知足呢？"

几个人正聊着，一个戴眼镜的小男生端着餐盒走过，脚底一滑没稳住平衡，手压在陶淮南的餐盒上，把餐盒给碰翻了。自己手上那盒也一点儿没糟践，全泼在季楠和石凯身上了。

两个人连衣服、裤子带着鞋，被饭粒、菜汤扣全乎了。

"我……"

这一切来得太突然了，桌上四个人都没反应过来。季楠连一声完整的脏话都发不出来了。

“咋了这是？”陶淮南饭没了，手里一空，迷茫地问了句。

对面那俩人脸都黑了，被连饭带菜浇了一身，人僵在原地，有十几秒的时间几个人完全没动，大脑都死机了。

闯了祸的眼镜小男生比他俩还僵，看看季楠，再看看石凯，由于一地狼藉，他还下意识嫌弃地往后退了一步。此刻他歪着点儿肩膀，看着像只鹌鹑。后来石凯先站起来抖了抖衣服，然而怎么抖也无济于事了，菜汤透过薄薄的 T 恤都沾在身上了。

“你是不是瞎……”季楠气都喘不匀了，吸一口吐半口，想到对面有个真瞎子，后半句又咽下去了，把自己噎得想打嗝。

男生嘴巴动了动，木呆呆的，也没说出什么话来。

“我现在太恶心了，黏糊糊的，我真的要吐了。”季楠捏着身上的衣服抖了抖问，“我是不是早上踩狗屎了？”

也是赶巧了，原本上课都穿着校服的，今天格外热，这俩人把校服都脱了没穿，身上就穿了件短袖。

他性格本来就咋呼，看那个男生站在那儿连个动静都没有，有点儿压不住火，抬手杵了他一下，皱着眉问：“你到底是怎么走的道儿？你是手不好使端不住饭，还是脚不好使？”

他一拳头杵过去，男生又往后退了一步。一拳头没杵出个声来，这窝囊样儿可把季楠气坏了。

“你是不是哑巴？”少爷们凶起来不是闹着玩的，平时痞里痞气、嬉皮笑脸那都是跟熟人，真对外拉下脸来耍个横也挺吓人，“还是在这儿跟我装倔呢？”

陶淮南听出他真要发火，出声说：“别生气，别生气。”

石凯在旁边也皱着眉，一身白衣服现在黄不拉儿的，看着就脏，但他脾气还是没季楠来得那么快。

季楠叨叨叨地没个完，他只是沉着脸不吭声。眼见着季楠真生气了，旁边围观的也不少，陶淮南一直劝也没见他消气。

“连句对不起都不说？”石凯也开了口，拧着眉问。

男生抬眼看看他们，估计学习学傻了，被眼前这一遭给整蒙了，半天才推了推眼镜，说了声“对不起”。

“我可真稀罕你一声对不起。”季楠嘲讽地笑笑说，“赔吧，穿过一回了不是新衣服了，给你折一半，再给你抹个零，从衣服到鞋你给我两千得了。凯哥这身我替他做主了，也算你两千。”

男生哑然，又半天没吭声，周围人都在看他，过了一会儿他才闷声说了句：“我给你们洗。”

“你会洗啊？”季楠嗤笑一声，“你能洗干净？你洗干净了我们不嫌弃？”

季楠这是来真的了，被人扣了一身饭菜，心里不痛快。

男生当着这么多人的面，什么话都说不出来，脸涨得通红。

“楠哥消消气……”陶淮南探着身往前够了够，没摸着季楠，“我拿回去帮你洗，别生气了。”

“你一小瞎……你都看不见你能洗个啥？”季楠直接肩一抖，把衣服从领子往上扯了，光着上身，把衣服直接往男生身上一摔，用手背拍了拍男生的肩膀，“衣服给你了，明早把钱送到我班上，不送你可以想想后果。”

季楠说完就那么光着走了。石凯也把衣服脱了搭在肩上，跟陶淮南和迟骋说了声：“走了。”

那俩都走了，陶淮南茫然地往迟骋那边转了转。

迟骋把他那份饭推过来，说：“吃吧。”

陶淮南摇摇头说：“刚才吃饱了。”

那男生还愣在原地，有人跟他说：“你明天去道个歉，他们刚才就是在气头上。”

男生抿着嘴，估计也是个倔的，嘴唇抿成一条线。

陶淮南也说：“你好好跟他俩说句对不起，没事儿的。”

那男生手上拿着季楠的衣服，也没跟人说话，低着头走了。

陶淮南还是头一次看见那俩人生气。他们学校气氛挺好的，也没人招他们，平时都笑呵呵的，头一次看他们这么发火，还挺吓人。

按陶淮南的理解，季楠就是故意吓唬人，撒个气也就过去了，也不会非要让那男生赔。回教室的时候，那俩人都穿着校服，拉链一直拉到下巴，裤子也换成了校服裤子。

陶淮南说：“消消气，消消气。”

石凯已经消气了，这会儿还笑了，说：“我现在身上都一股菜味儿。”

“你吃饱了吗？”陶淮南也笑着问。

石凯说：“就那么回事儿吧，没饱也吃不下去了。”

那男生是学校考进来那一拨里面的，还拿着奖学金。学校奖学金挺多呢，迟骋上学期也拿了。

令人意外的是，第二天一早，那男生还真站在了他们班门口。

季楠还没来，石凯先来了，他看见石凯，迟疑地开口“哎”了声。

石凯估计也没想到他真能来，挑了挑眉。

那男生从兜里掏出一沓现金，那现金被对折过两次，叠成了厚厚一小沓，他递了过来，说：“给你。”

石凯垂着眼看着那沓现金，视线往上抬了抬，看着那男生，说：“用不着。”

男生也不说话，又把手往前伸了伸说：“钱给你，衣服给我。”

石凯本来也没想要钱，昨天也不是他说的，这会儿看着比他矮一头的男生给自己递着钱，感觉还有点儿嘲讽。石凯不耐烦地抬了下胳膊挥开他的手，进教室了。

季楠没赶上送钱这一茬，他向来少爷脾气，昨晚洗完澡把衣服扔了后，也就忘了这事儿，也压根儿没想到小男生真能来。

听说真来送钱了，他还乐了会儿，说："还挺实诚。"

两个人搭了身衣服就当倒霉了，谁能真难为人。

结果没想到这次也是碰上茬子了，那男生连着三天早上在他们班门口等。那小沓钞票天天伸手递，碰上季楠给季楠，碰上石凯给石凯。他俩要是都不要，那他就明天还来。

班里人都当笑话看，两个人这是让人给侮辱了。然而那男生脸上一点儿别的心思都没有，天天就是木着脸伸手递钱，跟个二愣子似的。

季楠想发火也不是，想损他两句也不是。

"你说你是不是该？"陶淮南笑话季楠，"谁让你非刁难人？"

"我让人泼一身菜汤，敢情还成我不对了？"季楠哭笑不得，跟迟骋说，"迟哥管管你弟，你弟观念有问题。"

迟骋伸手按着陶淮南的后脑勺儿，把他的脑袋掰回来，手在书上敲了敲："背完了吗？谁说什么你都能搭上。"

陶淮南连忙说："马上背，马上背。"

文科陶淮南背得都不错，历史年代表记得很准，还能自己列出年代线把事件都排出来。下学期一开学就得分班，陶淮南学文是肯定的。

迟骋虽说哪边成绩都不错，但显然他更适合学理科，做题对他来说比学文科那些理解性的东西容易得多。

迟骋就没考虑过这事儿，他俩得在一个班，没有第二种可能性。

陶淮南刚开始说了几次，见迟骋不爱聊这个，也就不提了。

但在这件事上，他俩有分歧，不聊不代表陶淮南妥协了。

高一快结束的时候，学校开始收文理班意向表了。

石凯理科，季楠文科，陶淮南文科。

迟骋的表迟迟交不上去。

陶淮南扣着迟骋填了文科的表，不让他交，坚持说："反正都在一个学校，都一样的。"

迟骋被他磨了几天，心里那阵烦躁本来就一直在积压着，他把表从陶淮南那儿抽了出来，问他："你到底要干什么？"

陶淮南好声好气地说："我就想让你学理。"

"嗯，"迟骋面无表情地点了点头，"就想让我离你远点儿。"

"不是那回事儿。"陶淮南皱着眉，脸上的表情很执着地说，"我不可能永远不跟你分开，你早晚得放开我。"

这话就是说得急了，话赶话就说了出去。

迟骋半天没吭声，坐在椅子上不说话。

在那之后他们又僵持了几天，陶淮南头一次在迟骋面前这样坚持什么，这次他是真铁了心不让迟骋继续跟着他。

不管迟骋怎么生气、怎么发火，陶淮南都没松过口。

迟骋后来压根儿不再跟他说话，整个人都冷了下来。

他俩之间向来是迟骋说一不二，他定的事儿改不了。

陶淮南是在他手里长大的，得一直听他的，这就是他们之间的相处模式。这么多年，他们早就习惯了。这也是他们都默认了的生活方式。

这次陶淮南难得坚持，扛着迟骋的怒意和脾气，下了狠心，故意跟迟骋说："我已经长大了啊，我不需要你一直盯着我。"

迟骋盯了他很久，很久很久。

陶淮南睫毛轻轻颤着，终于听见迟骋平静地说了声："行。"

最后陶淮南自己拿着迟骋的表交了上去，迟骋看都没看他。陶淮南自己沿着过道回来，腿在桌角上刮了下，硬角磕得他脸都皱了，迟骋捏着笔做题，问都没问。

两个人在学校都不说话了。

别人都看出来他俩之间出了问题，季楠问了两次，迟骋脸色一直很难看，陶淮南只摇头什么都不说。

从陶淮南交了表开始，迟骋在家也不理他。晚上睡觉房间都不回，拿了条毯子就在沙发上睡。天天一个字都不说，不管陶淮南干什么，他都不管。

他哥知道他俩因为分班的事儿闹别扭了，帮着陶淮南哄了一次迟骋，没哄好。

陶淮南压根儿不敢往迟骋跟前凑，迟骋的低气压让陶淮南气都不敢喘。

这是陶淮南第一次试图脱离迟骋的掌控，没有听迟骋的话。他知道迟骋必然生气，也早做好准备承受他的脾气了。

为了让迟骋消气，他真是什么招都敢使。

陶淮南有一次趁哥哥不在家，把迟骋堵在浴室，说冷。

然而迟骋看都不看他，胳膊一拨，把他拨开，自己出去了。

陶淮南坐在浴缸的边沿，发了会儿呆。

第十五章

不想长大

陶淮南的一句“我不需要你”说出去，不管这句话后面接的是什么都不重要了。他自己是鼓着劲儿说出来的，伤敌一千自损“两千”。

既然他不需要了，迟骋也就真不管了。

在学校里不管了，在家里也不管了。

陶晓东不在家的时候，陶淮南热得出了汗，到处摸遥控器没摸着。如果是以往，不等他自己意识到热了，迟骋就已经把温度调好了。迟骋总能明白他，不动声色地让他生活在最舒服的环境里。

陶淮南沉默着坐在床上，下巴顶着膝盖。下巴尖儿硌着骨头，硌出很尖锐的疼。

后来他小声叫着“小哥”，说“我有点儿热”。

迟骋看了他一眼，站起来四处找了找，在枕头缝里找着遥控器，扔在了陶淮南旁边。

陶淮南小心地摸着中间的大圆钮，怕不小心碰到别的模式，他自己调不回来。

空调开了，有风吹出来，陶淮南听见迟骋从房间里出去了。他坐在空调下面一直吹一直吹，还想要是感冒了是不是迟骋就能理理他。最后还是没敢那样，扯过一条小薄被把自己裹上了。

迟骋做了饭，他把饭盛出来放在桌上，坐下自己吃。

陶淮南自己走出来，拉开椅子坐下来，摸着碗筷慢慢地吃。没人再帮他把他爱吃的菜夹进碗里，陶淮南得自己试探着夹。夹得掉了的话就抽张纸捏起来，再擦擦桌子。

迟骋都不用故意装得很凶很冷，只要把他面对别人的正常状态拿出来就够了。

他本来就是这样的人，对什么都冷，没有耐心，不细腻。

那些柔软和温度才是特例，是他针对特别的人的特别对待。既然对方现在已经不需要了，那就恢复正常状态吧。

他们之间有些话是不能说的，陶淮南对此是明明白白的，可明白他也还是说了。在说出狠话之前，他就想得到后果。既然说了，那后果得他自己担着，所以也并不觉得委屈。

难受是真的，不委屈也是真的。

像刀子一样的话从嘴里说出去，陶淮南知道疼。

眼镜小男生时不时来送钱，他们班的学生都习惯了。有时候他一来，坐在门边的同学直接回头喊："楠哥、凯哥有人找。"

季楠一听就知道是谁，在桌上趴着，书往头上一扣："楠哥不在。"

"那凯哥？"门口同学接着往后面看，"凯哥真没来呢。"

同学跟那男生说："回吧，今天俩人都不在。"

男生说了句"谢谢"，靠在他们班门口的墙外等。

等石凯来了，他伸手一拦，把钱往石凯那边递了递。

石凯扯了扯身上的衣服，今天穿的正好就是那天那件，跟他说："别来了，不要你钱。"

男生有点儿犹豫，问他："鞋呢？"

"刷了，怎么？我还得拿来给你检查检查？"石凯无语道，"真不要你钱，回去吧。"

男生朝班里季楠的方向看了看，石凯说："他也不要，当初说的是气话，逗你玩你还真信，学习学傻了吧？"

男生像是不知道怎么回他的话，看口型像是想说"谢谢"，吭哧半天没说出来，又想说点儿别的也没说出来。

最后他冲石凯迅速鞠了个躬，把石凯惊得往后一退，脸上表情也挺精彩。

到了班里，石凯往季楠身上扔了瓶水，把季楠砸得"嗷"了一声。

"自己嘴欠，我还得跟你一起丢人。"

季楠嘿嘿乐，拧开水喝了一口："你咋先来了？早知道让你给我带饭了，迟哥他俩还没来，我饿死了。"

"那你不说，早上我家蒸汤包了。"石凯走到后面自己的座位上坐下。

"我想着他俩能来得早点儿嘛。"季楠趴在桌上哼哼，"饿饿饿。"

话音刚落，他看见迟骋拎着饭盒进来了，后面跟着陶淮南。

"我的饭来了，"季楠一下坐起来，喊着，"饭饭饭。"

迟骋把餐盒放在他桌上，季楠说："谢谢迟哥！"

说完探头又问陶淮南："淮南吃饱了没？这家虾饺你吃过没有，尝一个？"

陶淮南还在往后面的座位上走，勉强笑了下，小声说："我吃饱啦，你吃吧。"

"哟，这是怎么了？"季楠看看陶淮南，又看看迟骋的脸色，压低了声音问迟骋，"你俩还闹呢？"

迟骋没说话，季楠说："差不多得了。"

这段时间他俩一直这样，周围人想劝没法儿劝。大概也知道他俩是因为分班的事儿。

季楠还跟迟骋说过："这不还有我呢，我俩要是在一个班，我还能让他吃亏咋的？再说咱班这么多兄弟，总得有跟他一个班的，谁都能罩一眼，不算啥。"

迟骋当时"嗯"了声，说了句"谢了"。

季楠夸张地往后一仰说："你可算了吧，谁用你谢！"

迟骋和陶淮南之间一直不说话，就冷着，别的兄弟看着也不得劲儿。季楠边吃他的早饭，边回头跟石凯对了个视线。石凯现在跟迟骋他俩就隔了个过道，都在最后一排。石凯冲季楠摊摊手，没辙。

这学期就剩最后几天了，这几天格外热。陶淮南热得饭也吃不下，奶也不想喝。但也都好好吃了，一顿没落过，怕迟骋觉得他是故意矫情整事儿。

他早上喝了杯牛奶，面包只吃了半片就吃不下了，另外半片实在吃不下去。吃完到现在都还不舒服，觉得胃里又胀又硬，还有点儿恶心。

第一节课是生物课。迟骋被物理老师叫走了，还有班里另外两个学生也去了，要说说竞赛的事儿。迟骋走的时候没跟陶淮南说话，只跟石凯对视了一眼，朝陶淮南的方向侧了侧下巴，石凯了然地点头，跟他对口型说："去吧。"

陶淮南趴在座位上，把脸埋在胳膊里。

他不舒服没敢跟迟骋说，迟骋很久不跟他说话了。

理科课不管即将分走的文科生，季楠悄悄从座位上过来，坐在了陶淮南旁边。陶淮南从脚步声能听出来是谁，趴着说："你怎么不好好听课？"

"生物课我听它干什么？"季楠用胳膊肘碰了碰陶淮南的胳膊，问他，"迟哥还没消气？"

“没。”陶淮南换成侧脸趴着的姿势，脸贴着自己的胳膊，跟季楠说，“他真的被我气坏了。”

“迟哥这脾气也是真倔，这气性也太长了。”季楠安慰了一句说，“不过也没事儿，过段时间就好了。”

“不赖他，赖我。”陶淮南闭着眼睛说，“我自己都生气。”

季楠都听笑了，说他：“你可真老实。”

陶淮南没再说话，一直闭着眼睛想东想西。他胃里实在难受，不知道什么时候迷迷糊糊睡着了。睡得不算很踏实，可也真的睡着了。

他醒了不知道时间，只听见前面讲课的老师已经换了。

这节是语文课。语文是第二节课，陶淮南捏着手表放在耳边听了下时间，他睡了大概四十分钟。

他伸手往旁边摸了摸，摸到个人。

不知道是季楠还是迟骋，他没继续乱摸，小声试探着问：“季楠？”

迟骋其实一直在盯着他，从他醒了到他坐起来听时间，到他伸手过来，再到现在张嘴叫了声“季楠”。

没听见回话，陶淮南醒透了，一回神，心里一咯噔。

迟骋看着他，没出声，也没表情，手上抓了根笔，无意识地转了下。转停的时候，笔尖在纸上一磕，黑笔画出深深一条线，同时把纸磕了个小窟窿。

那天下午的几节课，陶淮南都是跟季楠坐的。

季楠都不知道怎么回事儿，中午吃饭回来，发现迟骋已经坐在他那儿了，还跟他指了指自己座位。季楠茫然地往那边看了看，陶淮南自己坐在座位上，低着头。

季楠无声地问石凯：“咋的了？”

石凯也不知道，那哥儿俩最近状态不对。他冲季楠抬了抬下巴：“让你坐你就坐吧。”

季楠摸不着头脑，坐下了，看看迟骋，看看石凯，最后看看陶淮南，问：“你俩战火又升级了？”

陶淮南欲言又止，不知道能说点儿什么。

季楠又问石凯：“为什么是我？咋不是你？”

石凯说：“我哪儿知道？”

季楠突然被换了位置坐在陶淮南身边，虽然一脑袋蒙，但是热心少年既然坐在这儿了，就自觉扛起了这个位置该有的责任，一会儿问陶淮南渴不渴，一会儿又问他去不去厕所。

陶淮南一直摇头：“不渴，不去厕所，楠哥你别……别跟我说话了。”

不等季楠再问别的，陶淮南又趴下了。

季楠还在那儿说：“有事儿跟哥说，不用不好意思，以后分班了说不定你就得靠楠哥罩着了。”

陶淮南本来不想再跟他搭话的，这会儿赶紧说：“你说话小点儿声儿，嘘……嘘。再说我不用被人罩着，我自己可以。”

季楠没心没肺惯了，脑子里少根筋，坐在这儿没多久就唠开了，前后左右都能搭上两句。

周围人都能听见季楠在后面叨叨叨说个没完，迟骋在前面学习做题，连头都没回过。

放学路上有司机，回家了他哥也一直在，陶淮南没能找着机会跟迟骋单独说话。

晚上迟骋还是拿着毯子去了沙发，陶淮南叫了他一声，迟骋没理他。

十一点半，陶晓东早睡熟了。迟骋关了所有的灯，屋子里静悄悄的。

陶晓东房间没关门，陶淮南房门也没关。

陶淮南从房间里慢慢摸出来的时候，迟骋皱了下眉。

陶淮南是光着脚出来的，小心地避开了茶几和其他障碍，摸到迟骋这边。他蹲在迟骋面前，说：“你跟我生气可以，别带着季楠。”

迟骋眉拧得更深，开口回了一句：“行，知道了。”

“咱俩的事儿是咱俩的事儿，和谁都没关系，”陶淮南把手搭在沙发上，组织着语言，又怕他哥听见，声压得极低，“和他更没关系。”

“我说我知道了。”迟骋声音沉沉地砸了过来，几乎是带着冰碴的。

陶淮南不敢再说别的，他们相对着沉默了好半天，最后陶淮南点了点头站了起来。他想摸摸迟骋，又怕迟骋躲。犹豫着转身，脚步还没迈出去，就听见迟骋在身后冷冷地嘲讽：“没分班就给自己找了个新哥是吧？”

陶淮南猛地转身，眼睛都瞪大了。

“我……找谁了？”陶淮南声都颤了，“我怕你更生气怕得头都疼，我找谁了啊？”

本来话都说完了，陶淮南已经打算回去睡了。然而迟骋这一句太扎人了，直接把陶淮南钉在了原地。

陶淮南难以置信地朝着迟骋的方向问：“你真这么觉得吗？”

迟骋在黑暗里沉默地盯着陶淮南，陶淮南在他的注视下，呼吸越来越重。压抑了这么多天，陶淮南知道迟骋生气，大气都不敢喘，这会儿情绪突然被迟骋这么一句话给戳了个小窟窿，漏了条缝。

他走回来，声音也不像刚才那样压着：“你和我生气，我快难受死了，我还有心思找谁啊？”

陶淮南指了指自己心口，低头跟迟骋说：“我每天这儿都堵着，我晚上睡不着，白天也都想着这事儿……”

陶淮南重重地吸了口气，指尖都有点儿哆嗦着，声线里也带着抖：“我是很弱，我就是个废物，我谁也帮不了，我能不拖着谁就不错了……”

陶淮南顿了顿，他执拗地朝迟骋的方向低着头，其实他的方向根本没对准，站得有点儿偏了。盲人就是这样，以为朝着自己想见的人，实际对着的只是空气。再开口之前，他缓了会儿才说："如果我也能像你一样，我也能护着别人，那我只想护着你和哥……但我不能啊，你们才是我的倚仗……我还能找谁呢？"

他的声音越来越压不住，他哥房间的门没关，但陶淮南现在什么都不想顾忌了。他跟迟骋这些天乱糟糟的状态，以及那些压抑和为难的情绪把他压到爆发的临界点了。

迟骋朝他伸了手，碰到他冰凉的指尖，陶淮南把手抽走了。

"行了。"迟骋出了声，再次伸了手，"不说了。"

陶淮南再次把手抽走了，顺势抬起来在眼睛处很用力地抹了下，那力道一看就知道眼睛得被蹭红了："我哪可能在你面前跟着别人……那样你不伤心啊？"

迟骋再拉他的时候用了力，陶淮南挣不开了。

不知道哪个字把迟骋戳中了，迟骋捏着陶淮南的手，死盯着他问："你还知道伤心？"

"我怎么不知道？"陶淮南喘气的时候，胸腔都跟着剧烈起伏，"我又不是没长心，我怎么不知道？"

再说下去陶晓东真得醒了，但陶淮南现在什么都不顾了，他整个人都有点抖，激动地说："你当我愿意的？我一点儿也不想长大了，现在一想想要继续长大我都害怕，像小时候一样多好呢。"

"长大了不可以什么都由着心，"陶淮南又重重地蹭了蹭眼睛，拿自己撒气，"你真当我愿意呢？"

陶淮南像这样跟迟骋吵架的时候不多，他俩之间通常是迟骋发火，他在一边不敢吭声。今天的陶淮南冒了点儿小刺，情绪有点儿要失控的意思。

"我想闭着眼睛像小时候一样，什么都不管就缠着你，可长大了连……”

“怎么了这是？”陶晓东的声音从他房间里传出来，到底还是把他吵醒了。

陶晓东穿了拖鞋走出来：“你俩吵什么？”

陶淮南拧着脖子不说话，迟骋说了声“没事儿”。

“最近你俩就别别扭扭的，”陶晓东开了灯，“半夜还闹起来了？”

迟骋被灯晃得眯了眯眼，陶淮南对那点儿微弱的光线并不敏感，眼睛都不眨一下。灯光下能把他看得很清楚，脸上挂着半截没擦下去的大泪珠，已经滑到了脸颊处，眼睛周围红通通的，一半是情绪激动激出来的，一半是刚才用手蹭出来的。在冷光灯下，本来就白的皮肤这会儿看着带着点儿狼狈的可怜。

“你耍什么脾气呢？”陶晓东揉了揉他的脑袋，把他脸上那滴大水珠给抹了，问，“半夜不睡觉在这儿气你小哥啊？”

陶淮南抿着唇不说话。

陶晓东扯了扯陶淮南：“有事儿明天说。”

陶淮南绷着下巴倔着不出声，明显还气呼呼的。

“没事儿，哥。”迟骋跟陶晓东说，“你回去睡吧。”

“平时也不见你俩吵，啥事儿啊还闹起来了？”陶晓东看着他俩说，“不然就来一个跟我睡，别回去再犟个没完，明天上不上学了？”

要去也只能是陶淮南去，陶淮南摇摇头说：“不了。”

陶淮南一个漏了气的小气球，让他哥出来给堵上了。他哥在面前站了几分钟，什么情绪都过去了。

陶淮南被迟骋带着回了房间，嘴闭上了什么都不说。

刚才在灯底下瞧着，他的眼角红得有点儿严重，睡衣袖子边把眼角蹭得厉害，这会儿有点儿疼。陶淮南抬手想摸摸，迟骋给拦了，让他别摸。

刚失控发了个不大不小的火，这会儿陶淮南面对迟骋带着点儿小别扭。说不上来是刚才的情绪没过还带着没来由的气，还是激动过后的不好意思。

迟骋把门关上了，陶淮南坐在床边，迟骋站着问他，声音听起来没有之前那么冷了：“长大了连什么？”

陶淮南没太明白，下意识抬头，张了张嘴。

反应过来之后又把嘴巴合上，头也低下去了，脖子露出一截脆弱的弧度。

迟骋一直站在面前等着他说，陶淮南过了半天才低声道：“连你是我的……小狗，都不敢说了。”

迟骋沉默了好半天，陶淮南说完这句也没再出声。时间缓慢流动，房间里一切都是寂静的。

后来迟骋蹲了下来。

“我说过不用你长大，”迟骋单膝点着地，蹲在陶淮南身前去看他，慢慢和他说，“不用你考虑那么多。”

陶淮南的手指动了动，然后小幅度地摇了摇头。

“我不喜欢你推开我，因为这因为那都不行。”迟骋说这话的时候，声音里带着坚决，是不容拒绝的语气，“不可以。”

他说“不可以”的时候甚至有点儿凶，可是陶淮南并不觉得害怕。

“你发现没有，陶淮南？”迟骋伸手在他脸上轻轻地刮，“你越来越知道怎么让我疼。”

陶淮南猛地一颤，这句话让他头皮发麻。

“你说最怕我生气，其实你根本不怕。”迟骋低声说话时，听起来其实是温柔的，他现在也的确是温柔的，他不带任何脾气地平和地说着话，可每一句都让陶淮南心颤。

“你越来越知道怎么才能治我，你故意把自己摔出伤，故意跟我说你长大了，你往我身上扎刀子扎得越来越狠了。这样能让我生气，可你也知道我就算生气也没什么。”

迟骋的声音又平静又温和：“你长大了懂了好多东西，以后会明白更多，然后去做那些你觉得对的事儿。你知道怎么对付我，怎么下刀最准。”

陶淮南的眼泪砸在自己的膝盖上，烫得他跟被火烧一样。

迟骋一句话就是一个火点，把他的心烧成一个个火窟窿。

迟骋一声“疼”让陶淮南整个人都慌了，他想说“对不起”，想说“你别疼”。

“别再长大了，”迟骋轻轻地叫了他一声，“小孩儿。”

陶淮南刚才在客厅跟迟骋吵架的时候掉了几颗大泪珠，那是情绪上来了拱出来的。这会儿却怎么都止不住，心口像被人捏住了一样，持续地疼。

“你别疼，”陶淮南说，“你别疼……是我错了，都是我做得不对。”

迟骋轻轻抓了抓他的头发。

“你说这些我很难过……小哥对不起。”陶淮南又小心又诚恳，颤抖着说，“我再也不了。”

陶淮南哭过之后，时不时抽气。

迟骋偶尔拍拍他的后背。

这么大了，哭过之后还像个小孩儿，每次哭完得抽搭半天，哭过好久之后还得抽气缓缓。

“还哭呢？”迟骋问。

关着灯的房间里尽管有月光，可仍然看不清眼泪。

陶淮南哑声说：“没哭了。”

“没哭抽什么抽？”迟骋说。

“刚哭完还不得抽会儿？”陶淮南吸吸鼻子，“没在装哭。”

“你可别装了，真哭都够烦了，”迟骋屈起手指在他眼尾旁边敲了敲，“还疼不疼？”

“一点儿。”陶淮南天马行空的脑子不知道怎么又转到哪儿去了，“我真的没有想找别人带我。”

迟骋“嗯”了声，说：“知道了。”

折腾到这会儿已经后半夜了，这一宿觉基本是没得睡了。

陶淮南满心情绪也根本睡不着，他一直想着迟骋刚才说的话，那些话在他脑子里转来转去，陶淮南始终忘不了。

迟骋也没睡，可他们也没有再说话。

直到月亮慢慢变浅，直到天渐渐发白。

缓慢的光线变化陶淮南感觉不到，眼前有光传过来的时候，他感觉迟骋碰了碰他微微刺痛的眼睛。

迟骋说他：“哭成肿眼泡了。”

陶晓东早上一出来，看见陶淮南的眼睛，惊讶地“嚯”了一声。

“这哭精，”陶晓东竟然还有心思乐，“你看今天上学别人笑不笑话你。”

“笑话我干啥？”陶淮南摸摸眼皮，“一会儿就好了。”

陶晓东对他俩昨晚那场吵架一句都没问，他对俩小的之间的事儿向来不多管，几乎就是放养状态。小孩子之间有小孩子的相处模式和小秘密，大人跟着掺和有时候会让原本简单的事儿变得复杂和严重。

对这俩小孩儿就更是了。

这段时间他们俩一直闹别扭，昨晚那一哭一吵，现在看起来像是好了。

迟骋大早上给陶淮南煮了奶油浓汤面，满屋子都飘着那股腻腻的味儿。

陶晓东吃不了这玩意儿，腻死了，就小崽儿喜欢。陶晓东问："哥能拥有其他食物当早饭吗？没有我就去店里吃。"

迟骋说有。

电饭煲里有粥，里面还顺便煮了俩鸡蛋。肿着眼睛的小孩儿拿着勺和筷子吸吸溜溜吃得可美，这俩哥就吃白粥、鸡蛋、咸菜。

陶淮南问："瘦肉粥吗？"

"就普通粥。"迟骋说。

"我尝尝。"陶淮南侧了侧头。

陶晓东刚要把碗推过去，迟骋已经把半勺粥送到陶淮南嘴里了，陶淮南尝了尝说："没味儿。"

"大米粥能有什么味儿，"迟骋随口回他，"吃你的吧。"

"这是新米煮的粥，软塌塌的，"陶淮南点评说，"剩饭煮粥才好吃。"

"你还挺挑，"陶晓东说他，"苦哥给你惯的。"

陶淮南笑笑，戳了戳迟骋的手。

陶淮南的眼睛肿得双眼皮都没了，眼睑还通红，做什么表情都显得可怜。

到班里跟别人打招呼的时候，看起来都带着点儿勉为其难、强颜欢笑的意思。

"迟哥收拾你了？"季楠问他。

迟骋去前头擦黑板了，季楠一来，看见陶淮南旁边又没人坐，竟然主动就过来了。

陶淮南听见他坐下了，赶紧推他："没有，你快走，别坐我这儿。"

"妈呀，他撵我。"季楠扭头看着石凯，惊讶道，"他让我快走。"

“那你还不快走？”石凯扬了扬眉毛，“你还在这儿坐出瘾了？”

“昨天迟哥让我来的！”季楠简直莫名其妙，“昨天让我过来，今天让我快走，招之即来，挥之即去！”

“昨天也不是我让你来的……”陶淮南小声反驳，“昨天我也不乐意你坐这儿呢。”

“你听没听见？”季楠诧异地再次转向石凯说，“你听见他说啥了吗？小淮南这是欠收拾了。”

这会儿老师还没来，班里乱哄哄的干什么的都有，季楠也不走，往这儿一坐就开始贫。陶淮南一个劲儿地撵他。

季楠说：“我就不走，我屁股今天就黏在这儿了。”

陶淮南想想昨天跟迟骋吵架的事儿，现在还有点儿心有余悸。

“你快点儿回去吧，等会儿老师来了。”陶淮南拍了拍迟骋的书包，“这也不是你的座儿呢。”

季楠偏不，周围人听着他在这儿瞎贫都跟着乐，直到迟骋过来了，季楠才站起来回去了。

迟骋很少开口说他心里是怎么想的，他昨天在两个人吵架之后蹲在陶淮南面前说的话，让陶淮南在之后很多天都时常沉默着陷入思考。

他向来心思重，会从一个点上发散着考虑很多。

两难似乎是成长中的孩子们都要面临的困境，他们要在纠结为难中学会取舍。可不管怎么取舍，陶淮南最不想的就是伤害迟骋。

何止是不想伤害呢，陶淮南恨不得把自己有的全部都给他，但他有的太少啦。这个世界上除了哥哥和迟骋，陶淮南拥有的大概也不剩什么了。

时间又从容又绵长，可是会缓慢地把独属于小朋友的简单快乐都带走。

在这个夏天，陶淮南跟哥哥去了一次甘肃。

哥哥和医院合作了一个医援项目，哥哥是投资方，同行的还有陶淮南喜欢的汤医生。

眼睛不好的人总是很多，每天都有那么多人排着队来看眼睛，但是他哥却说这边患者少，汤医生也说这次没那么累。

他知道他哥经常会做这些事情，陶淮南在身边跟着来这还是第一次。他哥做这些事的时候，和平时不太一样，让陶淮南觉得陌生的同时，也让陶淮南感叹陶晓东是真的很踏实、很可靠。

陶淮南坐在医院门口，脸上没涂防晒。这边的太阳很烈，陶淮南嘴巴都干得起皮了。别人说的方言陶淮南一点儿也听不懂，周围总有人来来去去，大家说的话陶淮南都听不懂的时候，他就像被隔离在外了。

他存在于所有人之外，听着那些人用或焦急或平静的语气，说着那些他听不懂的话，他有种身处喧嚣世界的奇异孤独感。

这样跟迟骋分开，独自跟着陶晓东出来的经历，好像还从来没有过。在他的世界里，永远都有迟骋，所以不管周围环境他听不听得懂，他也从来不会觉得孤独，因为总有一个人在他的世界里。

偶尔陶晓东实在忙得顾不上他，会把他留在酒店里。陶淮南也不愿意出去分他的心，如果是白天，就自己待在房间里转来转去，想很多事儿；如果是晚上，就跟迟骋聊天。

迟骋发了视频过来，陶淮南接了。

“哥呢？”迟骋在那边问他。

陶淮南戴着耳机，朝着手机笑：“哥出去了。”

迟骋在那边叼着耳机的线：“吃饭了没有？”

“吃过了。”陶淮南趴在床上，把手机摆在自己脸下面对着的位置。

迟骋看着镜头里陶淮南的下巴，小瞎子不知道这个角度真的非常丑。

不过对迟骋来说也没什么区别，什么角度都无所谓。

陶淮南这段时间状态不好，每天脑子里塞的东西太多，他是自己提出要跟他哥出来的。迟骋得上学呢，而且陶淮南不想让自己的状态影响他。

想的是一回事儿，走前想着反正没多久就回去了，但出来的第一个晚上陶淮南就后悔了。

“哥天天毛毛愣愣的，你看我这儿还青着呢。”陶淮南小声地跟迟骋说着话，趁着他哥不在，使劲儿告状说，“有台阶也不说，有石头也不告诉我。”

迟骋说：“看不着，头低点。”

陶淮南于是把脸往前凑了凑，离镜头更近了些：“这样呢？”

“也看不着，你把脑门儿往下低点，别用鼻尖顶手机，要不你就把手机往上推一推。”

“哦，哦，”小瞎子跟着指令操作，拿脑门儿冲着手机问，“看到了吗？这块儿，可疼了。”

“看到了，”迟骋朝着手机一吹，“好了。”

陶淮南被隔着手机一吹，听明白了就跟着乐：“你傻吗？你又吹不过来。”

迟骋问他：“出去还挺高兴？”

“不高兴。”陶淮南表情收了些，胳膊拄着脸说，“很多人来看眼睛，好多都治不好了。他们以后也会跟我一样。”

“跟你一样怎么了？”迟骋说，“别想东想西。”

“我看不见你啊，我都不知道你长什么样子。”陶淮南把手指放在手机上，用手指轻轻摸着屏幕，说，“我也看不见哥。”

迟骋不再聊这个，问他别的：“下次还自己出门吗？”

陶淮南先是不说话，后来抿着嘴直笑。

迟骋说他：“你就瞎折腾，摔着了就知道疼了。”

这样隔着手机听迟骋说他，陶淮南也觉得很满足。这次出来让他把很多事情都想通了，他现在是真的想迟骋。

跟哥哥出来很好。

哥哥很好，汤医生很好。

但是陶淮南是不能没有迟骋的。

他在视频里眨着眼睛，慢慢跟迟骋说："汤医生说我该去很多地方，这个世界很大。可是没有你的世界太孤单啦。"

迟骋看着他的脸，他晒黑了，嘴唇也裂了。陶淮南不太会照顾自己，把自己弄得有点儿狼狈。

迟骋说："说得比谁都好听。"

陶淮南拄着脸的那只手按了按耳朵，想让耳机贴得更近，这样好像迟骋就在他耳边说话一样。

短暂的几天分别后，陶淮南再回来的时候就跟走前是两种状态了。

可能是太想迟骋了，回来整个就是一只欢腾的小鸟，还格外能叨叨。他等着迟骋给他洗脸，迟骋嫌他黑。

陶淮南被嫌了好几天，迟骋说他黑了好多，不漂亮了。

他哥在家的时候，陶淮南老老实实的，迟骋说他黑他也不在意，也不顶嘴。等他哥一上班走了，陶淮南把裤腿往上一捋，露出腿，笑着拍了拍说："里面还是白的。"

他确实想迟骋想得厉害，出去一次回来就格外黏人。

他会带着一脸天真又赤诚的情感，去跟迟骋说很多话，简单的话又偏偏说得认真。

他会坐在迟骋面前，轻轻摸着迟骋的眼睛，说我想让它陪我看很久很久的世界。

番外

长大后的日常

“人呢？”陶淮南打开了卧室门，探头进来，支着耳朵听。

房间里听起来空荡荡的，没人。

“小哥？”陶淮南又喊了声，还是没人理他。

“这是还生气呢？”陶淮南退了出去，接着去其他房间转，找迟骋。

迟骋跟他生气都气了两天了，这两天都没搭理过他。陶淮南没点儿老实的时候，前天晚上跟朋友出去喝酒了，迟骋出差回来给他打了十来个电话，陶淮南一个都没接。当时他手机在兜里，完全没听见。

能定位到他位置的手环上次坏了，放在家里等着迟骋回来修，他电话不接，迟骋直接就找不着人了。

迟骋打从下了飞机起就开始给他打电话，陶淮南摸到手机听见上面有那么多未接来电，当时心都慌了。

他老老实实报了位置，迟骋黑着脸过来把他拎了回去。迟骋回了家转头又出去了，说还有事儿。

陶晓东看热闹不嫌事儿大，在旁边一个劲儿说风凉话，说他这次肯定挨收拾，说苦哥的表情老吓人了。

陶淮南本来心里就打鼓，被陶晓东这一吓更害怕了，基本上隔一会儿就给迟骋发条消息，但迟骋一直不理他。

他在家里转了一圈，没听见声音，像是迟骋还没回来。

“小哥你在吗？”陶淮南总觉得他是在的，眼睛落在虚空的一处，试探着问，“还生我气呢？”

房间里安安静静的，但陶淮南总觉得迟骋在。迟骋要是不说话，他无论如何也找不着，陶淮南实在没招了，歪心眼儿又打了起来。

他先是“不当心”地在茶几边角磕了一下，之后要往卧室去的时候，走得又歪了点儿，直勾勾朝着门框就去了。再走两步额角就得撞门框上，陶淮南一点儿都不躲，迎着就去了。

直到被一只手捂着脸拦住，那手一钩，直接把陶淮南往旁边带了一步。

“啊……”陶淮南像是吓了一跳，眼睛都瞪圆了，眨了眨。

“跟我整事儿呢？”迟骋抱着胳膊，斜倚在门边，垂眼看着陶淮南。

“整什么事儿了……”陶淮南两手往前伸了伸，小心翼翼地讨好道，“你在家啊小哥？”

迟骋面无表情地说：“不在。”

“这不在呢嘛……”陶淮南吭吭哧哧的，站在迟骋面前小声说话，“我错了小哥，我再也不出去喝酒了。”

“我不让你喝酒了？”迟骋挑眉问，“我管过你？”

“没有没有，”陶淮南赶紧摇头说，“都是我自己不懂事儿，我出去喝酒不接电话，也没戴手环，让你们找不着。”

迟骋又不说话了，陶淮南自己接着说：“我眼睛又看不见，让你们找不着……不应该。”

陶淮南这嘴打小就会说，检讨自己向来检讨得明明白白，但是到了气人的时候还是一点儿都不含糊。

“你不出声我就找不着你，”陶淮南闷闷地说，“找不着你我心里慌。”

“嗯，我找不着你不慌。”迟骋冷着脸说了句。

这是故意说反话嘲讽他呢，陶淮南赶紧服软，说：“我错了。”

他向来胆小，最怕迟骋生气。迟骋有意冷了他两天，这会儿陶淮南一副大气不敢喘、小气不敢出的模样，看着还怪可怜的。

气人的是他，现在可怜巴巴的也是他。

迟骋看着他的后脑勺儿，盯着看了两秒，最后还是不忍心，手放在他头顶按了按。

“我说过没有，别让我找不着你？”迟骋再开口的时候声音没那么冷了，问陶淮南，“出去玩了就什么都不记得了？”

“没不记得，”陶淮南说，“我特意开了振动，结果还是没听到。”

“晚上十点多了，让我找不着你，”迟骋捏了捏他的后脖子，像在捏小狗的后背，“陶淮南，你怎么想的？”

“我不知道你回来了，”陶淮南马上说，“我要知道你回来，我就不去喝酒了。”

这一幕还挺熟悉，之前也有过一次。虽然这两次导致迟骋生气的点不一样，可最终结果都是生气了。

这么看来，还是不能在迟骋出门的时候去喝酒。

孩子明显已经知道错了，也害怕了，迟骋再生气也不能拿他怎么样。

陶晓东回来的时候，见陶淮南软乎乎地坐在迟骋旁边给人剥橘子，“哟”了声说：“哄好了？”

“还差点儿，”陶淮南把剥好的橘子放到迟骋手里，跟陶晓东说，“还哄着呢。”

陶晓东很不够意思地说了句："你该，不收拾你不长记性。"

迟骋看了陶晓东一眼，说："哥你下次也管着他点儿。"

"谁说不是，"陶淮南在旁边溜缝，说陶晓东，"都一样是当哥的，你看看人家，你再看看你。"

陶晓东哭笑不得："敢情是我让你出去喝酒的？我还让你出门不戴手环、不接电话了？"

陶淮南不听那个，扯了扯迟骋的袖子，也不让他听。

在管陶淮南这件事儿上，迟骋是老大，陶晓东都得排第二。陶淮南没怕过陶晓东，只怕迟骋。

"苦哥你别轻拿轻放，该收拾就别手软。"陶晓东坐在旁边，故意说，"你不收拾他还能长记性？你揍他。"

"陶晓东！"陶淮南难以置信地朝向他的方向，"你怎么回事儿？"

陶晓东笑着靠在沙发背上，拍拍迟骋的腿，撺掇着："揍他！"

这哥儿俩太烦了，迟骋实在懒得理他们，站起来洗手去厨房做饭了。剩下那哥儿俩还在那儿闹，陶晓东笑嘻嘻的，没个正形，就知道逗孩子。陶淮南被他气得一直嘟嘟囔囔地说话，隔得远也听不清说的是什么。

陶晓东说："别絮叨，等会儿我跟苦哥把你扔外头雪堆里打滚儿。"

陶淮南受不了他了，不跟他坐一块儿，站起来去找迟骋告状："哥没个哥样儿！"

陶晓东笑得没心没肺，站起来往外头看了看。

昨天刚下了一场雪，这会儿窗外一片白，小区里花坛又积了厚厚一层的雪。

银白的冷色均匀地铺下来，阳光倾洒而下，含蓄又从容地晕开了一片暖洋洋的颜色，像给大地盖了张温柔的旧毯子。